SIRI MITCHELL

Charlotte und die Sprache der Blumen

Aus dem amerikanischen Englisch
von Sieglinde Denzel und Susanne Naumann

SCM

SCM

Stiftung Christliche Medien

Der SCM-Verlag ist eine Gesellschaft der Stiftung Christliche Medien,
einer gemeinnützigen Stiftung, die sich für die Förderung und Verbreitung christlicher
Bücher, Zeitschriften, Filme und Musik einsetzt.

MIX
Papier aus verantwortungsvollen Quellen
FSC www.fsc.org
FSC® C083411

SCM-Verlag GmbH & Co. KG · Max-Eyth-Straße 41 · 71088 Holzgerlingen
Internet: www.scmedien.de; E-Mail: info@scm-verlag.de

Originally published in English under the title: *Like a Flower in Bloom*

Published by Bethany House, a division of Baker Publishing Group, Grand Rapids, Michigan, 49516, U.S.A.

Übersetzung: SuNSiDe, Reutlingen
Umschlaggestaltung: Kathrin Spiegelberg, Weil im Schönbuch
Titelbild: Mike Habermann, Photography
Satz: Satz & Medien Wieser, Stolberg
Druck und Bindung: CPI books GmbH, Leck
Gedruckt in Deutschland
ISBN 978-3-7751-5669-1
Bestell-Nr. 395.669

Für Tony, der immer dafür sorgt, dass ich mir die Zeit nehme, stehen zu bleiben und an den Blumen zu riechen.

1

September 1852
Cheshire, England

Ich hob den Kopf von der Abbildung, die ich gerade kolorierte, und blickte aus dem Sprossenfenster neben mir. Draußen reckte die Strauchpappel ihre rosafarbenen Blüten in die Luft, neben ihr nickten die Goldruten. Irgendjemand, der dieses Haus in den hundert Jahren seiner Geschichte einmal bewohnt hatte, hatte offenbar höchst fantasievolle Vorstellungen vom Gartenbau gehabt. Dennoch schien die Strauchpappel, bei aller Vernachlässigung und einem Leben fern von ihrem geliebten Salznebel, bestens zu gedeihen. Ich war froh, dass ich mich nicht um sie zu kümmern brauchte. Auch die Goldrute, von Bienen umschwärmt, war ein Fremdling; ihre ursprüngliche Heimat war das Land, das einst unsere amerikanischen Kolonien gewesen waren.

Der gesamte Vorgarten war durchweg bevölkert von Pflanzen, die nicht in Cheshire beheimatet waren. Doch selbst ich vergab ihnen ihr dreistes Eindringen, belohnten sie unsere Gastfreundschaft doch mit einem herrlichen, leuchtend bunten Blütenmeer. Sie ließen mich vergessen, dass auf der anderen Seite des Hügels das Städtchen Overwich lag, mit seinen Salzgruben, Basaltsteinbrüchen und Schornsteinwäldern, die unablässig dicke Wolken, Rauch und Dampf ausstießen.

Der Wind, der gewöhnlich von Westen kam, bewahrte uns vor dem Lärm, dem Gestank und dem klebrigen Ruß – eine kleine Barmherzigkeit, für die ich wahrhaftig dankbar war. Zudem blickten fast alle Fenster des Hauses auf die Wiesen und Felder, die sich bis zum Horizont erstreckten, sodass es mir leichtfiel, die mit Salz beladenen Wagen zu ignorieren, welche die Straßen verstopften. Ich konnte einfach so tun, als wohnte ich gar nicht in unmittelbarer Nachbarschaft einer Stadt.

Seufzend strich ich mir mit dem Handgelenk die Haare aus dem Gesicht und griff wieder nach meinem Pinsel. Doch – du meine Güte! – inmitten der wogenden Strauchpappeln und Goldruten kam die alte Kutsche des Admirals den Weg zum Haus hinaufgerumpelt. Von meinem Blickwinkel aus schien sie sich ruckartig von einem Fensterausschnitt zum nächsten zu bewegen. Ich lief zu der alten, eichenen Haustür und öffnete sie, wenn auch mit einiger Mühe, weil sie im Bereich der Schwelle klemmte.

Der Admiral kam herein und küsste mich auf die Wange. »Meine liebe Charlotte.« Dann ging er zielstrebig an mir vorbei in die Eingangshalle, als würde er dringend erwartet.

Vor vier Jahren, nach dem Tod meiner Mutter, waren wir auf Drängen meines Onkels, des Admirals, nach Cheshire gezogen. Er hatte uns keine Ruhe gelassen und Overwich als ideale Lösung angepriesen – nicht so teuer wie London, umgeben von Ackerland und Wiesen. Hier, in diesem in der Cheshire Gap gelegenen, leicht hügeligen Landstrich war das Klima angenehm mild. Mein Onkel, mein einziger noch lebender Verwandter mütterlicherseits und eingeschworener Junggeselle, hatte die Gelegenheit beim Schopf gepackt, seine letzten Lebensjahre im Kreise der Familie zu verbringen.

Es war uns nicht schwergefallen, seinen Vorschlag anzunehmen. London reichte inzwischen fast bis vor unsere Haustür und mein Vater war des Lebens in der Stadt überdrüssig. Seiner Arbeit konnte er überall nachgehen, deshalb beschlossen wir, den Wunsch meines Onkels zu erfüllen. Und ich musste zugeben, dass ich meinen Onkel seit unserem Umzug beinahe lieb gewonnen hatte – oder mich zumindest nicht mehr ganz so sehr vor seinem imposanten Auftreten fürchtete. Ehrlich gesagt war er so etwas wie das schwarze Schaf der Familie.

Der Vater meiner Mutter war der Autor der *Botanical History of England*, sein Vater, mein Urgroßvater, hatte die *Natural History of Essex* geschrieben und dessen Vater hatte den *Catalogus* der Pflanzen in den königlichen Gärten veröffentlicht. Doch der Admiral hatte die akademische Ehre und Hochachtung, die die Familie sich über Generationen hinweg erworben hatte, in den Wind geschlagen und war zur See gegangen. Hin und wieder war die Rede davon gewesen, dass er möglicherweise ein Findelkind war, doch meine Mutter hatte immer gemeint, er habe ganz eindeutig die Nase meines Großvaters, deshalb tat meine Familie einfach ihr Bestes daran, sich so weit wie möglich von ihm zu distanzieren.

Mein Vater wiederum hatte lange zu verhindern versucht, dass die Heldentaten des Admirals *seiner* Familie zu Ohren kamen, doch nachdem der Name meines Onkels während des Kriegs fast täglich in den Zeitungen gestanden und die Queen ihn schließlich sogar in den Adelsstand erhoben hatte, war das nicht mehr möglich.

Jetzt hatten wir uns also in Overwich niedergelassen. Mein Vater und der Admiral schienen – nach anfänglichem Zögern – Freundschaft zu schließen, ja, mein Onkel hatte es sich offenbar geradezu zur Pflicht gemacht, uns jede Woche einmal zu besuchen, zu welchem Zweck auch immer.

Ich ließ ihn in der weiß gefliesten Eingangshalle stehen, breitbeinig und mit auf den Rücken gelegten Händen, und machte mich auf die Suche nach meinem Vater.

In der Halle angekommen, fiel der erste Blick meines Vaters auf die Post. Er schaute sie rasch durch, öffnete den Brief, den ich von der *British Association for the Advancement of Science* (BAAS) erhalten hatte, und begann zu lesen.

Ich nahm ihm den Brief aus der Hand, um ihm die Mühe zu ersparen. »Ich habe ihnen eine Abhandlung über die Flora der subantarktischen Inseln geschickt.«

»Und was halten sie davon?«

»Als ich sie unter meinem eigenen Namen eingereicht habe, haben sie es abgelehnt, mir aber gleichzeitig mitgeteilt, dass sie bereit wären, darüber nachzudenken, wenn *du* dich mit dem Thema befassen würdest.«

Er blinzelte hinter seiner runden Nickelbrille und meinte: »Aber ich würde mich niemals mit diesem Thema befassen.«

Was die Ablehnung natürlich nur noch schlimmer machte.

»Warum sollte ich über die Verbreitung von Pflanzen schreiben, wenn mein Interesse ihrer Klassifizierung gilt?«

»Ganz meine Meinung. Trotzdem habe ich mir erlaubt, das Manuskript dieses Jahr unter deinem Namen einzuschicken, und diesmal konnten sie es gar nicht hoch genug loben. Sie haben sogar beschlossen, es zu veröffentlichen.«

Während ich noch sprach, ging ich zum Admiral hinüber, um ihm den Mantel abzunehmen. Er drehte sich um und hob die Arme, damit ich ihm heraushelfen konnte. Ich schüttelte den Mantel aus und hängte ihn an einen Haken am Kleiderständer. »Ich weiß selbst nicht, warum ich erwartet habe, dass sie die Entscheidung allein anhand des Textinhalts treffen.« Und warum ich ganz tief im Innern immer noch hoffte, eines Tages unter meinem eigenen Namen veröffentlichen zu können.

Der Admiral nahm seinen Zylinder ab, klemmte ihn sich unter den Arm und sah mich an.

»Was hat das Ganze denn für einen Sinn, wenn meine Arbeit allein aufgrund meines Geschlechts nicht angenommen wird? Warum mache ich mir überhaupt die Mühe?« Damit drehte ich mich um und ging aus der Halle in den Salon, zurück zu meiner Illustration.

Mein Vater und der Admiral wechselten einen Blick.

Der Admiral folgte mir ins Zimmer. Jede Welle seines akkurat zur Seite gescheitelten, stahlgrauen Haars schimmerte, jedes einzelne Kleidungsstück war frisch gebügelt, seine Stiefel glänzten … in denkbar stärkstem Kontrast zu meinem Vater, der das völlige Gegenteil seines Schwagers war. Wenn etwas an ihm glänzte, dann nur seine Brille. Seine Haarfarbe war ein unbestimmbares, allmählich ergrauendes Braun, seine Jacke verknittert, seine Hose an den Knien ausgebeult. Und Stiefel hatte er überhaupt keine an – er stand auf Strümpfen vor uns.

Der Admiral betrachtete das grüne Samtsofa und den Tisch, beide wie immer übersät mit Büchern, Papieren und Präparaten. Ganz sicher sah er auch die Staubschicht, die alles grau überzog, doch er schien uns keinen Vorwurf daraus zu machen. Er ging über den abgetretenen Teppich zum Kamin, ergriff seinen Hut an der Krempe und winkte damit in unsere Richtung. »Es ist interessant, was du über die Einschränkungen deines Geschlechts sagst, Charlotte. Ich versuche deinem Vater schon seit einer Weile die Augen dafür zu öffnen, dass es nicht richtig ist, dich hier einzuschließen. Und dass du dich nicht ausschließlich deinen Sammlungen widmen solltest.«

»Ich würde nicht sagen, dass er mich einsch…«

»Die Botanik ist ein Zeitvertreib, den viele Mädchen deiner Generation pflegen.« Er begann, vor dem verrußten Kamin auf und ab zu gehen, den ich längst von der Asche des letzten Winters hätte befreien müssen. Doch in Anbetracht der Tatsache, dass der Herbst schon wieder vor der Tür stand, hatte ich beschlossen, dass sie genauso gut an Ort und Stelle bleiben konnte. »Man hat uns gesagt, es sei eine Tugend, Gottes Schöpfung zu erforschen – obwohl es uns wahrscheinlich besser ginge, wenn wir den Himmel bäten, uns vor den Tugenden der Tugendhaften zu bewahren. Dennoch sollte inzwischen sogar dir aufgefallen sein, dass es den Mädchen und Frauen, deren Leidenschaft den Pflanzen und Blumen gilt, nur selten gelingt, einen Ehemann zu finden und des Segens einer eigenen Familie teilhaftig zu werden. Wenn du eine Aufgabe anstrebst, die deinem Geschlecht besser zu Gesicht steht, wenn du in den Genuss all des Schönen, das das Leben für dich bereithält, kommen willst, solltest du dich vielleicht auf ebendiese Dinge konzentrieren.«

Der Admiral schien noch immer der Vorstellung zu huldigen, er könne für mich all das tun, was er für meine Mutter nicht hatte tun können; jedenfalls äußerte er diese Bitte beharrlich jedes Jahr, seit wir nach Overwich gezogen waren, doch mir schien seine Idee heute nicht verlockender als in den letzten Jahren.

Ich setzte mich vor meine Staffelei und er fuhr fort: »Darf ich hoffen, dass du all dies irgendwann sein lässt und die Rolle ausfüllst, für die du geschaffen wurdest? Ehe und Mutterschaft?«

Ich sah meinen Vater an, der seinen Blick jedoch abwandte. Warum sollte meine Antwort dieses Jahr anders lauten als letztes? Die Ehe und alles, was damit zusammenhing, hatte nichts mit den subantarktischen Inseln oder der Verbreitung von Pflanzen zu tun. Doch wenn die BAAS recht hatte, dann hatte ich ebenfalls nichts mit diesen Inseln oder den Pflanzen dort zu tun. »Wenn ich heiraten würde, wie du vorschlägst, wer würde dann Vaters Korrespondenz erledigen und sich um die Rechnungen kümmern? Wer würde seine Bücher illustrieren? Und wer würde seine Pflanzen klassifizieren?« Kurz, wer würde all das tun, was ich seit Jahren tat?

»Du darfst dich nicht länger hier verstecken und glauben, dass du dich dem göttlichen Plan entziehen kannst.«

»Die Arbeit meines Vaters ist sehr wichtig. Warum kann ich mich nicht ganz und gar seinem Erfolg verschreiben? Oder auch meinem eigenen Erfolg?«

Vater hustete. »Was dein Onkel sagen will – und was dank seiner Bemühungen auch ich endlich begriffen habe –, ist, dass ich dich schon viel zu lange vernachlässige. Wir beide wollen nur dein Glück.«

»Mein … *Glück?*« Glück hatte ihn noch nie interessiert. Seine Interessen lagen bei Lilien und Orchideen, Blüten und Blättern.

Der Admiral klopfte lächelnd auf seinen Hut. »Siehst du? Wir wollen wirklich nur dein Bestes.«

Wir? Also hatten sie sich in dieser Sache zusammengetan? Ich schüttelte den Kopf und wollte weiterarbeiten, stellte jedoch fest, dass ich einen Stift brauchte. Ich ging zu meinem Schreibtisch in der Mitte des Zimmers und zog eine Schublade auf in der Hoffnung, einen zu finden, entdeckte jedoch stattdessen einen Haufen Pflanzen und eine kleine Lupe. Ich nahm sie heraus und legte sie auf den Schreibtisch. »Was soll ich also eurer Ansicht nach tun?« Wo hatte ich nur meinen Stift hingelegt?

Der Admiral hob den Pinsel auf, den ich abgelegt hatte. »Was alle Mädchen in der Gesellschaft tun. Was jedes Mädchen in der Gesellschaft tut! Findest du nicht, meine Liebe, dass es Zeit wird, diese kindischen Sachen aufzugeben?«

»*Kindisch* …?« Wenn er meine Arbeit als kindisch bezeichnete, galt das ebenso für die Arbeit meines Vaters, denn der tat genau das Gleiche.

»Nicht kindisch.« Mein Vater nahm meinem Onkel den Pinsel aus der Hand und legte ihn wieder neben die Staffelei. »Gerade jetzt beschäftigt Charlotte sich mit einer sehr interessanten Sache. Ich weiß gar nicht, warum die BAAS die Schrift nicht veröffentlichen will.«

»Weil sie offenbar der gleichen Ansicht ist wie der Admiral.« Ich zog eine andere Schublade auf. Da war er ja! Ich nahm den Stift heraus.

»Ich wollte dich nicht kränken, mein Mädchen. Ich wollte nur sagen, dass du diese Dinge aufgeben solltest. Sie sind es nicht wert, dass du … dass du …« Er verzog das Gesicht. »Ich wollte nur sagen, dass die alleinige Beschäftigung mit … woran arbeitest du gerade?«

»*Ranunculus*.«

»Dass die alleinige Beschäftigung mit *Ranunculus* nicht angemessen ist, findest du nicht auch?«

»Angemessen?«

Er wollte *mir* sagen, was angemessen war?

»Nicht für ein Mädchen in deiner Stellung.«

»Meiner Stellung? Was soll das für eine Stellung sein?«

»Dein Alter. Sie ist nicht angemessen für ein Mädchen in deinem Alter. Ich hoffe sehr, dass du darüber nachdenken wirst, meine Liebe. Ich kann dir aus Erfahrung sagen: Wenn du bestimmte Dinge zu lange vernachlässigst, wird es dir irgendwann nicht mehr gelingen, dich ihnen zu widmen.«

Schade, dass er keine Frau und keine Kinder hatte. Wenn, dann hätte er sich um sie statt um mich sorgen können.

»Du bist ein hübsches Mädchen, Charlotte. Kräftig. Vernünftig. Gut gebaut. Es dürfte nicht schwer sein, dich auf den Markt zu bringen.«

Mich auf den *Markt* zu bringen?

»Und mach dir keine Sorgen. Ich weiß, wie es ist, wenn man sich wie ein Fisch auf dem Trockenen fühlt. Es kann etwas mühsam werden, dich in die Gesellschaft einzuführen, über die Brandung hinaus ins weite Fahrwasser zu hieven. Aber immerhin werden die Lektionen, die ich in meinem Leben gelernt habe, nun doch für etwas gut sein. Ich möchte nicht, dass du dein Leben … *damit* verschwendest.« Er warf einen scheelen Blick auf die Zeugen der wissenschaftlichen Arbeit, die uns umgaben. »Denk darüber nach. Versprich es mir.«

Bald darauf verabschiedete sich mein Onkel und ich entspannte mich. Er war ein ruheloser Mensch, ständig in Bewegung, und irgendetwas an seiner Art veranlasste mich, in seiner Gegenwart immer möglichst gerade zu stehen und die Schultern zurückzunehmen.

Mein Vater stieß einen Seufzer aus und ließ sich in einen Sessel fallen. »Deine Mutter hätte gewusst, was in dieser Situation zu tun ist.«

Ja, weil »diese Situation« genau die war, die sie selbst für sich gewählt hatte. Sie hatte meinem Vater bei seiner Arbeit assistiert, bis zu dem Tag, an dem sie gestorben war – ganz wörtlich genommen. Sie war tot umgefallen, während sie seine Notizen ins Reine geschrieben hatte.

Er schüttelte den Kopf, als sei ich ein ungezogenes Kind, und sah mich mit seinen haselnussbraunen Augen an, die meistens wirkten, als schwämmen sie in Tränen. Der Gedanke, verhindern zu müssen, dass er tatsächlich in Tränen ausbrach, hatte mich die ersten Jahre nach Mutters Tod aufrecht gehalten. Hatte mir Kraft gegeben für die endlosen Verhandlungen über Buchverträge, die täglich neuen Diskussionen mit meinem Vater, wenn er in dem Bett lag, das er mit meiner Mutter geteilt hatte, und behauptete, den Gedanken aufzustehen nicht ertragen zu können. Und auch für die Durchsicht von Mutters Papieren und die Überarbeitung von Vaters Abhandlungen.

Mein Wunsch, meinen Vater zu beschützen, war es auch gewesen, der ihn und mich hierher nach Overwich gebracht hatte. Und wenn ich mich auch nicht gerade auf die Besuche des Admirals freute, so war ich doch dankbar, dass seine Anwesenheit meinem Vater offenbar neuen Lebensmut gegeben hatte. Nach unserem Umzug hatte er sein Nachthemd ausgezogen und beschlossen, sich morgens wieder anzukleiden. Und vor zwei Jahren hatte er auch seine Streifzüge durch die Felder wieder aufgenommen und seine Wangen nahmen wieder einen Hauch der gesunden Farbe von früher an.

»Der Admiral sagt, dass du mehr ausgehen solltest.« Er blinzelte. Blinzelte noch einmal. »Dass du ›groß herauskommen‹ solltest – ich glaube, so hat er es ausgedrückt. Und dass du heiraten solltest.«

»Wen?«

»*Wer* wen?«

»Wen soll ich heiraten?« Hatte er das ebenfalls schon beschlossen?

»Das weiß ich nicht.« Mein Vater runzelte die Brauen, als sei er überrascht über die Frage. »Es muss doch jemand Passenden geben. Irgendwo. Overwich ist schließlich kein Bauerndorf.«

»Und ich soll meine Arbeit – und deine – im Stich lassen, um diesen Jemand zu suchen?«

»Das hat die Natur schließlich so vorgesehen, oder?« Er machte es sich in seinem Sessel bequem, als sei unsere Diskussion damit beendet.

Die Natur sah vor, dass Blumen blühten, wo die Gegebenheiten ihnen ein Überleben ermöglichten, aber ich war ganz und gar nicht überzeugt, dass sie wollte, dass ich auf Befehl des Admirals heiratete. »Aber warum ist seine Meinung so wichtig? Du selbst hast immer gesagt, er hätte eine vielversprechende Laufbahn als Botaniker aufgegeben, um zur Marine zu gehen.«

»Er hatte auf jeden Fall mehr gesellschaftlichen Umgang als du oder ich, deshalb kennt er sich mit den Themen Brautwerbung und Ehe ganz bestimmt besser aus als wir. Wenn er sagt, dass die Zeit drängt, vertraue ich in dieser Sache seinem Urteil.«

»Aber er selbst hat doch nie geheiratet!«

»Aber er kennt viele Leute, die verheiratet sind. Außerdem sind auf diesem Gebiet Dinge zu berücksichtigen und Strategien zu verfolgen, die ich gar nicht vorgeben will zu verstehen.«

»Und was ist mir dir und Mutter?«

Er öffnete den Mund, schloss ihn wieder und sagte dann mit einem schiefen Lächeln: »Ehrlich gesagt weiß ich selbst nicht so genau, wie es dazu kam …« Er räusperte sich und rutschte unbehaglich in seinem Sessel herum. »Es stimmt, Charlotte. Der Admiral hat recht. Du hast hier kaum Möglichkeiten, so abgeschieden, wie du lebst, den ganzen Tag nur mit deiner Arbeit beschäftigt.«

»Ich lebe nicht abgeschieden. Du und ich machen jeden Morgen einen Streifzug übers Land. Und sonntags gehen wir in die Kirche.« In allen anderen Dingen vertraute ich unserer Köchin, Mrs Harvey, und der Königlichen Post.

»Wie auch immer, dein Onkel war sehr überzeugend. Ich muss zugeben, dass ich seit dem Tod deiner Mutter die Zeit aus den Augen verloren habe. Du warst damals fünfzehn, nicht wahr?«

»Vierzehn.«

»Und jetzt bist du beinahe einundzwanzig.«

»Ich bin zweiundzwanzig.«

»Wirklich? Wie erstaunlich.« Er zog überrascht die Brauen hoch. »Sind es tatsächlich schon acht Jahre …? Aber ich bin immer davon ausgegangen, dass du eines Tages heiraten wirst. Du doch auch, oder?«

Ich hatte noch gar nicht darüber nachgedacht. Nach Mutters Tod hatte ich Mühe gehabt, unsere Abgabetermine einzuhalten. Ich hatte gar nicht die Zeit gehabt, mir Gedanken über meine Zukunft zu machen. Meistens war ich vollauf damit beschäftigt gewesen, meine Manuskripte zu veröffentlichen und unsere Rechnungen zu bezahlen.

»Wenn du heiraten willst, musst du in die Gesellschaft eingeführt werden, glaube ich.«

»Ich glaube, ›auf den Markt gebracht werden‹ war die Wendung, die er gebraucht hat. Ich soll mich selbst auf den Markt bringen.«

»Ja. Nun … er kann dir dabei helfen.«

»Wirklich?«

»Er ist anscheinend ziemlich angesehen in der Gegend.«

»Tatsächlich?«

Vaters Schulterzucken zeigte, dass er über die Neuigkeit genauso erstaunt war wie ich. »Jedenfalls ist er willens, dich zu unterstützen. Er sagt, er könne das ganze Drumherum übernehmen …«

Es gab also noch ein Drumherum?

»Die Einladungen und … und … andere … Dinge, die nötig sind. Ich glaube, du solltest es tun.«

Er klang ungewohnt fest in dieser Sache, weshalb ich es für das Beste hielt, die Idee gleich im Keim zu ersticken. »Aber ich habe gar keine Zeit für so etwas.«

Er beugte sich vor und straffte die Schultern. »Die hättest du, wenn du nicht darauf bestehen würdest, mir zu helfen.«

Darauf bestehen? »Aber wenn ich dir nicht helfe, wer dann?«

»Ich schaffe das schon.«

Schaffen? Er würde es schaffen, die Rechnungen liegen zu lassen, bis der Gerichtsvollzieher kam, würde seine Briefe an Mr Pierce mit denen an Mr Peece verwechseln und seine Notizen durcheinanderbringen und überhaupt nichts schaffen. »Soll das heißen, du willst meine Hilfe nicht?«

»Ich will damit nur sagen, dass ich sie nicht brauche.«

2

Sie nicht brauchte! Sie nicht brauchte?

Was glaubte er wohl, hätte er in den letzten acht Jahren erreicht, wenn ich nicht gewesen wäre? Ich schrieb seine Notizen ins Reine, verfasste seine Vorträge und kümmerte mich um seine Korrespondenz. Ich bezahlte die Händler und die Post. Ich sorgte dafür, dass wir zu essen und etwas anzuziehen und Sandwiches hatten, die zuzubereiten offenbar unter der Würde der Köchin war. Und hin und wieder, vielleicht einmal im Jahr, wischte ich sogar Staub.

Heiraten!

Bei dem Gedanken schnaubte ich beinahe. Wenn mein Vater erkennen würde, wie viel ich arbeitete, würde er bei diesem Gedanken erzittern! Der Vorschlag war lächerlich und das würde er auch sehr schnell einsehen. Ich hatte einfach viel zu viel zu tun, um zu heiraten, also schob ich den Gedanken zunächst einmal beiseite.

Etwas später klingelte es an der Tür. Ich stand seufzend auf. Als ich öffnete, wurde mir ein Holzkästchen unter die Nase gehalten. »Für Mr Withersby.«

Ich ließ das Ding in den Salon tragen, holte ein Messer und schnitt die Verpackungsbänder auf.

»Eine Kiste mit Pflanzen ist gekommen«, rief ich über die Schulter in Richtung des Arbeitszimmers meines Vaters.

Ich hörte ihn über den Flur tapsen, dann stand er in der Tür. »Was ist das?«

»Pflanzen. Eine ganze Kiste voll.«

Sein Gesicht leuchtete auf, als er begriff. »Großartig. Komm, wir schauen sie gleich an, ja?«

Ich hob vorsichtig den Deckel an. Einmal, als ich eine solche Kiste geöffnet hatte, war eine Eidechse herausgeschossen, hatte mich angezischt, war auf den Fußboden gesprungen und davongeschlüpft.

»Woher kommt sie? Steht es drauf?«

»Sie muss von einem deiner tüchtigen jungen Männer sein.«

»Ja, schon.« Er hatte sich auf den Fußboden gesetzt und wühlte bereits in der Kiste herum. »Aber von welchem?«

Das war die Frage. Mein Vater hatte eine wahre Armee von tüchtigen jungen Gehilfen, die durch die Welt reisten und nach botanischen Spezies Ausschau hielten, die seiner Beachtung würdig waren. Einmal im Monat fuhr er nach Liverpool und klapperte die Schiffe ab, die in ferne Länder fuhren, auf der Suche nach Assistenten. An dieser Stelle sollte vielleicht erwähnt werden, dass seine tüchtigen jungen Männer durchaus nicht alle tüchtig waren. Ein oder zwei Mal hatte er sich an Männer gewandt, die sich später als ehemalige Verbrecher entpuppt hatten. Und kürzlich hatten wir zu unserer Enttäuschung erleben müssen, dass ein paar unserer besten Gehilfen um Bezahlung für die Pflanzenexemplare nachsuchten, die sie uns schickten – als sei ihr Beitrag zur Wissenschaft nicht Belohnung genug. Und der Vollständigkeit halber sollte auch noch angefügt werden, dass nicht alle Gehilfen meines Vaters jung waren.

Ich glaubte zu wissen, von wem diese Kiste stammte. »Ich vermute, sie ist von unserem Mr E. Trimble.« Sie sah jedenfalls so aus. Ich hatte ihn schon so oft gebeten – auch im Namen meines Vaters –, ein bisschen mehr Sorgfalt auf die Pflanzen zu verwenden, doch er ignorierte meine Bitte hartnäckig. Auch diesmal waren die Exemplare, die er schickte, weder auf irgendeine Sorte Papier aufgebracht noch irgendwie gekennzeichnet und offenbar auch nie gepresst worden.

»Nutzlos, jedenfalls die meisten.« Er runzelte die Stirn. »Ich muss dem jungen Mann wirklich einmal schreiben, wie man solche Proben fachgerecht konserviert.«

»Das habe ich schon.« Schon oft. Mr E. Trimble war ein Schaffarmer aus Neuseeland mit einer Leidenschaft für Zahlen, Systeme und Methoden. Ich stellte ihn mir als einen drahtigen, energischen Mann mittleren Alters vor. Wir pflegten einen regelmäßigen, recht anregenden Briefwechsel.

Er meinte es gut, doch er hatte uns eine Kiste voller nutzloser Pflanzen geschickt, für deren Transportkosten wir aufkommen mussten. »Wenn du wieder nach Liverpool fährst, muss ich wirklich mitkommen.« Vielleicht konnte ich dafür sorgen, dass der nächste Famulus meines Vaters tatsächlich tüchtig und jung war.

»Es würde dir nicht gefallen. Mir gefällt es auch nicht … die vielen Menschen, die Schiffe, der Lärm. Ich weiß wirklich nicht, warum ich mir überhaupt die Mühe mache.«

Das hatte ich mich auch schon gefragt.

»Sieh mal.« Er hatte etwas von ganz unten aus der Kiste herausgeholt und hielt es hoch wie eine Trophäe. Ein Umschlag. Er gab ihn mir.

Ich brach das Siegel und öffnete ihn.

Anbei: eine weiße Blume, Name Zimtrose; eine weiße Blume, angeblich Riesen-Hahnenfuß – sieht nicht so aus; eine rote Blume, unbekannte Art; zwei verdächtige gelbe Blumen, die sich als Ranunculi ausgeben …

Verdächtig? Ausgeben? Blumen pflegten sich nicht als etwas anderes auszugeben, als sie waren. Wenn er nur nicht immer so krampfhaft geistreich wäre! Ich las die Liste laut zu Ende und drehte den Brief dann um, um nachzusehen, ob er zu irgendeinem Exemplar noch weitere Einzelheiten geschrieben hatte. Hatte er aber nicht.

»Ein Hahnenfuß? Da drin?« Vater starrte in die Tiefen der Kiste, als sei allein schon der Gedanke unvorstellbar. Ich konnte ihm keinen Vorwurf machen. Er seufzte. »Ich hätte gerne einmal eine Blüte von einem Eisenholzbaum gesehen.«

»Das hier könnte eine gewesen sein.« Ich hielt einen kahlen Stängel hoch. »Sieht aus, als wären einmal Blüten daran gewesen.«

Er nahm ihn mir aus der Hand. »Man sollte ihm sagen, dass ein solches Durcheinander von Pflanzen völlig nutzlos ist. Es würde zu lange dauern, sie zu sortieren, ganz zu schweigen, sie zu klassifizieren. Er hat sie offenbar in keiner Weise gekennzeichnet.«

»Ich schreibe ihm gleich morgen.«

»Hoffen wir, dass er inzwischen noch nicht wieder allzu viele gesammelt hat.«

Am Nachmittag ging mein Vater auf einen Streifzug. Ich beschloss, meine Illustration fertig zu machen. Doch in dem Moment, in dem ich den Pinsel ansetzte, läutete es an der Tür – dabei hatte ich für heute wirklich genug Besuch gehabt.

Ich riss die Tür auf. »Ja? Was ist denn?« Die Worte waren kaum heraus, da registrierte ich, dass mir ein kleines Gewächshaus entgegengestreckt wurde. In seinem Innern wuchs ein wahres Paradies an Pflanzen. Ich war es gewohnt, dass die tüchtigen jungen Männer meines Vaters uns gläserne Behältnisse schickten, doch normalerweise trafen sie als ein Friedhof toter, getrockneter Überreste ein, eine vage Erinnerung an die Pflanzen, die sie einmal gewesen waren.

Das Gewächshaus sank gerade so weit hinunter, dass ich sehen konnte, dass der Überbringer nicht der übliche Bote der Königlichen Post war. Der Mann machte trotz seines dichten, ungebändigten Haarschopfs einen äußerst gepflegten Eindruck; sein kantiges Gesicht war wohlproportioniert und wirkte sehr sympathisch. Der Falte zwischen den Augen entsprach eine Kerbe im Kinn. Er sah mich aus blauen Augen unter dunklen Brauen an.

Ich blinzelte. »Warum … ich weiß nicht, wer Sie sind.«

»Ich hoffe, Sie bestehen nicht auf einer förmlichen Vorstellung. Es ist ziemlich dringend …«

»Nein, natürlich nicht. Ja. Bitte. Kommen Sie doch herein. Sie können es hier abstellen …«

Doch er hatte sich schon hereingedrängt, war durch die Halle in den Salon marschiert und stellte das Gewächshaus sogleich auf meinen Schreibtisch.

»Es wäre mir lieber, wenn Sie es woanders hinstellen könnten. Obwohl es eine sehr außergewöhnliche … was ist es eigentlich?« Aus einer Art Garbe aus Blättern erhob sich ein Zylinder goldfarbener Blüten. Das Ganze erinnerte ein bisschen an eine Hyazinthe; unsere Köchin hätte es wahrscheinlich als Flaschenbürste benutzt. Ich hatte so etwas noch nie gesehen.

Er beugte sich neben mir über die Blume. »Es ist eine Lilie.«

»Eine Lilie? Unmöglich. Aber sie sieht ziemlich fantastisch aus.«

Ein Mundwinkel kräuselte sich zu einem Lächeln. »Ziemlich.«

Ich ging um den Tisch herum, um sie von der Rückseite zu betrachten.

»Ich habe sie bei einem Abstecher auf die subantarktischen Inseln entdeckt, von denen Mr Withersby mir so viel geschrieben hat. Furchtbares Wetter. War eine richtige Odyssee, bis ich sie gefunden hatte, und auf dem Rückweg aus dem Tal, in dem ich sie entdeckte, hätte ich mir beinahe noch den Hals gebrochen.«

So etwas wie diese Blume hatte ich noch nie gesehen.

»… sehe schon, dass meine Heldentaten Sie relativ unbeeindruckt lassen.«

Ich richtete mich auf. »Verzeihung. Was haben Sie gesagt?«

Er betrachtete mich mit einem kläglichen Lächeln. »Nichts. Ist Mr Andrew Withersby vielleicht zufällig anwesend? Ich würde ihn gern sehen, wenn es möglich ist. Durch unsere Korrespondenz habe ich das Gefühl, ihn schon recht gut zu kennen.«

Irgendetwas, das er gesagt hatte, war zu meinem Bewusstsein vorgedrungen.

»*Sie* haben dieses Exemplar gefunden?«

»Ja.«

Das änderte alles. »Ich dachte, Sie seien ein Bote und … es tut mir sehr leid.«

»Keine Ursache. Aber wenn Mr Withersby da ist, sagen Sie ihm doch bitte, dass Mr Edward Trim…« Er brach plötzlich ab. »Ich nehme an, dass er mich unter dem Namen Edward Trimble kennt.«

»*Sie* sind Mr E. Trimble?«

»Ja. Ist er da? Ich würde ihn wirklich gern sehen.«

»Sie können nicht Mr Trimble sein.«

Eine dichte schwarze Braue hob sich. »Ich versichere Ihnen, dass er mich unter diesem Namen kennt. Wir haben einen außerordentlich interessanten Briefwechsel über …«

»Aber Sie sind nicht …« *Mittleren Alters oder drahtig oder … oder in irgendeiner anderen Hinsicht wie Mr Trimble.* »Sie können es nicht sein.« Er sah einfach nicht wie ein Schaffarmer aus.

In diesem Augenblick kam mein Vater ins Haus, eine Botanisiertrommel über der Schulter.

»Ah! Mein tüchtiger junger Gehilfe.« Mein Vater vergaß nie ein Gesicht, nur an die dazugehörigen Namen konnte er sich nicht erinnern.

Der tüchtige junge Gehilfe, in diesem Fall tatsächlich sowohl tüchtig als auch jung, ging zu ihm und bot ihm die Hand. »Schön, Sie wiederzusehen, Sir.«

Mein Vater nahm die Hand, die Mr E. Trimble ihm hinstreckte. »Wie lange ist es her?«

»Drei Jahre, seit ich Sie in Liverpool kennengelernt habe.«

»Drei Jahre.« Vater sah mich an. »Stell dir vor, Charlotte.«

Was ich gerade tat. Ich dachte an die vielen Briefe, die zwischen Mr Trimble und mir hin- und hergegangen waren. Daran, dass ich ihn mir immer als dünnen, unauffälligen Mann vorgestellt hatte. Daran, dass ich ihm von meinen Hoffnungen und Träumen geschrieben und mit ihm über botanische Theorien gefachsimpelt hatte. Wenn ich Glück hatte, würde er nie herausfinden, dass er die ganze Zeit mit mir korrespondiert hatte.

Mein Vater ging zum Sofa und fing an, seine Botanisiertrommel auszuräumen. Er legte die Pflanzen, die er gesammelt hatte, auf die Papierstapel, mit denen das Sofa bedeckt war.

Dabei deutete er mit dem Kinn zu einem Stuhl und sagte zu unserem Gast: »Kommen Sie her, junger Mann, und erzählen Sie mir von Neuseeland.«

Mr Trimble versuchte, dieser Aufforderung nachzukommen, doch mein Vater fing schon bald an, ihn zu unterbrechen: mit Fragen nach Lilien, ob er schon einmal in Australien gewesen sei und ob die Alpen in der Kolonie tatsächlich so bar jeglicher Flora seien, wie es in den Zeitschriften immer hieß.

Ich hätte eigentlich zufrieden sein müssen, dass die Fragen meines Vaters genau dieselben waren, die ich Mr Trimble in meinen Briefen gestellt hatte, doch mir war ein wenig unwohl, als ich merkte, wie verwirrt Mr Trimble war, weil mein Vater sich offenbar an nichts erinnern konnte, was er in seinen Briefen so ausführlich beschrieben hatte. Ich musste einschreiten, um sein Misstrauen zu zerstreuen. »Du musst dich doch erinnern, Vater. Er war schon auf Campbell Island. Und er hat uns – dir – detailliert darüber geschrieben.«

Vater hatte sich inzwischen hingesetzt und sah unseren Gast jetzt stirnrunzelnd an. »Ich sollte vielleicht Ihre Briefe lesen«, meinte er.

Unser Besucher hatte sich auf seinem Stuhl umgedreht und sah mich an. »Vater? Mr Withersby ist Ihr Vater? Aus der Art, wie … nun, wie Sie …« Er verstummte, runzelte die Stirn und versuchte es erneut. »Ich glaube nicht, dass wir einander bereits vorgestellt wurden.«

Aus der Art, wie er das sagte, schloss ich, dass er mir die Schuld daran gab. »Ich bin Charlotte.« Die Frau, die ihm im ersten schweren Jahr des Aufbaus seiner Farm Mut gemacht hatte. Die ihn getröstet hatte, als er sein erstes Mutterschaf verloren hatte. Die wusste, dass er hoffte, seine Farm um weitere tausend Tiere vergrößern und eine Textilfabrik gründen zu können, die wiederum seiner Schafzucht zugutekam. Aber natürlich glaubte er, all diese Briefe mit meinem Vater ausgetauscht zu haben.

»Ich scheine das Ganze völlig falsch verstanden zu haben. Tut mir leid, Miss Withersby.«

Vater hatte uns beobachtet. Jetzt deutete er auf den Papierstapel auf dem Boden neben sich. »Wo ist denn der Brief, von dem er sprach, Charlotte? Der über Campbell Island?«

Ich ging zu dem Schrank, wo der Brief zwischen alten Steuerunterlagen und Klassifizierungsbüchern steckte.

Mr Trimble hob eine Hand. »Bitte machen Sie sich keine Mühe. Das ist nicht nötig. Wahrscheinlich bekommen Sie dutzendweise Schreiben von Ihren Briefpartnern. Ich erzähle Ihnen gern von meinen Reisen. Ich habe noch nie dergleichen gesehen.«

Dann ließen sie sich über das Thema in aller Länge aus und ich widmete mich erleichtert wieder meiner Illustration, wobei ich mich mehrmals eines Mikroskops bediente, um bestimmte Details herauszufinden. Ich war fast fertig, als mir auffiel, dass das Gespräch zum Erliegen gekommen war. Als ich aufblickte, sahen mich zwei Augenpaare an.

»Meinst du nicht auch, Charlotte?« Aus der Frage konnte ich schließen, dass er eine positive Antwort erwartete.

»Ja, ich glaube schon.«

»Gut!« Vaters Wangen nahmen eine lebhafte Farbe an; er wirkte hochzufrieden. »Das wäre also geklärt. Unser tüchtiger junger Mann hier wird zum Essen bleiben.«

Hätte ich nur nicht so voreilig Ja gesagt! Unsere Köchin würde in dieser Sache leider völlig anderer Ansicht sein. »Ich weiß nicht genau, ob Mrs Harvey einverstanden sein wird.«

Vater biss sich auf den Schnurrbart. »Würdest du sie bitte … könntest du sie informieren, während ich meinem Famulus mein Buch zeige?«

Ich nickte, doch vor der Küchentür hielt ich inne.

Deutlich konnte ich hören, wie Mrs Harvey eine Melodie vor sich hin summte.

Viel hätte ich dafür gegeben, es ihr nicht sagen zu müssen. Die Küche war ihr ureigenes Reich, und seit sie mich erwischt hatte, wie ich meine getrockneten Pflanzen in einem ihrer Kessel auffrischte, war sie nicht mehr sonderlich gut auf mich zu sprechen.

Als ich hereinkam, zog sie gerade ein Blech mit schwärzlichen Brötchen aus dem Ofen. Sie wandte den Kopf und sah mich an.

Ich nickte. »Mrs Harvey.«

»Sie wollen mir wahrscheinlich sagen, dass Sie gern Butter zu Ihren Brötchen hätten. Und das, nachdem ich Ihr Abendessen schon fertig habe!«

»Nein. Nichts dergleichen.«

Sie durchbohrte mich mit einem ungläubigen Blick. »Dann wollen Sie Kuchen oder frischen Tee zum Frühstück.«

»Nein. Der Tee, den Sie abends auf dem Herd stehen lassen, genügt völlig.« Ich war schon beinahe daran gewöhnt, morgens kalten Tee zu trinken, und fand das kühle Getränk erfrischend – jedenfalls im Sommer.

»Sie lassen mir wirklich keine Ruhe mit Ihren ständigen Wünschen!«

»Es ist ja nur … einer von Vaters Korrespondenten ist zu Besuch und wir haben gehofft … Vater wüsste gern … ob es möglich ist, dass er zum Abendessen bleibt?«

Sie nahm die Brötchen vom Blech, eins nach dem anderen, und schmetterte sie wütend in ein Körbchen. Dann warf sie ihre aschegeschwärzten Hände hoch. »Reicht es denn nicht, dass ich mir hier die Finger wund arbeite?« Sie stapfte zum Schrank hinüber, nahm ein Stück Speck heraus und schnitt ein paar Stücke ab mit dem großen Messer, das sie gewöhnlich im Schürzenbund trug. »Aber dermaßen ausgenutzt zu werden – das ist wirklich ein Skandal!«

»Es tut mir aufrichtig leid. Wir wussten nicht, dass er kommt.«

»Das macht es auch nicht besser! Das nächste Mal laden Sie dann wohl die ganze Stadt ein!«

»Aber nein! Es ist nur heute und nur dieser eine Mann.« Ich nahm das Brotkörbchen und ging damit ins Esszimmer.

Die Männer saßen bereits am Tisch, Mr Trimble hatte sich auf meinen Platz gesetzt, Vater saß ihm gegenüber. Sie sprachen noch immer über Vaters Bücher.

Mr Trimble stand auf, als ich hereinkam.

Ich nickte, stellte die Brötchen auf den Tisch, nahm einen Stapel getrockneter Pflanzen von einem Stuhl und zog diesen an den Tisch. Mr Trimble nahm mir die Pflanzen ab. »Verzeihen Sie. Ich hätte eher daran denken sollen.«

Ich wollte gerade antworten, da kam Mrs Harvey herein und knallte einen Teller mit Speckscheiben und eine Schüssel mit etwas Grünem, das nur Spinat sein konnte, auf den Tisch. Ich wartete, bis sie wieder draußen war, dann setzte ich mich und nahm mir ein Brötchen und ein Stück Speck.

Vater bediente sich ebenfalls. Mr Trimble folgte seinem Beispiel. Er bürstete ein wenig Asche von seinem Brötchen und wollte hineinbeißen. Es gelang ihm nicht. Erstaunt betrachtete er das Ding in seiner Hand.

Ich zeigte ihm, wie wir dieses Problem zu lösen pflegten, hob meine Teetasse an und tauchte das Brötchen hinein.

Er folgte meinem Beispiel, doch ich sah, dass er nur einen einzigen Bissen nahm und das Brötchen dann zurück auf den Teller legte. Und er nahm sich auch nicht von dem Speck.

»Schmeckt Ihnen das Essen nicht, Mr Trimble?«

»Das letzte Mal, dass ich so etwas gegessen habe, war auf der Fahrt nach Neuseeland vor drei Jahren. Wir waren vom Kurs abgekommen und unsere Vorräte mussten einen Monat länger als vorgesehen reichen.«

Vater lächelte breit. »Mrs Harvey, unsere Köchin, war mit einem Seemann verheiratet. Sie wird sich freuen, dass Sie das Essen so authentisch finden.«

»Authentisch, das ist es in der Tat.« Dennoch legte er die Gabel ab und schien nicht vorzuhaben, sie wieder in die Hand zu nehmen.

Ich tauchte mein Brötchen erneut tief in die Tasse, damit es weich wurde. »Neuseeland. Es muss ein erstaunliches Land sein. Sie vermissen doch sicher Ihre Schafe? Ich hoffe, Emilia hat das Lammen überlebt?«

Mr Trimble blinzelte. »Wenn ich gewusst hätte, dass Sie meine Briefe lesen, Miss Withersby, wäre ich bei der Wortwahl ein wenig vorsichtiger gewesen. Oder hätte vielleicht auch ganz andere Themen gewählt. Meine Geschichten über das Leben in der Kolonie können Sie doch gar nicht interessiert haben.«

Mein Vater verschluckte sich an einem Stück Brötchen. »Sie haben *Schafe*?«

Mr Trimble sah ihn überrascht an. »Gut hundert Stück.«

»Gilt das als große Herde?«

Vielleicht hätte ich das Thema lieber nicht zur Sprache bringen sollen. »Er hat uns geschrieben, Vater, dass seine Herde noch recht klein ist, weil er gerade erst anfängt, aber er möchte sie auf jeden Fall vergrößern. Das Landleben hat seine Tücken, wie du dich sicher erinnerst.«

»Sie klingen beinahe, als würden Sie es kennen, Miss Withersby.«

»O nein, natürlich nicht. Aber ich lese Zeitungen. Und hin und wieder hat Vater mir aus einem Ihrer Briefe vorgelesen.«

Meine Erklärung schien ihn zu befriedigen. Er fing an, von dem schönen Land zu erzählen, und was er sagte, ließ mich beinahe wünschen, unsere sanften Hügel und freundlichen Waldlichtungen gegen die hohen Berge und tiefen Täler eintauschen zu können, die er beschrieb. Ich hatte mir schon lang gewünscht, die Pflanzen, die er uns schickte, *in situ* zu sehen. Und wenn die Kolonie eine solche Leidenschaft in einem Mann wecken konnte, der in seinen Briefen einen so abgeklärten Eindruck machte, dann musste es in der Tat ein außergewöhnliches Land sein.

Nach dem Essen gingen wir wieder in den Salon und Vater machte sich auf die Suche nach dem Brandy; er fand ihn schließlich unter einer Glasglocke, unter der eine Orchidee gewohnt hatte, bis sie unglücklicherweise eingegangen war. Dann kramte er nach den Gläsern, bis ich ihn erinnerte, dass ich sie zuletzt auf dem Kamin gesehen hatte. Er holte und füllte sie und reichte eines Mr Trimble. »Sie sollten aufhören zu erzählen, junger Mann. Wenn Sie so weitermachen, wird Charlotte Sie auf der Stelle zurückschicken, mit einer Liste neuer Pflanzen, die Sie für uns sammeln sollen.«

Ich musste protestieren. »Aber nein! Mr Trimble hat doch schon bewiesen, dass er unfähig ist, unsere Anweisungen zu befolgen. Es wäre also sinnlos, ihn zu diesem Zweck zurückzuschicken.«

Die markanten Brauen zogen sich zusammen. »Unfähig, Ihren Anweisungen zu folgen?«, brauste er auf. »Ich habe Ihnen in den letzten drei Jahren ein halbes Dutzend Kisten mit Pflanzen geschickt! Jede freie Minute war ich draußen und habe nach den Exemplaren gesucht, um die Sie mich gebeten haben, Mr Withersby.«

Mr Trimbles Empörung machte wenig Eindruck auf meinen Vater, aber warum sollte sie auch? Schließlich war ich es gewesen, die ihm die Listen nach Neuseeland geschickt hatte, und ich hatte auch die Folgen seiner schlechten Konservierung und mangelnden Etikettierung ausgebügelt. Seine Achtlosigkeit schien mir allerdings nicht zu einem Mann zu passen, der mir so voller Stolz das System beschrieben hatte, nach dem er seine Schafe schor.

»Was stimmte denn nicht mit ihnen, wenn ich fragen darf?«

Ich antwortete, obwohl er die Frage an meinen Vater gerichtet hatte. »Sie waren nicht gekennzeichnet, sodass man sie nicht Ihren Erläuterungen zuordnen konnte. Sie waren nicht einmal richtig gepresst. Wenn Sie das Trocknungspapier, das wir Ihnen geschickt haben, verwendet hätten …«

»Papier? Ich habe kein Papier bekommen! Ich habe alle Exemplare, die ich Ihnen geschickt habe, mit Papier getrocknet, das ich vom Fleischer bekommen habe.«

Das erklärte das unzureichende Resultat. »Die meisten Ihrer Exemplare sind halb verfault und mit Mehltau überzogen hier eingetroffen.«

»Das tut mir leid zu hören. Wenn Sie mir eine Liste der verdorbenen Pflanzen geben, werde ich versuchen, sie nach meiner Rückkehr noch einmal aufzutreiben.«

»Das würde ich gern tun, wenn ich könnte, aber die meisten waren kaum noch zu klassifizieren. Wenn Sie wenigstens festgehalten hätten, welche es waren und wo Sie sie gefunden haben.«

»Wenn ich sie selbst gesammelt habe, habe ich das getan, aber viele haben die Einheimischen mir gebracht und dann wusste ich es natürlich nicht.« Inzwischen wandte er sich nicht mehr an meinen Vater, der seine Schuhe ausgezogen hatte und versonnen ein Loch in einem seiner Strümpfe betrachtete; jetzt sprach er direkt mit mir.

»Und warum nicht?«

»Weil die Aussage ›gefunden am großen Fluss, wo das Wasser kehrtmacht, gegenüber von dem Baum, der nach Zitronen riecht‹ nicht auf die winzigen Etiketten passt, die ich benutzen soll.«

»Solch eine genaue Beschreibung ist überhaupt nicht notwendig, aber es wäre hilfreich gewesen zu wissen, ob die Exemplare aus einem Wald oder einem Tal stammen. Aus feuchtem oder trockenem Boden. Die Voraussetzungen zur Klassifizierung sind recht spezifisch und wenn wir ein solches Durcheinander von Pflanzen erhalten …«

»Durcheinander! Das ist ungerecht! Ich habe sie mit größter Sorgfalt verpackt!«

Ich stand auf, ging zu der Kiste, die heute Morgen gekommen war, und schob sie zu ihm hinüber. »Die ist heute gekommen und …«

»Heute? Aber … ich habe sie vor acht Monaten abgeschickt!«

»Das unterstreicht nur, was ich Ihnen sagen will. Und wenn das hier kein Durcheinander ist, dann weiß ich auch nicht.«

Er beugte sich vor und schaute in die Kiste. Dann griff er hinein und zog einen vertrockneten Stiel von etwas heraus, das sich leider nicht mehr ohne Weiteres identifizieren ließ. »Das hier hatte ich an einem Karton befestigt.« Er nahm eine andere Pflanze heraus. »Die auch. Eigentlich alle.« Er klang überrascht.

»Vielleicht haben die Karten sich unterwegs aufgelöst.«

Er wühlte jetzt mit ernster Miene in der Kiste. »Und meine Aufzeichnungen ebenfalls? Ich muss mich wirklich entschuldigen. Wenn ich gewusst hätte, dass sie mit solcher Verspätung und in einem solchen Zustand bei Ihnen eintreffen, hätte ich gewartet und sie selbst mitgebracht. Ich kann Ihnen wahrlich keinen Vorwurf wegen Ihrer Empörung machen, Miss Withersby.«

Ich wusste nicht, ob ich ihm danken sollte, weil er meiner Meinung war, oder ob ich meinem Ärger weiter Luft machen sollte. Er schien eine Antwort zu erwarten – genau genommen hatte ich sogar den Eindruck, dass er mir in irgendeiner Weise die Schuld an dem Malheur gab, was nun wirklich absurd war.

Mein Vater hatte inzwischen seine Strümpfe ausgezogen und über die Rückenlehne seines Stuhls gehängt. Jetzt sank er in seinem Sessel zusammen und streckte die Füße zum Feuer. »Der Admiral und ich haben kürzlich über Charlotte gesprochen.« Er wandte sich so ungerührt einem völlig neuen Thema zu, dass ich mich fragte, ob er überhaupt gehört hatte, worüber ich mit Mr Trimble sprach. »So sehr ich ihre Hilfe zu schätzen weiß, muss ich mir doch vorwerfen, dass ich ihre Einführung in die Gesellschaft vernachlässigt habe.«

Die Worte des Admirals machten mir noch immer zu schaffen und ich hatte nicht die geringste Lust, das Thema schon wieder zu erörtern. »Würdest du bitte nicht über mich reden, als sei ich eine botanische Merkwürdigkeit, die auf einem Blatt Papier fixiert und bewundert werden muss?«

»Aber das bist du doch. Jedenfalls nach Ansicht deines Onkels.« Er wandte sich an Mr Trimble: »Sie ist eine Spezies in schönster Blüte, die einen Mann braucht. Finden Sie nicht auch?«

Mr Trimble musterte mich, als sei ich eine Spezies aus der Familie der Giftpflanzen. »Dazu kann ich wirklich nichts sagen.«

Mein Vater blickte wieder ins Feuer. »Der Admiral ist jedenfalls überzeugt davon und je mehr ich darüber nachdenke, desto klarer wird mir, dass ich zu egoistisch gewesen bin, als ich sie hier mit mir eingesperrt habe. Sie ist fast zweiundzwanzig.«

»Ich bin zweiundzwanzig. Und ich bin nicht eingesperrt.«

Mr Trimble lächelte strahlend. »Ich für meinen Teil könnte mir nichts Schöneres vorstellen, als mit dem berühmten Andrew Withersby eingesperrt zu sein.«

»Sehr schön. Sie sind also meiner Ansicht.« Vater seufzte, offenbar erleichtert, ließ den Kopf gegen die Lehne sinken und schloss die Augen. »Damit ist es also beschlossen.«

Mr Trimble sah mich an, als erwartete er, dass ich etwas sagte.

Ich zuckte die Achseln.

Er wandte sich wieder an meinen Vater. »Was genau ist beschlossen?«

»Dass Sie mein Assistent werden, damit Charlotte sich einen Mann suchen kann.«

3

Mr Trimble blinzelte überrascht.

Ich hörte mich selbst nach Luft schnappen. »Du … du kannst mir doch nicht *befehlen* zu heiraten! Ich muss die Illustrationen für dein Buch fertig machen. Außerdem sind noch Vorträge zu verfassen und Notizen ins Reine zu schreiben. Und Mutters alter Verleger hat mich gebeten, ein Buch über die Anfertigung von Wachsblumen zu schreiben. Und …«

Vater öffnete die Augen. »Aber du machst doch gar keine Wachsblumen, oder?«

»Ich kann es lernen. Und wir brauchen das Geld. Es dauert noch Monate, bis das Manuskript für dein nächstes Buch fertig ist.«

Vater wandte sich an Mr Trimble. »Können Sie Wachsblumen herstellen?«

»Ich habe noch nie im Leben eine gemacht.«

Vater runzelte wieder die Stirn. »Warum sollte überhaupt jemand Wachsblumen fertigen wollen? Warum nicht einfach hinausgehen und eine echte Blume pflücken?«

Ich wusste es nicht und es war mir auch egal. Ich hatte schon Bücher darüber geschrieben, wie man Puppen aus Blütenblättern und nach Blumen duftendes Fußbadesalz macht. Ich hatte sogar schon eine Anthologie mit Gedichten über Rosen zusammengestellt. »Du kannst doch nicht erwarten, dass der Mann einfach alle seine Pläne über Bord wirft; er ist doch gerade erst aus der Kolonie zurückgekehrt. Ich bin sicher, er hat anderes zu tun – nicht wahr, Mr Trimble?«

»Eigentlich nicht. Jedenfalls nichts Dringendes.«

»Aber Sie müssen doch Familie haben. Freunde. Irgendjemand, irgendwo, muss doch auf Sie warten.«

»Die Reise aus Neuseeland hierher kann sehr viel länger dauern als erwartet, wie Sie selbst gesehen haben …« Er deutete mit dem Kinn auf die Kiste mit den verrottenden Pflanzen. »Deshalb habe ich keinem gesagt, wann ich kommen werde. Ehrlich gesagt weiß ich nicht, ob mich überhaupt jemand wiedersehen möchte.«

Der Mann war keine Hilfe. Also appellierte ich stattdessen an meinen Vater. »Du hast ihn ja noch gar nicht gefragt und er hat auch noch nicht zugestimmt.«

»Doch, das hat er gerade getan.«

»Nein. Er hat gesagt, er werde nicht erwartet und dass ihn keiner wiedersehen will.« Was natürlich die Frage aufwarf: Wenn die Menschen, die ihn kannten, keine Sehnsucht hatten, ihn wiederzusehen, warum sollten wir ihn dann haben wollen? Vielleicht war er doch kein so angenehmer Geselle.

Mein Vater straffte sich und drehte sich zu unserem Gast um. »Wollen Sie?«

»Ich kann mir kein größeres Privileg vorstellen, als an Ihrer Seite zu arbeiten, Mr Withersby.«

Wieder eine Ausflucht! »Er hat nicht wirklich Ja gesagt und …«

Mr Trimble warf mir einen finsteren Blick zu. »Ja. Ich will. Und vielen Dank für das freundliche Angebot.«

»Aber wir können Ihnen nichts bezahlen.« Ich sah meinen Vater streng an. »Wir können ihn nicht bezahlen.«

»Ich bin … nun … es wäre mir eine Ehre, an Ihrer Seite zu arbeiten, Mr Withersby, und die Ehre und Freude wäre mir Bezahlung genug.«

Aber ich wollte nicht, dass er Ja sagte. Das durfte er nicht. Ich wollte mir keinen Mann suchen und ich wollte nicht in die, wie der Admiral gesagt hatte, *Gesellschaft* hinausgehen. Ich sah all diese Menschen regelmäßig am Sonntag in der Kirche. Genügte das denn nicht? Ich hatte nicht die geringste Sehnsucht nach einem anderen Leben und wollte absolut nichts anderes tun als das, was ich bereits tat.

Doch Mr Trimble hob eine Hand. »Ich würde Ihnen gerne helfen, aber ich möchte keinen Familienstreit heraufbeschwören. Davon hatte ich in meinem Leben bereits genug.« Er stand auf. »Ich könnte doch mal diese Kiste durchsehen und gucken, ob ich noch etwas daraus retten kann.« Damit hob er sie hoch, als wöge sie keinen halben Zentner, und trug sie auf einen freien Platz mitten im Zimmer. Vater folgte ihm.

Ich wusste, dass Mrs Harvey unser Geschirr bis zum nächsten Morgen stehen lassen würde, deshalb ging ich zurück ins Esszimmer, legte das Besteck auf einen Teller, stapelte die Teller auf die Schüsseln, stellte das Ganze auf ein Tablett und trug es in die Küche. Danach ging ich wieder in den Salon, wo ich versuchen wollte, aus Wachsresten Blumen zu formen, während mein Vater und unser Gast die Kiste durchsahen.

Mr Trimble bat schließlich, gehen zu dürfen, um sich eine Übernachtungsmöglichkeit zu suchen. »Ich konnte es kaum erwarten, unsere Bekanntschaft zu erneuern, deshalb bin ich aus Liverpool direkt hierhergekommen.«

»Warum auch nicht?« Vater schien den Vorschlag beinahe als Affront zu sehen. »Sie wohnen natürlich bei uns.« Er sprach die Einladung aus, als wüsste er nicht, dass unser einziges leeres Zimmer für die Vorräte an Gummiarabikum, Schwefel und Trockenpapier gebraucht wurde.

Ich gab den Versuch mit den Wachsblumen auf und presste meine matten, missgestalteten Blüten zu einem Wachsball zusammen. »Ich glaube wirklich nicht, dass wir …«

Doch Mr Trimble lehnte bereits ab. »Ich möchte Ihnen keine Unannehmlichkeiten bereiten.«

Leider wollte Vater nichts davon hören. »Warum sollte das eine Unannehmlichkeit sein? Wenn Sie mit mir arbeiten, sollten Sie auch bei mir wohnen. Charlotte zeigt Ihnen Ihr Zimmer.«

Mr Trimble sah mich unsicher an, doch dann straffte er die Schultern und nickte. »Dann nehme ich Ihr gütiges Angebot gerne an.«

Resigniert und ziemlich frustriert nahm ich eine Lampe und führte ihn zur Treppe. »Die vierte Stufe müssen Sie auslassen. Direkt darüber ist ein Loch in der Decke. Durch das Dach dringt Wasser ein und die Stufe ist ziemlich verfault.«

Mr Trimble blieb stehen und legte eine Hand auf das Geländer, als wolle er dessen Festigkeit prüfen. »Verzeihen Sie die Frage, aber was machen Sie, wenn es regnet?«

Ich wies mit der Stiefelspitze auf einen Blecheimer. »Dafür steht der da.«

Er antwortete nicht, sondern machte einfach einen großen Schritt über den Eimer hinweg. Oben wartete er auf dem Flur, während ich das Löschpapier vom Bett nahm, ein paar Pflanzenexemplare unter der Matratze hervorzog, wo sie trocknen sollten, die Chemikalien in eine Ecke schob und die Kissen ein bisschen aufschüttelte.

Er tat einen Schritt in den Raum. »Und es ist auch bestimmt keine Last für Sie?«

»Dass Sie hier wohnen oder dass Sie meine Stellung einnehmen?« Ich warf einen Blick in den Krug, der auf dem Waschtisch stand, und sah, dass er längst ausgetrocknet war. Ich nahm ihn und sagte: »Ich hole Ihnen ein bisschen Wasser.«

Ich ging zur Tür, doch er wich nicht zur Seite. »Ich wollte nicht der Anlass für einen Streit sein, obwohl es mir manchmal so scheint, als sei dies meine Bestimmung.«

Es war leicht dahingesagt, doch ich hatte nicht den Eindruck, dass es falsch war. »Es lag nicht an Ihnen. Das habe ich meinem Onkel zu verdanken. Allerdings kann ich nicht verstehen, warum ein Mann, der gerade erst aus der Kolonie zurück ist, sich hier mit uns abkapseln will.«

Sein Mundwinkel hob sich zur Andeutung eines Lächelns. »Wenn Sie meine Familie kennen würden, könnten Sie es.«

Ich füllte Mr Trimbles Wasserkrug mit Wasser aus meinem eigenen, stellte ihn vor seine Tür und ging wieder hinunter in den Salon. Mein Vater war über Mr Trimbles Pflanzen gebeugt, richtete sich jedoch auf, als ich hereinkam. »Schade, dass wir nicht mehr davon retten konnten.«

Ich ging zu ihm, immer noch verärgert, dass so viele davon unbrauchbar waren, und außerdem gereizt, weil mein Vater mich ausrangierte wie eine unzulänglich gepresste Pflanze. Hatte ich etwa nicht die ganze Arbeit meiner Mutter übernommen? Hatte ich nicht für uns gesorgt? Und jetzt bat er einen Fremden, meinen Platz einzunehmen, als könne jedermann ohne Weiteres all die Pflichten übernehmen, die ich die letzten Jahre erfüllt hatte. »Du kannst den Mann doch nicht einfach so aus seinem Leben reißen. Er hat bestimmt nicht die weite Reise aus

Neuseeland gemacht, um hierzubleiben und meine Stellung einzunehmen.«

»Er hat es doch freiwillig angeboten.«

»Nein. Du hast ihm keine Wahl gelassen.«

Vater blinzelte. »Er hat zugestimmt. Wenn er etwas anderes vorgehabt hätte, hätte er es bestimmt gesagt. Er ist ein tüchtiger junger Mann.«

»Aber er ist gerade erst zurückgekommen. Es muss einen Grund geben, warum er gekommen ist, und dieser Grund war bestimmt nicht, dass er bei uns wohnen und Bücher über Wachsblumen schreiben wollte.«

»Ich wüsste nicht, dass ich ihn konkret um diese beiden Punkte gebeten hätte.«

»Wenn er es nicht tut, musst du es tun. Ich habe den Vertrag bereits unterschrieben und wir haben auch schon einen Vorschuss bekommen.« Ich hasste es, so auf meinem Standpunkt zu beharren, vor allem, wenn ich die dunklen Ringe unter seinen Augen sah, aber er musste einsehen, dass eine so übereilt und unbedacht getroffene Entscheidung schwerwiegende Konsequenzen haben würde.

»Vielleicht kann ich ihnen schreiben und das Geld zurückgeben.«

»Es ist aber schon ausgegeben.«

Er seufzte und kaute auf seinem Schnurrbart. »Wachsblumen? Ich weiß wirklich nicht, warum …«

»Es kann nicht schwer sein, das Buch zu schreiben. Wenn ich es kann, kann es jeder. Das wolltest du doch sagen?«

»Charlotte, du hast so viel für mich getan in den letzten Jahren. Ich möchte einfach, dass du …«

»Ich sage jetzt Gute Nacht. Gute Nacht.«

»Charlotte, ich wollte nicht …«

Ich hörte nicht mehr, was er nicht wollte, weil ich schon halb die Treppe oben war.

Ich schwor mir, meine Stellung nicht so kampflos aufzugeben, und schnitt das Thema am nächsten Morgen, auf unserem üblichen Streifzug durch die Wiesen, erneut an. Wenn die Kirchturmuhr sechs schlug, waren wir normalerweise bereits aus dem Haus und ein Stück die Straße hinunter, weil die Pflanzen gesammelt werden mussten, bevor die Sonne zu hoch stand und den Tau trocknete, und es gab keinen Grund, den Ertrag eines ganzen Tages heute sausen zu lassen.

Wir traten von der mit Schlaglöchern übersäten Straße auf einen zerfurchten Feldweg, überquerten ein Feld und gingen in den Wald. Ich hielt einen Ast fest, damit mein Vater darunter hindurchgehen konnte, und warnte ihn vor einem Schlammloch vor uns. Sein Rheuma war dieses Jahr sehr viel schlimmer geworden. Normalerweise hätte ich mir keine solchen Sorgen darüber gemacht, doch in letzter Zeit fielen die Jäger in wahren Scharen in unsere Gegend ein und alles war in Aufruhr.

Wir verließen den Wald und kamen in ein Tal, wo ich ein Schmalblättriges Weidenröschen entdeckte, dessen weinroter Stiel und purpurne, gezackte Blüten von einem Pferdehuf niedergetreten waren. Ich kniete mich hin und gab ihm zwei Zweige zur Stütze. »Ich halte es einfach nicht für richtig, dass ein völlig Fremder mit offenen Armen bei uns aufgenommen wird, während ich in die Gesellschaft hinausgestoßen werde wie eine Blume in voller Blüte, die reif zum Pflücken ist.«

»Wir wollen dich lieber als ein Mädchen bezeichnen, das reif für die Ehe ist.«

»Ich habe aber keine Zeit zum Heiraten! Und außerdem sind wir nur noch fünf Pfund vom Armenhaus entfernt. Es sei denn … Hast du vielleicht schon ein paar neue Bestellungen für dein Buch über Orchideen?«

Die Aufmerksamkeit, mit der er plötzlich seinen Spazierstock betrachtete, verriet mir, dass dem nicht so war.

»Ich habe immerhin den Vertrag für das Buch über Wachsblumen. Und du hast den Vortrag über Lilien, der dir vielleicht noch ein paar Käufer für dein Buch einbringt. Aber du musst ihn erst noch schreiben und ich muss die Illustrationen dazu machen.«

»Ich werde Mr Trimble bitten, den Vortrag zu schreiben, und vielleicht kann er auch die Illustrationen übernehmen. Und wenn er es schafft, auch das Buch über Wachsblumen zu schreiben …«

»Es ist nicht so einfach, ein Buch zu schreiben.«

»Aber ihr wisst schließlich beide nichts über Wachsblumen, deshalb sehe ich keinen Unterschied darin, ob du oder er es schreibt.«

»Aber es ist so viel zu tun und …«

»Und jetzt kann er es an deiner Stelle tun.«

»Aber ich helfe dir schon seit Jahren und ihn hast du gerade erst kennengelernt. Er weiß ja noch nicht einmal, wie man eine Pflanze presst!«

»Er ist ein tüchtiger junger Mann und wird es bestimmt lernen.«

»Aber du kannst nicht erwarten, dass er deine Notizen für dich ins Reine schreibt.« Mein Vater hatte eine fürchterliche Handschrift, aber noch schlimmer war, dass Mr Trimble, wenn er diese Aufgabe übernahm, sehr schnell mein Geheimnis entdecken würde.

»Das werde ich wohl selbst tun müssen. Aber das andere kann doch nicht so schwer sein! Wenn du es die ganzen Jahre tun konntest, dann …«

Ich konnte es nicht fassen. Dabei drohte noch jetzt, nach acht Jahren, alles zusammenzubrechen, wenn ich nicht die ganze Zeit extrem vorsichtig war und mit größter Sorgfalt arbeitete. »Wenn du das denkst, dann bist du wahrscheinlich froh, mich loszuwerden.«

Es würde ihm recht geschehen, wenn Mr Trimble alles kaputt machte.

»Der Admiral meinte, die meisten Mädchen in deinem Alter seien bereits verlobt oder sogar schon verheiratet. Ich habe einfach nicht mitbekommen, wie alt du schon bist. Ich kann es noch immer kaum fassen …« Er seufzte tief auf. »Ich hätte dich schon vor Jahren gehen lassen müssen.« Er warf mir einen scharfen Blick zu. »Wie konntest du so schnell so alt werden? Und warum habe ich es nicht früher gemerkt?«

Er hatte überhaupt nicht viel gemerkt, schon lange nicht mehr – seit meine Mutter tot war. Aber warum sollte ich ihn daran erinnern? Ich schob einen Ast für ihn beiseite und half ihm über einen umgestürzten Baumstamm.

»Bist du ganz sicher, dass er dir lieber ist als ich?«

»Natürlich. Bitte sieh dich von allen Pflichten befreit. Mach dir keine Gedanken mehr über uns.«

Keine Gedanken machen? Nun gut, wenn er es so wollte. Ich würde die beiden eine Weile vor sich hin wursteln lassen und wenn die erste Rechnung nicht bezahlt wurde und seine Korrespondenten keine Pflanzen mehr schickten und der Eimer auf der Treppe überfloss, würde es nicht lange dauern, bis mein Vater Mr Trimble die Tür wies und mich bat zurückzukommen.

Wir fanden ein paar schöne ältere, rostfarbene Exemplare des Korbblütlers *Achillea*, der Schafgarbe, und als die Sonne schließlich ganz aufgegangen war und die Kutschen und Karren bereits den Staub auf der Straße aufwirbelten, machten wir uns auf den Heimweg. Als wir von der Straße in unsere Auffahrt einbogen, blieb Vater plötzlich stehen, hob seinen Stock und deutete in die Luft.

»Was macht der junge Mann denn dort oben?«

»Wo oben?« Ich blickte in die Richtung, die sein Stock wies, und sah erstaunt, dass Mr Trimble auf dem Dach stand. »Ich habe wirklich keine Ahnung.«

Vater legte eine Hand an den Mund und rief zu ihm hinauf.

Mr Trimble hob grüßend eine Hand, sprach jedoch erst, als wir näher gekommen waren. »Ich glaube, ich habe das Leck gefunden.«

»Das was?« Vater sah mich an, die Brauen verwirrt zusammengezogen.

»Das Leck. Das, durch das es hereinregnet, sodass die Stufe verfault.«

»Oh. Oh! Dann machen Sie mal weiter.« Vater klopfte sich an der Treppe den Schmutz von den Stiefeln und ging ins Haus.

Ein Ruf von Mr Trimble erreichte mich. »Miss Withersby?«

Ich trat ein paar Schritte zurück, um ihn sehen zu können.

»Haben Sie vielleicht einen Hammer? Und könnten Sie den Boy bitten, ihn mir zu bringen?«

»Wir haben keinen Boy.« Wir hatten mich.

»Na gut, aber wissen Sie vielleicht, ob Sie einen Hammer haben?«

»Ich habe keine Ahnung.«

»Ihr Dach ist ziemlich verrottet. Allerdings hat jemand eine Reihe Eimer auf den Dachboden gestellt, um das Schlimmste aufzufangen.«

Das war ich gewesen. Ich hatte es getan, kurz nachdem wir eingezogen waren. Das Loch im Dach war damals schon recht groß gewesen. »Brauchen wir mehr Eimer? Wollen Sie mir das sagen?«

»Nein. Ich will sagen: Warum reparieren Sie es nicht?«

»Ich? Ich glaube, dafür bräuchte ich Holz und eine ganze Menge Nägel, Mr Trimble.« Und da ich das nicht hatte, mussten Eimer genügen. Ich schüttelte den Kopf, klopfte meine Stiefel ab und ging ins Haus.

Mr Trimble holte uns bald ein, doch er musste durch ein Fenster im Obergeschoss gekommen sein, nicht durch die Vordertür. »Das Loch im Dach müsste wirklich dringend repariert werden.«

Vater, der gerade ein paar Illustrationen durchsah, blickte auf. »Finden Sie? Bis jetzt hat es mit den Eimern doch ganz gut funktioniert.«

»Wenn Sie es nicht flicken, wird es immer schlimmer.«

Doch er hatte seine Aufmerksamkeit schon wieder den Büchern zugewandt. »Da haben Sie wohl recht …«

»Es ist immer besser, solche Dinge gleich zu reparieren. Außerdem wissen wir nicht, wann es wieder regnen wird, es ist also ratsam, sich heute noch die Zeit dafür zu nehmen.«

Wenn man es nicht besser wüsste, hätte man annehmen können, dass mein Vater der Assistent von Mr Trimble war. Ich fragte mich, ob alle Schaffarmer so überheblich waren.

Doch Vater nickte. »Natürlich, Sie haben recht. Bitte tun Sie, was Sie tun müssen.«

»Ich wollte nur … ich werde mich mal auf die Suche nach einem Hammer machen.«

Kurz darauf hörte man ein Hämmern auf dem Dach. Dann dauerte es nicht lange und man hörte es auf der Treppe.

Ich legte meinen Pinsel hin und ging hinaus. »Könnten Sie bitte mit dem Hämmern aufhören?«

Er legte den Hammer hin und sah mich an. »Ich repariere Ihre verrottete Stufe.«

»Können Sie das nicht ein bisschen leiser tun?«

»Nein. Ich fürchte, es ist nicht möglich, einen Hammer zu benutzen, ohne zu hämmern.«

Ich kehrte zurück zu meiner Illustration, entschlossen, ihn zu ignorieren. Wenn ich mich doch nur an alles erinnern könnte, was ich ihm über meine Forschungen und meine Hoffnungen auf Veröffentlichungen erzählt hatte! Dass ich ihm in unserer Korrespondenz meine geheimsten Träume offenbart hatte, war eine Sache, doch ihn jetzt in unserem Haus aufnehmen zu müssen, war etwas völlig anderes.

Am Spätnachmittag stellte Mr Trimble mit einem strahlenden Lächeln einen Stapel Eimer vor mich hin.

Ich war gerade mit der Kolorierung einer Blüte beschäftigt und schob den Stapel mit dem Fuß beiseite. »Was soll ich damit?«

»Das sind Ihre Eimer. Sie brauchen sie nicht mehr, weder auf dem Dachboden noch auf der Treppe, deshalb bringe ich sie Ihnen. Das Dach ist repariert.«

Ich dankte ihm, dann rief mein Vater quer durchs Zimmer: »Sie sagen, Sie haben das Dach repariert?«

»Ja. Es war sehr …«

»Dann kommen Sie zu mir. Wir haben noch Zeit, über den Vortrag über Lilien zu sprechen, den ich schreiben muss.«

Während sie redeten, hörte ich, wie Mrs Harvey unser Abendessen auf den Tisch im Esszimmer knallte. Ich wünschte mir, sie würde uns vorher Bescheid sagen, damit wir unsere Sachen fortträumen könnten. Ich ging ins Esszimmer, stellte das Essen auf den Boden, sammelte die Blätter mit den Pflanzen ein und legte sie zu den anderen Exemplaren auf das Sideboard aus Wurzelholz. Dann holte ich Mutters gutes Porzellan heraus und stellte es auf den Tisch, wobei ich den Teller mit dem Erdbeer- und Butterblumenmuster auf meinen Platz stellte. Doch dann nahm Mr Trimble davor Platz.

Stirnrunzelnd tauschte ich meine Butterblumen gegen seine Tulpen aus. »Passen Sie auf, wo Sie hintreten!«

Er schien etwas überrascht, dass eine Schüssel neben seinem Stuhl stand, hob sie dann aber auf und stellte sie auf den Tisch.

Wir setzten uns. Vater sprach das Tischgebet. Ich nahm ein Brötchen und tunkte es in meinen Tee.

Mr Trimble tat es mir nach und knabberte dann daran. »Der Geschmack erinnert mich stark an das Essen, das Mrs … wie war noch mal ihr Name?«

»Harvey.«

»… an das Essen, das Mrs Harvey uns gestern serviert hat.«

»Ihre Mahlzeiten sind nicht sehr abwechslungsreich, das stimmt, aber wir haben immer angenommen, dass Seeleute sich nicht viel daraus machen, was ihnen vorgesetzt wird.«

»Keine andere Wahl zu haben ist nicht dasselbe wie sich nichts daraus zu machen.«

Ich dachte nach und musste ihm zustimmen. Dann tunkte ich mein Brötchen wieder ein. »An Weihnachten macht sie uns immer einen Braten.« Jedenfalls hatte sie das letztes Jahr gemacht.

Wir aßen schweigend ein paar Minuten, dann sagte Vater: »Du solltest dem jungen Mann deine Aufzeichnungen über deine Arbeit über die *Ranunculaceae* geben, Charlotte.«

»Warum?«

»Damit er die Studien für dich beenden kann.«

Aber das war meine Arbeit. Ich arbeitete schon fast ein Jahr daran. Und außerdem, wenn er meine Aufzeichnungen las, würde er meine Handschrift erkennen! »Warum kann ich sie nicht beenden?«

»Weil du bald heiraten wirst. Und du hast so viel Arbeit hineingesteckt, dass es eine Schande wäre, nichts daraus zu machen.«

»Wenn ich die Wahl habe, mir einen Mann zu suchen oder meine Arbeit fortzusetzen, dann möchte ich lieber …«

»Sind Sie vertraut mit *Ranunculaceae*, Mr Trimble?«

Hörte mir denn nie jemand zu?

»Ich weiß, was sie sind.«

Er wusste, was sie …! Mir wurde klar, dass ich sehr viel früher viel energischer gegen ihren Plan hätte vorgehen müssen. »Haben Sie sich intensiv mit der Familie der *Ranunculaceae* befasst, Mr Trimble?«

»Ich weiß, wie Butterblumen aussehen.«

»Butterblumen sind nur ein Mitglied einer Familie mit über tausend Spezies.« Ich warf meinem Vater einen Protestblick zu. »Sind Sie vertraut mit dem Gebrauch eines Verbundmikroskops?«

»Ich habe immer eine einfache Linse benutzt. Hat ein Verbundmikroskop zwei?«

Wieder sah ich zu meinem Vater hinüber und verdrehte die Augen. »Er kann es nicht machen. Ich werde die Arbeit selbst zu Ende bringen müssen.« Auf diese Weise brauchte ich ihm meine Notizen nicht auszuhändigen und er würde nie erfahren, dass er mit mir und nicht mit meinem Vater korrespondiert hatte.

»Darüber reden wir später.« Vaters Gesicht leuchtete auf. »Ich wollte dich noch fragen, Charlotte, ob die Botanische Gesellschaft in London schon auf meinen Brief geantwortet hat.«

»Ich glaube ja. Vor Kurzem war etwas bei der Post.« Ich hatte das Schreiben hingelegt, wo ich Vaters Post immer hinlegte; er konnte sich nur nie merken, wo das war.

Ich musste ihm seine Briefe praktisch in die Hand drücken, und selbst dann musste ich darauf achten, wo er sie hinlegte, damit ich ihm später sagen konnte, wo er sie finden konnte. »Mr Trimble wird dir sicher gern bei der Suche behilflich sein.«

Doch Mr Trimble protestierte bereits. »Ich weiß wirklich nicht, ob ich …«

»Aber genau das tun Assistenten. Sie assistieren.« Wenn sie entschlossen waren, mich von meiner Forschung auszuschließen, so war ich ebenso entschlossen, ihnen nicht zu helfen. Ich hatte mein Brötchen und so viel Speck gegessen, wie ich vorgehabt hatte; jetzt schob ich meinen Teller beiseite und stand auf.

Mr Trimble erhob sich ebenfalls. Nicht zum ersten Mal wünschte ich, dass er der Mr Trimble aus meinen Vorstellungen wäre. Dann wäre er nicht so … präsent. Und nicht so einschüchternd – sondern leicht zu lenken. »Ich überlasse Sie jetzt Ihrer Arbeit.«

Vater hob einen Finger. »Bevor du dich zurückziehst, Charlotte, dachte ich, könntest du noch …«

»Ich bin sicher, Mr Trimble hilft dir, wobei immer du ihn brauchst.«

Ich ging in den Salon, sammelte meine Papiere und die Illustrationen ein, an denen ich gearbeitet hatte, und ging nach oben. Meine Schlafzimmertür stieß ich mit der Schulter auf. Drinnen nahm ich meine Bücher aus den Regalen und stapelte sie auf dem Fußboden. An ihren Platz legte ich meine Illustrationen. Die Kinderbücher meiner Mutter durften ihren Ehrenplatz auf der Kommode behalten.

Ich räumte eine Hutschachtel aus, legte meine Papiere hinein und schob sie unter das Bett in der Gewissheit, dass es nicht lange dauern würde, bis ich weiter daran arbeiten würde. Die paar Tage, bis mein Vater seinen Fehler einsah, waren eine willkommene Erholung, nach der ich mich mit neuer Kraft ans Werk machen würde.

4

Am nächsten Morgen stand ich um halb sechs auf, zog mich an und ging hinunter – erst dann wurde mir klar, dass ich das gar nicht mehr musste. Ich brauchte meinen Vater nicht mehr auf seinen Streifzügen zu begleiten. Ich brauchte auch keinen kalten Tee mehr zu trinken oder beten, dass Mrs Harvey nicht vergessen hatte, uns etwas zum Frühstück hinzustellen.

Da ich aber nun einmal auf war, beschloss ich, die Zeit zu nutzen. Ich fing an, mir Notizen über die »verdächtigen« gelben Blumen zu machen, die Mr Trimble uns geschickt hatte, bis mir einfiel, dass ich das ebenfalls nicht mehr zu tun brauchte. Also begann ich einen Brief an unseren Verleger und schlug ihm vor, über etwas anderes als Wachsblumen zu schreiben, weil ich schlicht und einfach keine Ahnung hatte, wie man diese Dinger anfertigte. Doch mitten im Satz hielt ich inne. Auch das war jetzt Mr Trimbles Aufgabe. Ich stand auf und wollte ins Arbeitszimmer meines Vaters gehen, doch auf halbem Weg blieb ich stehen, ging zum Bücherregal, blieb wieder stehen. Schließlich setzte ich mich hin und überlegte, was ich tun konnte, wenn ich nicht meinem Vater helfen sollte.

Ich hatte nie etwas anderes getan.

Die Sonne ging auf, ihr Licht fiel auf die Schreibtische, Regale und Fußböden und offenbarte gnadenlos die dicke Staubschicht, die auf ihnen lag. Ich könnte ein wenig Staub wischen … aber zählte das nicht ebenfalls zu den Pflichten von Vaters Assistent?

Das Lesen der neuesten Ausgabe des *Magazine of Natural History* fiel doch wohl nicht unter Assistenztätigkeit, oder? Es hatte schließlich nicht direkt mit irgendetwas zu tun, woran ich gerade arbeitete. Doch ich hatte mich kaum in einen Sessel gesetzt, da hörte ich oben Schritte;

kurz darauf betrat Mr Trimble das Zimmer. War er etwa gerade erst aufgestanden? »Wenn Sie hier sind, wer ist dann bei meinem Vater?«

»Ich weiß es nicht. Ist er nicht hier?«

Ich stand auf. »Nein, Mr Trimble, das ist er nicht. Er ist irgendwo da draußen!« Ich deutete zum Fenster. »Ganz allein da draußen.« Ich ließ die Zeitschrift auf den Boden fallen und lief in die Halle. »Also wirklich, Mr Trimble! Er ist nicht mehr der Jüngste und hat schlimmes Rheuma. Ich muss sagen, ich bin enttäuscht, dass Sie meine Stelle einnehmen, ja man könnte sagen, dass ich verärgert bin, aber ich werde nicht untätig zusehen, wie mein Vater unter Ihnen leidet.«

»Er schien mir vollkommen gesund zu sein. Ich wusste nicht, dass …«

»Er neigt zu Melancholie und Zerstreutheit. Wenn Sie nicht nach ihm sehen und ich nicht nach ihm sehen darf – wer soll es dann tun?«

»Ich hatte ja keine Ahnung, Miss Withersby. Bitte verzeihen Sie mir. In Zukunft werde ich mich ihm mit größter Sorgfalt widmen. Sie können sich darauf verlassen.«

»Das ist ja alles schön und gut, aber wer widmet sich ihm heute, an diesem Morgen, mit größter Sorgfalt?«

»Wenn Sie mir sagen könnten, welche Richtung er gewöhnlich einschlägt, wäre ich glücklich, nach ihm suchen zu dürfen.«

»Da gibt es tausend Möglichkeiten. Ich werde ihn selbst suchen müssen.« Ich riss die Tür auf und lief die Auffahrt zur Straße hinunter. Zum Glück traf ich schon bald auf Vater. »Ich dachte, ich hätte dich verloren!«

Er streckte mir seine Botanisiertrommel entgegen. »Ich habe ein paar interessante Exemplare entdeckt.«

»Du kannst doch nicht einfach so losgehen, ohne ein Wort!«

Er blinzelte überrascht. »Was sollte ich denn sagen? Du hast noch geschlafen. Außerdem war ich doch nur auf meinem ganz gewöhnlichen Streifzug.«

»Ganz allein? Dir hätte sonst was zustoßen können!«

»Es ist alles gut gegangen.«

»Aber es ist nicht sicher. Du darfst nicht allein weggehen und du darfst dich nicht aufregen, hat der Arzt gesagt.«

»Welcher Arzt?«

»Der Arzt. Nachdem Mutter gestorben ist.«

»Nachdem Mutter gestorben ist, war ich tatsächlich nicht … nicht ganz ich selbst. Aber das war vor Jahren, Charlotte! Jetzt geht es mir gut.«

Ich konnte nicht verhindern, dass mein Kinn zitterte. Meiner Mutter war es auch gut gegangen, bis zu dem Tag, an dem es ihr nicht gut ging.

Mr Trimble empfing uns an der Tür und half Vater aus dem Mantel. Vater ging in sein Arbeitszimmer, Mr Trimble setzte sich an meinen Schreibtisch.

Ich nahm Vaters Botanisiertrommel mit in den Salon und fing an, die Pflanzen zu sortieren, doch ich stellte mich heute sehr ungeschickt dabei an. Es dauerte eine ganze Weile, bis meine Hände nicht mehr zitterten.

Ich hatte nichts zu tun und niemanden, mit dem ich reden konnte. Schließlich holte ich die Bibel meiner Mutter, ging damit in unser kleines Wohnzimmer mit seinen nicht zueinanderpassenden blauen Stühlen und nahm mir vor, sie von Anfang bis Ende zu lesen. Hier war es dank des dicken Orientteppichs und der Papierstapel auf den Fensterbrettern nicht ganz so kalt wie im Salon.

Es war ruhig im Haus geworden und ich hätte eigentlich friedlich lesen können, doch irgendetwas an Mr Trimble ließ mir keine Ruhe. Nachdem ich dieselben drei Verse in Levitikus zum vierten Mal gelesen hatte, schlug ich die Bibel zu und ging in den Salon. Mr Trimble blickte auf, als ich eintrat, und erhob sich.

Ich nickte ihm zu und setzte mich. »Vermissen Sie Neuseeland und Ihre Schafe denn gar nicht?«

»Doch. Sehr.«

»Darf ich fragen, warum Sie nach England zurückgekehrt sind?«

Er hob eine Braue und legte den Kopf schräg. »Es gibt Dinge, die tut man nicht, weil man will, sondern weil man muss.«

Ich zog ebenfalls eine Braue hoch.

»Versprechen muss man halten. Ich bin das Opfer einer unvernünftigen Vergangenheit.«

»Sie beabsichtigen also, bei uns zu bleiben, bis …?«

»Ihr Vater hat gesagt, ich soll bleiben, bis Sie heiraten. Wenn Sie mich loswerden möchten: Der schnellste Weg dahin ist, sich einen Ehemann zu suchen.«

Ich schnaubte. Irgendwie war etwas Seltsames an der Art, wie er meine Fragen beantwortete. »Wenn Sie ein Versprechen gegeben haben, das Sie nach England zurückruft, warum sind Sie dann überhaupt nach Neuseeland gegangen?« Er hatte nie darüber gesprochen, in unserer gesamten früheren Korrespondenz nicht.

»Weil die Schafzucht dort ein aussichtsreiches Unterfangen ist.«

Schafe. Schafe und der Mr Trimble meiner Vorstellungen passten gut zusammen. Der Mr Trimble, der hier vor mir saß, passte in meinen Augen besser zu einem Hund oder einem Pferd. Ich konnte ihn mir gut unter der alljährlich zur Jagdsaison aus London einfallenden Meute vorstellen. »Ehrlich gesagt finde ich die Idee so absonderlich …«

»Genau wie meine Mutter. Ihr wäre es sehr viel lieber …« Er brach so plötzlich ab, dass er sich beinahe verschluckte.

»Was wäre ihr sehr viel lieber?«

»Nichts.«

»Wenn Ihre Mutter noch lebt, wären Sie doch bestimmt sehr viel lieber bei ihr als bei uns.«

»Sie kennen meine Mutter nicht, oder?«

»Nein.«

»Dann würde ich Ihnen raten, sich mit Ihren Meinungsäußerungen zurückzuhalten.« Er griff nach seiner Feder, als betrachtete er unser Gespräch damit als beendet.

»Aber Ihre Mutter will doch sicher, dass Sie nach Hause kommen, jetzt, da Sie wieder in England sind.«

»Ich versichere Ihnen, meine Mutter wünscht sich ein Wiedersehen mit mir ebenso wenig wie ich mit ihr. Ich wäre glücklich, wenn sie gar nicht wüsste, dass ich wieder in England bin.«

»Sie hat also nichts mit dem Versprechen zu tun, das Sie gegeben haben?« Es war alles sehr mysteriös. »Man sollte doch denken, dass nach … wie alt sind Sie, Mr Trimble?«

»Vierundzwanzig.«

»Man sollte doch denken, dass Sie nach so vielen Jahren einen Weg gefunden haben, mit ihr auszukommen.«

»Oder sie mit mir?« Er lächelte, doch es war eher eine Art Lippengymnastik als ein Ausdruck der Freude. »Sollte man denken, ja.«

Nach dem Mittagessen ging ich wieder in den Salon, entschlossen, Mr Trimble im Auge zu behalten. Aber ich hatte immer noch Schwierigkeiten, mich auf meine Bibel zu konzentrieren – der Gedanke an eine Heirat ließ mir keine Ruhe. Immerhin konnte ich so tun, als suchte ich einen Mann; vielleicht war Vater dann eher damit einverstanden, dass ich meine Arbeit für ihn wieder aufnahm. Natürlich wollte ich nicht wirklich heiraten – das würde ein wenig zu weit gehen. Doch bei der Geschwindigkeit, mit der Mr Trimble unser Leben durcheinanderbrachte, blieben bestimmt nur noch wenige Tage bis zu meiner vollständigen Wiedereinsetzung in alle Rechte und Pflichten.

Es klingelte an der Tür und ich war schon aufgestanden, bevor mir einfiel, dass der Empfang von Besuchern ebenfalls nicht mehr zu meinen Aufgaben gehörte. Ich setzte mich wieder hin.

Es klingelte erneut.

Ich hustete. »Wollen Sie sich nicht darum kümmern?«

Mr Trimble schrak zusammen. »Um was kümmern?«

»Die Tür. Das gehörte ebenfalls zu meinen Pflichten, die mir jetzt nicht mehr obliegen.«

»Die Tür zu öffnen liegt wohl kaum im Widerstreit mit Ihrer Suche nach einem Ehegatten.«

»Vielleicht, vielleicht auch nicht. Ich habe noch nie einen Ehemann gesucht, ich weiß es also nicht.«

Er seufzte, legte die Lupe hin und stolzierte hinaus. Mühelos öffnete er die klemmende Tür, sprach einen Moment lang mit jemandem und schloss sie wieder. Als er zurück ins Wohnzimmer kam, warf er mir einen Brief in den Schoß.

»Ts, ts.« Ich warf ihm den Brief zurück. »Ich wurde von jeglicher Verantwortung für die Korrespondenz entbunden. Haben Sie das nicht gehört?«

Er knirschte mit den Zähnen, brach das Siegel und begann, laut zu lesen. »Meine liebe Charlotte, ich freue mich zu hören, dass du beschlossen hast, deiner Christenpflicht nachzukommen und dich auf die Suche nach einem passenden Ehemann zu machen. Da ich weiß, wie das Schiff in diesem Fall zu schaukeln ist …«

Ich schnappte mir den Brief und las selbst weiter. Stumm. Ich hatte die Handschrift des Admirals erkannt.

> *… darf ich um die Ehre bitten, dir meine Begleitung anzubieten in den Fällen, in denen dein Vater verhindert ist?*

Da ich wusste, wie wenig mein Vater sich auf dem gesellschaftlichen Parkett auskannte und dass er es rigoros ablehnte, sich mit derartigen Nebensächlichkeiten zu befassen, selbst als meine Mutter noch gelebt hatte, ahnte ich, dass es mehr als genug solche Gelegenheiten geben würde.

> *Ich habe mir die Freiheit genommen, dir für heute Abend eine Einladung zu einer Gesellschaft zu erwirken, und hoffe auf eine positive Antwort.*

Antwort? Ich blickte auf. »Wer hat den Brief überbracht?«

Mr Trimble blinzelte. »Keine Ahnung.«

Ich wedelte mit dem Brief. »Er ist vom Admiral. Er bittet um eine Antwort.«

»Dann würde ich vorschlagen, dass Sie ihm eine geben.«

Nun gut, ich würde selbst gehen. Es war wichtig, so zu tun, als nähme ich das Ganze ernst; schließlich wollte ich meinem Vater beweisen, wie unschätzbar wertvoll meine Hilfe für ihn gewesen war.

Ich bedeutete Mr Trimble, den Schreibtisch freizugeben, und durchwühlte die Schubladen auf der Suche nach einem Blatt Papier. Ich fand keins. Genau genommen fand ich überhaupt nichts von dem, was ich gewohnt war, hier zu finden.

Mr Trimble schloss eine der Schubladen, die ich geöffnet hatte. »Kann ich Ihnen helfen?«

»Sie haben mir schon genug geholfen.« Ich ging zum Sofa, wo ein Stapel von Vaters Notizen ordentlich unter ein Kissen geschoben war und darauf wartete, dass ich einen Platz für ihn fand, blätterte rasch die Papiere durch und fand ein Blatt, auf dem ein paar Recherchen notiert waren, die mein Vater inzwischen nicht weiterverfolgte. Ich ging damit zum Schreibtisch, strich das Geschriebene mit einem sauberen Strich durch, drehte das Blatt um und schrieb meinem Onkel, dass ich die Einladung und sein Angebot, mich zu begleiten, annahm.

»So können Sie das doch nicht abschicken!«

Ich hob den Kopf und sah, dass Mr Trimble neben mir stand. Keine Ahnung, warum er es für nötig hielt, sich in meine Angelegenheiten einzumischen. Hatte er denn nicht selbst genug zu tun? »Und warum nicht, bitteschön? Der Admiral hat um Antwort gebeten.«

»Haben Sie denn keinen neuen Briefbogen, auf dem Sie ihm schreiben können?«

»Im Moment nicht. Außerdem spielt das ja wohl keine Rolle.«

»Es beweist einen eklatanten Mangel an Geschmack. Und der Mann, sagten Sie, ist Admiral?«

»Er ist außerdem mein Onkel. Gut, dass die Antwort ihm gilt und nicht Ihnen.«

Er schnaubte und machte sich wieder an seine Arbeit. Ich ging auf Strümpfen hinaus in die Halle und öffnete die Tür, um nachzusehen, ob der Bote gewartet hatte.

Er hatte – und kurz darauf war meine widerwillige Antwort unterwegs zum Admiral.

Am Nachmittag hatte ich die Einladung des Admirals fast vergessen über dem Versuch, so zu tun, als merkte ich nicht, dass eine Rechnung übersehen und nicht bezahlt worden war, dass der Berg von Vaters Notizen, die auf die Reinschrift warteten, immer höher wurde und dass ein Entwurf von Vaters Vortrag Gefahr lief, zu spät bei der Botanischen Gesellschaft einzutreffen – falls er überhaupt abgeschickt wurde.

Als ich mich wieder dabei ertappte, wie ich nach einer Feder griff, um dem Metzger zu schreiben, beschloss ich endlich, einen schönen, langen Spaziergang nach Gavel Green zu machen. Rein zum Vergnügen, ohne besondere Absicht. Ich zog meine Chelseaboots aus dem Regal und schlüpfte in eine alte Jagdjacke des Admirals. Dieser Kostümierung fügte ich noch meine zylindrische Botanisiertrommel hinzu, in der ich Pflanzenexemplare, die einer weiteren Erforschung würdig waren, unterbringen konnte. Nicht, dass ich aktiv danach suchen würde, aber falls ich zufällig auf eines treffen sollte, wäre es doch eine Schande, es nicht mitzunehmen.

Auf dem Weg dachte ich zunächst über die weltweite Verbreitung botanischer Spezies nach, danach überlegte ich eine ganze Weile, worin genau eine Abendeinladung wohl bestand. Dabei fiel mir plötzlich auf, dass ich keine Ahnung hatte, wann der Admiral mich abholen würde.

Da ich im Moment näher an seinem Haus als an unserem war, beschloss ich, ihn einfach zu fragen. Er lebte in Woodside, einem gediegenen Sandsteinhaus mit Giebeldach, je einem Fenster neben der Vordertür und drei Fenstern im zweiten Stock. Es war höchst respektabel, ganz im Gegensatz zu unserem Fachwerkhaus mit seinen drei Kaminen und dem Walmdach, das auf allen Seiten über die Hauswände hinausragte.

Der Butler öffnete mir die Tür und führte mich gleich ins Arbeitszimmer meines Onkels. Auf dem Schreibtisch lagen mehrere aufgeschlagene Bücher und er selbst schrieb gerade etwas, doch das Ganze erinnerte nicht entfernt an die Stapel aufgeschlagener Bücher und verstreuter Papiere, zwischen denen ich zu arbeiten gewöhnt war.

Er blickte auf, erhob sich und legte mit einem Ächzen die Feder ab. »Mein liebes Mädchen.«

Ich begrüßte ihn ebenfalls.

»Ich gratuliere dir, dass du zu Verstand gekommen bist, was die Ehe betrifft. Was kann ich für dich tun?«

»Ich wollte nur fragen, wann wir zu dem Abendessen gehen, von dem du geschrieben hast.«

»Es beginnt um acht! Ich hole dich um halb acht ab. Ich weiß, dass du gewöhnt bist, sehr viel früher zu essen, aber du wirst dich schnell daran gewöhnen.«

Um acht pflegte ich normalerweise die Treppe zu meinem Zimmer hochzugehen.

Er musterte die Jagdjacke und die Botanisiertrommel, die ich über der Schulter trug, dann beugte er sich halb über den Schreibtisch und sah auf meine Füße. »Darf ich dir einen Vorschlag machen, meine Liebe?« Er räusperte sich und fuhr auf mein Nicken hin fort: »Es hat keinen Sinn, in dieser Sache zartfühlend zu sein, deshalb sage ich es einfach, wie es ist.«

»Bitte sehr.«

»Verschrobenheiten kommen in der Gesellschaft nicht gut an. Hast du für heute Abend nicht etwas … Eleganteres anzuziehen?«

»Ich habe etwas, das ich letztes Jahr in London getragen habe, als Vater auf dem Empfang der Botanischen Gesellschaft war. Erinnerst du dich? Du hast mich damals gedrängt, mir was Neues zu kaufen.«

»Großartig. Diese Dinge erfordern eine Art Uniform und ich möchte nicht, dass du gleich bei deinem ersten Ausflug ins Straucheln gerätst.«

»Das habe ich nicht vor. Wie du gesagt hast, der Zeitpunkt, an dem ich in die Gesellschaft hätte eingeführt werden sollen, ist längst überschritten.«

Ich war dankbar, dass er beinahe lächelte. »Richtig. Aber ich habe dennoch große Hoffnungen für unser Vorhaben!«

Nach meinem Besuch beim Admiral machte ich mich auf den Rückweg, diesmal durch die Katzenschlucht, die ihren Namen mit voller Berechtigung trug.

Es handelte sich um ein tiefes Tal, so sehr zerklüftet, dass es einige Vorsicht bei der Durchquerung erforderte; andererseits gab es hier immer etwas Interessantes zu entdecken. Heute begleiteten mich Jagdhörner und fernes Hundegebell auf meinem Ausflug. Solange sie nicht näher kamen, schenkte ich ihnen keine Aufmerksamkeit; schließlich ging es mich nichts an, was die Jagdgesellschaften trieben. Schade war nur, dass sie stets eine breite Schneise der Zerstörung in der Pflanzenwelt hinterließen.

Ich war erstaunt, wie deutlich man alles im hellen Sonnenlicht sehen konnte. Ohne große Mühe hatte ich in kurzer Zeit einen ganzen Arm voller Saat-Wucherblumen gesammelt. Ihre gelben, weiß geränderten Blüten pflegten mich stets aufzuheitern und außerdem hatte mein Vater vor ein paar Tagen um ein paar Exemplare gebeten.

Aber wäre es nicht Mr Trimbles Aufgabe gewesen zu besorgen, was mein Vater brauchte? Andererseits wäre es eine Verschwendung, sie einfach fortzuwerfen, deshalb beschloss ich, sie in einer Vase auf den Kamin zu stellen. Wenn Mr Trimble das als Wink mit dem Zaunpfahl verstand, meinen Vater darauf aufmerksam zu machen, umso besser.

Doch das, so schwor ich mir, würde das letzte Mal sein, dass ich ihm half!

Ich kletterte die Schlucht hinauf und war gerade wieder auf dem Weg nach Hause, als ich die cremefarbenen, trompetenförmigen Blüten der Echten Zaunwinde entdeckte. Die Bezeichnung legte nahe, dass es irgendwo auch eine Unechte Zaunwinde geben musste, doch wenn das der Fall war, so hatte ich noch nie davon gehört. Ich blieb stehen und überlegte, ob ich ein paar pflücken sollte, da hörte ich schlurfende Schritte auf der Straße.

Ich blickte auf und sah einen Fremden. Er trug eine Botanisiertrommel, aber ich kannte ihn nicht. Als er fast bei mir war, wechselte er die Straßenseite, ging dann jedoch nicht an mir vorüber. Oder vielmehr – er schien vorübergehen zu wollen, doch jedes Mal, wenn er einen oder zwei Schritte gegangen war, machte er kehrt und kam wieder zurück. Zwei Mal öffnete er den Mund, als wollte er etwas sagen, doch beide Male schluckte er die Worte wieder hinunter. Und gerade, als ich dachte, dass er diesmal seinen Weg fortsetzen würde, wandte er mir sein Gesicht zu. »Sie müssen mich für schrecklich ungehobelt halten … oder furchtbar aufdringlich.« Sein Blick flitzte in alle Richtungen, doch er vermied es mich anzusehen.

»Ich kann nicht sagen, was ich von Ihnen denke. Ich kenne Sie ja gar nicht.« Doch aus seinen ernsten, ebenmäßigen Gesichtszügen und seiner offenen Art schloss ich, dass er ein anständiger, respektabler Mann war.

»Ich bin der neue Pfarrer, Mr Hopkins-Whyte, aus Northumberland.«

Der neue Pfarrer? Das erklärte vielleicht die Art und Weise, wie streng und glatt sein blondes Haar aus der Stirn gestrichen war … allerdings legte es sich über den Ohren in schöne Wellen und über dem Mantelkragen lockte es sich sogar.

Ich nickte. »Charlotte Withersby.«

»Vielleicht hätte ich warten sollen, bis wir einander formell vorgestellt werden, aber hätten Sie den neuen Pfarrer dann nicht für ein bisschen überheblich gehalten, weil er ein Mitglied seiner Gemeinde nicht begrüßt hat?« Er klopfte auf die Botanisiertrommel, die er falsch herum über der Schulter trug. »Ich habe gesehen, dass Sie Botanikerin sind, und ich glaube wohl, ebenfalls einer zu sein. Aber dann dachte ich, dass Sie wahrscheinlich in Frieden gelassen werden wollen und dass es unhöflich ist, wenn ich mich Ihnen aufdränge …«

Die Pause schien eine Art Entschuldigung darzustellen, auch wenn ich nicht so recht wusste, wofür er glaubte, sich entschuldigen zu müssen.

»Jetzt ist mir klar, dass ich hätte vorübergehen sollen, wie ich es anfangs vorhatte. Nur … ich hoffte, meiner Sammlung ein paar Exemplare hinzufügen zu können, und frage mich, ob das vielleicht Habichtskraut ist, was Sie da im Arm haben?«

»Habichtskraut?«

»Es hat gelbe, dicht beieinanderstehende Blütenköpfe.« Er starrte auf meine Winden.

»Ja … aber diese hier« – ich streckte ihm meine Blumen hin – »sind Echte Zaunwinden.«

Er kämpfte mit dem Verschluss seiner Botanisiertrommel und zog schließlich ein abgegriffenes Exemplar von Hookers *British Flora* heraus. »Ich weiß nicht so recht, wie man diese Tabellen benutzt …«

»Vielleicht wäre ein illustrierter Führer hilfreicher.« Wenn er einen besitzen würde, hätte er eine Echte Zaunwinde niemals mit Habichtskraut verwechselt.

»Vielleicht. Aber ich bin Pfarrer und sollte eigentlich bereits ein Experte in Botanik sein. Das denken die Leute jedenfalls. Sie scheinen anzunehmen, dass ein Geistlicher zwangsläufig Interesse an Gottes Schöpfung hat. Nicht, dass ich kein Interesse daran habe – ganz im Gegenteil, aber ich kann Ihnen gar nicht sagen, welche Schwierigkeiten ich in meiner alten Gemeinde hatte, weil ich auf diesem Gebiet nicht beschlagener war.«

»Auch wenn die meisten anderer Meinung zu sein scheinen, es dauert ein Weilchen, bis man sich auf diesem Gebiet auskennt.«

Er seufzte. »Diese Erkenntnis blüht mir auch, das merke ich.« Der Hauch eines Lächelns schien seine Lippen zu kräuseln. »Blüht mir? Da habe ich doch tatsächlich einen Scherz gemacht.« Dann trat ein ausgewachsenes Lächeln auf sein Gesicht, das ich unwillkürlich erwiderte.

»Wie lange sind Sie schon unterwegs?«

»Eine Stunde.«

Eine Stunde, ohne irgendetwas gefunden zu haben! Seine Botanisiertrommel war leer. »Warum nehmen Sie nicht ein paar von diesen?« Ich zog ein paar schöne Exemplare aus meinem Strauß und steckte sie in seine Botanisiertrommel.

»Das ist sehr großzügig von Ihnen. Was, sagten Sie noch mal, ist das?«

Ich erklärte es ihm noch einmal.

»Ich hätte es wahrscheinlich wissen müssen. Glauben Sie mir, im Predigen bin ich besser als in der Botanik.«

Das hoffte ich für ihn.

»Vielleicht sollte ich jetzt ein bisschen Habichtskraut suchen; dazu bin ich schließlich losgegangen.«

»Wenn noch welches blüht, finden Sie es drüben bei Salterswall.«

Sein Gesicht leuchtete auf. »Vielleicht bin ich doch besser darin, als ich dachte! Würden Sie … ich frage Sie ungern, weil wir uns doch gerade erst kennengelernt haben, aber Sie scheinen sich mit der lokalen Flora hier gut auszukennen … würden Sie mich vielleicht einmal im Pfarrhaus besuchen und meine Sammlung anschauen?«

»Gern.« Ich hatte noch nicht viele Pflanzen aus Northumberland gesehen.

»Wirklich? Wirklich! Nun, das ist … das ist sehr freundlich von Ihnen. Vielen Dank! Und jetzt …« Er blickte die Straße hinunter. »Jetzt sollte ich mich auf die Suche nach dem Habichtskraut machen, von dem Sie gesprochen haben. Guten Tag. Ich hoffe, Sie am Sonntag zu sehen.«

5

Erst als ich zu Hause war und ich die Blumen in eine Vase gestellt hatte, dachte ich wieder an die Abendeinladung. Ich beschloss, jetzt gleich das Londoner Kleid anzuziehen, damit ich auch ganz bestimmt fertig war, wenn mein Onkel mich abholen kam. Ich hatte es seit letztem Jahr nicht getragen und war erschrocken, wie staubig es geworden war. Rasch holte ich meine Haarbürste, um es zu säubern, und tatsächlich, durch eine Kombination von Klopfen und Bürsten wurde es einigermaßen sauber.

Ich hatte ganz vergessen, wie ungern ich es getragen hatte; der Kragen war steif und die Ärmel zu eng, aber ich hatte meinem Onkel versprochen, es anzuziehen, also würde ich die Qualen ertragen. In meinem Zimmer, das nach Norden ging, wurde es bereits dämmerig, deshalb ging ich zum Warten nach unten, eine Abhandlung über englische Brombeeren in der Hand.

Während ich Vater und Mr Trimble aus dem Weg gegangen war, war das Wohnzimmer unter Lagen von Trockenpapier und Pflanzenpressen praktisch verschwunden. Um mich hinzusetzen, hätte ich mir erst eine Sitzgelegenheit freiräumen müssen. Also ging ich stattdessen in den Salon.

Vater war nirgends zu sehen, doch Mr Trimble war über eine Pflanze gebeugt, ein Messer in der Hand. Als ich hereinkam, stand er auf. »Ihr Vater hat sich auf meinen Vorschlag hin ein wenig hingelegt, aber er wünscht Ihnen viel Vergnügen für heute Abend. Ich selbst hatte gehofft, Sie noch zu sehen, bevor Sie aufbrechen.«

»Leider kann ich nicht sagen, dass ich dasselbe gehofft habe.«

Er starrte mich einen Moment sprachlos an, dann lachte er. »Wenigstens sind Sie ehrlich. Ein Mann wüsste immer, woran er mit Ihnen ist.«

Er setzte sich wieder hin. »Ihr Vater hat gemeint, ich solle Ihren Rat einholen, erstens über einen Vortrag über die Klassifizierung von Sumpfweichkraut und zweitens darüber, wo eine Rechnung von …« Er zog ein Blatt Papier auf seinem Schreibtisch heran. »… eine Rechnung von einem Mr Denton zu finden ist.«

Der Metzger. »Vaters Wunsch war doch eindeutig. Beide Angelegenheiten fallen unter Ihre Pflichten.«

»Wenn Sie mir nur sagen würden, wo ich die Rechnung und den Vortrag finde, wäre ich glücklich, beides herauszusuchen.«

Ich betrachtete die verschiedenen Stapel, die sämtliche horizontale Flächen im Zimmer bedeckten. »Ich denke, Sie könnten sie recht schnell finden, wenn Sie systematisch danach suchen würden.«

»Ich habe nach ihnen gesucht. Was ich gefunden habe …« – er sah sich um und griff nach einem Stapel Papiere auf einem überladenen Fußschemel – »sind Stapel wie dieser. Sie sind überall!«

Ich deutete auf die Papiere, die er in der Hand hatte, und er gab sie mir. Ich warf einen Blick darauf. »Das sind die Fs.«

»Die …?«

»Die Fs. Foliopapier, Schreiben von der *National Fern Society* und Briefe von Mr Fuller, einem der Korrespondenten meines Vaters.«

»Aber das eine ist zum Schreiben, das andere eine Gesellschaft und das Dritte eine Person.«

»Genau.«

»Wenn ich also etwas über Fingerhut suchen würde, wäre es ebenfalls hier?«

»Seien Sie nicht lächerlich. Das wäre unter D.«

»Weshalb?«

»Wegen seines richtigen Namens, *Digitalis*.« Ich sah ihn genauer an. »Haben Sie nicht gut geschlafen? Sie sind so blass.«

»Sagen Sie mir, Miss Withersby, habe ich also mit sechsundzwanzig solcher Stapel zu rechnen? Einem für jeden Buchstaben des Alphabets?«

»Das ist durchaus möglich.«

»Und wo, würden Sie vorschlagen, soll ich nach der Rechnung suchen?«

»Im M-Stapel.«

»M für …?«

»Oder vielleicht unter D für Denton?« Ich konnte nicht anders, ich musste ihn einfach ein bisschen ärgern. Vielleicht, weil mein Kragen so eng war.

»Ich glaube, es würde mir sehr helfen, wenn Sie mir eine Skizze Ihres Ablagesystems anfertigten.«

»Das könnte ich natürlich, aber es würde bedeuten, dass ich Ihnen assistiere, oder? Und das darf ich ja nicht mehr. Ich hoffe, Sie haben Verständnis dafür, dass ich Ihre Bitte ablehne.«

Betont gleichgültig blätterte ich Seite für Seite durch meine Abhandlung.

Er sah mich mit seinen blauen Augen abschätzend an. »Habe ich Sie irgendwie beleidigt?«

»Sie? Aber nein, Mr Trimble.«

»Das freut mich, denn es hatte den Anschein, als …«

»Ich finde es nur ungewöhnlich, recht demütigend und dazu herablassend von Ihnen, dass ich Ihnen – einem Mann, den wir gerade erst kennengelernt haben – alles überlassen soll, die Arbeit meines ganzen Lebens und des Lebens meines Vaters, und dass dann erwartet wird, dass ich Ihnen auch noch dabei helfe. Als ob alles, was ich getan habe, all die Briefe, die ich geschrieben, alle Pennys, die ich zusammengekratzt, all die … all die Eimer, die ich unter die Löcher im Dach gestellt habe, nichts wert sind.«

»Ich kann Ihnen versichern …«

»Und nicht nur das, ich habe fast alles geschrieben, das er …« Ich unterbrach mich.

»Das er …?«

»Ich habe … *Bücher* geschrieben und solche Sachen, um unsere Rechnungen zu bezahlen. Er hat an einer illustrierten Reihe gearbeitet, für die ich die Illustrationen gemacht habe, doch das ist ein größeres Projekt, das durch Subskription finanziert wird, deshalb wird es, obwohl es sehr umfangreich ist, wohl auch nicht mehr einbringen als seine früheren Arbeiten. Und ich nehme nicht an, dass Sie Erfahrung im Zeichnen von Orchideen haben?«

»Ich kann nicht sagen, dass ich jemals …«

»Also soll ich meine Illustrationen halb fertig liegen lassen, um mir einen Mann zu suchen?«

»Ich habe nie gesagt …«

»Und ich soll die Arbeit meines Vaters in die Hände eines Mannes legen, der nicht einmal den korrekten Namen für Fingerhut kennt?«

»Das war nur ein Scherz!«

»Ja. Genau. Genauso fühle ich mich. Als ob alles, was ich getan und erreicht habe, null und nichtig ist, sobald ein passenderer Assistent auftaucht, nur weil ich Pistille habe!«

»Pistille …?«

»Als seien Pistille irgendwie weniger wert als Stamen!«

»Stamen …?«

»Sehen Sie denn nicht, wie empörend das ist?«

»Ich sehe auf jeden Fall, dass Sie sehr aufgebracht sind.«

»Außerordentlich.«

Er stand wieder auf und verbeugte sich. »Außerordentlich aufgebracht. Ich halte es im Übrigen für weit angemessener zu sagen, dass ich im Grunde Ihnen assistiere.«

Wenn er mir nicht meine Arbeit weggenommen hätte, hätte ich diese Äußerung zu schätzen gewusst. »Vielen Dank, Mr Trimble.« Nun hatte ich doch noch einen schwachen Abglanz des Mannes zu sehen bekommen, den ich im Laufe unserer Korrespondenz kennengelernt hatte.

»Und … würden Sie es also tun? Mir eine Skizze Ihrer Stapel anfertigen?«

Ich fühlte, wie ich vor Ärger errötete. »Sie haben nichts begriffen, oder? Meine Antwort lautet Nein!«

Zum Glück klingelte es in diesem Moment an der Tür.

Mr Trimble nickte zur Halle hinüber. »Soll ich …?«

»Bitte.« Ich hob die Abhandlung auf, mit der Absicht, sie diesmal wirklich zu lesen, doch da kam der Admiral ins Zimmer geschlendert. Als er mich sah, blieb er stocksteif stehen. »Ich hatte gehofft, dass du schon fertig bist, meine Liebe.«

Ich erhob mich. »Das bin ich.«

»Ich dachte nur … ich hatte gehofft … haben wir heute Nachmittag nicht über passende Kleidung gesprochen?«

»Das hier habe ich letztes Jahr auf der Fahrt nach London getragen.«

»Ja … aber hast du nicht etwas, das du in London getragen hast? Etwas … Glitzerndes?«

Etwas Glitzerndes? Glitzerten die zwei Reihen Messingknöpfe an meinem Mieder vielleicht nicht genug? »Ich habe nur das. Aber es ist erst ein Jahr alt und sehr robust.«

Mr Trimble mischte sich in unser Gespräch ein, und zwar ziemlich rüde, wie ich fand. »Ihr Onkel meint, dass Sie ein Reisekleid tragen, Miss Withersby, und zu dieser Tageszeit würde man ein Abendkleid erwarten.«

»Sehr richtig, junger Mann. Danke.«

»Ich sehe nicht ein, warum dieses Kleid seinen Zweck nicht auch erfüllt. Wenn ich es abends trage, muss es *per definitionem* ein Abendkleid sein, oder?«

Mr Trimble schüttelte den Kopf. »Ich glaube, Ihre Definition ist zu wörtlich, um allgemein akzeptiert zu werden.«

»Aber es erfüllt seinen Zweck, oder?«

Mein Onkel blickte finster drein. »Jeder Anlass erfordert die passende Uniform, liebe Charlotte. Du kannst nicht das Schiff steuern, wenn du Fähnrichskleidung trägst.«

»Passend oder nicht, dies ist der neueste Zuwachs meiner Garderobe.«

Mr Trimble mischte sich schon wieder ein. »Und … was ist mit … was tragen Sie zum Beispiel, wenn Sie in die Kirche gehen?«

»Ein … ein Kleid.«

»Vielleicht wäre ›ein Kleid‹ die bessere Wahl.«

»Wenn Sie es sagen.«

»Ich sage es.«

Ich sah meinen Onkel an. »Dann brauche ich noch ein paar Minuten.«

Ich verstand wirklich nicht, warum sie solches Aufheben darum machten. Der Admiral hatte gemeint, ich solle etwas Elegantes anziehen, und das, was ich trug, war mein neuestes Kleid. Ich hatte es gar nicht haben wollen, aber er hatte darauf bestanden, dass ich mir ein neues Kleid kaufte, als er hörte, dass wir verreisen wollten. Mehr noch, er hatte es selbst nähen lassen. Seufzend zog ich es aus und dachte über die Möglichkeiten nach, die mir noch blieben.

Das erste, ein grün gestreiftes Kleid, war mit Primeln bestickt und einem Band besetzt. Das zweite war hellblau. Es sah aus, als hätte es ein Jäckchen, das allerdings am Mieder festgenäht und nicht einmal zu öffnen war. Es war wirklich alles sehr ärgerlich.

Da es ziemlich kühl war, entschied ich mich schließlich für das Kleid mit dem nutzlosen Jackenteil, obwohl es ziemlich aufwendig anzuziehen war. Ich musste mich mit dem Rücken zum Spiegel stellen, über die Schulter schauen und mit einer Hand den Hakenhalter, mit der anderen den Hakenschließer halten. Es dauerte ein Weilchen, bis ich damit zurechtkam, denn seit Mutters Tod hatte ich keine Anleitung mehr gehabt.

Als ich schließlich mit den Haken fertig war, nahm ich meine Haube, die aussah wie eine an einem Ende offene Botanisiertrommel, und band sie unter dem Kinn zusammen.

Wenn ich bei meiner Rückkehr in den Salon ein Lächeln oder Glückwünsche zu meinem Aussehen erwartet hätte, wäre ich bitter enttäuscht worden.

Der Admiral runzelte die Stirn. »Du hast nicht vielleicht etwas mit … mit ein bisschen mehr … Stoff? Oder vielleicht Pailletten?«

»Pailletten? Ich glaube nicht, nein.«

»Vielleicht … vielleicht sollten wir heute Abend zu Hause bleiben, meine Liebe. Ich könnte eine Nachricht schicken und …«

»Das genügt nicht.« Mr Trimble, der mich erst angestarrt hatte, trat nun vor und wies mit dem Kinn auf mein Kleid. »Das ist ein Tageskleid, kein Abendkleid. Sie brauchen etwas mit mehr … tragen Sie überhaupt Unterröcke darunter?«

Ich wusste beim besten Willen nicht, warum er – ein Schaffarmer! – mir Vorträge über Mode hielt. Groß und breitschultrig, wie er da vor mir stand, hätte man ihm glatt vorwerfen können, mich zu bedrohen. Es fühlte sich irgendwie … seltsam an. »Unterröcke? Warum?«

»Weil das so üblich ist. Jedenfalls war es so üblich, bevor ich nach Neuseeland ging, und mir ist nicht aufgefallen, dass die Mode sich sehr geändert hätte.«

Ich trug keine Unterröcke. Ich verabscheute sie. Sie wickelten sich ständig um meine Knöchel, es sei denn, ich trug die, die ich früher angehabt hatte, als ich noch jünger war, doch die waren mir zu eng in der Taille. »Wie soll ich irgendetwas tun, wenn ich all diese Unterröcke trage?«

»Es geht nicht darum, etwas zu tun, es geht um …«

»Ich soll nichts tun? Warum gehe ich dann überhaupt hin?«

»Das tut nichts …« Plötzlich starrte er interessiert auf eine Stelle unter meinem Busen. »Ist das ein … was ist das? Der Klecks auf Ihrem Mieder?«

Ich versuchte es zu sehen, doch mein Busen versperrte mir die Sicht. »Ich weiß es nicht.«

Ich nahm die Lupe, die Mr Trimble auf dem Schreibtisch liegen gelassen hatte, und schob ein schwarzes Buch dahinter. Das Ganze richtete ich auf meinen Busen und erkannte auch gleich den Fleck in dem behelfsmäßigen Spiegel. »Das ist ein Tintenfleck. Normalerweise trage ich einen Kittel, wenn ich an meinen Illustrationen arbeite, aber an einem Tag im letzten Monat …«

»Tinte?« Mr Trimble klang indigniert. »Das Kleid ist ruiniert.«

Ich lächelte höhnisch. »So schlimm ist es auch wieder nicht. Es ist erst ein paar Jahre alt und erfüllt noch sehr gut seinen Zweck.«

»Wenn der Fleck nicht zu entfernen ist, ist es ruiniert.«

»Nun, heute Abend wird er nicht mehr herauszubekommen sein und außerdem ist es ja nur ein kleiner Fleck.« Ich schaute wieder in den Spiegel. »Er ist kaum größer als mein Daumen. Nur ein Spritzer sozusagen, also verstehe ich nicht, warum …«

»Dann tun Sie uns wenigstens den Gefallen und legen Sie einen Umhang um. Sie haben doch einen, oder?«

»Ja. Natürlich.«

Der Admiral räusperte sich. Er war rot geworden. »Wenn wir uns nicht beeilen, kommen wir zu spät, und Pünktlichkeit ist nun einmal die Höflichkeit der Könige.«

Ich rannte die Treppe hinauf, riss meinen Umhang vom Haken und zog auch noch rasch einen Unterrock an.

In der Eingangshalle hielt Mr Trimble mich auf, indem er mir eine Hand auf den Arm legte. Er löste die Schleife meiner Haube und nahm sie mir ab. »Das ist eine Kutschenhaube.«

»Das kann gar nicht sein. Warum, bitteschön, hätte ich eine Kutschenhaube kaufen sollen, wenn wir gar keine Kutsche haben? Lächerlich.«

»Sie ist für einen Tagesauflug und nicht … Egal. Gehen Sie lieber ohne. Vielleicht …« Er zog mich in den Salon, lief zu dem Gewächshaus, in dem ich Orchideen zog, hob den Deckel an und brach einen Stängel ab.

»Aber das … das ist meine Orchidee! Ich möchte Sie doch sehr bitten, sich nicht um Dinge zu kümmern, die Sie … die Sie nichts angehen!« Es hatte Monate gedauert, eine zum Blühen zu bringen, damit ich ein lebendes Exemplar hatte, das ich abzeichnen konnte. Aber wahrscheinlich spielte das keine Rolle mehr, da ich sowieso nicht mehr zeichnen durfte.

Er steckte sie mir ins Haar. »Wie gesagt, Miss Withersby, ich bin schließlich Ihr Assistent.«

Der Vorteil, eine Blume im Haar zu tragen, lag darin, dass sie viel leichter war als eine Haube. Dennoch konnte ich Mr Trimble nicht verzeihen, dass er meine Orchidee umgebracht hatte.

Der Admiral schien sich unterwegs richtiggehend in eine Art Aufregung hineinzusteigern. Es war die Art schlechter Laune, die gewöhnlich einer Klage über die bedenklichen Fahrwasser vorausging, in welche die Politik des Empires steuerte, oder über eine Maßnahme, mit der die Regierung einen schweren Fehler beging. Doch als wir von der Straße in die Auffahrt des Anwesens einbogen, sagte er etwas völlig Unerwartetes. »Es gibt nur eine Regel, sozusagen die goldene Regel der Höflichkeit für den gesellschaftlichen Umgang, meine Liebe. Behandle andere, wie du selbst behandelt werden möchtest.«

Nur eine einzige Regel? Ich begann, mich zu entspannen. »Ich werde mir Mühe geben, es mir zu merken.«

Wir wurden von einem Lakaien empfangen und ich wurde in ein Zimmer geführt, in dem ich meinen Umhang ablegen konnte. Eingedenk Mr Trimbles Meinung über den Tintenfleck auf meinem Kleid beschloss ich, den Umhang anzubehalten. Der Diener schien meinen Wunsch nicht zu verstehen, deshalb kam es zu einem kurzen Gerangel, aus dem ich jedoch als Siegerin hervorging.

Als ich wieder beim Admiral war, wurden wir gebeten, die Treppe hinaufzugehen, und dann standen wir auch schon vor dem Eingang zu einem großen, offenen Saal. Er war auf beiden Seiten von Fenstern gesäumt, vor denen rote Vorhänge hingen, die mit dicken goldenen Seilen zur Seite gerafft waren, um den Blick in den Abend freizulassen. An der Kassettendecke hingen drei Kronleuchter mit insgesamt sicher an die hundert Kerzen. Im Saal selbst herrschte ein dichtes Menschengewimmel; die Leute standen in größeren und kleineren Gruppen beisammen und unterhielten sich.

Wir durchquerten den Raum und der Admiral zeigte mir unsere Gastgeber, die Bickwiths. Sie waren vielleicht zehn Jahre jünger als der Admiral, beide eher klein mit frischen, roten Gesichtern. Danach stellte er mich ein paar Gästen vor. Inzwischen sah ich ein, dass seine Bitte um ein Kleid mit mehr Stoff oder Pailletten nicht ganz so unnötig gewesen war, wie ich gedacht hatte. Neben den Röcken der anderen Frauen wirkten meine wie eine welke Blume. Obwohl die meisten Damen schulterfreie Abendkleider trugen, war ich froh über meine langen Ärmel und meinen bedeckten Busen und dankbar für den Umhang, den ich nicht abgegeben hatte, denn inzwischen waren die Fenster geöffnet worden.

Während wir durch den Raum schlenderten, unterhielt Mr Bickwith sich mit ein paar Gentlemen, die offenbar extra aus London zur Jagd angereist waren, über Hunde und Hundehaltung. Gerade wollte ich einen von ihnen darauf ansprechen, dass sie doch bitte ein wenig Rücksicht auf die Flora der Gegend nehmen sollten, da nahm der Admiral mich beim Arm und stellte mich Mrs Bickwith vor.

»*Miss* Withersby?«

Ich hatte die Aussprache meines Namens noch nie schwierig gefunden, aber vielleicht rührten ihre Schwierigkeiten ja daher, dass sie schwerhörig war. Deshalb antwortete ich mit erhobener Stimme: »Korrekt.«

»Ich glaube, ich bin noch nie einem Menschen begegnet, der sich seiner selbst so sicher ist, dass er es sich leisten kann, die Konvention vollkommen außer Acht zu lassen.«

Ich lächelte. »Vielen Dank.«

Sie schnaubte, wandte sich ab und ließ mich, ziemlich zufrieden mit unserer Begegnung, stehen.

6

Der Admiral führte mich zu einem älteren Mann und einem Mädchen. Als wir näher kamen, erkannte ich Sir Templeton und seine Tochter, Miss Templeton. Nicht ohne eine gewisse Beklommenheit stellte ich fest, dass Miss Templeton jenes ideale Exemplar darstellte, an dem sich der Rest der im Raum anwesenden Frauen messen lassen musste. Was in der Botanik allgemein anerkannte Praxis war, schien mir plötzlich äußerst unfair.

Ihr blondes Haar war nicht in Korkenzieherlocken über den Ohren aufgesteckt, sondern auf dem Hinterkopf zu einem Knoten gedreht, der mit Bändern zusammengehalten wurde. Sie trug ein wunderschönes Kleid in einem blassen Malventon, über und über bestickt mit Erdbeeren und Erdbeerblüten, die sich an Weinstöcken hinaufrankten. Bei näherer Betrachtung hatte ich jedoch den Eindruck, als wären die Blüten nicht korrekt dargestellt – wenn sie nur einmal kurz stillgehalten hätte, hätte ich es nachprüfen können.

Sie lächelte, während der Admiral uns vorstellte. Als er ein Gespräch mit ihrem Vater begann, wandte sie sich an mich. »Wie schön, Sie kennenzulernen, Miss Withersby. Wissen Sie, ich bin ziemlich sicher, dass wir uns schon begegnet sind.«

»Vielleicht draußen.«

»Draußen? Wo draußen könnte das gewesen sein?«

»Das ist schwer zu sagen. Ich war schon fast überall.« Es sah aus, als hätten ihre Erdbeerblüten fünf Blätter, ja manche sogar sechs! Jetzt sah ich es ganz deutlich. »Ich mache jeden Morgen einen Streifzug und suche nach Pflanzen.«

»Ich auch! Na ja, nicht jeden Morgen. Ehrlich gesagt, nicht sehr oft, aber ich habe es schon gemacht. Ein oder zwei Mal. Botanik ist im

Moment groß in Mode, wissen Sie; das ist der Grund, warum ich es tue.«

Ich hörte mich seufzen. »Mit meinen Spaziergängen ist es jetzt vorbei, zumindest vorläufig. Mein Vater hat beschlossen, dass ich heiraten soll. Er fürchtet, ich bin schon fast zu alt dafür.«

»Das denkt meiner auch. Aber … wie alt sind Sie denn überhaupt?«

»Ich bin gerade zweiundzwanzig geworden.«

Sie zog überrascht die Brauen hoch. »So alt! Wie haben Sie es nur geschafft, sich so lange von der Gesellschaft fernzuhalten?«

»Ehrlich gesagt hat niemand bemerkt, dass ich fehle.« Es hatte auch nie eine Rolle gespielt.

»Ich wünschte, ich würde auch manchmal übersehen werden!«

»Der Admiral ist schuld. Er hat meinem Vater eingeredet, dass es meine Pflicht sei zu heiraten.«

»Mein Vater sagt genau das Gleiche. Diese Pflicht ist eine schwere Bürde, nicht wahr?«

»Ich bin nicht gegen die Ehe, was andere Leute betrifft. Irgendwann bin ich vielleicht nicht mal mehr dagegen, was mich selbst betrifft, aber im Moment muss ich Bücher schreiben und Korrektur lesen und Rechnungen bezahlen … und keiner scheint zu begreifen, dass die Arbeit nicht getan wird, wenn ich sie nicht mache.«

Sie nickte, als verstünde sie mich genau. »Ganz bestimmt wird irgendjemand es bald merken.«

»Das hoffe ich. Mein Vater hat jemanden eingestellt, der meinen Platz einnimmt. Doch der Mann hat von nichts eine Ahnung, also dürfte es eigentlich nicht lange dauern, bis es bemerkt wird. Aber bis dahin muss ich so tun, als wollte ich tatsächlich heiraten. Auf diese Weise sollte mein Fehlen noch fühlbarer werden.«

»Das ist brillant, Miss Withersby! Sie haben so schönes Haar, es passt so wunderbar zu Ihren braunen Augen. Und so hübsche Ohren – ich nehme an, Ihre Fesseln sind genauso? Und mit Ihrer wunderbaren Figur würden Sie sogar den eingeschworensten Junggesellen zur Ehe bekehren. Lassen Sie mich Ihnen doch helfen, bitte!«

Ich überlegte … sollte ich ihr von den Blumen auf ihrem Kleid erzählen? Oder wäre das unhöflich? Mein Onkel hatte gesagt, ich müsse andere behandeln, wie ich selbst behandelt werden wollte, und *ich* würde es ganz bestimmt wissen wollen, wenn die Stickerei auf meinem Kleid eine grobe Verfälschung der Natur war.

Sie sah mich verständnisinnig an. »Sie vermissen Ihre Streifzüge durch die Natur, nicht wahr?«

»Ja. Ich kann es nicht leugnen.«

Sie hängte sich bei mir ein. »Dann sollten wir einmal einen Streifzug machen, wir beide.«

»Vielleicht könnten wir morgen gehen.« Ich betrachtete wieder ihr Kleid. Wirklich, die Fehler waren eklatant!

»Morgen!« Sie wirkte überrascht, so als hätte sie nicht selbst eben den Vorschlag gemacht. Doch dann lächelte sie wieder. »Gern, aber morgen ist Sonntag.«

»Was spielt das für eine Rolle? Wir könnten uns um halb sechs treffen, natürlich in Abhängigkeit davon, wo Sie wohnen und wie lange ich dorthin brauche.«

»Halb sechs? Ich bin ziemlich faul, Miss Withersby – da können Sie fragen, wen Sie wollen –, aber ist das nicht ein bisschen spät für einen Ausflug dieser Art?«

»Wir könnten uns natürlich auch etwas früher treffen, vielleicht um vier Uhr, aber da die Sonne erst gegen sechs aufgeht, wüsste ich nicht, was wir bis dahin tun sollten.«

»Ach – Sie meinten *morgens*? Oh!« Ihr Lachen drang durch den ganzen Raum.

»Um das Vergnügen meiner Gesellschaft zu genießen, müssen Sie an den meisten Tagen mindestens bis zehn Uhr warten. Ich muss Sie warnen, ich bin sehr dekadent!«

»Zehn …?« Um zehn untersuchte ich normalerweise schon die Exemplare, die ich gesammelt hatte, doch im Moment war nichts mehr normal und so musste ich mich wohl von meiner üblichen Routine verabschieden. Schließlich nahm alle Welt an, dass ich auf der Jagd nach einem Ehemann war. »Zehn Uhr wäre schön. Also am Montag?«

»Ich kann es kaum erwarten! Aber nicht am Montag. Ich brauche einen Tag, um alles zu bedenken und vorzubereiten. Sagen wir Dienstag?«

Ich war einverstanden. »Ach, Miss Templeton, darf ich Ihnen etwas sagen?«

Ihre Brauen hoben sich. »Bitte.«

»Wissen Sie, dass die Blumen auf Ihrem Kleid nicht die richtige Anzahl Blütenblätter haben?«

Sie blickte an ihrem Kleid herunter. »Nein, ich hatte keine Ahnung.«

»Manche haben fünf, andere sogar sechs Blätter, und auch wenn das angesichts der Vielzahl der existierenden Erdbeerpflanzen im Bereich des Möglichen liegt, würde ich doch annehmen, dass auf Ihrem Kleid nur eine einzige Sorte abgebildet sein soll, oder nicht?«

»Darüber habe ich noch gar nicht nachgedacht!«

»Ich hätte es auch nicht erwähnt, aber ich dachte, dass Sie es vielleicht gern wüssten.«

Sie griff nach meiner Hand. »Ich hätte es nie gemerkt, wenn Sie es mir nicht gesagt hätten, aber jetzt, wo ich es weiß, kann ich mir nicht vorstellen, dieses Kleid weiterhin mit reinem Gewissen zu tragen.« Sie hielt inne und ließ den Blick durch den Raum schweifen. Dann flüsterte sie: »Glauben Sie, dass es sonst noch jemandem aufgefallen ist?«

Mir war unklar, wie überhaupt jemand das übersehen konnte, so auffällig, wie es war, aber wenn sie es nicht gemerkt hatte, dann vielleicht … »Hat Sie sonst noch jemand darauf aufmerksam gemacht?«

»Nein … nein, niemand.«

»Dann hat es vielleicht wirklich keiner gesehen. Jedenfalls besteht Grund, es zu hoffen.«

»Hoffentlich haben Sie recht. Ich bin sicher, Mrs Bickwith hätte es mir gesagt, wenn sie den Fehler bemerkt hätte. Sie kann sehr boshaft sein.«

Zu mir war sie nett gewesen, sie hatte mir sogar ein Kompliment gemacht. »Der Mann, den mein Vater für mich eingestellt hat, ist genauso. Er weist mich augenblicklich auf jeden Fehler hin, den ich gemacht habe oder noch machen werde.«

»Ist er so ein pompöser Typ mit lauter Stimme und aufgeblasener Brust, hochnäsig wie sonst was?«

»Er ist ziemlich groß, ja, und er stellt laufend Behauptungen auf. Meine Vorschläge tut er von vornherein ab.«

»Sagen Sie nichts mehr, Miss Withersby. Ich habe ihn schon verabscheut, als ich hörte, dass er Ihre Stellung eingenommen hat, aber jetzt ist er mir noch mehr zuwider.«

»Das ist sehr nett von Ihnen.«

»Gern geschehen. Wir müssen zusammenhalten, wir beide.«

Ich sah mich im Raum um. »Ich war noch nie auf einer solchen Abendeinladung und bin erstaunt, wie viele Leute ich nicht kenne.« Auch die, die ich aus der Kirche kannte, konnte ich nicht wirklich als meine Bekannten bezeichnen, denn normalerweise kamen wir zu spät zum Gottesdienst, setzten uns in die letzte Kirchenbank und schlichen bei den ersten Takten des Nachspiels wieder heraus.

»Viele sind nur wegen der Jagd hier, die sollten Sie am besten ignorieren. Ich versichere Ihnen, sie haben keinerlei Interesse an uns Landleuten, nicht einmal an einer Baronetstochter wie mir. Und jetzt zeige ich Ihnen den Rest. Da drüben steht Mr Stansbury.«

Ich sah in die Richtung, in die sie mit dem Kinn wies, und sah einen Mann mittleren Alters, der mit Mr Bickwith sprach.

»Er ist ein Industrieller aus Liverpool und hat Overwich Hall gekauft. Und als ob er nicht schon genug Geld hätte, verpachtet er auch noch die Rechte an seiner Jagd. Ich habe leider gehört, dass sein Geschmack ein wenig vulgär ist.«

Sie neigte den Kopf, während sie ihn ansah. »Aber ich muss zugeben, dass noch Hoffnung für ihn besteht, sonst würde er nicht diese Weste tragen. Sie muss aus Samt sein, jedenfalls größtenteils. Erstaunlich, finden Sie nicht?«

Ich wusste nicht, was ich finden sollte, nickte aber.

»Er ist offenbar sehr stolz auf sein Gewächshaus und die Außenanlagen seines Anwesens, scheint aber wenig Interesse an einer Ehe zu haben. Obwohl ich glaube, dass das kaum jemand weiß. Aber ich scheine für ihn praktisch nicht zu existieren und ich muss Ihnen sagen, dass ich hier in Cheshire als recht gute Partie gelte. Vielleicht ist er ja der Richtige für Sie, Miss Withersby. Er sieht auf seine Art recht gut aus, finden Sie nicht?«

Ich konnte nur zustimmen.

»Da Sie jetzt wissen, dass er kein Interesse an einer Ehe hat, könnten

Sie ihn doch ein bisschen ermutigen, ohne sich dadurch in Gefahr zu bringen, einen Heiratsantrag zu erhalten.«

»Ich werde daran denken.«

»Obwohl – wie ich schon sagte, er macht ziemlich viel Geld, ist also definitiv kein Gentleman. Oh! Das wäre doch vielleicht von Vorteil für Sie! Wäre Ihr Vater nicht erschrocken, wenn er denken müsste, dass Sie sich zu so jemandem hingezogen fühlen?«

»Ich ...«

»Egal. Genug jetzt von Mr Stansbury. Gleich links, hinter Mr Bickwith, ist Mr Robinson, ebenfalls ein Junggeselle, der vielleicht ...« Sie hielt inne und runzelte die Stirn. »Nein, nein, doch nicht. Sie wollen ihn bestimmt nicht heiraten und es ist sicher besser, ihn gar nicht erst zu ermutigen. Er hat schon fast allen weiblichen Wesen in Overwich über vierzehn einen Heiratsantrag gemacht.« Sie beugte sich näher zu mir. »Es heißt, er hat sogar Miss Fletcher einen Antrag gemacht!«

»Miss Fletcher?« Ich war ihr noch nicht begegnet und wenn, konnte ich mich nicht an sie erinnern. »Ich glaube nicht, dass ich weiß, wer ...«

Sie deutete mit einer leichten Bewegung ihres Fächers auf eine Frau auf der anderen Seite des Raums. »Sie muss mindestens vierzig sein.« Ihre Augen glitten durch den Raum. »Das dort drüben ist unser neuer Pfarrer ...«

»Mr Hopkins-Whyte. Ich bin ihm bereits begegnet.«

Sie sah mich einen Moment an. »Und es war kein Vergnügen – wollten Sie das damit sagen?«

»Er hat sich die ganze Zeit nur entschuldigt.«

»Entschuldigt! Was hat er denn getan?«

Ich erklärte ihr, wie wir uns begegnet waren, und sie unterzog ihn hinter ihrem Fächer einer genaueren Prüfung. »Ich würde sagen, ein solches Benehmen ist kein gutes Zeichen. Ein Pfarrer sollte doch eher selbstsicher sein, wie soll man sonst seinen Predigten vertrauen, finden Sie nicht?«

»Ich nehme an ...«

»Und Sie sagen, er hat sich *entschuldigt*?«

»Ja.«

»Dafür, dass er eine Dame wie Sie traf?«

Ich nickte.

»Wo er doch acht Kinder hat, für die er eine Mutter finden muss … seltsam, oder?«

»Ich nehme an …«

»Dann könnten Sie ihn also auch ermutigen, ohne Gefahr zu laufen …« Sie ließ entschlossen ihren Fächer zuschnappen. »Vielleicht hat er sich noch nicht genügend vom Tod seiner Frau erholt, um einer anderen Frau einen Antrag zu machen, sonst hätte er es sicher schon längst getan.«

»Und was ist mit dem Herrn da drüben?« Er schien etwa in meinem Alter zu sein.

»Du lieber Himmel, nein! Seine Mutter ist total übergeschnappt! Sie brauchen nur mit ihm zu reden, schon wird er Sie um Ihre Hand bitten, und noch bevor Sie sagen können: ›Gott, rette mich!‹, sind Sie verheiratet und rennen hinter der alten Verrückten her, nur um zu verhindern, dass sie jemanden mit der Schere ersticht, wie sie ständig droht.«

Ich schauderte.

»Wenn sie natürlich unverhofft sterben würde, hätten Sie wahrscheinlich ein ganz gutes Leben. Aber alles in allem denke ich, es ist das Risiko nicht wert, vor allem, da Sie ja gar nicht wirklich heiraten wollen.«

»Nein, das will ich nicht. Wirklich nicht.«

»Das da ist Mr Hobbes' Sohn.« Sie deutete auf einen anderen Mann. »Lassen Sie sich nicht von seinen Ohren abschrecken. Er hat ein paar Cousins, die hin und wieder in die Stadt kommen und allesamt umwerfend aussehen. Man käme nie darauf, wenn man ihn anschaut, aber sie kommen wohl mehr nach der väterlichen Seite der Familie. Sie bringen ihre Hunde mit zur Jagd und das ist alles ziemlich wundervoll, wirklich. Aber das hilft Ihnen wohl kaum weiter, da es ja darum geht, dass Sie mit jemandem gesehen werden, der Interesse an Ihnen hat. Und das wäre in dem Fall schwierig, denn diese Jungs scheinen ausschließlich Interesse an der Jagd zu haben.«

»Und was ist mit dem Mann dort drüben?« Ich deutete mit einer Kinnbewegung hinüber.

»Er interessiert sich für Miss Atkinson da hinten. Eine tragische Geschichte. Er wird ihr keinen Antrag machen, weil er kein Geld hat, und selbst wenn er welches hätte, wäre ihr Vater nie einverstanden, weil er nicht aus Cheshire stammt, nicht ursprünglich jedenfalls, und so schmachten die beiden sich die ganze Zeit nur an.«

»Und sonst gibt es niemanden?«

»Nein, niemanden, der Ihre Zeit und Mühe wert wäre. Meine Antwort würde natürlich anders ausfallen, wenn Sie wirklich heiraten wollten. In diesem Fall käme sogar der alte Mr Carew infrage. Aber unser Ziel ist ja, einen Mann dazu zu bringen, dass er genügend Interesse an Ihnen zeigt, um Ihren Vater zu erschrecken, aber nicht so viel, dass er Ihnen einen Antrag macht. Das ist eine ziemliche Herausforderung, Miss Withersby, aber ich habe sowohl Talent als auch Zeit, und wenn Sie die Angelegenheit meinen fähigen Händen überlassen wollen, werden Sie bald wieder an Ihrer Lebensaufgabe sitzen.«

»Ich bin so dankbar für …«

Sie tätschelte meinen Arm. »Nicht nötig. Es wird höchst unterhaltsam sein, Sie zur Ballkönigin zu machen, und dabei ein wenig den Druck lindern, der auf mir lastet. Also, mit wem wollen wir anfangen? Mit Mr Stansbury oder dem Pfarrer?«

Unter dem Pfarrer hatte ich schon genug gelitten, deshalb wählte ich stattdessen Mr Stansbury.

»Eine weise Wahl. Von jetzt an überlassen Sie alles einfach mir.«

Sie zog mich zum Admiral hinüber, der an eins der offenen Fenster getreten war und in die dunkle Nacht hinausblickte. Draußen ging ein ziemlich heftiger Wind, der ihm das Haar aus dem Gesicht blies. Sie zupfte ihn am Ärmel.

Er fuhr zusammen und drehte sich um, dann verbeugte er sich. »Miss Templeton.«

Sie knickste. »Ich habe mich sehr angeregt mit Ihrer Nichte, Miss Withersby, unterhalten, und dabei kam mir eine blendende Idee! Mr Stansbury hat das schönste Gewächshaus in unserer Gegend. Ich habe ihr davon erzählt und war erstaunt, dass sie noch nicht davon gehört hatte. Er führt manchmal Besucher herum, doch sie sagt, sie sei ihm leider noch nicht vorgestellt worden.«

Der Admiral betrachtete den Betreffenden mit zusammengekniffenen Augen. »Er ist in meinen Augen kein richtiger Gentleman. Befasst er sich nicht geschäftlich mit Schuhcreme?«

Sie runzelte kaum wahrnehmbar die Stirn. »Er hat irgendwie mit der Eisenbahn zu tun, habe ich gehört, doch angesichts Miss Withersbys Interesse an Botanik wäre eine Vorstellung vielleicht trotzdem angebracht.«

Der Admiral schnaubte.

»*Vertretbar.* Vielleicht wäre eine Vorstellung trotzdem vertretbar, wollte ich sagen.«

Er starrte sie an und schürzte die Lippen. »Möglicherweise, ja. Ich wurde ihm selbst noch nicht vorgestellt, aber wenn ich es fertigbringe, dass China mir seine Häfen öffnet, werde ich mich ja wohl auch einem Industriellen aus Liverpool vorstellen können.«

Damit setzte er sich in Bewegung, quer durch den Ballsaal, sodass Miss Templeton und ich Mühe hatten, mit ihm mitzuhalten.

Sie griff nach meinem Arm. »Das läuft doch perfekt! Der Admiral wird außer sich sein beim Gedanken daran, dass Mr Stansburys Interesse an Ihnen über sein Interesse an Pflanzen hinausgeht und ganz anderer Art ist. Sie werden augenblicklich an die Seite Ihres Vaters zurückgerufen werden!«

Zum ersten Mal seit Tagen besserte sich meine Laune. »Ich habe mich so nach meinem Mikroskop gesehnt und …«

»Sie müssen wirklich versuchen zu lächeln, Miss Withersby. Im Moment sehen Sie schrecklich mürrisch aus.«

Ich setzte ein Lächeln auf.

Mr Stansbury blickte zu uns herüber, und als er den Admiral erkannte, bekam er große Augen. Er machte eine steife, abgehackte Verbeugung.

Der Admiral nickte. »Mr Stansbury, nicht wahr?«

»In der Tat, Sir. Es ist mir eine große Ehre, Sie kennenzulernen.«

»Ich habe gehört, Sie interessieren sich für Botanik.«

»Das stimmt. Sehr sogar.«

»Darf ich Ihnen meine Nichte, Miss Withersby, vorstellen? Ihr Vater ist Botaniker. Die ganze Familie hat großes Interesse an dem Thema.«

»Miss Withersby.« Er verbeugte sich, ich knickste. »Ich bin sehr erfreut, Sie kennenzulernen. Teilen Sie das Interesse Ihrer Familie?«

»Ja.«

»Würden Sie mir dann vielleicht die Ehre machen, sich meine Sammlungen anzusehen?«

Ich musste erst wissen, worum es sich handelte, bevor ich mich entschied. »Was haben Sie denn gesammelt?«

»Orchideen. Farne. Palmen. Alles, was meine Korrespondenten mir schicken.«

Palmen liebte ich nicht gerade. Sie waren zu teuer für mich und hatten nur selten Blüten, doch jetzt war wohl kaum der Zeitpunkt für Haarspalterei. »Ja, die würde ich gern sehen.«

»Vielleicht am Dienstag? Um vierzehn Uhr?«

Ich sah meinen Onkel an.

Er antwortete für mich. »Sehr schön. Also sehen wir uns dann.« Er nickte dem Mann zu, wie man es zum Abschied tat, blieb jedoch stehen und rührte sich nicht von der Stelle.

Nach einem Blick auf Miss Templeton und mich nickte Mr Stansbury und entfernte sich.

Der Admiral räusperte sich, zog ein Taschentuch heraus und trocknete sich die Stirn.

Miss Templeton nahm meine Hand und zog mich näher zu sich. »Jetzt müssen wir Sie noch dem Pfarrer vorstellen.«

»Ich bin ihm doch schon begegnet.«

»Das weiß aber keiner und wenn Ihr Onkel es nicht gesehen hat …«

»Nein.«

»Dann nützt uns dieses erste Mal bei Weitem nicht so viel wie eine Vorstellung heute Abend.«

»Was soll ich also tun?«

»Wir müssen noch einmal den Admiral bitten. Anders geht es nicht.« Sie schob mich vor.

»Onkel?«

Er schaute mich an. »Meine Liebe?«

»Ich habe überlegt …«

Miss Templeton nickte, als wollte sich mich ermutigen.

»Kennst du schon den neuen Pfarrer?«

»Ja. Er scheint ein ganz annehmbarer Geselle zu sein, aber ich warte noch mit meinem endgültigen Urteil, bis ich ihn predigen gehört habe. Hoffen wir, dass er vernünftig genug ist, die Politik außen vor zu lassen und sich mit dem Wort Gottes zu begnügen.«

Ich sah Miss Templeton mit hochgezogenen Brauen an.

Sie trat vor. »Ich höre, dass er eine exquisite Sammlung von … von Pflanzen mitgebracht hat aus … wo immer er herkommt. Woher kommt er eigentlich?«

»Northumberland.« Das hatte er mir auch gesagt.

»Ich liebe den Norden! Und ich bin sicher, Miss Withersby würde seine Sammlung mögen. Mein Vater ist im Moment beschäftigt, darf ich Sie vielleicht bitten, uns vorzustellen?«

»Mit dem größten Vergnügen.«

Der Admiral marschierte zum Pfarrer hinüber; wieder mussten Miss Templeton und ich sehen, wie wir hinterherkamen. Es folgten zahlreiche Verbeugungen, Kopfnicken und ein viel zu großes Aufhebens um die peinliche Vergangenheit meines Onkels.

Der Admiral schaute Mr Hopkins-Whyte fest an. »Ich habe gehört, dass Sie Miss Templeton und meine Nichte, Miss Withersby, noch nicht kennen.«

Der Pfarrer verbeugte sich erneut.

Beim Aufrichten fiel sein Blick auf mich. »Das ist Ihre … Ihre Nichte?«

»Die Tochter meiner Schwester.«

Der Pfarrer bekam schon wieder einen entschuldigenden Blick.

»Wir freuen uns so, dass Sie bei uns sind, Mr Hopkins-Whyte.« Miss Templetons Worte wurden von einem entzückenden Lächeln begleitet.

»Danke.«

»Ich habe gehört, Sie kommen aus Northumberland?«

»Ja … ja. Ja. Aus Northumberland.«

»Ich habe auch gehört, dass es dort sehr viele schöne …«, sie stieß mich an, »… besonders schöne Blumen gibt, zum Beispiel …« Sie stieß mich erneut an. »Helfen Sie mir, Miss Withersby. Sie kennen sich mit Pflanzen so viel besser aus als ich.«

»Sie haben sicherlich viele Ligusterpflanzen gesehen, Mr Hopkins-Whyte.«

Er runzelte die Stirn. »Ich habe im Moment eine … eine ziemlich unsortierte Sammlung, wissen Sie, aber ja. Ich habe während meiner Zeit in Northumberland viele Pflanzen gesammelt. Bestimmt ist auch Liguster darunter.«

Miss Templeton seufzte. »Ich liebe alles Exotische. Sie nicht auch, Miss Withersby?«

»Zumindest bestimmte Exoten.« Andere fand ich dann doch zu exotisch.

»Ich dachte an lokale Exoten, vor allem an Blumen aus dem Norden, die wir hier unten nicht so häufig zu sehen bekommen.«

Mr Hopkins-Whyte versuchte, nicht zu lächeln. »Da Northumberland so nördlich liegt, muss ich sagen … oder vielmehr würde man vielleicht sagen, dass eigentlich zu erwarten wäre, dass Sie hier in Cheshire eine sehr viel größere Blumenvielfalt haben.«

»Sie scheinen andeuten zu wollen, dass Ihre Sammlung eine Besichtigung nicht wert ist!« Miss Templeton schimpfte den armen Mann praktisch aus. »Ihre Bescheidenheit in Ehren, aber Miss Withersby und ich lieben Blumen über alles und sind selbst begeisterte Sammlerinnen, deshalb hoffe ich doch sehr, Sie überzeugen zu können, uns irgendwann einmal Ihre Sammlung zu zeigen.«

»Aber natürlich, ich wäre glücklich …«

»Wie großzügig von Ihnen! Wir möchten Sie selbstverständlich nicht beim Verfassen Ihrer Predigt stören, aber dürften wir vielleicht am Dienstagnachmittag kommen? Gegen sechzehn Uhr?«

»Dienstag? Natürlich, Dienstag ist …«

»Wie wundervoll! Wir sehen uns dann!«

Wir knicksten beide, und während der Pfarrer noch mit glasigen Augen meinen Onkel ansah, der neben ihm stand, nahm Miss Templeton meine Hand und zog mich fort. »Gütiger Himmel! Und dieser Mann hat acht Kinder! Es ist ein Wunder, dass er sich lange genug konzentrieren konnte, um zu heiraten!«

»So schlimm ist er auch wieder nicht.« Eigentlich war er sympathischer, als ich ihn in Erinnerung hatte. »Und er hatte recht, dass es hier im Süden sehr viel mehr Blumen gibt als im Norden.«

»Es geht mir nicht um Blumen, Miss Withersby!«

»Warum haben Sie ihn dann gezwungen, uns seine Sammlung zu zeigen?«

»Damit Sie das Pfarrhaus besichtigen können. Niemand wird auf die Idee kommen, dass er Absichten in Bezug auf mich hat, das würde Papa niemals dulden! Aber bei Ihnen, Miss Withersby, ist das etwas völlig anderes. Ich werde verlauten lassen, dass wir Mr Stansbury und Mr Hopkins-Whyte am Dienstag besuchen. Sie werden sehen – nicht lange, und die Gerüchteküche brodelt!«

7

Zwanzig Minuten später kam Mrs Bickwith zu uns. »Ich habe gehört, der neue Pfarrer hat *acht* Kinder!« Ihre Wangen waren ganz rot, was gut zu ihrem Kleid passte.

Da sie sich an mich gewandt zu haben schien, antwortete ich: »Das habe ich auch gehört.«

»Aber ich nehme an, das macht Ihnen nichts aus.«

»Mir? Warum sollte es?«

»In Ihrem Alter ist es wohl kaum angebracht, noch zu anspruchsvoll zu sein.«

»Anspruchsvoll? Das hängt davon ab, worum es geht. Wenn es zum Beispiel um Mikroskope geht, finde ich es durchaus angebracht, anspruchsvoll zu sein. Mein Vater und ich haben immer wieder festgestellt, dass deutsche Linsen zwar schrecklich teuer, aber trotzdem die beste Wahl sind, weil …«

»Mikroskope?« Sie wandte sich an Miss Templeton. »Was haben Mikroskope mit …«

Miss Templeton lächelte sie an. »Miss Withersby liebt Blumen. Ihr Vater ist ein berühmter Botaniker.«

»Ach?« Ihr Blick flog zu mir zurück. »Dann sollten Sie vielleicht dem *King's Head Field Club* beitreten.«

»Lieber nicht. Ich …«

»Doch, Sie müssen! Es gibt nichts Erhebenderes als Blumen. Wir treffen uns jeden Sonntagnachmittag.«

Als sie fort war, wandte ich mich an Miss Templeton. »Ich möchte diesem Naturverein nicht beitreten.«

»Aber warum denn nicht? Ich gehöre auch dazu.«

»Ich lehne Naturvereine prinzipiell ab, weil diese Leute die Gegenden, die sie vorgeben untersuchen zu wollen, meistens nur zerstören, und wenn dann ein richtiger Botaniker kommt, ist nichts mehr da!«

»Pst! Nicht so laut! Die Leute gucken schon.« Sie öffnete ihren Fächer und bewegte ihn sachte vor und zurück.

»Sie sollen es ruhig hören!«

»Du liebe Güte, Miss Withersby, derart feste Ansichten sind keinesfalls ratsam. Nicht, wenn Ihnen daran liegt, so zu tun, als wollten Sie heiraten.« Sie tätschelte mir die Hand und sah sich im Saal um. »Ich frage mich, neben wem wir wohl beim Essen sitzen werden. Hoffentlich setzt man Sie neben Mr Stansbury. Eigentlich bringt er alle Voraussetzungen für einen Gentleman mit. Zu schade, dass er sein Vermögen mit der Eisenbahn gemacht hat! Das klingt so gar nicht attraktiv. Wirklich bedauerlich.«

Als wir endlich zu Tisch gingen, war ich völlig ausgehungert. Insgesamt war es eine sehr bunte Gesellschaft, die an eine Blumenwiese mitten im Juli erinnerte.

Ich saß gegenüber vom Admiral, zwischen Mr Stansbury und Mr Hopkins-Whyte. Das Brot erinnerte nicht im Mindesten an das, was Mrs Harvey für uns buk. Ich brauchte es nicht einmal einzutunken, um es essen zu können. Es gab Austern, die ich jedoch nicht anrührte, und eine klare Suppe, die ich aß. Dann folgten irgendein gekochter Fisch, geschmorte Artischocken und Schweinebraten, der überhaupt nicht trocken oder zäh war. Ich fragte mich, warum mein Vater und ich wie Seeleute essen mussten, während andere wie Könige speisten.

Beim Essen fuhr Mr Hopkins-Whyte fort, sich für den Zustand seiner Sammlung zu entschuldigen, während Mr Stansbury versuchte, mich von den Vorzügen von etwas zu überzeugen, das er Totholzgarten nannte.

Erst als der Käse gereicht wurde, fand ich Zeit, über eine Antwort nachzudenken. An Käse lag mir nicht viel. »Was genau ist ein Totholzgarten, Mr Stansbury?«

»Endlich! Ein wenig Interesse Ihrerseits an meinen Experimenten.« Mir gefiel, wie er lächelte; es wirkte so echt. »Ich kann nur sagen, Miss Withersby, dass alle anderen es für eine Torheit halten.«

»Ich weiß, was es heißt, wenn das eigene Lebenswerk gering geschätzt wird. Oder als ein Hobby abgetan.« Oder überhaupt nicht wahrgenommen.

»Sie verstehen mich.« Mr Stansbury sah mich mit seinen moosgrünen Augen offen an. Sein Haar war dunkel, zurückgekämmt und enthüllte einen dreieckigen Haaransatz. Er hatte feste Züge, ein entschlossenes Kinn und dichte, weit auseinanderstehende Brauen. Irgendetwas an ihm erinnerte mich an ein Unkraut, das in einen Blumengarten Einzug gehalten hat und versucht, zwischen den anderen Pflanzen Fuß zu fassen. Er wirkte harmlos, und wahrscheinlich war er auch harmlos, aber irgendwie gehörte er nicht richtig dazu.

»Um Ihre Frage zu beantworten«, sagte er jetzt, »ein Totholzgarten ist einfach eine Ansammlung toter Stämme.«

»Stämme. Also …«

»Baumstämme.«

»Sie haben also ein Waldstück und alle Bäume darauf gefällt? Meinen Sie das?«

Er lachte so laut auf, dass ich wünschte, ich könnte den Scherz, den ich offenbar gerade gemacht hatte, ebenfalls verstehen.

»Verzeihen Sie, Miss Withersby, dass ich gelacht habe, aber die anderen werden Ihnen schon gesagt haben, dass ich nicht gerade die besten Manieren habe. Ich habe mir einfach drei Stämme anliefern lassen und umgedreht in meine Gärten gesetzt.«

»So … so, dass die Wurzeln freiliegen?«

»Genau.«

»Sie haben also einen Wurzelgarten?«

»Richtig.«

»Von so etwas habe ich noch nie gehört.«

Der Admiral fuhr mich nach Hause und begleitete mich zur Tür. Als ich ihm Gute Nacht sagen wollte, ging er jedoch nicht zur Kutsche zurück, sondern kam mit ins Haus.

Vater war schon lange im Bett, hoffte ich jedenfalls, doch Mr Trimble saß noch an meinem Schreibtisch und arbeitete. Als wir hereinkamen, stand er auf.

Der Admiral nickte, dann ging er mehrere Minuten vor dem Kamin auf und ab. »Ich weiß nicht, wie ich dir das Folgende schonend sagen soll, Charlotte«, meinte er schließlich, »deshalb sage ich es jetzt einfach geradeheraus.«

»Ich bitte darum.«

»Mrs Bickwith fragte, ob deine Koffer noch nicht eingetroffen seien.«

»Meine Koffer? Wir wohnen jetzt seit fast vier Jahren hier. Natürlich sind meine Koffer da!«

»Das meinte sie nicht. Sie meinte, dass … nun ja, ich glaube … äh … dass du vielleicht einmal eine Schneiderin aufsuchen solltest.«

»Warum?«

Mr Trimble räusperte sich.

Der Admiral sah ihn an.

Es dauerte ein Weilchen, bis mir klar wurde, dass mein Onkel auf eine Vorstellung wartete. »Admiral Williams, das ist Mr Trimble, ein Korrespondent aus Neuseeland, der für meinen Vater arbeitet. Sie erinnern sich vielleicht – Sie haben ihn gesehen, bevor wir heute Abend zu der Gesellschaft aufgebrochen sind. Er sprach von Unterröcken und … anderen Dingen.«

Mr Trimble trat vor, die Hand ausgestreckt. »Admiral Williams?«, fragte er ehrfürchtig.

Mein Onkel nickte. »Von der Marine Ihrer Majestät.«

»Es ist mir eine große Ehre, Admiral. Ich bin wahrscheinlich nicht der Erste, doch ich möchte Sie trotzdem zur Wiederaufnahme des Handels mit China beglückwünschen.«

Mein Onkel musterte ihn von Kopf bis Fuß und nickte dann. »Danke.«

»Verzeihen Sie, dass ich mich in Ihr Gespräch mit Miss Withersby einmische, aber darf ich Ihnen vielleicht meine Beobachtungen mitteilen?«

»Wenn Sie sie für relevant halten.«

Mr Trimble wandte sich an mich. »Ihnen fehlt die passende Kleidung, um sich einen Mann zu suchen, Miss Withersby.«

»Warum spielt es eine Rolle, was ich anhabe? Heißt es nicht immer, wir sollen hinter das Äußere blicken?«

»Das Äußere spielt aber dennoch eine Rolle, für manche Menschen sogar eine recht große, wie ich Ihnen versichern kann.«

Ich dachte einen Moment nach. »Ich verstehe … ich ziehe meine Jagdjacke und meine Stiefel an, wenn ich auf einen Streifzug gehe, damit das Sammeln von Pflanzen mir leichter fällt …«

Mr Trimble hob eine Braue, als wartete er, dass ich fortfuhr.

»Daraus folgt, dass ich etwas anderes anziehen muss, wenn ich auf Gesellschaften gehe, damit ich es leichter habe, einen Ehemann zu finden.«

Der Admiral stieß hörbar erleichtert die Luft aus. »Genau so, ganz genau so. Für jede Arbeit die passende Uniform. Wie ich immer sage.«

»Ich soll mir also so ein Kleid besorgen? So eins mit vielen …« Ich hob die Hände über meine Röcke in dem Versuch, die richtigen Wörter für die aufwendigen Roben zu finden, die ich heute Abend gesehen hatte.

»Ich würde sogar sagen, Sie brauchen mehr als eins.« Mr Trimble sprach sehr freundlich, doch etwas an seinen Augen sagte mir, dass er es ernst meinte.

»Mehr als eins?«

»Kleider sind wie Taglilien, Miss Withersby, eine neue Blume, ein neues Kleid, jeden Tag.«

Meine Absicht, so zu tun, als suchte ich mir einen Mann, erwies sich allmählich als äußerst kostspielige Angelegenheit. Gut, dass ich noch nie im Ernst daran gedacht hatte.

Doch das half mir im Moment auch nicht weiter. »Ich schaffe es doch sicher auch mit den Sachen, die ich habe.« Es würde ohnehin nur noch ein paar Tage dauern, bis meinem Vater klar wurde, was er an mir hatte, und dann würde sich keine Menschenseele mehr für meine Kleider interessieren. »Wir haben kaum genug Geld, um Mrs Harvey zu bezahlen, und wenn ich dieses Buch über Wachsblumen nicht schreibe, weiß ich nicht, wo wir das Geld für …«

Der Admiral räusperte sich. »Du kannst der Schneiderin sagen, dass ich dafür aufkomme. Ich hatte schließlich nie Kosten für Nachkommen, weil ich mich zu lange nicht darum gekümmert habe, und jetzt muss ich nur noch für mich selbst sorgen.«

Ich blinzelte. Hatte er … etwa gerade angeboten, mir neue Kleider zu kaufen? So etwas hatte er noch nie getan. Er war uns gegenüber fast immer genauso zurückhaltend gewesen wie wir ihm gegenüber. Ich hätte ihm gern gesagt, dass er sein Geld behalten sollte und ich keine neuen Kleider brauchte, doch nun hatte ich den Schwindel angezettelt und konnte die Sache nicht mehr abwenden. »Vielen Dank. Wann sollen wir gehen?«

»Wohin gehen?«

»Zur Schneiderin.«

Er zog erschrocken die Brauen hoch. »Ich soll dich begleiten? Ich weiß aber nichts über Rüschen und Kinkerlitzchen.«

Mir schien, dass er sehr viel mehr darüber wusste als ich. »Dann muss ich wohl allein gehen. Aber … ich weiß wirklich nicht, wonach ich fragen soll.«

»Ich kann es für Sie aufschreiben.« Mr Trimble kehrte an den Schreibtisch zurück, der einmal mir gehört hatte, und wollte sich ans Werk machen.

Ich ging ihm nach. »Ich verstehe nicht, warum Sie, ein Schaffarmer aus Neuseeland, sich in diesen Dingen auskennen sollten.«

»Ein wenig Kenntnis in diesem und jenem ist sogar in den unzivilisierten Kolonien des Empires von Nutzen, Miss Withersby. Außerdem, wenn man mit einer Schwester aufgewachsen ist, eignet man sich automatisch einige Kenntnisse an, was Mode betrifft.«

Der Admiral schnaubte. »Ich hatte selbst eine Schwester.« Er sah mich an. »Deine Mutter hat das alles immer gehasst. Sie sagte, es raube ihr zu viel Zeit, die sie für Wichtigeres brauche.« Er runzelte die Stirn. »Ich kann dich zwar nicht begleiten, meine Liebe, aber du brauchst auf jeden Fall jemanden – sonst schwatzen sie dir allen möglichen unnötigen Firlefanz auf. Du brauchst ein paar angemessene, nützliche Sachen, nicht mehr. Auf ein Dory braucht man keinen Mast zu setzen. Ich könnte Mrs Bickwith bitten, dich zu begleiten.«

Nicht Mrs Bickwith. Sie erinnerte mich zu sehr an Breitblättrigen Ampfer. Manche bewunderten seine Blüten, aber für meinen Geschmack waren sie zu schlaff und wächsern. »Wie wäre es mit Miss Templeton?«

»Großartige Idee«, sagte der Admiral. »Ich hätte selbst darauf kommen können. Ich werde ihr gleich eine kleine Nachricht schreiben und sie bitten, dich am Montag zu begleiten.«

»Könnten wir es auf Dienstagmorgen verlegen?« Miss Templeton schien für alles ein wenig Vorbereitungszeit zu brauchen. »Aber nicht früher als zehn.«

Mr Trimble reichte ihm ein Blatt Papier. Der Admiral räumte sich eine Ecke auf dem Kamin frei und verfasste eine Nachricht.

»Hier!« Er unterzeichnete schwungvoll und steckte den Brief ein. »Ich habe sie gebeten, dich am Dienstagmorgen zu begleiten. Ich schicke euch beiden meine Kutsche.«

Am nächsten Morgen saß ich in der Kirche und konnte mich selbst überzeugen, dass der Pfarrer nicht gelogen hatte. Seine wahre Berufung war die Kanzel. Ich hatte nie eine bessere Predigt gehört. Ein Punkt folgte so ordentlich und logisch auf den anderen, dass seine These zum Schluss felsenfest untermauert war. Und weit entfernt von den ausschweifenden, fragwürdigen Schlussfolgerungen unseres alten Pfarrers rief die Predigt des neuen Pfarrers seine Zuhörer zu moralischem Mut und sofortigem Handeln auf.

Ich gelobte mir feierlich, ab sofort ein integres und tugendhaftes Leben zu führen.

Am Tag danach wachte ich viel zu früh auf und hatte nichts zu tun. Ich wanderte durchs Haus, hielt mich von allem fern, was mit Blumen zu tun hatte, und begab mich schließlich nach draußen auf einen Streifzug. Im Gebiet der Katzenschlucht begegnete ich auch heute wieder dem Pfarrer.

»Miss Withersby.« Er riss sich den Hut vom Kopf und presste ihn an die Brust.

»Ihre Predigt gestern, Mr Hopkins-Whyte, hat mir wirklich sehr gefallen.«

Er schien sich etwas zu entspannen. »Vielen Dank.«

»Ich hatte ja keine Ahnung, dass Sie so … so …«

»Dass ich so beredt bin?« Er lächelte und ich musste lachen. »Das sagt meine Frau immer. Hat sie immer gesagt. Sie behauptete, ich hätte sie mit Psalmen und Visionen vom Himmel statt mit Blumensträußen erobert, mit der Vision vom Paradies statt mit irdischen Juwelen.«

Seine Hand lag am Riemen seiner Botanisiertrommel und hielt diesen so fest umklammert, dass seine Knöchel ganz weiß waren und seine Finger zitterten. »Sie hat mich nie um etwas gebeten, aber ich sagte ihr, ich würde sie stolz machen, indem aus mir ein echter Landpfarrer würde. Und ich versuche es wirklich.« Er hielt seinen metallenen Zylinder hoch. »Sie können selbst sehen, dass ich es versuche.«

»Ja, das sehe ich.«

»Aber ich muss Ihnen gestehen, dass es sehr ermüdend ist, durchs Land zu streifen auf der Suche nach Blumen, die man noch nie zuvor gesehen hat. Das brauche ich Ihnen wahrscheinlich nicht zu sagen; Sie haben es bei Ihrem Vater ja aus erster Hand miterlebt und sind, wie Sie sagten, selbst eine Blumenliebhaberin.«

»Ja, das bin ich.«

Er seufzte. »Allmählich werde ich besser darin. Und ich habe wirklich eine recht umfangreiche Sammlung im Pfarrhaus. Eine recht große, schöne Sammlung.« Er blinzelte, als hätte er sich gerade selbst erschreckt mit dem, was er gesagt hatte. »Eine Sammlung, die Sie ja morgen besichtigen werden.«

Ich nickte. »Miss Templeton und ich.«

»Ich muss … ich sollte … ich gehe jetzt mal besser.«

»Bitte machen Sie sich wegen uns keine Umstände, Mr Hopkins-Whyte. Ich möchte nicht, dass Sie unseretwegen Ihre Predigt …«

»Predigten sind einfach, Miss Withersby. Es sind die Pflanzen, die sich als schwierig herausgestellt haben. Aber ich versuche es weiter.«

»Mir fallen Pflanzen leicht. Es liegt wohl daran, dass ich sie so mag. Sie wachsen und blühen und sterben, aber sie lügen nie. Ein Veilchen ist immer ein Veilchen. Darauf kann man sich fest verlassen.«

»So geht es mir mit dem Wort Gottes. Es bleibt immer das Gleiche. Wahrscheinlich gehe ich deshalb davon aus, dass seine Schöpfung ganz ähnlich ist. Ich habe, wie so viele andere, das Gefühl, dass die Botanik mich zu Höherem inspirieren sollte, aber ich muss gestehen, dass sie mich normalerweise nur … verwirrt.« Er blickte traurig auf seine Botanisiertrommel und dann zu mir. »Jetzt muss ich aber wirklich gehen. Zu den Kindern.« Er nickte und setzte seinen Hut wieder auf. »Ich sehe Sie morgen.«

Als ich wieder zu Hause ankam, war mein Vater in seinem Arbeitszimmer und Mr Trimble wühlte sich durch einen Stapel Zeitschriften.

»Haben Sie eigentlich Freude an Ihrer Arbeit?«

Geistesabwesend war er aufgestanden, als ich eingetreten war. Er sah mich an, dann setzte er sich wieder hin und arbeitete weiter.

»Ich würde gern anbieten, Ihnen zu helfen, aber das darf ich ja nicht.« Ich setzte mich ebenfalls auf einen Stuhl und zog die Stiefel aus.

»Ihr Vater hat mir aufgetragen, die neuesten Schriften über die Klassifizierung von Orchideen zusammenzutragen. Wissen Sie, wo die übrigen Ausgaben der *Botanischen Gazette* sein könnten?«

»Nein.«

»Hier wird nämlich auf einen früheren Artikel verwiesen«, er hielt eine Ausgabe hoch, »aber ich kann die Zeitschrift nicht finden.«

»Von wem?«

Er blinzelte beim Lesen. »Mr Allen.«

»Das kommt mir irgendwie bekannt vor. Hat er nicht letztes Jahr eine Monografie über monopodiale Orchideen veröffentlicht?« Mr Trimble wollte antworten, doch ich fuhr fort: »Nein, Verzeihung. Ich glaube, es war das Jahr davor. Ich bin nicht ganz sicher. Sie hat ziemliches Aufsehen verursacht, von dem Sie aber höchstwahrscheinlich nichts mitbekommen haben; Sie waren ja auf der anderen Seite der Welt. Was mich auf die Frage bringt, wie viel Sie eigentlich genau über Botanik wissen.«

Er lächelte, aber völlig humorlos, wie ich erkennen konnte. »Darf ich fragen, warum Sie mir nicht gesagt haben, dass Ihr Onkel Admiral Williams ist?«

»Warum hätte ich das sagen sollen?«

»Er ist der beste Seemann, den wir je in der britischen Marine hatten! Wenn er mit mir verwandt wäre, würde ich dafür sorgen, dass jeder es erfährt. Den Namen eines so verdienstvollen Mannes in der Familie zu haben … ich kann Ihnen sagen, Miss Withersby, das wäre ein riesiger Fortschritt für die Familie, in die ich hineingeboren wurde. Ich muss gestehen, dass ich Ihren Mangel an Familienstolz nicht begreife.«

»In meiner Familie – sowohl in der meines Vaters als auch in der meiner Mutter – sind alle Botaniker, Mr Trimble. Schon immer, seit wir denken können. Können Sie sich den Skandal vorstellen, als der Admiral stattdessen darauf beharrte, segeln zu gehen?«

»Sie können das, was er getan hat, wohl kaum als ›segeln gehen‹ bezeichnen.«

»Aber Sie können doch verstehen, was für eine Enttäuschung mein Onkel war?«

»Ich würde den Helden des Opiumkriegs kaum als Enttäuschung bezeichnen.«

»In einer Familie mit so tiefen botanischen Wurzeln war sein Beharren auf irgendwelchen Verschrobenheiten …«

»Wie zum Beispiel?«

»Wie zum Beispiel – was?«

»Das frage ich mich auch. Worin bestanden denn seine angeblichen Verschrobenheiten?«

»*Angeblich*? Wollen Sie sich über mich lustig machen?«

»Ich versuche nur, Sie zu verstehen.«

Ich seufzte. »Er und meine Mutter sind in Essex aufgewachsen. Nach allem, was ich hörte, war er fast ständig draußen auf dem Fluss.«

»Das qualifiziert ihn noch lange nicht als Exzentriker.«

»Und er hat sich selbst ein Boot gebaut.«

»Wie unmöglich von ihm!«

»Auf dem er die ganze Zeit herumgesegelt ist.«

»Wie es sich für einen richtigen Seemann gehört.«

»Und als er auf die Universität kam und ein Stipendium gewann, schlug er es aus und ging stattdessen zur Marine.«

»Ich verstehe. Und für diese Provokation wurde er …?«

»Mein Großvater hat viele Jahre nicht mehr mit ihm gesprochen, meine Großmutter hat ihm nie geschrieben, und als meine Eltern heirateten, war er auch auf See unterwegs.«

»Und ich nehme an, als Königin Victoria ihn für die Dienste, die er seinem Land erwiesen hatte, adelte, da …?«

»Konnten wir unsere Verwandtschaft mit ihm nicht länger geheim halten.«

Er brach in lautes Lachen aus.

»Ich wüsste nicht, was daran witzig ist.«

Er streckte die Hand aus, tippte auf den Deckel des Gewächshauses und ein Tropfen Kondenswasser fiel auf ein Orchideenblatt. »Vielleicht sollten Sie die Vergangenheit einmal aus seinem Blickwinkel betrachten. Es ist nicht angenehm, der Fluch von irgendjemandes Existenz zu sein. Das kann ich Ihnen aus Erfahrung sagen.«

»Ich wünschte, jemand würde die Dinge mal aus meinem Blickwinkel sehen. Ich werde gezwungen, mein Lebenswerk aufzugeben. Versteht das denn keiner? Wenn mein Vater und der Admiral sich durchsetzen, wird in meiner Generation von Williamses keiner irgendetwas zur Wissenschaft der Botanik beitragen.« Ich hatte lauter gesprochen, als ich beabsichtigt hatte, und mehr über meine Gefühle preisgegeben, als ich wollte. Verflixt! Ich holte tief Luft. »Ich habe nie gesagt, dass der Admiral ein Fluch sei.«

Mr Trimble öffnete den Mund, um etwas zu sagen, doch dann schloss er ihn wieder. Plötzlich wirkte er unentschlossen. »Nicht?«

»Er hat seit dem Tod meiner Mutter sehr viel für meinen Vater getan und ich möchte nicht, dass er verunglimpft wird.«

»Das wollte ich auch nicht.«

Der Admiral hatte wirklich viel für uns getan. Bis gerade eben war mir gar nicht so recht klar gewesen, wie viel. Er hatte meinen Vater aus dem Bett geholt und dafür gesorgt, dass wir nach Overwich zogen. Er war … er war unsere Rettung gewesen. Plötzlich fühlte ich mich gemein und niederträchtig wegen meiner schlechten Meinung über ihn. »Er passt einfach nicht zu uns. Er hat die Erwartungen der Familie nicht erfüllt.«

»Tun wir das nicht alle hin und wieder?«

»Sie vielleicht, ich nicht. Nie. Ich habe genau das getan, was von mir erwartet wurde.«

»Aber warum müssen Erwartungen immer zu Verpflichtungen werden? Stellen Sie sich vor, er hätte getan, was Ihre Familie von ihm erwartete. Wer hätte dann Hongkong für die Königin gerettet? Es ist eine anerkannte Tatsache, dass er das Marinegenie seiner Generation schlechthin ist.«

Konnte es sein, dass ich den Admiral völlig falsch wahrgenommen hatte?

Mr Trimble räusperte sich und fuhr fort: »Ich muss zugeben, dass ich nie viel für meine Familie empfunden habe. Und ich habe mich gefragt, was meine Verpflichtung ihr gegenüber ist, wenn ich mich nicht mit ihrer Kritik an meiner Person abfinden kann. Deshalb ist Ihre Ansicht über den Admiral ziemlich erhellend für mich – und ehrlich gesagt auch ziemlich erschreckend. Er ist der Held unseres Königreichs und trotzdem bringen Sie ihm keine Hochachtung entgegen.«

»Sie klingen, als passten Sie ebenfalls nicht in Ihre Familie.«

»Nein, das tue ich auch nicht. Deshalb muss ich mich fragen: Wenn ich den Wald dem Tal, die Sonne dem Schatten vorziehe, wenn mein Wesen eher dem geraden, aufrechten Baum als einer Kletterpflanze zuneigt, warum muss ich mich dann um einen Baumstamm winden und wickeln? Warum kann ich nicht einfach als Baum leben?«

»Die Gene eines Menschen kann man nicht ändern, Mr Trimble. Ist es das, was Sie versuchen? Genauso gut könnten Sie versuchen, Ihre Wurzeln zu verstecken und sich als Eule auszugeben.« Ich zog meine Füße hoch auf den Sessel. »Ihre Familie möchte also nichts mit Schafen zu tun haben?«

»Nein.«

»Mit Botanik vielleicht?«

»Nein. Sie neigen eher zu Exzessen und Lasterhaftigkeit als zu derartigen Beschäftigungen.« Er blätterte kurz in einer der Zeitschriften, dann seufzte er auf. »Glauben Sie, dass man ändern kann, wer man ist, Miss Withersby? Grundlegend? Ganz tief innen?«

»Fragen Sie schon wieder, ob eine Kletterpflanze zu einem Baum werden kann?«

»Ja, ich glaube, das tue ich.« Er sah mich an, eine steile Falte zwischen den Brauen.

»Das scheint nicht möglich zu sein, oder? Sogar die Pflanzen, die anfangs manchmal für neue Spezies gehalten werden, entpuppen sich häufig nur als Varianten einer alten Art und neigen auch ständig zum Rückfall.«

»Ja … ich glaube, in meinem tiefsten Innern habe ich genau das befürchtet.«

8

Mr Trimbles seltsame Worte gingen mir den ganzen Nachmittag nicht aus dem Sinn; immer wieder dachte ich über seine Frage nach. War es möglich, dass ein Mensch sein Wesen änderte? Seine ureigene Natur? Gott hatte jede Saat-Wucherblume, jeden Stängel Habichtskraut, jede Blüte nach seinem Willen und zu seinem Vergnügen geschaffen. Bedeutete das, dass alle seine Schöpfungen schön waren?

Nein.

Es gab Blumen, die ekelerregend stanken, und Efeublätter, die einen schmerzhaft juckenden Ausschlag verursachten. Doch das bedeutete nicht, dass diese Schöpfungen weniger wert waren.

Gott hatte sie geschaffen. Gott hatte alles geschaffen. Außerdem – was war die Alternative? Nicht an Gott zu glauben? Stattdessen einfach an … den Zufall zu glauben? Oder Zauberei? Das war absurd.

Ich musste glauben, dass auch das niedrigste Geschöpf nach dem Willen Gottes erschaffen war. Und doch erkannte jeder auf den ersten Blick den riesengroßen Unterschied zwischen einem Dorn und einer Blüte und wusste genau, dass aus dem einen nie das andere werden konnte.

Wenn Mr Trimbles ganze Familie dem Laster zuneigte, wie er gesagt hatte, war dann nicht anzunehmen, dass er schließlich genauso werden würde?

Es war ein Rätsel, das einem Angst machen konnte.

Ich durfte nicht außer Acht lassen, dass Menschen Entscheidungen treffen konnten – eine Möglichkeit, die Pflanzen nicht hatten. Oder … vielleicht war Mr Trimble der einzig echte Repräsentant seiner Familie und die anderen waren die Fehlentwicklungen. Dieser Gedanke – dass sie die Ausnahme waren und nicht er – gefiel mir, denn obwohl er meine Stellung usurpiert hatte und trotz seiner nervtötenden Tendenz zur Besserwisserei konnte der Verfasser all der Briefe, eine Person mit den Hoffnungen und Träumen, von denen er mir geschrieben hatte, kein schlechter Mensch sein.

Aber wie weit konnte man hoffen, sich über die eigene Natur hinwegsetzen zu können? Was, wenn ich es war, die den göttlichen Plan für mich selbst ignorierte? Was, wenn meine eigentliche Berufung, mein Daseinszweck, in der Tat darin bestand, zu heiraten und Kinder zu bekommen? Was, wenn all meine botanischen Forschungen lediglich Egoismus gewesen waren?

Dieser Gedanke war mir noch nie gekommen, und die Vorstellung selbst und meine unbefriedigenden Schlussfolgerungen beunruhigten mich. Wäre es nicht herrlich, wenn die Menschen eher den Pflanzen ähnelten? Wenn ihr Wesen schlicht wäre und sie alle jederzeit das täten, wozu sie erschaffen worden waren?

Am nächsten Morgen um zehn schickte mir der Admiral wie verabredet seine Kutsche und ich fuhr zu Miss Templeton nach Dodsley Manor. Das Haus mit seinen Säulen und Pfeilern, Bögen und Zinnen, die die Fassade schmückten, war fast so hübsch wie sie.

Der Lakai half ihr beim Einsteigen, sie setzte sich, legte ihren weiten blauen Umhang zurecht und schlug dann entzückt die Hände zusammen. »Ich bin noch nie in einer Berline gefahren, können Sie sich das vorstellen? Sie ist so stattlich und geräumig; ich frage mich, wie man ihr einen Clarence vorziehen kann.«

Und es sah tatsächlich so aus, als ob sie sich wunderte, denn sie blickte um sich wie verzaubert. Doch dann richteten sich ihre kornblumenblauen Augen auf mich. »Jedenfalls war ich schrecklich aufgeregt, als ich die Bitte des Admirals gelesen habe. Ich hatte die Schneiderin eigentlich erst im nächsten Monat wieder aufsuchen wollen – frühestens. Also, was brauchen Sie, Miss Withersby? Und wie kann ich Ihnen dabei helfen?«

»Ich brauche alles.«

»Alles?«

»Alles. Anscheinend bin ich nicht gesellschaftsfähig.«

»Wie furchtbar wundervoll! Wir müssen dafür sorgen, dass mein Vater es nie herausfindet. Als er hörte, wie alt Sie sind, war er so sicher, dass Sie eine passende Begleitung für mich sind. Nur deshalb war er einverstanden, dass ich ohne Begleitung ausgehe – ich musste ihm versprechen, dass Sie meine Begleitung sind!«

»Sie dürfen nicht vergessen, dass ich das nur tue, damit mein Vater Mr Trimble wieder fortschickt und mich zurückholt. Mit ein bisschen Glück dürfte es höchstens noch ein paar Tage dauern. Von daher verstehen Sie wahrscheinlich mein Zögern, eine Schneiderin aufzusuchen.«

»Sie sollten nie zögern, eine Schneiderin aufzusuchen!«

»Ich fürchte, es ist eine Verschwendung ihrer Zeit und des Geldes meines Onkels.«

»Aber das ist kein Grund, Ihre Garderobe nicht ernst zu nehmen.«

»Was ich wirklich brauche, ist eine neue Jagdjacke.«

»Eine neue *Jagdjacke*! Sie sagen wirklich die außergewöhnlichsten Sachen! Es macht mir immer mehr Spaß, Ihre Freundin zu sein.«

»Nun ja, wissen Sie, die Taschen meiner jetzigen Jacke haben schlimme Löcher. Erst letzte Woche habe ich ein perfektes Exemplar einer Pflanze verloren, weil sie einfach unten herausgefallen ist.«

»Dann werden wir eine neue Jagdjacke auf die Liste setzen.«

»Ich weiß wirklich nicht, was ich brauche. Obwohl …« Ich zog die Liste aus meiner Tasche. »Mr Trimble hat mir ein paar Sachen aufgeschrieben.«

»Mr Trimble … der neue Assistent Ihres Vaters? Als ob *er* sich in diesen Dingen auskennen würde!« Sie schnaubte und streckte die Hand aus. »Die Liste, bitte.«

Ich gab sie ihr.

Sie zerriss sie und ließ die Schnipsel zu Boden flattern. »So. *Das* halte ich von Mr Trimble und seinen Listen! Wenn Sie irgendwelche Zweifel oder Fragen haben, fragen Sie *mich*. Ich werde nicht zulassen, dass Sie auf Abwege geraten, darauf können Sie sich verlassen.«

Die Schneiderin winkte mich in eine Ecke hinter einen Samtvorhang und redete davon, dass sie meine Kleider auf mein Mieder zuschneiden und deshalb mein Mieder sehen müsse. Also half sie mir aus dem Kleid und drehte mich dann ein paar Mal im Kreis.

»Darauf kann ich unmöglich etwas zuschneiden!«

Ich blickte an mir herunter und konnte nichts Verwerfliches entdecken.

»Dieses Mieder passt Ihnen ja nicht einmal!«

Die Schneiderin, bei der ich meine Londoner Kleider hatte nähen lassen, hatte nichts dagegen einzuwenden gehabt. »Sie wurden für meine Mutter gemacht, aber da sie keine Verwendung mehr dafür hat, habe ich nicht eingesehen, warum …«

»Sie brauchen erst einmal neue Mieder und Unterwäsche, bevor ich etwas für Sie nähen kann.« Sie half mir, mein Kleid wieder anzuziehen, dann schob sie uns hinaus auf die Straße.

Ich wandte mich an Miss Templeton, die noch ganz überrascht über unseren plötzlichen Aufbruch war. »Gibt es in Overwich eine Korsettmacherin?«

Sie nickte und ging los. Wir mieden die Gossen mit den faulig stinkenden Rinnsalen und ich wünschte nur, ich hätte auch die Rußwolken vermeiden können, doch sie schienen nach unten zu sinken, filterten die Sonnenstrahlen und hinterließen rußige Schlieren auf den Häusern. Die Stadt hätte eigentlich in den sonnengelben Tönen von Sandstein leuchten müssen, doch durch die Salzbergwerke wirkte sie wie in schmutziges Abwaschwasser getaucht. Wenn ich aus der Stadt nach Hause kam, hatte ich immer das Gefühl, ein Bad nehmen zu müssen – nur einer der vielen Gründe, warum ich Overwich mied.

Doch Miss Tempeltons Stimmung schien nicht im Geringsten unter der Umgebung zu leiden. Sie schien praktisch jedermann zu kennen und blieb immer wieder stehen, um ein paar Worte mit jemandem zu wechseln. Zwischen diesen Gesprächen besuchten wir die Korsettmacherin und den Handschuhmacher. Offenbar gab es hier für jedes Detail einen eigenen Spezialisten. Miss Templeton nahm mir auch das Versprechen ab, dass wir die Hutmacherin aufsuchen würden, sobald meine Kleider bestellt waren, damit wir ein paar passende Hüte dazu kaufen konnten. Nach zwei Stunden war ich völlig erschöpft. Ich appellierte an ihre Gnade und hoffte, vor unseren Nachmittagsbesuchen noch nach Hause zu fahren und mich ein wenig ausruhen zu können, doch sie schlug es rundweg ab. Sie gestattete mir nicht einmal einen kleinen Imbiss in einem Pub.

»Wir können unmöglich eine Erfrischung zu uns nehmen, solange wir noch Kleider zu bestellen haben. Wenn das nicht schnellstmöglich geschieht, haben Sie nichts anzuziehen!«

Also ging es zurück zur Schneiderin. Die Dame zog mich abermals aus und rümpfte die Nase über meine neue Unterwäsche. »Ich weiß nicht, ob ich dies hier als Verbesserung bezeichnen kann.«

»Ich habe schon andere bestellt.«

»Immerhin habe ich jetzt etwas, womit ich arbeiten kann.« Sie nahm Maß, dann ging sie daran, meine Bestellung aufzuschreiben. »Es ist schon spät in der Saison, aber ich verspreche Ihnen, dass Sie trotzdem bekommen, was Sie brauchen. Was wünschen Sie denn?«

»Ich möchte ein Kleid, in dem ich wie eine Mondblume aussehe.« Dann dachte ich an die Kleider, die wie das von Miss Templeton mit Blüten und Ranken übersät waren, und hielt es für besser, etwas präziser zu werden. »Vielleicht sollte es auch noch damit bestickt werden.«

»Sie möchten wie eine Mondblume aussehen …?«

»Genau, nur dass das Kleid mehr Blütenblätter haben soll.«

»Blütenblätter?«

Miss Templeton bekam einen Hustenanfall. Ich klopfte ihr auf den Rücken, bis sie sich erholt hatte.

Sie schob meine Hand fort, dann holte sie tief Luft. »Miss Withersby meint, dass das Kleid viele Volants haben soll.«

»Aber keine Kelchblätter.« Jedenfalls nicht so wie mein blaues Kleid.

Die Schneiderin sah mich mit gefurchter Stirn an. »Nein …? Sind Sie vielleicht erst kürzlich vom Kontinent gekommen? Die Begriffe, die Sie gebrauchen, kenne ich gar nicht …«

»Ich mag keine Kelchblätter. Jedenfalls nicht an Kleidern.«

»Kelchblätter? Ich verstehe leider nicht, was Sie meinen.«

»Haben Sie vielleicht ein Blatt Papier und eine Feder? Ich kann Ihnen zeigen, was ich meine.«

Ich machte rasch eine Skizze von einem Kleid in der Art, wie die Frauen auf der Abendgesellschaft sie getragen hatten.

»Oh! Ja! Natürlich kann ich Ihnen ein Kleid im Stil von Louis XV. machen, Miss Withersby.«

»Aber vergessen Sie nicht, keine Kelchblätter.«

Sie wandte sich an Miss Templeton. »Was meint sie nur?«

Ich griff wieder nach der Feder und zeichnete ihr auf, was ich nicht wollte. »Sehen Sie? Die meisten Blumen haben Kelchblätter. Genau hier, wo sie in den Stängel übergehen. Aber ich möchte keine.«

»Oh! Sie meinen eine Redingote! Natürlich, das passt ja auch nicht zu einem Abendkleid.« Sie nahm die Zeichnung in die Hand. »Überlassen Sie das mir. Ich sorge dafür, dass Sie bekommen, was Sie wollen.«

»Mr Trimble meinte, ein einziges Kleid würde nicht genügen. Ich soll wie eine Taglilie sein.«

»Eine Taglilie«, murmelte die Schneiderin, mehr zu sich selbst.

»Jeden Tag eine neue Blüte.«

»Ich verstehe nicht ganz …«

»Miss Withersby meint, dass sie fünf Abendkleider, fünf Tageskleider, drei Besuchskleider, einen Umhang, einen Mantel und ein … ein Ausgehkleid braucht.«

Die Frau schrieb die Bestellung auf und schüttelte dabei die ganze Zeit den Kopf. »Und vermutlich wollen Sie sie alle schon morgen.«

»Ich wäre Ihnen sehr verbunden.«

Miss Templeton legte mir die Hand auf den Arm. »Bis Ende der Woche braucht sie zwei Abendkleider und bis morgen bräuchte sie ein Besuchskleid.«

Die Frau zog eine Braue hoch. »Wir tun wirklich unser Bestes, aber ich kann keine Wunder vollbringen.«

Doch ich konnte nicht auf meine dringendste Bitte verzichten. »Es tut mir leid, dass ich der Liste noch etwas hinzufügen muss, aber ich brauche noch eine neue Jagdjacke.«

Miss Templeton nahm meinen Arm. »Oh! Und vergessen Sie nicht, einen neuen Rock dazu zu bestellen!«

»Ich glaube nicht, dass ich …«

Sie lächelte. »Wir setzen ihn auf die Liste.«

Nach dem Besuch bei der Schneiderin fuhren wir nach Woodside, um den Admiral abzuholen, und dann weiter nach Overwich Hall zu Mr Stansbury.

Miss Templeton sah sich aufgeregt in der Eingangshalle um. Sie nahm meinen Arm und trat dicht zu mir. »Ich war noch nie hier!«

»Ich auch nicht.«

»Es ist wie in einer Oper«, staunte sie.

Ich war noch nie in einer Oper gewesen, aber wenn die Einrichtung eines Opernhauses in leuchtendem Rot und glänzendem Holz gehalten war, mit von Säulen getragenen Galerien und elfenbeinfarbenem Stuck, hatte sie recht.

»Möchten Sie jetzt mein Gewächshaus sehen?«

Der Admiral grunzte, Miss Templeton klatschte in die Hände. »Oh, ja!«

Mr Stansbury wies uns mit einer Armbewegung die Richtung.

Wir wanderten durch ein Labyrinth von Fluren, dann schien das Haus plötzlich aufzuhören und sich in ein helles, grünes Paradies zu öffnen, von schwindelnder Höhe, mit üppigen Pflanzen und … waren das etwa *Papageien*?

»Es fing damit an, dass ich Orchideen sammelte.« Er zeigte uns mehrere mit grünem Stoff bezogene Regale mit Orchideen. »Dann kamen ein paar Orangenbäumchen hinzu.«

Sie säumten den langen Mittelgang auf beiden Seiten. »Und ein paar Farne.« Diese bildeten einen Urwald, der fast bis zum Dach reichte, von dem sich ein Miniaturwasserfall ergoss. »Und dann fing ich mit Palmen an.«

»Wie klug Sie sind! Und wie schön es hier ist!« Miss Templeton beugte sich vor, um an einer Orchidee zu schnuppern.

»Sie hat keinen Duft«, warnten Mr Stansbury und ich sie gleichzeitig.

Sie lächelte, als sie meinem Blick begegnete. Er nahm sie am Ellbogen und führte sie zu einem Orangenbaum. »Aber der hier duftet.« Dann gingen sie zusammen den Mittelgang hinunter. Ich ließ den Admiral bei einem Springbrunnen stehen und ging in die entgegengesetzte

Richtung, weil ich mir noch ein paar Orchideen anschauen wollte. Mr Stansbury trat zu mir.

Ich berührte ein Orchideenblatt. »Sind Sie ganz sicher, dass dies eine *Aloifolium* ist?«

»So sagt mein Korrespondent. Sehen Sie? Er hat es auf das Etikett geschrieben.«

»Für mich sieht es eher nach einer *Dayanum* aus.« Auf diesem Gebiet hielt ich mich für erfahrener als die meisten, da mein Vater und ich viele Stunden damit verbracht hatten, diese Spezies zu klassifizieren.

Er deutete auf eine dritte Pflanze. »Hier habe ich eine *Dayanum*, aber sie hat noch kaum Knospen.«

»Ich frage mich, ob Ihr Korrespondent die beiden vielleicht verwechselt hat …« Ich las das Etikett auf einer anderen Pflanze seiner Sammlung und strich über das lange, spitze Blatt. »Sind Sie sicher, dass dies nicht einfach nur ein Gras ist?«

»Ich hoffe nicht. Ich habe dreißig Pfund dafür bezahlt!«

»Hat es schon geblüht?«

Er runzelte die Stirn. »Nicht dass ich wüsste.«

»Es kann sehr schwierig sein, eine Pflanze zu identifizieren, wenn man ihre Blüte noch nicht gesehen hat. Sie könnte praktisch alles sein.«

»Mir wurde gesagt, ich hätte die schönste Orchideensammlung in der ganzen Gegend.«

Miss Templeton war wieder zu uns gestoßen. »Miss Withersby kennt so viele Pflanzen. Sie ist praktisch ein Genie. Ihr Vater hat ein paar Bücher über Orchideen geschrieben.«

»Withersby! Ich wusste doch, dass ich den Namen schon gehört habe! Ihr Vater ist der Autor des *Complete Account of the Orchid in the Empire*? Und des Folgebands, *Ranunculaceae in Britain*?«

»Ja … aber es war nicht so vollständig, wie er gehofft hatte, deshalb schreibt er gerade an einem weiteren Band.« In Wirklichkeit hatte ich den größten Teil der *Ranunculaceae* geschrieben. Und ich hatte beide Bücher illustriert.

»Sie sind also eine von den Withersbys? Ich besitze diese Bücher! Beide.« Er warf mir einen scharfen Blick zu. »Verzeihen Sie, aber – ich dachte zuerst, Ihre Kritik entbehre jeder Grundlage, aber vielleicht haben Sie doch recht. Wären Sie vielleicht so freundlich, mich noch einmal zu besuchen, wenn meine Orchidee blüht? Dann können Sie sie selbst sehen. Wenn mein Korrespondent sich als unzuverlässig herausstellt, muss ich mir einen anderen suchen.« Er wurde rot. »Wenn ich etwas nicht ausstehen kann, ist es, zum Narren gehalten zu werden.«

»Ich glaube kaum, dass Sie dadurch zum Narren gemacht werden. Betrogen vielleicht und um dreißig Pfund ärmer, aber nicht jeder weiß, worauf er achten muss.«

Das schien ihn wenig zu trösten.

Miss Templeton war weitergegangen; jetzt rief sie aus der hintersten Ecke des Gewächshauses. »Kommen Sie, das müssen Sie sehen!«

Mr Stansbury zog eine Braue hoch und nickte in die Richtung. Wir fanden sie bei meinem Onkel. »Schauen Sie sich diese Palme an! Ist das zu glauben? Sie wächst flach wie eine Pfanne!«

»Das ist keine Palme«, sagten Mr Stansbury und ich wieder gleichzeitig. Als ich lachte, stimmte er ein.

Der Admiral sah uns finster an, dann sagte er zu Miss Templeton, die rot geworden war: »Ein verbreitetes Missverständnis. Es sieht tatsächlich wie eine Palme aus.«

Sie wirkte kaum besänftigt. »Es ist unhöflich, ein Mädchen auszulachen, nur weil es eine Palme nicht von einem … was immer das ist, unterscheiden kann. Und es sieht wirklich sehr seltsam aus!«

Mr Stansbury nickte. »Da haben Sie recht.« Er wandte sich an mich. »Schande über Sie, Miss Withersby.«

»Ich glaube nicht …« Ich unterbrach mich, als ich merkte, dass er nur Spaß machte.

Er beugte sich zu Miss Templeton. »Haben Sie je eine Palme mit einem Bart gesehen?«

»Mit einem Bart? Sie sollen doch keine Scherze mit mir treiben, Mr Stansbury!«

»Ich zeige sie Ihnen.« Er winkte mir zu, ließ mich beim Admiral stehen und führte sie durch die Palmen.

Ein paar Minuten später übertönte ihre Stimme das Kreischen der Papageien. »Oh! Miss Withersby! Das müssen Sie sehen! Sie hat den Bart eines alten Mannes.«

»Muss eine *Coccothrinax crinita* sein«, murmelte der Admiral, die Hände auf dem Rücken gefaltet, als wir zu den beiden gingen.

»Wo … woher kennen Sie diese Palme?«

»Jeder, der einmal in Havanna war, hat sie gesehen. Kann allerdings nicht sagen, dass ich mich je an den Anblick gewöhnt habe.«

Ich lief rasch hinter ihm her und fragte mich, woher er, der doch der Botanik um seiner Schiffe willen den Rücken gekehrt hatte, so etwas wusste.

Wir bewunderten noch eine Gruppe von Saumfarnen und ein schönes Exemplar Frauenhaar, dann legte Miss Templeton die Hand auf die Brust und seufzte. »Ich danke Ihnen sehr für Ihre Freundlichkeit, Mr Stansbury. Ihre Sammlungen sind überwältigend.«

Er verbeugte sich.

»So gern ich noch bleiben würde, wir müssen gehen. Nicht wahr, Miss Withersby?«

»Aber wir haben doch noch nicht …«

»Vielleicht lädt Mr Stansbury uns ja noch einmal ein.« Sie sah ihn hoffnungsvoll an.

»Aber ja! Bitte kommen Sie wieder, wann immer Sie möchten!«

Warum wollte sie unbedingt schon gehen? »Ich weiß gar nicht, warum wir nicht noch …«

»Wir werden noch anderswo erwartet«, flüsterte Miss Templeton mir zu, ohne ihren Gesichtsausdruck zu verändern.

Wirklich?

Sie nahm meinen Arm, drehte mich um und zog mich fort. »Der Pfarrer!«, wisperte sie mir ins Ohr.

Der Pfarrer! Wie hatte ich ihn nur vergessen können!

Wir stiegen in die Kutsche des Admirals und fuhren in Richtung Pfarrhaus.

Miss Templeton schwärmte die ganze Zeit von dem herrlichen Gewächshaus. »Was für wunderschöne Farne! Und seine Orchideen! Und seine Palmen!«

»Man könnte beinahe auf den Gedanken kommen, dass Sie den Mann bewundern!«

»Miss Withersby! Sie schockieren mich! Ich kenne ihn doch kaum.«

Der Admiral sah uns mit zusammengekniffenen Augen an.

Sie erwiderte seinen Blick. »Ich würde eher sagen, dass er Sie bewundert hat.«

»Glauben Sie? Das ist mir gar nicht aufgefallen.« Aber ich war trotzdem hoffnungsvoll. Ich wollte zu gern sehen, ob seine Orchideen tatsächlich falsch klassifiziert waren.

»Sie haben es nur nicht gemerkt, weil Sie die ganze Zeit an ihm und seinen Orchideen herumgemäkelt haben.«

»Ich habe nicht ihn kritisiert, ich habe seinen Korrespondenten kritisiert.«

»Sie werden nie einen Mann finden, wenn Sie die Sammlungen der Leute so niedermachen.«

»Ich habe überhaupt nichts niedergemacht. Es war ein sehr schönes Exemplar. Und wenn ich er wäre, wäre es mir auf jeden Fall lieber, wenn sie richtig klassifiziert ist. Ihnen nicht auch?«

»Es spielt keine Rolle, was mir lieber wäre; wichtig ist, was er will. Aber ich muss zugeben, dass er ziemlich beeindruckt von Ihrem Wissen über Pflanzen war.«

»Ich nehme nicht an, dass der Pfarrer ein Gewächshaus hat, also wird mir dieser Fehler wohl nicht noch einmal unterlaufen.«

9

Er hatte vielleicht kein Gewächshaus, aber er hatte Kinder. Sie tobten durch den Hof, als wir aus der Kutsche ausstiegen. Eines rannte in mich hinein, sodass ich beinahe gestürzt wäre.

Der Admiral griff nach dem Kragen des Jungen, bekam ihn jedoch nicht zu fassen. »Zu meiner Zeit haben kleine Jungen sich noch zu benehmen gewusst!«

Ich hatte Mitleid mit ihnen, aber ihr Benehmen konnte ich nicht billigen. Meiner eigenen Erfahrung nach bedeutete der Tod eines Elternteils mehr Arbeit und weniger Freizeit. Ich fragte mich, wie diese Kinder Zeit für ein so nutzloses Treiben haben konnten.

»Du liebe Güte! Diese Kinder brauchen eine Mutter!« Miss Templeton nahm meinen Arm und zog mich zur Eingangstür.

Der Pfarrer öffnete, ein Kleinkind auf dem Arm. »Ja?« Er schien uns nicht zu erwarten.

Miss Templeton strahlte ihn an. »Da sind wir.«

Er blinzelte uns an. »Kann ich Ihnen irgendwie helfen?«

»Sie hatten uns doch eingeladen, Ihre Sammlungen zu besichtigen.«

»Meine … *Sammlungen*!« Er erblasste, dann wurde er rot. »Ich weiß nicht … sie sind nicht ganz …« Er riss die Tür weit auf, trat beiseite und machte eine schwungvolle Armbewegung. »Bitte. Kommen Sie doch herein.«

Miss Templeton griff nach meinem Arm und wir traten ein.

Der Admiral deutete auf den Hof. »Ich warte hier draußen.«

Der Pfarrer redete weiter. »Heute Morgen habe ich noch an Ihren Besuch gedacht und Peter und Elizabeth angewiesen, die Sachen zu sortieren. Aber dann kam dauernd das Baby dazwischen und die Kinder hatten Hunger und das Kindermädchen war fort und ich hatte einen

Einfall für eine Predigtreihe und fing an, in der Bibel zu lesen, und im gleichen Augenblick ...« Er blieb in der Tür zu einem Wohnzimmer stehen, in dem es so unordentlich war, dass man buchstäblich nicht wusste, wo man hintreten sollte. »Ich könnte uns Tee machen.«

»O nein, vielen Dank«, antwortete Miss Templeton für uns beide. »Vielleicht könnte Miss Withersby dort weitermachen, wo die Kinder aufgehört haben.«

Er sah mich überrascht an. »Sind Sie hungrig? Ich glaube, wir haben noch etwas Brot und Käse.« Er nahm einen Teller mit einer halb aufgegessenen Mahlzeit und bot ihn mir an.

Miss Templeton nahm ihn ihm ab. »Das ist sehr freundlich von Ihnen.« Sie stellte ihn wieder hin. »Aber die Kinder sind bestimmt wieder hungrig, sobald sie merken, dass sie nicht aufgegessen haben. Außerdem hatte ich gedacht, dass Miss Withersby Ihnen bei der Sammlung helfen kann. Sie würde sie sehr gern sehen.« Sie nahm ihm das Baby ab, ging mit ihm zum Sofa und nahm es auf den Schoß.

Seine Ohrläppchen färbten sich rot. »Natürlich. Verzeihen Sie! Ich bin nur ... ich weiß nicht so recht, wo ich anfangen soll.« Er legte seine Hand auf einen wackligen Stapel auf einem Schreibtisch. »Ich habe diese hier.« Er bückte sich, hob einen Kohleeimer hoch und schüttete einen Stapel getrockneter Pflanzen auf den Boden. Sie rutschten in einem Schwall von Kohlenstaub heraus. »Und da drin sind noch mehr.« Er deutete auf ein Regal, doch ich sah nichts.

»Da?«

Er nickte bekräftigend.

»Wo da?«

Er zog ein Buch aus dem Regal. »Zwischen den Seiten.«

»Sie meinen, in allen diesen Büchern liegen Pflanzen?«

»In den meisten, nicht in allen. Jedenfalls glaube ich ...« Er nahm ein anderes Buch und schlug es auf, sodass es einen Schatz getrockneter Pflanzen ausspie. »Ja, vielleicht doch.«

Ich zog vor Überraschung die Brauen hoch. »Aber Sie dürfen Pflanzen nicht in Büchern trocknen. Sie brauchen eine Presse.«

»Ich dachte, die meisten sind ja so dick und schwer ... und da könnte ich mir die Ausgabe für eine Pflanzenpresse sparen ...«

»Auf diese Weise ruinieren Sie die Bücher und die Pflanzen.« Ich nahm ein besonders dickes Buch in die Hand und schlug es auf. »Sehen Sie?« Die Seiten waren verfärbt und verknittert, wo sie die Feuchtigkeit der Pflanze aufgesogen hatten, und die Pflanze selbst war farblos.

»Das wusste ich nicht.«

»Durch die Feuchtigkeit schimmelt das Buch und das Papier frisst die Pflanze auf.«

»Guter Gott!« Er fing an, die Bücher aus den Regalen zu ziehen, hielt sie am Rücken und schüttelte sie. Platte Pflanzen rieselten heraus wie Schneeflocken.

»Warten Sie!« Ich nahm ihm ein Buch ab. »Auf diese Weise verlieren Sie ja alle Ihre Anmerkungen.«

»Die habe ich in einem Notizbuch, das ich in meinem Schreibtisch aufbewahre.«

»Aber wenn die Pflanzen hier sind und Ihr Notizbuch dort … woher wissen Sie denn dann, was zusammengehört?« Ich bückte mich und hob die Pflanzen auf. »Zum Beispiel diese hier. Woher wissen Sie, auf welchem Spaziergang Sie sie gefunden haben, an welchem Tag und wo genau sie gewachsen ist?«

»Oh.« Er schien zu begreifen. »Ich … ich weiß es nicht.« Er nahm mir die Pflanze ab und sah sie an, als könnte sie es ihm sagen. »Sie meinen also, die viele Zeit und die vielen Spaziergänge waren …?« Er sah mich an. »Sie waren umsonst?«

Die meisten wohl schon. Doch als ich es ihm gerade sagen wollte, merkte ich, dass ich es nicht fertigbrachte. »Wir können doch erst einmal durchgehen, was Sie schon besitzen, dann kann ich Sie besser beraten.«

Er schüttelte die restlichen Pflanzen aus den Büchern heraus und brachte sie zum Schreibtisch. Als er sie mir zu Füßen gelegt hatte, stand ich mit einer Riesenmenge Pflanzen da und wusste nicht, wo ich anfangen sollte. Meine eigene Unordnung zu Hause war etwas völlig anderes, als sich mit den Exemplaren von jemand anderem zurechtzufinden.

Er brachte mir einen Schemel und bat mich, Platz zu nehmen.

Also ging ich die Pflanzen durch, sortierte sie und bildete kleine

Grüppchen. »Diese Ehrenpreis-Exemplare scheinen alle aus dem Blütenstadium zu stammen. Haben Sie keine Knospen gepflückt?«

Er schnappte nach Luft. »Knospen? Nein. Es schien mir grausam, sie zu pflücken und die Pflanze am Blühen zu hindern.«

»Wir könnten eine Liste der Dinge machen, die Sie brauchen, und eine Liste derer, die Sie anbieten können, und der Botanischen Gesellschaft in London schreiben, ob sie uns etwas zum Tausch anbieten können.«

»Ich wusste gar nicht, dass diese Möglichkeit besteht.«

»Sie ist sogar sehr umfassend und weit gespannt; es nehmen sehr viele Korrespondenten teil. Wenn Sie möchten, schreibe ich gern den Brief für Sie.«

»Würden Sie … das würden Sie tun?«

»Korrespondenz ist eines meiner Spezialgebiete.«

»Leider ist es eine der wichtigen Begabungen, die mir abgehen.« Er griff nach einer Feder und einem Tintenfass.

»Vielleicht können Sie schreiben.« Ich beschloss, mit dem Ehrenpreis anzufangen, von dem er so viel gesammelt hatte. »Sie brauchen also Exemplare als Knospe, Frucht und mit Samenschote.« Ich betrachtete das gepresste Exemplar auf meinem Schoß. »Pflücken Sie Ihre Blumen nicht mit der Wurzel?«

»Lavinia sagt immer … ich meine … sie hat immer gesagt … Sie ist meine Frau, wissen Sie. Oder vielmehr, sie war es. Aber sie sagte, es mache einen fürchterlichen Dreck, wenn ich die Blumen mit den Wurzeln nach Hause bringe.«

»Wenn Sie die Erde abwaschen, bevor Sie damit ins Haus gehen, bleibt alles sauber.«

»Daran habe ich nie gedacht.«

»In Zukunft sollten Sie die Wurzeln unbedingt mit ausgraben.«

»Ich werde es mir merken.«

Als wir mit dem Ehrenpreis fertig waren, griff ich nach ein paar anderen Exemplaren, die aussahen, als stammten sie von der gleichen Pflanze. »Und diese? Ist das Frauenmantel?«

»Frauenmantel? Danach hatte ich gesucht, aber nie welchen gefunden. Sind die … sind sie das wirklich?«

»Ich glaube schon.« Ich betrachtete sie genauer. »Wenn wir sie erhitzen würden, wüsste ich es mit Sicherheit.«

»Erhitzen?«

»Um sie wiederzubeleben. Ein wenig aufzufrischen.«

Miss Templeton hatte das Baby beschäftigt, doch jetzt erhob sie sich vom Sofa und streckte es dem Pfarrer hin. »Im Moment haben wir leider keine Zeit, etwas zu erhitzen, aber wir kommen ganz bestimmt wieder, Mr Hopkins-Whyte.«

»Sie haben keine Zeit mehr?«

»Ich fürchte nicht.« Sie lächelte, während sie das sagte, aber es wirkte nicht, als sei sie glücklich.

Plötzlich ertönte von draußen lautes Gebrüll.

»Ist das der Admiral?« Ich nahm die Pflanzen von meinem Schoß, stand auf und versuchte, aus dem Fenster zu schauen.

Der Pfarrer versuchte es ebenfalls. »Sind die Kinder …?«

Miss Templeton hob eine Hand; sie wollte mir helfen, mit den Pflanzenstapeln zurechtzukommen, die mich umgaben. »Ich glaube, der arme Admiral ist ein wenig außer sich. Nächstes Mal kommt er wahrscheinlich doch lieber mit herein.«

Als wir die Haustür öffneten, saß der Admiral in seiner Kutsche, die von den Kindern mit Kieseln beworfen wurde. Miss Templeton erstarrte neben mir, die Augen aufgerissen, eine Hand an die Brust gedrückt. »Was um Himmels willen tun sie da?«

Der Pfarrer kam hinter uns aus dem Haus und rief seinen Kindern zu: »He! Wo ist Miss Lytton?«

Eins aus der Schar, ein großes Mädchen, drehte sich um und antwortete: »Sie kocht jetzt das Abendessen. Sie hat uns rausgeschickt zum Spielen.«

»Ja, nun, es ist aber nicht höflich, Leute mit Sachen zu bewerfen.«

Einer der Jungen kam seiner Schwester zu Hilfe. »Aber sie hat gesagt, er sei ein Admiral. Wir beschießen ihn nur mit Kanonenkugeln.«

Der Pfarrer trat näher, um seine Kinder einzusammeln. Er nahm die Jüngeren an die Hand, ließ sie jedoch fast im selben Moment wieder los, um die Kutschentür für uns zu öffnen.

Durch das Fenster rief er dem Admiral zu: »Es tut mir so leid!«

Der Admiral murmelte etwas, während der Pfarrer uns in die Kutsche half.

Beim Losfahren beugte Miss Templeton sich noch einmal aus dem Fenster und rief: »Auf Wiedersehen! Wir sehen uns bald wieder.«

Der Admiral machte ein finsteres Gesicht. »Nicht einmal die Chinesen haben mich so unverschämt behandelt. Ich habe noch nie so ungezogene Kinder gesehen. Und das, wo ihr Vater Pfarrer ist!«

Miss Templeton seufzte. »Die armen Kleinen. Sie haben keine Mutter. Ich glaube, deshalb hat er so großes Interesse an Ihrer Nichte. Ich wäre nicht überrascht, wenn er ihr in vierzehn Tagen einen Heiratsantrag macht.«

Ich schauderte bei dem Gedanken, Kinder wie diese zu bekommen.

Sie fuhr mit strahlendem Lächeln fort. »Ich finde, es ist ein richtiger Segen, mit einem Schlag eine komplette Familie zu haben. Finden Sie nicht auch, Miss Withersby?«

»Ein *Segen*!«

Sie runzelte die Stirn. »Welches Mädchen wünscht sich nicht eine solche Familie?«

Ich. Ich wünschte mir keine.

Sie legte den Kopf schräg und sah den Admiral an. »Meinen Sie, Mr Withersby hat damit gerechnet, dass seine Tochter ihm so schnell weggeschnappt wird?«

»Wie kommen Sie darauf?«

»Miss Withersby hat in kürzester Zeit die Aufmerksamkeit der beiden begehrtesten Junggesellen in der ganzen Gegend gewonnen. Keine Sorge, Admiral Williams! Wir werden sie im Handumdrehen verheiratet haben.« Als der Admiral sie keines Blickes würdigte, blinzelte sie mir verschwörerisch zu.

Wir brachten Miss Templeton nach Dodsley Manor zurück. Sie bat uns nicht herein, wofür ich ihr sehr dankbar war. Wieder zu Hause, ging ich ins Wohnzimmer. Vater und Mr Trimble saßen zusammen und sprachen über die Klassifizierung einiger Blumen.

»Sie werden feststellen, dass Linnés Ansatz genauso gut funktioniert wie jeder andere«, sagte mein Vater gerade.

»Aber was ist mit den Vorteilen eines natürlichen Systems?«

»Was für Vorteile meinen Sie?«

»Ich halte die Reduzierung der Gesamtheit einer Pflanze auf ihr Geschlechtssystem für eine ungerechtfertigte Vereinfachung einer wunderbar komplexen Schöpfung und de Jussieus System …«

»De Jussieu? Ach was, der ist doch Franzose!«

Ich ließ mich in einen Sessel fallen und zog mir die Schuhe aus.

Mein Vater schien überrascht, mich zu sehen. »Schon zurück?«

»Ich war den ganzen Vormittag fort. Und den Nachmittag ebenfalls.«

»Das habe ich gar nicht bemerkt.«

»Es sieht so aus, als bekäme ich bald einen Heiratsantrag.«

»Wie bitte?« Mein Vater war um den Tisch herumgegangen und stand vor mir.

»Es sieht so aus, als erhielte ich bald einen Heiratsantrag.«

»Aber das … das …«

Mr Trimble trat neben ihn und starrte ebenfalls auf mich herunter, die Hände in die Hüften gestemmt. »Sie werden nie einen Antrag erhalten, wenn Sie darauf bestehen, Kleider wie dieses zu tragen.«

Ich blickte daran herunter. »Was stimmt nicht mit diesem Kleid? Weder Mr Stansbury noch der Pfarrer schienen etwas daran auszusetzen zu haben.«

Mit den aufgestickten Schlüsselblumen und dem grünen Besatz am Saum war es jahrelang eins meiner Lieblingskleider gewesen.

»Es ist ein Sommerkleid.«

»Ich mag Schlüsselblumen zu jeder Jahreszeit.« Dennoch war es vielleicht ein wenig zu leicht, jedenfalls, wenn man einfach nur so herumsaß, zumal unser Wohnzimmer recht zugig war. Ich ging in die Halle, holte mir die alte Jagdjacke des Admirals, knöpfte sie bis zum Hals zu und krempelte die Ärmel hoch. So war es besser. Als ich mich umdrehte, sah ich, dass Mr Trimble mir gefolgt war.

Er stand da und starrte mich mit rätselhaftem Gesichtsausdruck an. Ich wollte an ihm vorbeigehen, da sagte er: »Haben Sie der Schneiderin die Liste gegeben, die ich Ihnen geschrieben habe?«

»Miss Templeton sagte, Sie könnten unmöglich wissen, wovon Sie reden, und hat sie zerrissen.«

»Sie hat *was*?«

»Sie zerrissen.« Ich vollführte die entsprechende Bewegung. »In zwei Teile.« Damit ging ich zurück ins Wohnzimmer.

»Ich glaube nicht, dass ich Ihre Miss Templeton mag«, rief er mir nach.

Ich machte es mir in meinem Sessel gemütlich und seufzte befriedigt. »Dieses Gefühl beruht eindeutig auf Gegenseitigkeit.«

Er kam herein. »Aber ich habe das Mädchen doch noch nie gesehen.«

»Und sie hat Sie noch nie gesehen und trotzdem versichern Sie beide mir, dass das keine Rolle spielt.«

»Was Sie auch vorhaben, gehen Sie nicht mehr aus, ehe die Schneiderin Ihnen nicht die neuen Kleider geliefert hat.« Er sah mich an, dann setzte er sich hinter den Schreibtisch, der ehemals mir gehört hatte.

»Aber wir haben zugestimmt, den Pfarrer wieder zu besuchen, und die Schneiderin hat kein Versprechen gegeben, schnell zu liefern.« Ich sah an Mr Trimble vorbei zu meinem Vater, der seit geraumer Zeit nichts mehr gesagt hatte. »Der Pfarrer hat mich gebeten, ihm bei seinen Sammlungen zu helfen. Ich wüsste nicht, warum ich hier eingesperrt sein sollte, wo es so viele Männer in der Gesellschaft gibt, die ganz offensichtlich interessiert an mir sind, auch wenn ich nicht aufgetakelt bin. Und darum geht es doch, oder? Einen Mann zu finden.«

Mr Trimble sah mich finster an.

Ich schaute ebenso finster zurück.

Mein Vater warf mir einen tränenfeuchten Blick zu.

Als ich ihn ansah, musste ich mich gegen einen ganzen Berg von Gefühlen wehren, die mich zu erdrücken drohten. Er arbeitete entschieden zu viel. Doch er hatte es so gewollt; er hatte meine Hilfe abgelehnt. Je eher er seinen Fehler einsah, desto besser für uns beide. Ich musste standhaft bleiben.

Mein Vater nahm eine Feder und kehrte zum Tisch zurück, an dem die beiden Männer ins Gespräch vertieft gewesen waren, bevor ich hereinkam. »Kommen Sie, junger Mann, lassen Sie Charlotte in Ruhe. Sie tut nur, worum wir sie gebeten haben.«

Das tat ich vielleicht, doch Mr Trimbles Kommentare beunruhigten mich. Ich schrieb einen Brief an Miss Templeton und bat um ihren Rat. Wenn es wirklich ein so schweres Vergehen war, im Herbst ein Sommerkleid zu tragen oder mit einem Tintenfleck auf dem Mieder in Gesellschaft zu gehen, wäre es vielleicht ratsam, den Pfarrer erst wieder zu besuchen, wenn ich meine neuen Kleider hatte. Außerdem hatte ich mir nach der Abendeinladung und den Nachmittagsbesuchen meiner Ansicht nach eine kleine Pause von der Gesellschaft verdient.

Miss Templetons Antwort kam am nächsten Nachmittag, in Begleitung eines verschnürten Pakets.

Meine liebe Miss Withersby,
bitte missverstehen Sie meine Antwort nicht als Bestätigung von Mr Trimbles Ansicht; Sie wissen ja, dass ich ihn nicht mag. Dennoch hat der Gedanke, dass Sie, wenn Sie ausgehen, Kleidung tragen, die der Jahreszeit entspricht, etwas für sich und deshalb bitte ich Sie, Ihnen dieses Kleid leihen zu dürfen. Machen Sie sich keine Sorgen wegen der Rückgabe; ich habe es letztes Jahr getragen. Sie sind vielleicht ein wenig größer als ich, aber wenn Sie es mit flachen Schuhen statt mit Tanzschuhen tragen, müsste es gehen.
Die Ihre etc.
P.S.: Ich schicke dem Pfarrer eine Nachricht, dass er uns am nächsten Montag um zwei erwarten soll.
P.P.S.: Bitte tragen Sie zu dieser Gelegenheit das Kleid. Und auch zu unserer nächsten Gesellschaft.
P.P.P.S.: Mr Trimble wird Sie wahrscheinlich überzeugen wollen, dass Sie nicht zwei Mal hintereinander dasselbe Kleid tragen können.
P.P.P.P.S.: Glauben Sie ihm nicht.
P.P.P.P.P.S.: Wirklich, ich verabscheue diesen Mann!
P.P.P.P.P.P.S.: Machen Sie sich keine Sorgen! Nicht mehr lange und Mr Trimble wird eine ferne, wenn auch sehr unangenehme Erinnerung sein. Eher ein Albtraum.

Ich drehte das Blatt um, aber es gab keine weiteren Nachschriften. Dann löste ich die Schnur des Pakets, wickelte es aus und zum Vorschein kam ein wunderhübsches Kleid in einem fast rittersspornblauen Farbton.

Ich hielt es vor mich und versuchte mich im Spiegel zu betrachten, doch mein Zimmer, das nach Norden ging, war so spät am Nachmittag schon ziemlich dunkel.

Ich ging auf Zehenspitzen zu Mr Trimbles Zimmer und öffnete die Tür.

Hier war so ziemlich alles an seinem Platz, das Bett war gemacht – auf widerlich perfekte Weise – und seine Kleider hingen fein säuberlich an Haken. Der Spiegel befand sich an der Wand über dem Toilettentisch. Ich stellte den Krug und die Waschschüssel auf den Boden, damit ich mich richtig sehen konnte, und hielt mir das Kleid unter das Kinn.

Es war sehr hübsch, aber … ich legte es an den Schultern an und streckte einen Fuß aus. Sie hatte recht. Es schien ein wenig kürzer zu sein als die, die ich sonst trug. Aber warum sollte jemand auf meine Füße gucken? Wahrscheinlich würden sie sie überhaupt nicht wahrnehmen. Als ich mich umdrehte, streifte das Kleid über den Tisch und ein Brief flatterte zu Boden.

Ich hob ihn auf, um ihn zurückzulegen, doch die regelmäßige, elegante Schrift stach mir ins Auge. Sie war so ganz anders als die runden Buchstaben von Miss Templetons Schrift.

Der Brief war vor drei Jahren datiert und kam aus einem Ort namens Eastleigh.

Mein liebster Edward,
ich wünsche mir so sehr

Ich trat zum Fenster, um besseres Licht zu haben, doch … kam da nicht jemand die Treppe herauf?

Ich legte den Brief auf den Tisch zurück, zog die Tür hinter mir zu und huschte in mein Zimmer. Dort fragte ich mich ernstlich, wie Mr Trimble irgendjemandes »liebster« sein konnte.

10

Als ich wieder hinunterging, fuhrwerkte Mrs Harvey in der Küche lautstark mit Töpfen und Pfannen herum. Da es Herbst war, hoffte ich, dass es vielleicht bald einmal einen Apfel- oder Quittenkuchen gab, aber je weniger man zu ihr sagte, desto besser.

Ein paar Stunden später bekamen wir tatsächlich Äpfel, doch sie wurden uns ganz vorgesetzt; nicht einmal die Stiele und Blätter waren entfernt.

Mr Trimble starrte sie einen Moment an, dann drehte er einen vom Stängel, spießte ihn auf die Gabel und fing an, ihn zu schälen.

Ich griff nach meinem, streifte die trockenen Blätter mit der Serviette ab und biss hinein.

Mr Trimble warf mir einen Blick zu. »Ts, ts, Miss Withersby. Auf diese Art können Sie einen Apfel essen, wenn Sie allein sind, aber in vornehmer Gesellschaft sollte man immer …«

»Ich fand schon immer, gute Manieren sind etwas für Leute, die mehr Zeit und Überzeugungen haben als gesunden Menschenverstand. Warum sollte es jemanden interessieren, wie ich einen Apfel esse? Ich gehe anderen ja auch nicht mit meinen Ansichten auf die Nerven. Oder habe ich etwa vorgeschlagen, dass Sie Ihren in die Hand nehmen und abbeißen sollen?«

Mein Vater beobachtete uns und rieb seinen Apfel an seinem Hemd.

»Ich versuche nur, Ihnen zu assistieren. Ich glaube, dass Sie sehr viel schneller einen Mann fänden, wenn Sie sich nicht dauernd lächerlich machen würden.«

»Ich glaube, Sie waren mir sehr viel lieber, als Sie noch auf der anderen Seite der Weltkugel waren und ich nur von Ihnen wusste, dass Sie Ihre Schafe anbeten und Ihr Pferd Archibald nennen.«

Er wurde ein wenig rot, sah mich an, hob den aufgespießten Apfel etwas höher und widmete sich mit größter Sorgfalt dem Schälen.

Wie dieser Mann mich aufregte! Ich fuhr fort: »Und als ich, wie ich zugeben muss, völlig fasziniert von Ihren Beschreibungen des Landlebens war.«

Er war fertig mit dem Schälen, schnitt das Kerngehäuse heraus und teilte den Apfel in acht gleichmäßige Schnitze. Dann antwortete er: »Hätte ich gewusst, dass Sie die Korrespondenz Ihres Vaters lesen, hätte ich Ihnen beiden diese schäbigen Details erspart.«

Ich rief mir in Erinnerung, dass ich nicht verraten durfte, dass er mit mir korrespondiert hatte. Er nahm einen Apfelschnitz, dann legte er ihn wieder hin. »Aber vergeben Sie mir, dass ich ein wenig sentimental wurde auf der Farm in der Kolonie, meilenweit entfernt von jeder menschlichen Gesellschaft. Manchmal hatte ich das Gefühl, die Briefe Ihres Vaters seien das Einzige, was mich bei Verstand hält. Es gab Zeiten, da glaubte ich, er sei der einzige Mensch auf Gottes grüner Erde, der mich versteht.«

Mein Vater zog die Brauen zusammen und wollte antworten, doch ich nahm schnell den Teller mit der Wurst und hielt ihn ihm hin. »Bitte, davon hattest du noch nicht, Vater.«

»Nicht?« Er streifte mit der Gabel ein paar Scheibchen auf seinen eigenen Teller.

Ich ignorierte Mr Trimbles zartere Empfindungen und fuhr fort: »Was ist eigentlich aus Ihrem Mutterschaf Emilia geworden?« Jetzt schämte ich mich doch ein ganz kleines bisschen, aber der Mann hatte mich wirklich verärgert.

»Ist Ihnen hier denn nichts heilig?« Er stand auf, nickte erst mir, dann meinem Vater zu. »Bitte entschuldigen Sie mich. Ich habe keinen Hunger mehr.«

Vater drehte sich auf seinem Stuhl um und sah Mr Trimble nach, der aus dem Raum stolzierte. »Was hat er da gesagt? Über die Briefe? Und was hast du gesagt? Wer sind denn all die Leute, von denen du geredet hast?«

Ich griff hinüber, nahm Mr Trimbles Teller und reichte ihn meinem Vater. Warum sollte die ganze Arbeit des Apfelschälens vergebens gewesen sein? Und warum fühlte ich mich so klein und gemein, wo er mich doch von meinem Platz verjagt hatte und herumlief, als gehöre meine Arbeit jetzt ihm? Wenn sich hier jemand verraten fühlen konnte, dann ich.

»Er tut mir nur einfach so leid, wirklich.«

Miss Templeton hatte mich für den nächsten Nachmittag zu einem Streifzug durch das Gelände von Dodsley Manor eingeladen und ich erzählte ihr gerade von meinem schlechten Benehmen von gestern Abend.

Sie nahm meine Hand. »Nicht!«

»Aber ich habe das Gefühl …«

Sie drückte meine Hand, dann ließ sie sie los. »Das ist typisch Mann – Ihnen das Gefühl zu geben, als sei es Ihr Fehler, dass er gekommen ist und Ihnen Ihren Platz weggenommen hat, und dass Sie sich für sein Eindringen entschuldigen sollten. Kommt Ihnen das etwa vernünftig vor?«

Ich versuchte, ihrer Argumentation zu folgen, und als ich sie endlich verstanden hatte, musste ich ihr zustimmen. »Nein, tut es nicht.«

»Eben. Deshalb verbannen Sie Mr Trimble jetzt aus Ihren Gedanken und konzentrieren sich auf Mr Stansbury. Oder den Pfarrer.« Sie sah mich mit zusammengekniffenen Augen an. »Wen bevorzugen Sie eigentlich? Das habe ich noch gar nicht gefragt.«

»Bevorzugen wobei?«

»Wessen Aufmerksamkeiten sind Ihnen lieber?«

»Das spielt doch gar keine Rolle. Wir haben dafür gesorgt, dass alle wissen, dass ich beide besucht habe. Mein Vater müsste es jeden Moment mit der Angst zu tun bekommen.«

»Das hoffe ich, um Ihretwillen. Ich für meinen Teil muss jedoch sagen, dass ich Sie sehr vermissen werde. Es war so eine schöne Ablenkung, einmal etwas anderes zu tun zu haben, als immer nur Interesse an der Jagd zu heucheln und so zu tun, als wollte ich die Aufmerksamkeit irgendeines Londoner Dandys gewinnen. Mich schaudert bei dem Gedanken, wieder ganz allein bei all dem zu sein. Was für eine trostlose Existenz!«

»Warum nehmen Sie sich nicht einmal eine Saison frei?«

»Sie tun mir so gut! Sie bringen mich immer zum Lachen!« Doch schon schwand ihr Lächeln wieder. »Ich bin schon achtzehn, wissen Sie. Wenn ich mich nicht bald für jemanden entscheide, habe ich nicht mehr viel Auswahl. Nein, Papa hat mir gesagt, ich müsse mich noch dieses Jahr verloben. Er möchte mich in geordneten Verhältnissen wissen, er will, dass ich versorgt bin, wenn er einmal nicht mehr ist. Sein Titel kann natürlich nicht auf mich übergehen, also muss ich selbst sehen, wo ich bleibe. Ich muss mich nur erst an die Idee gewöhnen – wenn mir das gelungen ist, werde ich die beste Verlobte sein, die Sie je gesehen haben. Ich werde erst einmal mit Ihnen üben und dann …«

»Aber ich möchte nicht jemandes Verlobte sein. Genau darum geht es doch.«

»Natürlich nicht. Aber Sie wollen, dass alle denken, Sie seien es. Das ist ja das Geniale an unserer Idee.«

Ich wünschte nur, die Genialität würde allmählich Wirkung zeigen.

Sie tätschelte mir die Hand. »Machen Sie sich keine Sorgen. Es wird schon alles gut gehen. Ich bin ganz sicher! Und jetzt – gehen wir?«

Wir hätten gehen können, doch sie konnte ihre Handschuhe nicht finden, dann wollte sie die Stiefel nicht anziehen, die das Mädchen ihr brachte, und schließlich beschloss sie, dass ein anderes Kleid vielleicht doch besser wäre, und zog sich noch einmal ganz um.

Eine Stunde später, wir waren gerade auf der Straße, hörten wir Hörnerklang und gleich darauf raste ein Rudel Hunde an uns vorbei.

Sie drohte ihnen mit der Faust. »Jetzt sehen Sie sich das an!«

Das tat ich. Und dabei trauerte ich angesichts der Verwüstung, die die Reiter auf den Feldern anrichten würden.

»Ausgerechnet jetzt! Jetzt ist mein Kleid ruiniert!«

»Wirklich?«

Sie hob ihren Rock an. »Schauen Sie nur!« In meinen Augen war der Rock völlig in Ordnung, doch sie war sehr empört. »So können wir nicht losgehen. Gehen wir lieber Tee trinken.«

»Aber wenn wir unseren Streifzug machen, werden wir doch sowieso noch schmutziger.« Vor allem, wenn wir, wie ich vorgeschlagen hatte, die Stellen aufsuchten, wo Farne wuchsen. »Und Tee können wir auch draußen trinken.« Ich hob meine Botanisiertrommel hoch. »Ich habe welchen mitgebracht.«

»Noch schmutziger! Sie erstaunen mich, Miss Withersby. Und Tee in der Wildnis trinken? Sie müssen Ihre Arbeit wirklich lieben, wenn Sie solche Mühen auf sich nehmen.« Sie schüttelte traurig den Kopf. »Ich fürchte, ich bin nicht aus solchem Holz geschnitzt wie Sie.«

Schließlich machte ich allein noch eine Art Streifzug, als ich nach dem Tee mit Miss Templeton zurück nach Hause ging. Ich hatte völlig vergessen, wie köstlich Tee schmeckte, wenn er heiß war, und auch die winzigen Sandwiches und Kekse, die man uns vorgesetzt hatte, hatten etwas für sich. Schade, dass Mrs Harvey nie Zeit hatte, so etwas zuzubereiten.

An diesem Abend wollte der Admiral mit mir zu einem Konzert gehen, deshalb schlüpfte ich in das Kleid, das Miss Templeton mir geschickt hatte. Und wirklich, ich war sehr angetan, als ich es angezogen sah. Das Mieder schmiegte sich eng an meine Schultern und war mit mehreren Reihen weißer Spitze abgesetzt. Die Ärmel, die in demselben Blau wie der Rock gehalten waren, waren hübsch gepufft, ohne dass sie laufend zurechtgezupft werden mussten. Es war alles recht zufriedenstellend und irgendwie schien es meinen braunen Augen ein Strahlen zu verleihen.

Als ich ins Wohnzimmer kam, arbeitete Mr Trimble gerade mit dem Dualmikroskop. Als er mich sah, erhob er sich und musterte mich von oben bis unten. Dann nickte er und nahm seine Arbeit wieder auf. Seit gestern Abend hatte er nicht mehr mit mir gesprochen, was ich als Zeichen nahm, dass er mir noch immer böse war. Trotz Miss Templetons Ermahnungen schämte ich mich sehr. Wenn sich hier jemand entschuldigen musste, dann war das ganz eindeutig ich.

»Wenn ich mich richtig erinnere, müsste Ihre Emilia inzwischen ein Lamm haben. Das hatte ich eigentlich gestern Abend sagen wollen.«

Er schaute von der Justierung der Linse auf und sah mich mit leerem Blick an. »Ja.«

»Sie müssen Ihr Zuhause vermissen. Und Ihre Schafe.«

Diesmal blickte er gar nicht auf, sondern beugte den Kopf sogar etwas tiefer über das Okular. »Ja.« Er justierte erneut die Linse, dann sah er mich an. »Würden Sie … könnten Sie vielleicht mal kommen und sich das ansehen? Ich verstehe nicht ganz, was ich da sehe.«

Ich überlegte, ob ich aus Prinzip ablehnen sollte, doch der Admiral war noch nicht da und ich hatte nichts anderes zu tun. Ich legte meinen Umhang auf einen Stuhl, ging zum Schreibtisch und schaute durchs Okular. »Was ist das?«

»Ein *Ranunculus*.«

»Fundort?«

Er hob den Kopf vom Okular und blickte auf ein Blatt mit Notizen. »Ihr Vater hat den Ort *Way's Green* genannt.«

Ich war maßlos erleichtert. Er nahm also an, es sei die Handschrift meines Vaters. Natürlich nahm er das an. »Und warum interessiert mein Vater sich dafür?« Ich justierte die Linse neu und sah, dass Mr Trimble die Narbe der Blüte seziert hatte.

»Es geht nicht um ihn, es geht um mich.«

»Um Sie? Warum?«

»Ich bin auf einen Stapel Papiere gestoßen, der anscheinend Ihre Rs enthält, aber ich verstehe nicht, warum das hier als *Ranunculus* klassifiziert wird. Die *Ranunculaceae* sollen über zwanzig Staubgefäße haben, aber ich finde nirgendwo eine Angabe darüber, wie viel mehr als zwanzig es sein sollen.«

»Das spielt keine Rolle. Mehr als zwanzig genügt.«

»Dann kann dies hier keiner sein, weil …«

»Ich versichere Ihnen, es ist einer.«

»Er hat aber nur sechzehn Staubgefäße.«

»Ja, aber sie liegen alle auf dem Blütenboden, deshalb spielt es keine Rolle.«

»Es sollte aber eine Rolle spielen, wenn es mehr als zwanzig sein sollen. Und sechzehn sind weniger als zwanzig.«

»Aber sie ragen nicht in den Kelch, oder?«

»Nein. Aber sechzehn ist immer noch weniger als zwanzig.«

Ich fand die restlichen Exemplare, sezierte mehrere Stamina und legte sie auf einen Objektträger. Dann legte ich den Objektträger ins Mikroskop, ging um den Tisch herum auf seine Seite und beugte mich über das Okular. Ich legte eine Hand an den Objektträger und drehte ihn ein wenig. »Da.« Ich richtete mich auf, damit er ebenfalls hindurchsehen konnte.

Er bückte sich, seufzte aber nur. »Ich gebe es ja zu, ich verstehe nur nicht …«

Ich presste meine Stirn gegen seine, sodass ich den gleichen Blickwinkel hatte wie er, und fing an, ihm die Platzierung der Staubgefäße zu erklären. »Sehen Sie sie jetzt?«

»Ja, aber …«

Ich legte ihm den Arm um die Schulter und zog ihn näher heran. Jetzt blickten wir Wange an Wange durch das Okular.

»Ich … ich …« Er räusperte sich und versuchte, sich mir zu entwinden. »Ich verstehe immer noch nicht, warum die Platzierung …«

Ich schaute vom Okular zu ihm auf. Plötzlich befanden wir uns Nase an Nase. Aus dieser Nähe waren seine Augen noch viel blauer. »Warum was?«

Er blinzelte. »Warum ist die Platzierung wichtiger als die Zahl?« Er schluckte. »Das wollte ich sagen.«

»Darum.«

»Darum?«

»Weil sie es eben ist.« Seine Wimpern waren außergewöhnlich lang. »Es ist eben so.«

Er starrte mich noch immer an; sein Gesicht war so dicht an meinem, dass ich seinen Atem spürte. »Ich … ich …«

Er wirkte verwirrt, als würde er sich darauf verlassen, dass ich ihm sagte, was er sagen sollte.

»Sie sind nicht so leicht zu verstehen, Mr Trimble.«

»Den Eindruck habe ich auch, Miss Withersby. Genau genommen habe ich mich noch nie …« Er blinzelte, und als er die Augen öffnete, schien ein Begreifen darin zu liegen, sodass ich glaubte, er habe schließlich doch noch verstanden.

Er stand so abrupt auf, dass ich nach hinten stolperte. Er packte mich zwar noch am Ellbogen und riss mich wieder hoch, doch dann ließ er mich genauso schnell wieder los und legte seine Hände auf den Rücken. »Verzeihung.«

Ich setzte mich auf den Stuhl, von dem er aufgestanden war; das schien mir das Sicherste. Aus solcher Nähe mit ihm zu reden, hatte meinen Magen in seltsamen Aufruhr versetzt, vielleicht, weil wir in einer solchen Schräglage gesprochen hatten.

»Also … ähm …« Er schielte auf den Objektträger hinunter, als wüsste er nicht, was das war. »Sie sagen also … Sie sagen, dass eine Pflanze die Definition der *Ranunculaceae* nicht erfüllen muss und trotzdem eine sein kann.«

»Ja. Richtig.«

Ich ließ ihn ein Weilchen darüber nachdenken, blickte inzwischen weiter in die Linse und bewunderte, was ich sah. »Darf ich offen sein, Mr Trimble?«

»Nein.«

Nein?

»Das heißt … ich meine, ja. Natürlich dürfen Sie offen sein.« Er schloss die Augen und schüttelte den Kopf. »Sind Sie je etwas anderes?«

Ich stand auf und deutete auf den Stuhl. »Ich habe auf Ihrem Platz gesessen.«

Er setzte sich und schaute erneut durch das Okular, doch nicht ohne mir vorher noch einen missbilligenden Blick zuzuwerfen.

Ich ging wieder um den Tisch herum, setzte mich ihm gegenüber und beugte mich über das andere Okular, um ebenfalls den Objektträger zu betrachten. »Wenn Sie in Neuseeland mit Ihren Schafen so glücklich waren, warum sind Sie dann zurückgekommen?« Ich hob den Kopf.

Er blickte ebenfalls auf. Als er mich ansah, wirkte er richtig elend. »Weil ich ein Versprechen abgelegt habe und ein Gentleman sein Wort unter allen Umständen hält.«

»Dann ist es ja gut, dass Sie kein Gentleman sind, oder?«

Das schien ihn aus seiner seltsamen Laune zu reißen. Er zog eine Braue hoch. »Ich betrachte mich aber als …«

»Ich meinte in ganz striktem Sinn. Sie sind schließlich nicht als Adliger geboren und tragen auch keinen Titel. Laut Miss Templeton können solche Männer nicht hoffen, jemals den Status eines Gentleman zu erreichen. Also wüsste ich nicht, warum jemand von Ihnen erwarten sollte, dass Sie Ihr Wort halten. Und wenn Ihr Versprechen Ihnen inzwischen eine solche Bürde geworden ist, wird die andere Partei es bestimmt einsehen, wenn Sie es nur richtig erklären.«

»Ein schöner Gedanke.«

»Wie auch immer, wenn Sie zurückgekommen sind, um ein Versprechen einzulösen, kann ich mir nicht vorstellen, dass Sie das von hier aus tun können.«

»Ich bin geneigt, Ihnen zuzustimmen, Miss Withersby. Die Sache ist nur, ich bin ziemlich sicher, dass die Annahme der Einlösung des Versprechens sich als sehr viel befriedigender herausstellen wird als die tatsächliche Einlösung, vor allem für die andere Partei.«

»Wenn dem so ist, warum wollen Sie es dann überhaupt einlösen? Ich muss meine Aussage von vorher wiederholen. Warum erklären Sie nicht einfach die Umstände und warten ab, ob die andere Partei Sie von Ihrem Versprechen entbindet?«

»Wenn es nur so einfach wäre!« Er starrte mich in komischer Verzweiflung an. »Wenn nur alle Menschen so verständnisvoll wären wie Sie.«

»Ich wollte nicht verständnisvoll sein, ich dachte nur, vielleicht … sollten Sie nicht längst auf dem Weg nach Hause sein? Oder wenigstens bald aufbrechen?«

Er hatte auf meine Lippen gestarrt, als könnte ihm das helfen, meine Worte zu verstehen. »Ja. Ich meine … ich meine, nein.«

»Was jetzt?«

»Was ›was jetzt‹?«

»Charlotte? Bist du da?« Mein Onkel kam ins Zimmer geschlendert. »Warum macht mir denn keiner die Tür auf?«

11

Der Admiral und ich hatten gerade erst das Konzerthaus betreten, da kam Mrs Bickwith schon auf uns zu geschossen. Sie begutachtete mit strengem Blick mein Kleid. »Ich würde mich beeilen, wenn ich Sie wäre, Miss Withersby. Diese Miss Templeton macht Ihnen alle Ihre Verehrer abspenstig.« Kaum hatte sie die Worte ausgesprochen, eilte sie auch schon weiter.

Miss Templeton war in der Tat von Verehrern umringt, doch sie zog mich sofort in den Kreis hinein und stellte mich vor. Dann lächelte sie, nickte und ging mit mir in eine ruhige Ecke.

»Sie scheinen alle ganz und gar hingerissen von Ihnen, Miss Templeton.«

Sie tat meine Worte mit einer lässigen Bewegung ihres Fächers ab. »Sobald sie wieder in der Stadt sind, haben sie mich vergessen.« Dennoch lächelte sie zwei der Herren zu, während sie das sagte.

»Und was ist mit dem dort drüben?« Ich deutete mit einem Kopfnicken auf einen Mann auf der anderen Seite des Saals. »Er ist ein besonders gut aussehendes Exemplar.«

»Das kann ich nicht leugnen. Aber er stammt aus London, wie die anderen auch.«

»Mir scheint, sie sind alle aus London. Und wenn Sie keinen von ihnen haben wollen, aber heiraten müssen, wen werden Sie dann wählen?«

»Papa hat einen Freund, der im Frühjahr zu Besuch kommt. Er hat einen Sohn, der es zur Not auch tut, wenn ich bis dahin keinen Besseren gefunden habe.« Ihre Lippen verzogen sich zu einem bedauernden Lächeln. »Ich weiß überhaupt nichts von ihm, aber sie leben in Kent und ich fand die Küste immer so furchtbar romantisch.«

Wir schauten einen Moment zusammen in den Ballsaal, dann blieb mein Blick an Mrs Bickwith hängen. »Ich weiß nicht, ob ich sie mag.«

»Mrs Bickwith? Ich mag sie nicht. Und ich bin mir sehr sicher in dieser Meinung, denn ich habe einen Grund dafür … soll ich ihn Ihnen sagen?«

»Nur wenn Sie …«

»Ich rede nicht gern darüber, wirklich nicht, aber was sie mir angetan hat, war so gehässig! Ich nehme an, Sie haben einen hübschen Namen, oder?«

»Ich heiße …«

»Verraten Sie es mir nicht. Bitte nicht! Oder vielleicht … sagen Sie es mir ganz leise.«

Ich beugte mich dicht zu ihr hinüber und flüsterte: »Charlotte.«

»Charlotte? Oh, ich könnte weinen.« Und wirklich, sie sah ganz so aus. »Was für ein schöner Name! Ich hoffe, Sie nehmen es mir nicht übel, wenn ich ihn nie verwende, denn wenn ich das täte, würde mir mein eigener noch sehr viel mehr wehtun.«

»Wie lautet er denn?«

»Wie lautet wer?«

»Wie lautet Ihr Name?«

»Er ist so furchtbar altmodisch, dass ich ihn nur der Tatsache zuschreiben kann, dass meine Mutter bei meiner Geburt starb. Sie war eine sehr elegante Frau, es kann also auf keinen Fall ihre Idee gewesen sein. Ich weiß, dass sie es nicht war. Und Mrs Bickwith war die einzige andere Person, die anwesend war, als sie starb. Das Gefühl, das ich für diese Frau empfinde, kommt dem Hass so nahe, wie es geht, ohne geradewegs eine Sünde zu sein.«

Ich wusste nicht, was ich sagen sollte.

»Sie dürfen ganz sicher sein, dass ich an Sie immer als Charlotte denke, aber Sie müssen wissen, dass ich den Namen nie über die Lippen bringen werde. Sie werden Miss Withersby für mich bleiben, damit ich Miss Templeton bleiben kann. Deshalb verabscheue ich diese Frau. Aber warum verabscheuen Sie sie?«

»Ich würde nicht direkt sagen, dass ich sie verabscheue, aber sie scheint uns für Rivalinnen zu halten, die um die gleichen Männer buhlen. Sie weiß natürlich nicht, dass ich gar nicht die Absicht habe zu heiraten, aber …«

»O wie sehr ich mir wünsche, ich hätte ebenfalls nicht die Absicht! Aber es wird Zeit, dass ich mein Schicksal akzeptiere – und das ist nicht einfach, glauben Sie mir! Es ist schwer, sich damit abfinden zu müssen, dass ich nicht mehr lange hier sein werde.«

»Gehen Sie denn fort?« Mit wem sollte ich dann auf den Gesellschaften und Abendeinladungen und Konzerten reden, wenn sie nicht mehr da war?

»Schon sehr bald, denke ich. Jedenfalls wird es bald sein, wenn ich erst einmal verheiratet bin, denn es ist mir nicht bestimmt, lange auf dieser Welt zu leben. Ich werde sterben.«

»Verzeihung? Vielleicht habe ich Sie nicht richtig verstanden, aber es klang, als ob … Sie sagten … sagten Sie *sterben*?«

»Ich kann es nicht ändern. So erging es meiner Mutter und der Mutter meiner Mutter und deren … Sie verstehen. Sie sind alle im Kindbett gestorben. Es liegt an unseren Hüften, wissen Sie?«

»An Ihren Hüften?«

Sie nickte entschieden. »Unseren Hüften. Sie sehen vielleicht ganz rund aus in den vielen Unterröcken, die ich trage, aber ich muss Ihnen die Schande meines Lebens gestehen: Was meine Hüften betrifft, könnte ich genauso gut ein Junge sein. Sie sind nicht zum Kinderkriegen gemacht.«

Und doch war sie der Inbegriff von Gesundheit und Kraft. »Sie müssen sich irren.«

Sie schüttelte ernst den Kopf. »Ich mag jung sein, Miss Withersby, aber ich bin deshalb nicht dumm. Mir ist leider kein langes Leben beschieden.«

»Das … das ist aber ein furchtbares Wissen, mit dem Sie da leben!«

»Ich kann das Unausweichliche vielleicht noch ein paar Monate hinausschieben – Ihr Beispiel hat mir Hoffnung gemacht. Vielleicht sogar noch ein wenig länger, wenn es mir gelingt, mich in irgendeinen Skandal zu verwickeln. Aber Skandale sind tückisch. Mir ist aufgefallen, dass sie manchmal eine Heirat eher erzwingen, anstatt sie zu verhindern.«

»Aber ich … ich weiß nicht … ich weiß wirklich nicht, was ich sagen soll.«

»Das ist, glaube ich, das Beste an Ihnen, Miss Withersby. Ich kann immer darauf zählen, dass Sie nicht wissen, was Sie sagen sollen. Ich kann Ihnen gar nicht sagen, wie sehr sich meine Stimmung verbessert hat, seit ich Sie kenne.«

»Das freut mich.« Ich vermutete allmählich, dass es den meisten Menschen gerade andersherum ging.

»Wenn ich jemanden finde, der völlig verzaubert von mir ist, der wirklich um mich trauert, wenn ich tot bin, dann ist es nicht ganz so schlimm, oder? Wenn ich schon nicht lange lebe, dann möchte ich wenigstens elegant sterben. Finden Sie das schlimm von mir?«

»Ich wünschte, Sie bräuchten überhaupt nicht zu heiraten.«

»Mein Vater besteht darauf. Er kann den Gedanken nicht ertragen, dass ich niemanden habe, wenn er nicht mehr da ist. Und was sollte ich auch sonst tun? Ich bin nicht wie Sie. Ich habe keine Talente und Leidenschaften und es fällt mir schwer, mich für etwas zu interessieren.« Sie seufzte. »Das ist nun einmal meine Bürde und ich werde sie tragen.«

»Aber …«

Sie drückte meine Hand und sah mir in die Augen, dann drehte sie den Kopf weg und setzte ein Lächeln auf. »Ich glaube, unser neuer Pfarrer hat eine Vorliebe für Sie gefasst.«

»Er hat eine Vorliebe für meinen illustrierten Führer gefasst.«

»Kommen Sie!« Sie warf mir einen tadelnden Blick zu. »Sie müssen sich mehr anstrengen, so zu tun als ob, wenn Sie überzeugend sein wollen. Und denken Sie nur – Mutter von acht Kindern zu sein! Ich muss zugeben, wenn ich an unseren Besuch im Pfarrhaus denke, bin ich froh, dass ich gar nicht die Möglichkeit haben werde, auch nur für ein einziges eigenes zu sorgen.«

»Ich glaube kaum …«

»Oh, schauen Sie nur! Er kommt zu uns herüber – und hat dabei kaum einen Blick für mich übrig. Ich glaube, er will wirklich nur mit Ihnen sprechen.« Sie tätschelte meine Hand. »Ich verlasse Sie jetzt, damit Sie seine ausschließliche Aufmerksamkeit genießen können.«

»Miss Templeton, nicht …!« Doch sie war schon davongehuscht.

»Miss Withersby.« Der Pfarrer verbeugte sich.

»Mr Hopkins-Whyte.«

»Ich hoffe, Sie haben nichts dagegen, eine botanische Frage zu erörtern; ich habe nämlich auf einem Spaziergang ein höchst bemerkenswertes Exemplar gefunden.«

Der Knoten in meinem Magen löste sich, als ich merkte, dass er nur an meinem Wissen über Pflanzen interessiert war. Miss Templeton war es irgendwie gelungen, den Gedanken an Mutterschaft in meinem Kopf zu wecken.

Bei unserer Rückkehr fragte mein Vater: »Und wie ist es gelaufen, Charlotte?«, als hätte er Angst vor meiner Antwort.

»Großartig, wenn du die Musik meinst. Schrecklich, wenn du mich nach den Gesprächen davor und danach und in der Pause fragst.«

Mein Vater sah den Admiral an.

Der seufzte, legte eine Hand an den Hals und lockerte seine Krawatte. »Es bleibt nicht viel Raum für Gespräche, wenn Charlotte sich solche Mühe zu geben scheint, Dinge zu sagen, mit denen einfach keiner rechnet.«

»Ich sehe nicht ein, warum man sich unterhalten soll, wenn niemand etwas Unerwartetes hören will. Das ist doch der Grund für eine Unterhaltung?«

Der Admiral holte den Flachmann meines Vaters unter der Glasglocke hervor. »Diese Dinge sind streng geregelt, meine Liebe. Deshalb haben alle Freude daran – dahinter steht der Gedanke, dass bei einem Essen oder einem Tanz oder einem Tee alles nach Plan verläuft.«

»Dann sollen sie mir doch sagen, worin der Plan besteht.«

Mr Trimble legte mit einem Seufzer meine Lieblingsfeder hin. »Dürfte ich vielleicht?«

Mein Vater und der Admiral nickten synchron.

Mr Trimble schob einen Stuhl zurecht und bedeutete mir, mich zu setzen.

Ich ließ mich darauf fallen, hob sofort einen Fuß an und zog ihn aus einem der flachen blauen Wildlederslipper, die Miss Templeton mir geliehen hatte.

»Der Plan, Miss Withersby, ist, genau das zu tun, was die Menschen erwarten, und zwar auf genau die Weise, wie es von Ihnen erwartet wird.«

Ich krümmte meine Zehen. Es war ein himmlisches Gefühl, den Schuh loszuhaben! »Ich kann mit gutem Gewissen sagen, dass ich keine Ahnung habe, was die Leute von mir erwarten. Vielleicht liegt da das Problem.«

Er schürzte die Lippen, starrte mich an und schien nach einer Antwort zu suchen. »Vielleicht sollten wir stattdessen darüber reden, was die Leute nicht von Ihnen erwarten.«

»Sie meinen, was ich nicht tun darf, statt was ich tun sollte? Ja … ja, das ist wohl besser.« Ich hob meinen anderen Fuß und zog den Schuh ab.

»Man erwartet zum Beispiel nicht, dass Sie Ihre Knöchel zeigen.« Er schaute auf meine Röcke hinunter, nahm mir den Schuh aus der Hand und setzte ihn mit fester Hand auf den Boden.

»Warum nicht?«

»Weil Sie keine haben sollen.«

Das schien mir eine alberne Regel zu sein – jeder hatte Knöchel. Man könnte nicht gehen, wenn man keine hätte. »Ohne Knöchel würden meine Füße aber nicht funktionieren.«

»Dann lassen Sie es mich vielleicht so sagen: Ich darf sie nicht bemerken.«

»Dann tun Sie es doch nicht.«

»Glauben Sie mir, das versuche ich nach Kräften.«

Aus irgendeinem Grund gab sein Ton mir das Gefühl, ich müsste mich entschuldigen.

Er drehte mir den Rücken zu. »Man erwartet, dass Sie keine Anspielungen auf irgendwelche Kleidungsstücke machen, außer auf Kleider und Hauben, und man erwartet nicht, dass Sie über Botanik sprechen, als wüssten Sie etwas darüber, außer vielleicht, dass sie eine hübsche Blume zu benennen wissen, wenn Sie zufällig auf eine stoßen.«

»Da muss ich aber protestieren! Sie können nicht …«

Er hob einen Finger. »Und man erwartet nicht, dass Sie widersprechen! Niemals!«

»Sie meinen, ich darf nichts sagen, wenn ich …«

»Wenn es ein Einwand oder eine Beschwerde ist, nein, dann dürfen Sie sie nicht äußern.«

»Kurz, ich darf nichts über mein Leben vor diesem Herbst sagen? Oder was ich wirklich über eine Sache denke?«

Er drehte sich wieder zu mir um und nickte. »Genau.«

»Man könnte denken, es wäre besser, wenn ich überhaupt nicht rede.«

»Das könnte man.«

»Was mich auf die Frage bringt, warum ich dann überhaupt in Gesellschaft gehen soll.«

»Ich weiß es nicht. Warum sagen Sie es uns nicht?«

Wer hätte gedacht, dass es so unglaublich mühselig sein würde, so zu tun, als suchte ich einen Ehemann? Aber ich musste die Vorstellung, dass ich es versuchte, aufrecht halten, sonst würde ich Mr Trimble nie loswerden.

Also lächelte ich, wenn auch nicht übermäßig freundlich, und faltete die Hände im Schoß. »Ich versuche, einen Mann zu finden, was ich schon längst hätte tun sollen. Es ist nur recht und billig und überaus passend, das zu tun.«

Mr Trimble sah mich mit misstrauisch hochgezogenen Brauen an.

»Sie können mir schließlich keinen Vorwurf daraus machen, wenn ich versuche, die natürliche Ordnung der Dinge zu befolgen, oder?«

Der Admiral gab mir einen kräftigen Schlag auf die Schulter. »Großartig! Ganz genau. So gehört es sich. Ich wusste, dass du zur Vernunft kommen wirst.«

Mr Trimble wirkte nicht überzeugt. Ich fragte mich einmal mehr, woher er all das Wissen hatte, das er so freigebig mit mir teilte. Seine Vertrautheit mit Mode und dergleichen konnte ich mir noch durch seine Schwestern erklären, aber woher stammte sein Wissen über Gesellschaften? Eine lasterhafte Familie pflegte wohl kaum zu festlichen Anlässen eingeladen zu werden, oder? Nein, bestimmt nicht. Und ein Schaffarmer in der Wildnis ebenfalls nicht.

Ich hatte genug davon, über meine Fehler zu sprechen, deshalb wandte ich mich an Mr Trimble; es war Zeit, seine Fehler zu erwähnen. »Ich nehme an, Sie haben noch nicht von der Botanischen Gesellschaft gehört? Wegen Vaters Vortrag?«

Ich hatte ganz fest mit einer Ausflucht gerechnet und erwartete, dass der ängstliche Blick in seine Augen trat, den man bekam, wenn man etwas vergessen hatte, doch den Gefallen tat Mr Trimble mir nicht. »Doch, das haben wir.«

Ich riss mich zusammen und fragte nicht, was sie geschrieben hatten; ich konnte den Brief selbst heraussuchen, wenn er und Vater zu Bett gegangen waren.

»Aber bleiben wir bei unserem Unterricht, Miss Withersby. Sie müssen lernen, nicht mehr einfach zu sagen, was Sie denken.«

»Erst festzustellen, was ich sagen will, und dann zu versuchen, den besten Weg zu finden, wie ich es nicht sage, ist ein bisschen viel verlangt, Mr Trimble. Ich finde das schrecklich ineffizient.«

»Ineffizienz ist nur ein anderes Wort für Höflichkeit, Miss Withersby. Angenommen, ich trage …« Er ließ den Blick durchs Zimmer schweifen, griff dann nach einem Kissen und legte es sich auf den Kopf. »Angenommen, Sie wurden mir gerade vorgestellt und ich trage dieses Kissen auf dem Kopf.«

»Sind Sie vielleicht verrückt?«

»Ts, ts. Das geht gar nicht. Ich habe doch gerade gesagt, Sie dürfen nie sagen, was Sie zuerst denken.«

»Nicht einmal ich würde so was tun.«

»Sie sind eine intelligente Frau, Miss Withersby. Ich bin sicher, Ihnen fällt eine intelligentere Bemerkung ein.«

»Jetzt muss ich auch noch intelligent sein? Sie verlangen wirklich zu viel.«

Der Admiral und mein Vater hörten unserem Geplänkel besorgt zu.

»Um in den Speise- und Ballsälen von Overwich zu überleben, müssen Sie Ihren Verstand schärfen, sonst werden Sie eine willkommene Beute für die Gerüchteküche.«

»Vielleicht. Aber was geht es mich an, wenn Sie mit einem Kissen auf dem Kopf herumlaufen wollen?«

»Ich trete damit alle Erwartungen der guten Gesellschaft mit Füßen, Miss Withersby, und das kann nicht toleriert werden. Sie dürfen keinen direkten Kommentar dazu abgeben, aber Sie müssen mich trotzdem sofort in die Schranken weisen, sonst werden Sie die ganze Saison lang unter meiner Unverschämtheit zu leiden haben.«

»Ich würde denken, Ihre Dummheit ist Strafe genug für Sie.« Doch plötzlich fiel mir ein, was Mrs Bickwith bei meiner ersten Einladung zu mir gesagt hatte. »Ich glaube, ich bin noch nie jemandem begegnet, der sich seiner selbst so sicher ist, dass er es sich leisten kann, die Konvention vollkommen außer Acht zu lassen, Mr Trimble.«

Der Admiral schnaubte.

Mr Trimble klatschte in die Hände. »Sehr gut, Miss Withersby! Vielleicht schaffen Sie es ja doch noch!«

Als ich den Satz zum ersten Mal gehört hatte, hatte ich ihn für ein Kompliment gehalten, doch jetzt erkannte ich, dass er eine Beleidigung gewesen war. Vielleicht verabscheute ich Mrs Bickwith doch.

»Ist alles in Ordnung, Miss Withersby?«

»Was?«

»Stimmt etwas nicht?« Er nahm das Kissen vom Kopf und legte es zurück aufs Sofa.

»Nein. Ich glaube, diese Lektion habe ich gelernt. Ich werde mir Mühe geben, daran zu denken.«

12

Am nächsten Morgen ging ich nach unten, schaute ins Wohnzimmer – und schnappte vor Überraschung nach Luft. Verschwunden waren meine Stapel. Verschwunden die überall verstreuten Manuskripte und Korrekturbögen. Auf meinem Schreibtisch lagen nicht einmal mehr Pflanzen!

Mr Trimble, der bereits unten war, erhob sich. »Kann ich Ihnen helfen?«

»Was … was …?«

»Was?«

»Was ist passiert?« Wie waren wir zu einem roten Teppich gekommen? Und der blaue Sessel da in der Ecke? Ich wies mit dem Kinn darauf. »Ist der neu?«

»Nein, ich habe ihn nur ausgegraben. Er ist wirklich sehr hübsch. Ein Robert Adam, wenn ich mich nicht irre.« Er ging zum Schrank und öffnete die Tür.

»Das habe ich auch gefunden.« Er bot mir eine Dose mit Keksen an. »Und das.« Er zeigte mir ein Lackkästchen, das meiner Mutter gehört hatte.

»Das ganze Zeug hatte ich völlig vergessen!« Ich nahm es ihm ab.

»Und in dem Keramikkrug neben dem Sofa habe ich eine vertrocknete Maus gefunden. Sie muss hineingefallen sein und dann haben Sie Zeitschriften auf den Krug gelegt.«

Ich schauderte.

»Und jetzt haben Sie, wie Sie eben bemerkt haben, einen Sessel, den Sie gut gebrauchen können.«

»Aber wo ist alles andere?«

»Wenn Sie mit ›alles andere‹ die Rechnungen und Quittungen und

Manuskripte und Illustrationen meinen – sie sind dort, wo solche Dinge hingehören.«

»Aber … aber … wie soll ich sie je finden?«

Er verbeugte sich. »Überlassen Sie das mir. Sagen Sie mir einfach, was Sie brauchen, und ich hole es Ihnen.«

Mich überfiel eine leichte Panik, als ich mich in dem ordentlichen Raum umschaute. Ich ließ mich auf einen Stuhl fallen. Schwer.

Mr Trimble zuckte zusammen.

»Es ist ja schön und gut, wenn Sie die Sachen irgendwo hinlegen, wo Sie sie finden können, aber woher soll ich wissen, ob die Rechnungen bezahlt sind und die Korrespondenz abgeschlossen ist und …«

»Woher wussten Sie das denn bis jetzt?«

»Ich … ich wusste es einfach. Ich wusste, was zu tun war.« Ich hatte all diese Dinge am Laufen gehalten, so wie man einen wirbelnden Kreisel in Bewegung hält. In genau der richtigen Sekunde, bevor er kippt, ist ein kleiner Schubs nötig. Ich hatte in meinem Kopf eine Art Strichliste für die ganzen Erledigungen geführt, und wenn es Zeit war, soufflierte mir mein Verstand, dass ich mich jetzt um etwas Bestimmtes kümmern musste. »Und dann habe ich es getan.«

»So, wie es jetzt ist, sehen Sie auf den ersten Blick, was erledigt ist und was noch getan werden muss. So brauchen Sie sich wegen nichts mehr Sorgen zu machen.«

Wie sollte ich mir keine Sorgen machen, wenn ich nicht sehen konnte, worum ich mir Sorgen machen musste?

»Außerdem ist all das, wie Sie ja nie müde werden mir unter die Nase zu reiben, jetzt meine Angelegenheit.«

»Ja, aber das heißt doch nicht, dass Sie einfach alles auf den Kopf stellen dürfen und …«

»Ich würde nicht sagen, dass ich alles auf den Kopf gestellt habe. Ich habe einfach alles aufgeräumt, was bereits auf den Kopf gestellt war. Von Ihnen.«

»Das ist ungerecht!«

Mein Vater kam herein und wollte in sein Arbeitszimmer gehen, doch in der Tür blieb er mit einem Ruck stehen. Nach längerer Zeit drehte er sich zu uns um und blinzelte. »Ich … ich dachte … ich hätte schwören können, dass ich gestern noch hier gearbeitet habe.« Er deutete auf seinen Schreibtisch.

»Das haben Sie auch.« Mr Trimble ging ins Arbeitszimmer, trat an den Schreibtisch meines Vaters, zog eine Schublade auf und nahm einen Stapel Papiere heraus. »Hier. Genauso, wie Sie sie liegen gelassen haben.«

»Ich dachte … ich war ziemlich sicher, dass ich sie dorthin gelegt habe.« Er deutete auf das Fenstersims. Dann blickte er sich wieder im Raum um. »Hat dort … war dort … glauben Sie, dass heute Nacht vielleicht Diebe da waren?«

»Keine Diebe. Es war Mr Trimble. Er hat aufgeräumt.«

»*Aufgeräumt*?« Mein Vater sah ihn fassungslos an. »Warum?«

»Ich konnte nichts finden.«

»Was gab es denn zu finden? Es war doch alles … da.« Seine Stimme klang betrübt, als betrauere er den Verlust der Papiere und Pflanzen, deren Anblick er gewohnt war.

»Aber ich … ich musste wissen, was da war. Um Ihnen helfen zu können. Und ich dachte, dann könnte ich auch gleich alles aufräumen, damit ich es finde, wenn Sie es brauchen.«

»Aber Charlotte wusste immer, wo alles ist.«

»Ja, aber sie hilft Ihnen nicht mehr.«

»Aber ich … ich weiß nicht … wie soll ich jetzt arbeiten?« Der flehende Blick, den er mir zuwarf, war herzzerreißend, doch ich blieb standhaft.

Er hatte Mr Trimble haben wollen, also musste er lernen, mit den Folgen seiner Entscheidung zu leben. »Hätte Charlotte Ihnen denn nicht sagen können, wo alles ist?«

Hier musste ich einschreiten. »Nein, Vater, das konnte ich nicht. Weil ich mir doch einen Ehemann suchen soll, erinnerst du dich? Du hast gesagt, dass dir das wichtig ist. Also musst du jetzt versuchen, deine Arbeit Mr Trimbles neuem Ordnungsschema anzupassen.« Der Sieg war ganz nahe, ich konnte es spüren.

Mr Trimble klang etwas spöttisch: »Es ist wohl kaum ein besonderes Schema. Es ist eine anerkannte Art und Weise, wie man so etwas macht: Man legt die Sachen in die Schubladen, in die sie gehören.«

»Pass auf, Vater. Als Nächstes wird er noch deine Strümpfe ordnen wollen.«

»Meine Strümpfe!« Mein Vater sah den Mann entsetzt an.

»Ich habe nichts dergleichen vor.«

Vater legte die Hand auf seinen Schreibtisch, als wollte er sich versichern, dass er noch da war. »Sie können doch nicht … ich weiß nicht …«

Mr Trimble legte die Hand an seinen Ellbogen und führte ihn zu einem Stuhl. »Ich kann Ihnen nicht assistieren, wenn ich nicht weiß, womit ich assistieren soll. Jetzt bin ich viel eher in der Lage …« Er sprach noch, als ich das Zimmer verließ. Ich musste sofort einen Streifzug machen. Mich in die Wildnis der Felder und Wiesen flüchten. In die natürliche Ordnung der …!

Ich blieb abrupt stehen, drehte mich um und ging zurück ins Arbeitszimmer meines Vaters. »Nicht einmal Gott hielt es für nötig, Zäune um seine Wiesen zu ziehen oder seine Blumen in geometrischer Ordnung zu pflanzen!« Damit tauschte ich meine Schuhe gegen meine derben Stiefel und begab mich hinaus in die ungezähmte Wildnis von Cheshire.

Doch als ich mein Lieblingsgebiet erreicht hatte, blieb ich stehen und überlegte, was ich nun eigentlich tun sollte. Ich war so hastig aufgebrochen, dass ich meine Botanisiertrommel vergessen hatte, aber selbst wenn ich sie mitgenommen hätte, wäre es sinnlos gewesen, etwas zu sammeln. Ich durfte ja keine Feldforschung mehr betreiben. Am liebsten hätte ich Mr Trimble verflucht, doch das wäre nicht sehr freundlich von mir gewesen und er geisterte sowieso schon viel zu viel in meinem Kopf herum.

Ein paar Meilen entfernt konnte ich die Türme von Dodsley Manor sehen, deshalb beschloss ich, Miss Templeton zu besuchen. Sie hatte bestimmt Mitleid mit mir. Sie würde mich trösten. Und dann würde sie mir helfen zu überlegen, wie wir weiter vorgehen sollten.

»Aber das ist doch wirklich ganz einfach.« Sie klang überrascht, dass ich überhaupt gefragt hatte.

»Einfach?«

»Sie unterlaufen einfach sein Ordnungsschema, dann wird er damit auf die Nase fallen.«

»Es unterlaufen?«

»Das ist genauso, wie wenn ich meinen Fächer im Musikzimmer oder meine Haube im Salon liegen lasse. Wenn ich dann danach frage, kann das Mädchen es nicht finden und gerät in Panik und dann gerate ich in Panik und dann sind wir beide völlig hysterisch, bis mir einfällt, wo ich den Gegenstand zuletzt hatte.«

»Sie meinen also, ich soll … was genau soll ich tun?«

»Ich meine, dass diese Ordnung nur so lange funktioniert, solange die Dinge da sind, wo immer er beschlossen hat, dass sie sein sollen. Der schnellste Weg, ihn damit zu Fall zu bringen, ist, dafür zu sorgen, dass die Dinge eben *nicht* sind, wo sie sein sollten.«

»Und wie soll ich das machen? Wenn ich doch nichts mehr mit den Papieren zu tun habe?«

»Das weiß ich auch nicht. Sie haben mich um meinen Rat gebeten und ich habe ihn Ihnen gegeben. Jetzt sind Sie an der Reihe.«

Ich straffte die Schultern. »Ich werde tun, was ich kann.«

»Sehr gut!« Sie nahm eine Glocke von einem Beistelltischchen neben sich und läutete. Kurz darauf tauchte ein Mädchen in der Tür auf und knickste.

»Bitte frisiere mich so, wie wir es besprochen haben.« Sie wandte sich an mich. »Sie können mir helfen zu entscheiden, was ich zu Lord Harriwicks Ball tragen soll.«

»Ich kenne mich mit Frisuren nicht so gut aus und glaube nicht, dass ich mir da ein Urteil anmaßen kann.«

»Eben deshalb sollen Sie mir ja sagen, was Ihnen am besten gefällt. Da Sie keine Ahnung davon haben, kann ich Ihnen vertrauen. Sie werden mir doch ihre unverblümte, ehrliche Meinung sagen, oder?«

»Was sonst sollte ich Ihnen sagen?«

»Genau.« Sie setzte sich vor einen Tisch, am dem ein Spiegel befestigt war. Dahinter erstreckte sich ihr Schlafzimmer. Auf dem Boden lag ein großer Blumenteppich in Blassgrün und Goldgelb. Darauf standen ein halbes Dutzend Stühle und ein Sofa mit runden Armlehnen; die Polsterung war ein tiefes Rot, das zu einem rosigen Pink verblasst war. Ihr von Brokatvorhängen eingerahmtes Bett war genauso beeindruckend wie das ganze Haus.

Mein eigenes Zimmer war eine einfache Butterblume im Vergleich zu ihrer vielschichtigen, gerüschelten Päonie.

Es schien eine halbe Ewigkeit zu dauern, ihr Haar durchzukämmen, wieder aufzustecken und eine Art Agraffe daran zu befestigen, an der ihrerseits Locken angebracht waren. Ehrlich gesagt sah es nicht anders aus als die Frisur, die sie vorher getragen hatte.

Irgendwann trat das Mädchen zurück und Miss Templeton drehte sich zu mir um. »So. Das wäre die erste.«

»Wie viele werden es denn sein?«

»Nur zwei.«

»Zwei? Das macht zusammen drei, wenn ich dazurechne, wie Sie es trugen, als ich kam.«

Sie nickte.

»Warum tragen Sie es nicht einfach so wie immer?«

»Warum sollte ich, wenn es so viele Möglichkeiten gibt? Ändern Sie denn nie Ihren Stil?«

»Nein. Ich nehme es einfach zurück und dann stecke ich Sachen darauf fest.«

Sie brach in lautes Lachen aus. »Sachen! Wie Spitze zum Beispiel? Oder Bänder?«

»Beides. Und natürlich die Blume, die Mr Trimble mir hinter das Ohr gesteckt hat.«

»Er hat Ihnen eine Blume ins Haar gesteckt? Das ist sehr kühn von ihm, finden Sie nicht?«

»Er musste etwas tun, er hatte mir schließlich meine Haube weggenommen.«

»Er hat sie Ihnen weggenommen? Das Scheusal! Wenn er nicht aufpasst, wird er den Bogen überspannen!«

»Er hat ihn schon überspannt.«

»Ha! Er ist einfach darüber gesprungen, nicht wahr? Gut. Kommen wir wieder zur Sache. Jetzt müssen Sie mir sagen, wie Sie die nächste Frisur finden.«

Wieder wurde ihr Haar durchgekämmt und dann so gelegt, dass es in großen Wellen bis zu ihrem Kinn fiel. Diese Frisur erinnerte mich an Hundeohren, doch dann wurden die Wellen glücklicherweise nach hinten genommen und zu einem Knoten gesteckt. »Die erste gefiel mir besser.«

»Die erste? Wirklich? Wie enttäuschend. Ich hatte wirklich auf diese gehofft.« Sie sah mich erwartungsvoll an, als sollte ich noch etwas sagen.

»Wie auch immer, am besten gefällt mir die Frisur, die Sie normalerweise tragen.«

Sie seufzte. »Dann kann man nichts machen. Ich werde sie einfach wie immer tragen.« Sie sah mich im Spiegel an. »Werden Sie es denn nie müde, alles so zu machen, wie Sie es immer tun?«

»Für mich liegt gerade in der Routine ein ganz besonderer Trost.«

»Für mich nicht. Ich möchte alles tun und alles sehen und alles erfahren.«

»Dann sollten Sie vielleicht doch die letzte ausprobieren, auch wenn Sie damit wie ein Hund aussehen.«

»Ich sehe damit wie ein Hund aus? Ich glaube nicht, dass ich schon jemals wie ein Hund ausgesehen habe. Zumindest nicht absichtlich. Ich werde darüber nachdenken.« Sie drehte sich um und sah mich direkt an. »Und jetzt können wir uns um Sie kümmern.«

»Um mich?«

Eine Stunde später saß ich vor ihrem Spiegel, das Haar zurückgenommen und zusammengedreht und aufgesteckt zu etwas, das ich nur als quälende Abweichung von meiner normalen Frisur bezeichnen konnte.

»Sie sehen umwerfend aus!«

»Es fühlt sich ziemlich … fest an.«

»Keine Sorge, das gehört so.«

»Sicher? Aber ich habe Angst, Kopfschmerzen davon zu bekommen.«

»Das hoffe ich. Dann wissen Sie, dass es fest genug gesteckt ist.«

Ich konnte mir nicht vorstellen, den Abend mit hämmernden Kopfschmerzen zu überstehen.

Sie runzelte die Stirn. »Gucken Sie doch nicht so. Bitte! Es ruiniert die ganze Wirkung.«

»Aber die Wirkung ruiniert mich.«

Sie klatschte in die Hände. »Es sieht aber so elegant aus! Versprechen Sie mir, es morgen Abend auszuprobieren.«

»Ich werde es ausprobieren.« Natürlich würde ich. Ich hatte es versprochen, also würde ich es auch tun. Aber vielleicht nicht ganz so fest.

»Oh, Miss Withersby!« Am nächsten Abend bei Lord Harriwicks Ball kam Miss Templeton zu mir und küsste mich. »Was ist denn mit Ihrem Haar geschehen? Ich dachte, wir seien uns einig gewesen, dass Sie es hinten schlicht und seitlich in Locken gelegt tragen.«

»Ich habe es irgendwie nicht so hingekriegt wie Ihr Mädchen.«

»Dann brauchen Sie ein neues Mädchen.«

»Das wäre möglich, wenn ich ein altes hätte, aber ich habe keins.«

»Sie haben keine Zofe?«

»Ich wüsste nicht, was ich mit einer tun sollte, und ohnehin können wir uns keine Zofe lei…«

»Ich wüsste gar nicht, was ich ohne meine Zofe anfangen sollte! Oh, schauen Sie! Da ist Mr Fulwell; er ist zu Lord Harriwicks Jagd gekommen. Er stammt nicht aus London, sondern aus Worcestershire und Papa will, dass ich einen guten Eindruck mache, aber Sie verstehen natürlich, dass ich keinen *zu* guten Eindruck machen darf. Wenigstens nicht sofort. Also bleiben Sie bitte möglichst den ganzen Abend bei mir.«

Das passte mir gut. Ihre Aufmerksamkeit würde nicht einem bestimmten Mann gelten und ich bräuchte nicht so zu tun, als hegte ich eine Zuneigung zu einem bestimmten Mann, und wir beide konnten den Abend einfach genießen. Ihr Vater stellte uns Mr Fulwell vor und sie und er unterhielten sich des Längeren über die Jagd und London und die Ferien. Dann verbeugte er sich und ging.

Miss Templeton nahm meine Hand. »Was halten Sie von ihm?«

»Er kam mir ganz nett vor.«

»Ja, nicht? Ganz nett. Obwohl …« Sie legte in einer Geste der Verzweiflung die Hand auf die Brust. »Ich glaube nicht, dass ich mich in ihn verlieben kann, er hat nämlich kein Kinn. Oh! Wie schrecklich unfreundlich von mir, nicht wahr?«

»Ich würde nicht sagen, dass er kein Kinn hat. Es ist praktisch unmöglich, dass ein Mann kein Kinn hat. Oder auch eine Frau.«

»Aber dann frage ich Sie, wo es ist?«

Ich blickte durchs Zimmer zu ihm hinüber. »Na ja … es müsste … nun ja, es ist ziemlich klein.«

»Genau. Und deshalb kommt er für mich nicht infrage.«

»Das finde ich ungerecht.«

»Ich glaube nicht, dass ich es direkt aussprechen muss, es muss nur ein ganz klein wenig angedeutet werden.«

»Wir können nicht alle ein starkes Kinn haben.«

»Warum nicht?«

»Weil das eine Abweichung ist und Abweichungen sind *per definitionem* unüblich.«

»Miss Withersby, bitte halten Sie mich nicht für unhöflich, aber ich glaube nicht, dass ich im Moment eine botanische Vorlesung ertragen kann. Meine kurze Zeit des Glücks hängt jetzt nur davon ab, dass ich einen Mann mit Kinn finde. Von dieser Forderung kann ich nicht abrücken.«

Mr Stansbury kam vorbei und Miss Templeton verwickelte ihn in ein Gespräch. Darin war sie sehr gut. Ich versuchte sie zu studieren, wie ich eine Pflanze studieren würde, doch nicht lange, und ich war völlig gefesselt von der Geschichte, die sie Mr Stansbury erzählte. Ich fragte mich, ob ich sie genauso fasziniert anstarrte wie er. Er war völlig gebannt, seine Augen hingen an ihren, seine Lippen kräuselten sich zu einem bewundernden Lächeln. Es war schade, dass sie nicht mehr lange unter uns weilen würde, aber ich konnte nicht sagen, dass sie sich vielleicht doch irrte. Wie jeder gute Botaniker weiß, weist die Nachkommenschaft meistens die gleichen Eigenschaften auf wie ihre Eltern.

Mr Stansbury brach in fröhliches Lachen aus und ich stimmte ein, bereit zu tun, was Miss Templeton sich geschworen hatte: die Zeit, die ihr blieb, zu genießen.

Am nächsten Morgen brachen wir wegen Mr Trimble noch später zum Gottesdienst auf als sonst. Zuerst wollte er, dass ich ein anderes Kleid anzog, dann verbot er mir, meine Chelseaboots zu tragen. Ich wies ihn darauf hin, dass wir einen recht langen Weg vor uns hatten, und meinte, wenn ich meine Schuhe mit den dünnen Sohlen trug, würde er mich tragen müssen.

Man hatte beinahe den Eindruck, als trödelte er auf dem Weg absichtlich herum, vor allem, als wir in der Kirche zur Kommunion nach vorn gingen, doch sobald der Pfarrer den Segen gesprochen hatte, sprang er auch schon auf, und als wir draußen standen, machte er sich mit einer solchen Geschwindigkeit auf den Heimweg, dass Vater und ich kaum mit ihm Schritt halten konnten.

»Mr Trimble«, rief ich ihm nach, denn inzwischen war er schon fast zehn Schritte vor uns. »Würden Sie vielleicht freundlicherweise ein wenig langsamer gehen?«

Er blieb stehen und schien überrascht, uns so weit hinten zu sehen. »Verzeihen Sie bitte.« Dann passte er seine Schritte den unseren an.

»Ich finde Gespräche über meinen Gesundheitszustand oder das Wetter auch nicht besonders anregend, aber von den Leuten in Overwich haben Sie in dieser Hinsicht nichts zu befürchten. Sie waren wirklich sehr freundlich zu uns.«

Er zog sich den Hut über die Ohren, als wir beiseitetraten, um ein paar Kutschen aus London passieren zu lassen. »Es sind nicht die Bewohner von Overwich, die mir Sorgen machen.«

Das hätte eigentlich zu der Frage führen müssen, worüber er sich denn dann Sorgen machte, doch er und mein Vater waren bereits in ein Gespräch über Korrekturfahnen vertieft, deshalb behielt ich meine Überlegungen für mich.

Der Montag dämmerte und mir graute schon, als ich aufwachte. Ich hatte es satt, so enge Kleider zu tragen, in denen ich kaum atmen konnte. Meine Füße taten noch immer weh von den engen Schuhen und vor allem hatte ich keine Lust mehr, meine Zeit unter Menschen zu verbringen, die ich überhaupt nicht kannte und mit denen ich nicht reden konnte.

Nach dem Frühstück wühlte ich in Mr Trimbles Schreibtischschubladen herum.

Er kam herein und blieb stehen. »Suchen Sie etwas Bestimmtes?«

»Ich habe nur … nur mal geguckt.«

»Mein Angebot, Ihnen zu helfen, besteht nach wie vor.«

»Normalerweise befindet sich hier unsere Korrespondenz.« Ich legte eine Hand auf den Tisch, an die Stelle, wo mein Stapel mit C-Briefen lag, normalerweise der älteste ganz unten.

»Ah. Ja. Ich fand es etwas schwierig zu entscheiden, was bereits beantwortet war und was noch beantwortet werden musste, deshalb habe ich das Erledigte in das Fach dort drüben gelegt.« Er nickte zum Schrank hinüber. »Und die Briefe, die noch zu beantworten sind, also die neuesten, sind dort.« Er wies mit dem Kinn auf einen Drahtkorb auf dem Tisch.

»Ich verstehe.« Ich drehte mich zu dem Drahtkorb um und versuchte, unauffällig den Inhalt durchzusehen.

»Suchen Sie nach einem bestimmten Schreiben?«

»Nein. Ich … ich gucke einfach nur.«

»Ich kann Ihnen versichern, wenn etwas für Sie gekommen wäre, hätte ich es Ihnen ausgehändigt.«

Wahrscheinlich gleich, nachdem er es gelesen hätte. »Ich nehme an, Sie sind ziemlich in Verzug mit der Reinschrift der Notizen meines Vaters.«

»Nicht besonders.«

»Nein?«

»Nein. Wir haben festgestellt, dass es höchst effizient ist, wenn er mir seine Notizen jeden Abend vorliest. So kann er seine Aufzeichnungen behalten und ich kann ein gut leserliches Exemplar in seiner Akte abheften.«

»Er hat eine Akte?«

»Sie meinen außer der W-Akte?«

Ich warf ihm einen bösen Blick zu.

»Ich habe alle seine Papiere sortiert und in einen Aktenschrank gelegt.«

»Weiß er, dass Sie das so machen? Ich kann mir nicht vorstellen, dass er zulässt, dass Sie seine Aufzeichnungen anfassen, geschweige denn, dass Sie sie woanders hinlegen.« Und wenn er die Notizen gesehen hatte, wusste er inzwischen, dass die Briefe an ihn nicht von meinem Vater stammten!

»Wir sind übereingekommen, dass er mir, da ich der Verwalter seiner Papiere bin, das Privileg zugestehen muss, sie zu verwalten. Aber vielleicht … wenn es keine zu große Mühe macht, könnten Sie mir kurz helfen, Miss Withersby.«

»Was brauchen Sie denn?«

»Wenn Sie nur rasch …« Er zog ein Schreiben aus dem Fach mit der Beschriftung »bereits erledigte Korrespondenz« und legte es vor mich auf den Tisch. »Ich brauche dringend Hilfe bei der Transkription dieses Papiers.«

»Transkription? Von was?«

»Der Handschrift Ihres Vaters.«

Mir sank das Herz, als mir klar wurde, dass er mein Geheimnis ahnte.

»Gebraucht er bei seinen Notizen vielleicht eine Art Code? Bei unserem Briefwechsel hatte ich dieses Problem nicht.«

»Notizen?« Ich beugte mich über das Papier und meine Lebensgeister kehrten zurück, als ich sah, dass es sich um Aufzeichnungen zu den aktuellen Forschungen meines Vaters handelte. »Man könnte sagen, dass dies in einer Art Withersby-Stenografie geschrieben ist.«

»Dann war ich also nicht im Irrtum, als ich es für völlig unverständlich hielt.«

Ich schob ihm das Blatt wieder hin. »Überhaupt nicht.«

»Würde es Ihnen etwas ausmachen, es für mich zu übersetzen?«

»Es ist kein Wort-für-Wort-Code, eigentlich sind es noch nicht einmal Abkürzungen für irgendetwas Konkretes. Diese Kürzel bezeichnen umfassende Theorien und Gedanken, die die Familie Withersby über vier Generationen vervollkommnet hat.«

»Ich verstehe.«

»Das glaube ich kaum, Mr Trimble. Ehrlich gesagt weiß ich nicht, wie weit Sie uns tatsächlich von Nutzen sein können.«

»Und ich glaube doch, dass ich es verstehe. Auf jeden Fall werde ich Ihrem Vater assistieren, bis er sich anders entscheidet.«

Er ging zum Schreibtisch und machte eine Menge Aufhebens darum, Stifte und Papier zurechtzulegen.

Das brachte mich auf eine Idee. Ich ging zu dem Drahtkorb, der die neuesten Schreiben enthielt, und sah ihn durch. Er enthielt einen Brief von der Universität Edinburgh, einen Brief von einem Korrespondenten auf Ceylon und eine Mahnung vom Metzger für die Rechnung vom letzten Monat. Als ich sicher war, dass Mr Trimble gerade nicht hinsah, steckte ich sie allesamt schnell in eine Pflanzenpresse. Als er ins Arbeitszimmer ging, um mit Vater zu konferieren, legte ich stattdessen die bereits beantwortete Korrespondenz in den Korb. Das musste sein System ganz schön durcheinanderbringen!

13

Später am Vormittag wurden endlich ein paar meiner neuen Kleider geliefert. Für den Besuch, den wir später am Tag beim Pfarrer machen wollten, wählte ich eines, das Miss Templeton als Ausgehkleid bezeichnet hatte. Es hatte viele Lagen von etwas, das, wie ich inzwischen wusste, Volants waren, und zwar sowohl am Rock als auch an den beiden Ärmeln.

Der Admiral und ich holten Miss Templeton ab. Sie trat in Begleitung eines Mädchens aus dem Haus, das drei Körbe mit verschiedenen Speisen schleppte. Nachdem sie zunächst mein Kleid bewundert hatte, sagte sie: »Es ist so schönes Wetter, ich dachte, wir könnten ein kleines Picknick machen.«

Der Admiral war begeistert: »Vielleicht finden wir ein Plätzchen am Fluss.«

Sie strahlte ihn an. »Ja. Das hatte ich auch gedacht.«

Es waren zahlreiche Karren, Kutschen und andere Fuhrwerke unterwegs, sodass wir etwas verspätet beim Pfarrhaus anlangten. Als wir ausstiegen, schienen die Kinder überall gleichzeitig zu sein, und als Miss Templeton sagte, dass wir ein Picknick veranstalten würden, brachen alle gleichzeitig in Jubelgeheul aus, rannten wie die Wilden die Straße zum Fluss hinunter und machten sich, kaum dass wir saßen, über die Körbe her.

Beim Essen sah ich ein paar blühende Herbst-Wendelähren, und als wir fertig waren, überredete ich die Kinder, mir ein paar zu pflücken.

Das beschäftigte sie, aber nicht lange. Bald waren sie wieder da und strichen mit den Händen über die weichen, haarigen Stiele. Einer der kleineren Jungen machte sich daran, die kleinen weißen Blüten, die spiralförmig um den Stängel wuchsen, abzustreifen.

Ich nahm ihm die Blume weg. »Sieh mal! Diese Blüten sind wie Babys. Wie würde es dir gefallen, wenn jemand käme und deinem kleinen Bruder den Kopf abrisse?«

Die Kinder drehten sich mit großen Augen zu dem Winzling um, der auf Miss Templetons Schoß saß und am Daumen lutschte. Sie legte ihm schützend eine Hand auf das Köpfchen. »Miss Withersby hat doch nur Spaß gemacht!«

»Ist das eine gute Blume?« Das älteste Mädchen kam mit etwas zurück, das nach Sumpfweichkraut aussah.

»Möglich, aber ich kann sie nicht gut sehen. Leg sie doch hierher, dann gucken wir sie zusammen an.«

Sie legte sie mir in den Schoß.

Ich kniete mich hin und legte sie auf den Boden, dann richtete ich die Stängel gerade und trennte die Blätter. »Es deutet einiges drauf hin, aber um sicher zu sein, müsste ich auch die Wurzeln sehen.«

»Ich kann sie holen.« Sie war schon ein gutes Stück fortgesprungen, ehe ich sie zurückhalten konnte.

»Es hat keinen Sinn, sie jetzt noch auszugraben. Das Problem bei Pflanzen ist, dass sie so vollständig wie möglich sein müssen. Siehst du das?« Ich deutete auf eine Stelle, wo der zarte Stängel verletzt und gebrochen war. »Hier könnte sich ein entscheidendes Merkmal befunden haben, doch das können wir jetzt nicht mehr sagen, nicht wahr?«

Während ich redete, hatten sich ein paar andere Kinder um uns geschart.

»Ein Botaniker ist immer sehr vorsichtig, wenn er eine Pflanze sammelt; er versucht, sie mitsamt Wurzeln zu lösen, ohne sie zu beschädigen.«

Das Kinn des Mädchens zitterte.

»Meinst du, du könntest vielleicht noch eine finden? Ich hätte nämlich sehr gern eine.« Oder ich hätte zumindest gern eine gehabt, wenn ich noch die Bücher meines Vaters illustrieren würde.

Sie nickte. »Da hinten an dem Tümpel waren ganz viele.« Sie deutete hinter sich.

»Ein Tümpel?« Der Pfarrer hob die Braue. »Sei aber vorsichtig. Diese kleinen Teiche können sehr tief sein. Vielleicht sollte ich mit …«

Doch sie war schon fort.

Er sah mich besorgt an. »Finden Sie das nicht gefährlich? Sie so in der Nähe eines Tümpels graben zu lassen?«

»Am Teich? Ich stelle mir diese Teiche immer als Miniaturseen vor. Es ist wirklich faszinierend, was an ihren Ufern wächst. Die Kinder werden sich daran gewöhnen. Man kann in Cheshire kaum spazieren gehen, ohne in einen Teich zu fallen.« Meine Worte schienen ihn nicht sonderlich zu beruhigen. »Als ich so alt war wie sie, habe ich schon nach viel selteneren Pflanzen gesucht. Wenn Sie ihnen beibringen, wonach sie Ausschau halten müssen, haben Sie in kürzester Zeit eine ganz wunderbar vollständige Sammlung.«

»Und mehr Zeit, um meine Predigten zu schreiben, vermute ich.« Er lächelte. »Sie sind ein bisschen verwildert, seit Lavinia gestorben ist.«

»Das war ich auch, nachdem meine Mutter gestorben war. Mein Interesse an Botanik hat mich gerettet. Und die Tatsache, dass ich ihre Verträge erfüllen musste.«

»Ihr Verträge? Wie alt waren Sie da?«

»Vierzehn.«

»Das war aber eine schwere Last für so junge Schultern.«

»Wir brauchten das Geld. Sein Leben der Wissenschaft zu widmen, ist nicht gerade ein profitables Unterfangen.«

»So ähnlich wie der kirchliche Dienst, vermute ich.«

Das nahm ich auch an. »Meine Mutter hat Kinderbücher geschrieben, um etwas dazuzuverdienen. Ich schreibe auch Bücher, aber für ältere Leser.«

»Sie können sehr gut mit den Kindern umgehen. Es gibt wenige Menschen, die mit so vielen gleichzeitig zurechtkommen.«

»Sie sind ein bisschen wie Pflanzen in einem Gewächshaus.«

Er zog die Brauen hoch.

»Die schiere Zahl scheint überwältigend, bis Sie jede an ihren Ort stellen und ihr geben, was sie zum Gedeihen braucht. Danach sorgen sie praktisch selbst für sich.«

»Ähm … das ist … ziemlich … vielleicht …«

Die Kinder kehrten gemeinsam zurück, die Arme voll Pflanzen und Steinen und anderen Dingen, die sie mir in den Schoß warfen.

»So … das ist … was ist das?« Ich zog einen braunen, verschrumpelten Stängel aus dem Haufen und inspizierte ihn. Er sah aus, als könnte es eine *Pseudorchis albida* sein. Ich hatte nicht gewusst, dass diese Pflanze hier in der Gegend wuchs. »Wer hat die gefunden?«

»Ich.«

»Wer ich?«

»Ich, ich.« Einer der Jungen drängte sich nach vorn und stellte sich vor die anderen.

»Wo hast du die gefunden?«

»Auf einer Weide da hinten.«

Er hatte hinter uns gedeutet. Ich drehte mich um und sah in die Richtung, die er anzeigte. »Kannst du mir die Stelle zeigen?«

Eines der Mädchen nahm meine Hand. »Und dann kann ich dir zeigen, wo ich meine gefunden habe, ja?«

Ein anderes Mädchen nahm meine andere Hand. »Und ich zeige dir, wo ich meine gefunden habe!«

»Und ich?« Eines der kleinsten stampfte mit dem Fuß direkt auf den Pflanzenberg.

Der Pfarrer nahm es auf den Arm, setzte es auf seine Schultern und wir machten uns auf den Weg zur Weide.

Wir machten einen schönen Spaziergang, während der Admiral sich ein Stückchen in einem Boot treiben ließ und Miss Tempelton mit den jüngeren Kindern Kuchenbacken spielte. Schließlich erklärte der Pfarrer, dass es schon spät sei, und trieb die Kinder zurück auf die Straße zum Pfarrhaus. Der Admiral und ich setzten Miss Templeton und ihre Körbe vor Dodsley Manor ab und fuhren nach Hause.

Zu Hause überredete mein Onkel meinen Vater, für heute mit der Arbeit Schluss zu machen und sich zu ihm an den Kamin zu setzen. Vater streckte mit einem wohligen Seufzen seine bestrumpften Füße aus.

»Junger Mann?« Der Admiral blickte zu Mr Trimble hinüber.

»Sir?«

»Sie könnten sich diesem Kriegsrat ebenfalls anschließen.«

Kriegsrat?

Mr Trimble hatte sich bereits einen Stuhl herangezogen.

Ich wollte das Gleiche tun und fragte mich gerade, ob es gefährlich sein würde, Mrs Harvey um ein paar Kekse zu bitten. Der Duft, der aus der Küche drang, war ungewöhnlich verlockend und ich hatte trotz des Picknicks richtig Hunger.

»Also.« Der Admiral stolzierte vor dem Kamin auf und ab. »Zunächst müssen wir über die Taktik reden.«

»Taktik?« Mr Trimble wechselte einen Blick mit meinem Vater.

»Im Moment scheint sich die Schlacht zwischen dem Pfarrer und diesem Industriellen, wie heißt er noch mal, abzuspielen.«

Ich wusste den Namen: »Mr Stansbury.« Es schien sich etwas zu tun! Und das nach einer knappen Woche nach meiner Einführung in die Gesellschaft.

Es hatte vielleicht ein wenig länger als erwartet gedauert, doch der Sieg war offensichtlich.

Vater hob eine Braue. »Der Pfarrer?« Ich meinte, einen leichten Zweifel in seiner Stimme wahrzunehmen.

Jetzt würde mein Vater diesem ganzen Unsinn Einhalt gebieten, Mr Trimble fortschicken und mich meine Arbeit wieder aufnehmen lassen. Ich brauchte die aktuelle Situation nur ein wenig zu verdeutlichen. »Der Pfarrer mag mich ganz gern, glaube ich.«

Vater kaute einen Moment lang auf seinem Schnurrbart herum, der Admiral machte auf dem Absatz kehrt und marschierte zurück zum Kamin. »Ich glaube nicht – ich glaube, diesen Industriellen kenne ich gar nicht.«

Was seine Befürchtungen eigentlich nur steigern müsste. »Es heißt, er sei der reichste Mann in der Gegend. Wenn ich ihn heirate, brauche ich mein ganzes Leben lang nicht mehr zu arbeiten. Nie mehr.« Das müsste ihm einen gehörigen Schreck einjagen. »Miss Templeton meint, dass alle beide sehr für mich eingenommen sind.« Was nicht hieß, dass ich das ebenfalls glaubte, aber sie hatte es gesagt und es würde ihnen nicht wenig Angst machen, wenn sie es glaubten.

»Wen bevorzugst du?«, fragte mein Vater den Admiral.

»Ich bin immer auf der Seite des Allmächtigen. Ich muss allerdings sagen, dass er nicht gerade der großzügigste Arbeitgeber ist. Allerdings hätte sie mit dem Pfarrer den Vorteil, dass er bereits Kinder hat.«

Oder den Ärger. »Aber keins von ihnen scheint zu wissen, wie man Pflanzen richtig sammelt.«

Der Admiral sah mich scharf an. »Sie haben die Mutter verloren, sind schutzlos den Stürmen des Lebens ausgesetzt. Du könntest es ihnen beibringen. Und außerdem habe ich gehört, dass er eine sehr interessante Sammlung hat.«

»Von der er herzlich wenig versteht.«

Er warf mir einen verwirrten Blick zu, der mir in Erinnerung rief, dass ich so tun musste, als suchte ich wirklich einen Mann. »Aber das könnte man vermutlich korrigieren.«

Mein Vater runzelte die Stirn. »Nun … und was ist mit Mr Wie-hieß-er-noch-mal?«

»Stansbury.« Mr Trimble und ich antworteten gleichzeitig.

Der Admiral machte abermals auf dem Absatz kehrt und marschierte in die andere Richtung. »Er scheint die Botanik wirklich ernst zu nehmen.« Er warf einen kurzen Blick zu meinem Vater hinüber. »Er hat ein sehr schönes Gewächshaus voller Orchideen und Palmen und Farne.«

»Aber er ist ganz wild auf etwas, das er als Totholzgarten bezeichnet«, konnte ich mir nicht verkneifen zu sagen. Ich schaffte es einfach nicht.

»Ein Totholzgarten?« Mein Vater zog die Brauen in schwindelnde Höhen. »Von so etwas habe ich noch nie gehört.«

»Es ist wie ein Farngarten, nur mit Stümpfen.«

»*Stümpfen*?«

»Die Stämme sind in der Erde, die Wurzeln stehen in die Luft. So hat er jedenfalls gesagt.«

Vater machte große Augen. »Das klingt … ja geradezu unanständig. Aber man könnte sein Interesse sicher auf etwas Traditionelleres lenken.«

Das konnte ich nicht bejahen. »Im Moment nicht. Im Moment ist er ganz wild darauf.«

Der Admiral machte wieder kehrt. »Aber an den Sammlungen in seinem Gewächshaus ist nicht das Geringste auszusetzen; es sind die schönsten, die in dieser Gegend zu finden sind – es heißt sogar, es seien die schönsten im ganzen Königreich.«

Wieder musste ich Einspruch erheben. »Aber es ist voller Pflanzen, die falsch klassifiziert sind.«

Vater drehte sich in seinem Sessel um und sah mich an. »Nun, dann braucht er jemanden wie dich, Charlotte, der ihm zur Hand geht.«

Mr Trimble betrachtete mich mit seinen durchdringenden blauen Augen. »Wer wäre Ihnen denn lieber, Miss Withersby?«

»Ich … das kann ich wirklich nicht sagen.«

Vater stand auf, kam zu mir und tätschelte mir die Hand. »Du brauchst mehr Zeit.« Er wandte sich an den Admiral. »Sie braucht mehr Zeit.«

Der Admiral schnaubte. »Ich bin für Stansbury, auch wenn er eine Neigung zu Fantastereien hat.«

Vater runzelte die Stirn. »Ich würde wohl eher den Geistlichen vorziehen. Er scheint ein anständiger Mensch zu sein.« Er starrte eine ganze Weile auf seine bestrumpften Zehen, dann blickte er zu Mr Trimble auf. »Und was ist mit Ihnen, junger Mann? Sie sind eher im heiratsfähigen Alter als wir beide. Wem geben Sie den Vorzug?«

»Ich bin auf der Seite von Miss Withersby.«

Auf meiner Seite?

»Auf Charlottes?«

War das eine Option?

»Sie wird mit der Entscheidung leben müssen. Wenn Sie keinen von beiden ablehnen, würde ich sagen, überlassen Sie ihr die Entscheidung. Ich finde es nicht gut, wenn jemand für andere Entscheidungen treffen will.«

Ich hätte ihm gedankt, wenn ich überhaupt die Absicht gehabt hätte zu heiraten.

Der Admiral grunzte. »Zu meiner Zeit hat man den Kindern gesagt, was sie zu tun haben; sie wurden nicht um ihre Meinung gefragt.«

Jetzt reichte es mir. »Ich denke, ich werde bald zu einer Entscheidung kommen. Wie auch immer, wenn ich erst verheiratet bin, werde ich mit meinem neuen Haushalt viel zu tun haben! Ich werde euch alle dann wohl nur noch sonntags in der Kirche sehen.«

Der Admiral kam herüber, beugte sich vor und küsste mich auf die Wange. »Es wird anders sein ohne dich, aber es ist alles zum Besten.«

Zu wessen Bestem? Ich ging in Richtung Eingangshalle. »Ich glaube, ich ziehe mich jetzt zurück.«

Mein Vater streckte die Hand aus, als ich an ihm vorbeiging. »Willst du nicht noch mit uns zu Abend essen, Charlotte? Mr Trimble hat uns ein neues …«

Ich hatte Mr Trimble und seine ärgerliche Angewohnheit, alles zu verändern, herzlich satt. »Nein, ich glaube nicht.«

Ziemlich fassungslos ging ich nach oben. Es schien, als hätte das Gerede von einer bevorstehenden Heirat keinen Menschen außer mir beunruhigt. Nichts lief wie geplant.

Am nächsten Morgen beschloss ich, bis um zehn im Bett zu bleiben, wie Miss Templeton es gewöhnlich tat, doch zu meiner Enttäuschung schaffte ich es nur bis sieben. Als ich es nicht mehr aushielt, zog ich mich an und ging hinunter, um zu frühstücken. Hoffentlich gelang es mir, in die Küche zu kommen, bevor Mrs Harvey aufstand. Die Geräusche, die aus der Küche zu hören waren, sagten mir, dass es zu spät war. Jetzt musste ich mich mit dem zufriedengeben, was sie nach mir warf.

Die Vorstellung, dass ich bis zum Abend mit altbackenem Brot und kaltem Tee auskommen musste, ließ mich schier verzweifeln. Vielleicht konnte ich nach Dodsley Manor hinüberlaufen und an Miss Templetons Gnade appellieren. Während ich noch in der Halle stand und darüber nachdachte, hörte ich Mr Trimble im Salon mit jemandem sprechen.

»Und was tun Sie als Nächstes?«, fragte er gerade.

»Als Nächstes?«, antwortete eine weibliche Stimme. »Nun, ich habe das Wachs zu einer dünnen Scheibe geschmolzen, also muss ich jetzt Farbe hinzufügen und es dann in die Form gießen, nicht wahr?«

»Ich überlege gerade, wie ich das aufschreiben soll …?«

Während ich noch lauschte, kam eine junge Frau aus der Küche. Sie trug ein Tablett mit goldbraunen Brötchen, eine Schüssel mit glänzenden hart gekochten Eiern und eine dampfende Teekanne. Sie konnte nicht älter sein als ich. Ihr rötliches Haar war auf dem Hinterkopf zu einem Knoten geschlungen. Auf ihren hohen, flachen Wangen und der schmalen Nase saßen Sommersprossen.

Sie knickste.

War das wirklich heißer Tee, den sie da trug? Sie ging an mir vorbei ins Wohnzimmer und musste das Tablett dort abgesetzt haben, denn als sie zurückkam, hatte sie nichts mehr in der Hand. Ich folgte ihr in die Küche und schaute hinein. Mrs Harvey war nirgends zu sehen.

Ich ging wieder in die Halle, spähte um die Ecke und versuchte, Mr Trimbles Blick auf mich zu lenken.

Schließlich hatte er mich gesehen und stand sofort auf. »Miss Withersby?«

Ich winkte ihm.

Er entschuldigte sich bei seinem Gast und kam zu mir in die Halle. »Was kann ich für Sie tun?«

Ich trat näher auf ihn zu, damit ich flüstern konnte.

Er trat hastig einen Schritt zurück.

»Wer ist die Frau?«

Er drehte sich um und warf einen Blick auf seine Besucherin. »Ihr Name ist Mrs Gribble.«

»Und was macht sie hier?«

»Sie sagt mir, wie man Wachsblumen herstellt.«

»Warum?«

»Damit ich das Buch schreiben kann, das Sie Ihrem Verleger versprochen haben. Wirklich, Miss Withersby, ist das der einzige Grund, warum Sie mich herausgerufen haben? Ich habe nämlich noch viel zu tun und es ist schon …«

»Nein, tut mir leid, ist es nicht.«

»Ist nicht was?«

»Es ist nicht der einzige Grund. Ich wollte eigentlich fragen, wer das Mädchen ist. Das mit dem Teetablett. Und wo ist Mrs Harvey?«

»Das ist Miss Hansford. Ich habe mir die Freiheit genommen, Mrs Harvey zu entlassen.«

»Sie … Sie haben sie entlassen? Durften Sie das denn? Sie gehört doch zum Haus.«

»Sie war weder eine Buchsbaumhecke noch ein Fensterladen. Und ihre Kocherei war erbärmlich! Kein Mensch sollte solches Essen ertragen müssen. Es ist ein Wunder, dass Sie und Ihr Vater überhaupt so lange überlebt haben.« Er starrte mich an, als sei alles mein Fehler. »Damit haben Sie wirklich keine Ehre eingelegt. Die meisten Menschen essen richtiges Essen zu den Mahlzeiten.«

»Aber der Vermieter …«

»Der Vermieter war sehr entgegenkommend, als ich ihm sagte, entweder Mrs Harvey oder Sie.«

Ich sah ihn ungläubig an.

»Ich sagte ihm, wenn sie nicht ginge, dann gingen wir.«

Ich schnappte nach Luft. »Aber das … das war eine Lüge! Wir wären nie …«

»Ich wäre! So glücklich ich auch bin, für Ihren Vater arbeiten zu können, dieses Essen hätte ich nicht länger ertragen.« Er brauchte wirklich nicht so eisern in dieser Frage zu sein.

»Das neue Mädchen wirkt recht angenehm.«

»Das sollte sie auch sein. Sie wird ziemlich gut bezahlt.«

»Aber es ist kein Geld da für …«

»Es war genügend Geld da, nachdem ich festgestellt hatte, dass der Metzger Ihnen Fleisch in Rechnung stellte, das Sie nie zu Gesicht bekamen. Haben Sie sich denn nicht gewundert, warum Sie immer nur Speck vorgesetzt bekamen, wo Sie doch jede Woche für Würstchen und Braten und Koteletts bezahlten?«

»Nun … nein.« Hatte ich nicht. »Wollen Sie damit sagen, dass wir für richtiges Fleisch bezahlt haben? Aber … wo ist das denn alles hin verschwunden?« Und warum hatte ich es nie gemerkt?

»Ich nehme an, es ist bei einem Freund von Mrs Harvey gelandet.«

Ich schnappte überrascht nach Luft.

Die Türglocke läutete und das Mädchen, von dem wir gerade sprachen, kam aus der Küche und lief an uns vorbei.

»Sie öffnet sogar die Tür?«

»Das sollte sie auch, wenn sie ihre Stellung behalten will. Ich habe es nämlich satt, das selbst zu tun.«

Sie kam zurück und knickste. »Ein Päckchen für Miss Withersby.«

Ich nahm es ihr ab, nickte beiden zu und ging ins Arbeitszimmer zu meinem Vater. »Wusstest du, dass Mr Trimble Mrs Harvey entlassen hat?«

»Ich wollte es dir gestern Abend sagen, aber du warst schon weg und ich kam nicht mehr dazu.« Er lächelte doch tatsächlich. »Ich sagte dir ja, dass er ein tüchtiger junger Mann ist.«

»Du bist einverstanden?«

»Warum nicht?«

»Du meinst ... ich hätte sie schon vor Monaten entlassen können?«

»Natürlich.«

»Aber ... warum hast du sie nicht entlassen?«

»Ich hatte nicht bemerkt, wie alles aus dem Ruder gelaufen war.«

»Aber hättest du dich nicht aufgeregt, wenn ich es getan hätte?«

»Wenn du es getan hättest, wäre es in Ordnung gewesen. Aber ich selbst hätte es nicht geschafft. Die Frau hat mir richtig Angst eingejagt.«

Sie hatte auch mir Angst eingejagt. Die Frage war nur, warum hatte sie Mr Trimble keine Angst eingejagt?

Ich nahm das Päckchen mit nach oben auf mein Zimmer. Es enthielt ein kirschrotes Seidenkleid und noch ein paar andere Teile von der Schneiderin. Ich nahm ein Stück Spitze in die Hand ... etwas, das heruntergefallen war. Es sah aus, als sollte es ein Schal sein, war aber eigentlich zu kurz dafür und die Seiten liefen lang und spitz aus. Wenn es zu klein war für einen Schal und zu groß für ein Taschentuch, was konnte es dann sein?

Die spitzen Enden mussten irgendeinen Zweck haben; bestimmt sollten sie um etwas herumgebunden werden. Vielleicht um meinen Kopf, anstelle der blütenbesetzten Agraffe? Ich versuchte, es mir um den Kopf zu binden, aber es hielt nicht.

Ich betrachtete es und überlegte, wo man es noch herumbinden konnte. Um die Taille?

Ich versuchte auch das, aber es sah komisch aus und ich hatte noch nie gesehen, dass andere Frauen ein Stück Spitze um die Taille trugen.

Blieb nur noch mein Hals, also band ich es um den Hals. Die Enden waren nicht lang genug, um eine Schleife zu binden, also verknotete ich es nur und betrachtete mich dann im Spiegel. Es wirkte nicht gerade elegant, aber mein Modegeschmack war ja offenbar extrem exzentrisch.

Ich band es wieder auf, legte es auf meine Frisierkommode, breitete das Kleid auf dem Bett aus und ging nach unten. Und dann bekam ich aus der Küche eine Tasse Tee und zwei ganze Scheiben Brot, ohne auch nur darum bitten zu müssen!

Am Abend kam der Admiral. Ich war bereits fertig und wartete auf ihn. Um ein weiteres enervierendes Gespräch mit Mr Trimble zu vermeiden, ging ich erst nach unten, als ich die Kutsche des Admirals vorfahren hörte. Aber ich wollte mich noch rasch von meinem Vater verabschieden und ihn bitten, nicht noch später, sondern lieber ein bisschen früher als sonst zu Bett zu gehen.

Mr Trimble warf mir einen langen Blick zu. Dann noch einen. »Das ist neu … aber was tragen Sie da um den Hals?«

»Ich habe keine Ahnung. Aber es ist gedacht, um es irgendwo herumzubinden. Es hat zwei lange Enden.«

»Enden? Könnten Sie …? Darf ich es mal kurz sehen?«

Er wartete nicht auf eine Antwort, sondern kam einfach zu mir, löste den Knoten und nahm mir die Spitze ab. Als er sie anschaute, zuckten seine Mundwinkel. »Es ist eine Pelerine, Miss Withersby, aber Sie lagen gar nicht so falsch. Man legt es um die Schultern.« Er griff um mich herum, sodass seine Krawatte über meine Nase strich, zog den Stoff über meine Schultern und ließ die langen Enden einfach vorn über mein Kleid herunterhängen.

Ich nahm eines und hielt es ihm unter die Nase. »Und was ist damit?«

»Ich fürchte, sie haben keinen Zweck.«

»Keinen?«

»Sie werden feststellen, dass die Mode, im Gegensatz zur Natur, nicht immer einen Zweck hat.«

»Aber … warum sind sie dann da?«

Er nahm das andere Ende und kitzelte mich damit an der Nase. »Um in die Suppe zu fallen, vermutlich. Oder sich vom Wind packen und fortwehen zu lassen.«

Ich griff danach und meine Finger berührten die seinen. »Ich wollte einen Umhang, nicht ein nutzloses Stück Spitze.«

Er ließ die Enden los und sie fielen auf mein Kleid herunter. Urplötzlich ernst geworden, trat er mit einer abrupten Verbeugung zurück. »So. Sie sind der Inbegriff der Vollkommenheit. Also halten Sie Ihren Mund geschlossen, so lange Sie können, dann gelingt es Ihnen vielleicht, bei Ihren Begleitern keinen gegenteiligen Eindruck zu erwecken.«

Sein Ton war so vernünftig, dass ich aus dem Haus war und neben dem Admiral in der Kutsche saß, ehe ich merkte, dass ich beleidigt worden war.

14

Ich kehrte mit Kopfschmerzen von der Einladung zurück und wachte auch am nächsten Tag noch mit Kopfschmerzen auf. Eine dampfend heiße Tasse Tee half kaum, aber sie schmeckte himmlisch. Nachdem ich ein Brötchen und ein weich gekochtes Ei gegessen hatte, schlenderte ich ins Wohnzimmer. Mr Trimble war über einen Tisch gebeugt, meinen Stift in der Hand. Er war so konzentriert, dass er mich nicht zu hören schien, und ich konnte ihn eine Weile ungestört bei der Arbeit beobachten. Offenbar versuchte er, eine Spinnen-Ragwurz zu zeichnen, doch wenn ja, tat er es offenbar aus dem Gedächtnis; seine Zeichnung entsprach nicht den wissenschaftlichen Vorgaben. »Was machen Sie da?«

Er blinzelte und blickte auf. Dann erhob er sich. »Verzeihen Sie. Ich versuche, für das Buch Ihres Vaters eine Spinnen-Ragwurz zu zeichnen.«

»Das können Sie nicht.« Ich war diejenige, die Vaters Bücher illustrierte.

»Ich bin geneigt, Ihnen zuzustimmen. Es ist schon einige Zeit her, seit ich eine gesehen habe, und es wäre einfacher, wenn ich eine hätte, die ich abzeichnen kann. Aber ich habe überall gesucht und kann keine finden.«

»Es gibt auch keine.«

»Aber wie wollten Sie sie dann zeichnen?« Er sah mich genauer an. »Und wo haben Sie je eine Spinnen-Ragwurz gesehen?«

»Habe ich nicht.«

»Noch nie?«

»Noch nie. Aber ich weiß, dass die Variante, die Sie zu zeichnen versuchen, fast schwarz ist und laterale Kelchblätter hat. Im Wohnzimmer müsste eine botanische Abbildung der Grundform sein; ich hätte sie davon abgezeichnet.«

»Ich habe die Abbildung gefunden und war erstaunt, wie wenig sie der echten Blume gleicht.«

»Das soll sie ja auch gar nicht.«

»Dann reden wir vielleicht von zwei verschiedenen Pflanzen. An den Exemplaren, die ich in Neuseeland gesehen habe, sitzt die Blüte unterhalb der Blätter, nicht darüber, und die Blütenblätter sind hängend. Sie sieht überhaupt nicht wie die Abbildung aus.«

»Die Abbildung soll auch nicht aussehen wie irgendetwas, das Sie in der freien Natur finden. Es ist einfach der Grundtypus – das Idealbild der Pflanze.«

»Ich kann Ihnen versichern, dass man ein Leben lang an den Flüssen der Kolonie suchen könnte und nicht eine einzige Pflanze finden würde, die diesem Ideal entspricht.«

»Sie sehen das zu streng, Mr Trimble. Das Abbild sollte Sie nicht ärgern. Es ist … es ist einfach eine Kompilation, wenn Sie so wollen.«

»In dem Gewächshaus, das ich mitgebracht habe, befindet sich eine echte Spinnen-Ragwurz. Wenn sie blüht, werden Sie feststellen, dass sie nicht im Geringsten wie Ihr Ideal aussieht.«

»Wie auch immer, das Wichtige ist die Norm, nicht die individuelle Pflanze.«

Er hatte einen ganz roten Hals bekommen und trommelte mit den Fingern auf den Tisch.

»Ich soll also eine idealisierte Täuschung zeichnen statt der Wirklichkeit?«, fragte er langsam und mit Betonung.

»Wenn wir eine tatsächlich existierende Einzelpflanze abbilden, wäre es möglich, dass wir eine Abweichung erwischt haben, und dann gehen die Leute in die Natur und wollen sie finden und …«

»An einem Fluss würden sie aber viel eher …«

»Meinetwegen auch an einem Fluss, jedenfalls suchen sie etwas, das nie dupliziert werden kann.«

»Immer noch besser, als etwas zu suchen, das es überhaupt nicht gibt.« Er nahm seinen Stift und fing wieder an zu zeichnen. »Wird Ihr Vater fairerweise eine Warnung in sein Buch aufnehmen? Warnung an den Leser: Die abgebildeten Pflanzen haben keinerlei Grundlage in der Realität und existieren nur in der Fantasie des Künstlers?«

»Ich bitte Sie einfach, die Arbeit zu machen, die mein Vater von Ihnen erwartet. Andernfalls bin ich gern bereit, sie wieder selbst zu übernehmen.«

Ich bekam keine Antwort, es sei denn, man interpretierte die zusammengepressten Lippen als solche.

Ich nahm meine Empörung mit zu Miss Templeton, überzeugt, dass sie mich verstehen würde. Man führte mich in ein Wohnzimmer, wo sie beim Zeichnen war – und zwar mithilfe einer Camera lucida.

»Miss Withersby! Sie schickt der Himmel! Bitte kommen Sie her und sagen Sie mir, was ich falsch mache.« Sie blickte durch das Zeichenprisma auf ihr Papier und versuchte, einen Kammfarn zu zeichnen, der vor ihr auf dem Tisch stand. Sein Umriss wurde auf das Blatt vor ihr geworfen. »Ich fürchte, es sieht nicht im Entferntesten wie ein Farn aus, aber ich weiß nicht, warum, schließlich brauche ich doch eigentlich nur die Form auf das Papier zu übertragen. Das war ja der Grund, warum ich Papa gebeten habe, mir so ein Ding zu kaufen.« Sie justierte das Prisma. »Allmählich glaube ich, dass es kaputt ist.«

Ich betrachtete die Umrisse, die sie gezeichnet hatte, und musste widersprechen. »Die Umrisse sind Ihnen wirklich sehr gut gelungen.«

»Aber warum sieht es so flach aus? Als hätte es kein bisschen Leben in sich?«

»Weil es keins hat. Ich würde sagen, es sieht aus, wie es aussieht, weil Sie eben nur zeichnen, was Sie sehen.«

»Aber das ist doch das Geniale an dieser Vorrichtung! Sie zeigt mir mit größerer Deutlichkeit, was ich sehe.«

»Aber wenn Sie nicht wissen, aus welchen Teilen sich die Pflanze zusammensetzt, wie wollen Sie sie dann korrekt übertragen? Hier zum Beispiel.« Ich deutete auf den Wurzelansatz der Pflanze, wo die wenigen Wedel aus einem einzigen Punkt hervorzugehen schienen. »In Wirklichkeit kommt jeder dieser Wedel aus einem eigenen Rhizom.« Ich nahm ihren Stift und verwies auf den Abstand zwischen den Farnwedeln. »Und auch hier müssen Sie sehr genau sein.« Ich deutete auf die Stellen, wo die Blätter den Stängeln entsprangen. »Sie sind wechselständig.«

»Sie sind was?«

»Die Blätter wechseln ab. Sie sitzen einander nicht exakt gegenüber. Und sehen Sie hier: Dieser nackte Teil des Stängels ist nicht etwa glatt, er hat Schuppen.«

»Ja, schon, aber ich wollte ja nur die Umrisse zeichnen.«

»Der Farn ist aber nichts ohne seine Einzelteile.«

Sie schob das Blatt fort und seufzte. »Und ich wollte am Freitag so gern ein Aquarell vorzeigen!«

»Das können Sie auch. Wenn Sie ein scharfes Messer haben, zeige ich Ihnen, wie sie innen aussieht und ...«

Sie nahm mir die Pflanze ab und stellte sie in ein Gewächshaus am Fenster. »Es kann nichts Gutes dabei herauskommen, wenn man in Dingen herumstochert, die nicht für die Augen bestimmt sind. Ich gehe einfach mit leeren Händen hin, so wie immer. Eigentlich ist das ein Pluspunkt für mich: So kann ich immer die Werke der anderen bewundern. Und ich geize nie mit Lob, wo es angebracht ist.« Sie nahm mir den Stift ab und legte ihn zusammen mit dem Papier in eine Schublade.

»Moment mal! Warum kommen Sie eigentlich nicht mit? Wir könnten so viel Spaß haben. Und ich bin sicher, jede noch so flüchtig hingeworfene Skizze von Ihnen könnte die Bilder von Mrs Archer mit Leichtigkeit schlagen; es bräuchte noch nicht einmal eine besonders große zu sein. So würde endlich einmal jemand anders Künstlerin des Monats werden und ich hätte auch noch die Genugtuung, Sie entdeckt zu haben.«

»Aber ich bin keine Künstlerin. Ich bin Botanikerin. Ich male nicht, ich illustriere.«

»Egal, das kümmert doch niemanden. Wirklich nicht. Und außerdem sind Illustrationen und Bilder fast das Gleiche. Bitte, kommen Sie mit! Wir haben sogar einen richtigen Zeichenlehrer, der uns unterrichtet. Und er wird auch der Juror in unserem Wettbewerb sein.«

»Ich rechne eigentlich fest damit, in wenigen Tagen wieder meinem Vater assistieren zu können.«

»Wenn es so sein sollte, dann vergessen Sie's einfach, aber wenn nicht, müssen Sie mir versprechen zu kommen. Und das größte Bild mitzubringen, das Sie je gezeichnet haben.«

Am Freitag hatte Mr Trimble meine Position immer noch inne, deshalb blätterte ich meine neuesten Illustrationen durch, wählte eine besonders gelungene Zeichnung einer *Gastrodia sesamoides*, einer Kartoffelorchidee, und legte sie in eine Mappe. Dann legte ich noch ein paar Blatt Papier hinzu und nahm meine Schachtel mit Pinseln und Farben – die Mr Trimble, wie sich auf Nachfragen herausstellte, ruiniert hatte. Für einen so ordentlichen Menschen ging er bemerkenswert nachlässig mit den Farben anderer Leute um. »Ich gehe zu einem Treffen der Aquarell-Gesellschaft.«

An der Aufmerksamkeit gemessen, die ich erhielt, hätte ich genauso gut mit mir selbst reden können. Es würde ihnen recht geschehen, wenn ich Künstlerin des Monats wurde. Vielleicht würde die Gesellschaft darum bitten, die Illustration behalten zu dürfen, und Mr Trimble würde verrückt werden bei dem Versuch herauszufinden, wo sie abgeblieben war.

Ich merkte, wie ich in mich hineinlächelte.

Vielleicht würde mir das Treffen doch tatsächlich Spaß machen.

Die Gruppe traf sich im Haus der Präsidentin der Gesellschaft. Ich war kaum eingetreten, da sah ich auch schon Miss Templeton. Sie winkte mir lebhaft zu. »Da sind Sie ja! Ich hatte schon Angst, dass Sie Ihre Stellung wiederhaben und ich sehen müsste, wo ich bleibe.«

»Noch nicht.«

»Gut!« Sie nahm mir meine Mappe ab und hielt sie wie einen Schild vor sich, während sie sich einen Weg durch die Herren und Damen in der Eingangshalle bahnte, in Richtung einer offenen Tür.

Ich lief ihr nach, bevor der Durchgang sich wieder schloss.

»So …« Sie betrachtete die Stühle und Sessel, die in einem Halbkreis im Raum aufgestellt waren. Es war eine Art Wintergarten mit großer Glasfront, der ideale Ort für Pflanzen, doch ich konnte lediglich etwa ein halbes Dutzend Farne entdecken. »Wir setzen uns hier hin.« Kurzerhand räumte sie einen Stapel Papiere und Pinsel beiseite, die bereits auf einem Stuhl lagen.

»Sitzt hier denn nicht schon jemand?«

»Wenn hier jemand sitzt, sollte er seinen Stuhl auch besetzt halten.« Sie beugte sich zu mir herüber und flüsterte: »Außerdem ist es Mrs Shandlin und sie ist so groß, dass ich, wenn sie vorn sitzt, nie an ihr vorbeigucken kann. Wenn sie nur einen Hauch von Anstand hätte, würde sie sich nach hinten setzen.« Sie legte die Sachen der erwähnten Mrs Shandlin auf einen Stuhl zwei Reihen weiter hinten. »So.« Dann drehte sie sich zu mir um. »Wo ist Ihr Bild?«

»Meine *Illustration* ist da drin.« Ich deute mit meinem Kinn auf die Mappe.

Miss Templeton riss die Mappe auf und zog die Illustration heraus wie einen Preis. Sie hatte schon ein erwartungsvolles Lächeln auf den Lippen, doch als sie die Pflanze sah, runzelte sie die Stirn. »Ich hatte auf etwas … Blumigeres gehofft. Aber ich nehme an, das hier ist sehr gut gezeichnet. Es wirkt sehr detailliert.«

»Es ist eine Kartoffelorchidee aus Neuseeland, ein Exemplar, das Mr Trimble uns letztes Jahr geschickt hat. Ich bin ziemlich stolz darauf, weil diese Pflanzen schwer zu zeichnen und zu kopieren sind. Sie sind braun, deshalb ist es schwierig, sie wiederzugeben, ohne dass die Blüten vertrocknet und tot aussehen.«

»Ja, das sehe ich. Und das …?« Sie deutete auf das Blatt, wo ich das Wurzelsystem gezeichnet hatte. »Ist das tatsächlich eine Kartoffel?«

»Das ist die Wurzel. Haben Sie jemals schon etwas so Ungewöhnliches gesehen?«

»Auf einem Bild? Noch nie. Sind Sie ganz sicher, dass Sie dieses Bild ausstellen möchten? Wenn es das einzige Bild einer Kartoffelorchidee ist, das Sie haben, möchten Sie es dann nicht lieber behalten?«

»Ich freue mich, es ausstellen zu dürfen.«

Wir verließen unsere Stühle und gingen wieder in die Eingangshalle, wo ein paar Bilder am Kleiderständer lehnten.

Miss Templeton räumte ein paar kleinere Zeichnungen aus dem Weg, lehnte meins dagegen und stellte die anderen dann wieder davor.

»Aber so sieht man es doch gar nicht.«

»Ich möchte mich nicht so vordrängen damit. Sie sind wirklich ein Profi.«

Zwischen all den Amateurbildern von Blumen und langweiligen Landschaften zeichnete sich meines wirklich durch seine Detailtreue und Genauigkeit aus. Miss Templeton hatte recht. Warum gezielt die Aufmerksamkeit darauf lenken, wo mein Können doch für sich sprach?

Das Treffen begann mit dem Verlesen des Protokolls der vorigen Sitzung und Berichten der Präsidentin, der vier Vizepräsidenten, des Schatzmeisters, des Sekretärs, des Korrespondenzsekretärs, des Vorsitzenden und jedes der sechs anwesenden Ratsmitglieder sowie schriftlicher Berichte der beiden abwesenden Ratsmitglieder – insgesamt waren das etwa die Hälfte der im Raum anwesenden Leute. Dann erhob sich die Präsidentin erneut in ihrer Funktion als Gastgeberin, hieß uns in ihrem Haus willkommen, hieß dann – diesmal wieder als Präsidentin der Gesellschaft – die Gäste der Gesellschaft willkommen und schließlich wurde der Zeichenlehrer vorgestellt.

Er referierte ausführlich darüber, wie man einen Zeichenstift richtig hielt, über das richtige Verhältnis von Farbe und Wasser und über viele andere Dinge, die nicht das Geringste mit Zeichnen oder Malen zu tun hatten. Doch als ich mich im Raum umschaute, sah ich, dass die Anwesenden ihm hingebungsvoll lauschten. Irgendwann stellte er schließlich einen Topf Anemonen mit leuchtend roten Blüten auf einen Tisch und gab die Anweisung, nicht ihre Gestalt, sondern ihr Wesen zu zeichnen.

Ich begann gerade, mit der Feder zu zeichnen, da …

»Sie nehmen besser einen Bleistift.«

Ich blickte auf und sah, dass der Lehrer stirnrunzelnd meine Zeichnung betrachtete. »Ich zeichne aber meine Bleistiftlinien nicht so gern mit der Feder nach. So ist es viel effektiver.«

»Wie auch immer …« Er nahm das Blatt hoch. Darunter lag ein Frisches. »Es ist besser, mit dem Bleistift zu beginnen, dann mit Tinte nachzumalen und das Ganze dann zum Schluss zu kolorieren.«

Miss Templeton blickte mich mit sorgenvoll zusammengezogenen Brauen an.

»Wenn Sie erst einmal die korrekte Methode beherrschen, glauben Sie mir, werden Sie nie wieder anders zeichnen wollen.« Er klopfte mit dem Finger auf das Papier. »Also, an die Arbeit.«

Ich versuchte, die Flecken, die seine Knöchel auf dem Papier hinterlassen hatten, wegzuwischen, doch sie verwandelten sich lediglich in schmierige Streifen. Also biss ich die Zähne zusammen, entfernte auch dieses Blatt und zeichnete noch einmal, was ich gerade gezeichnet hatte. So. Irgendwann entspannte ich mich und begann, Details einzutragen.

Doch er kam schon wieder zurück und nahm mir abermals die Feder aus der Hand.

»Wenn Sie darauf bestehen, mit der Feder zu zeichnen, schlage ich vor, dass Sie den Stängel so zeichnen.« Er packte die Feder mit fester Hand, so fest, dass der Stängel, den er zeichnete, kein bisschen Ähnlichkeit mit der Geschmeidigkeit des Originals aufwies. Dann gab er mir die Feder zurück.

Ich achtete nicht auf seine Ratschläge, sondern zeichnete die Blattteile, die Kelchblätter – die so viele Leute für Blütenblätter hielten –, die Stempel und Staubgefäße. Manche Mitglieder der Gesellschaft gingen nach vorn, um die Pflanze genauer zu betrachten, doch da es eine Anemone war und Anemonen als *Ranunculaceae* klassifiziert wurden, hatte ich im Laufe der letzten Jahre ein gutes Dutzend davon illustriert und konnte aus dem Gedächtnis zeichnen. Nachdem ich nun gut zwei Wochen keine Feder mehr in der Hand gehalten hatte, genoss ich die Arbeit richtig.

Der Lehrer ging abermals durch unsere Reihe. Normalerweise wäre ich versucht gewesen, meine Arbeit vor ihm zu verstecken, doch heute fand ich, dass sogar er sich von meiner Illustration beeindruckt zeigen musste.

Als er hinter mir vorbeiging, hörte ich, wie er nach Luft schnappte. »O nein! Nein, nein, nein! So machen wir das hier nicht!«

Was machen? Ich drehte mich auf meinem Stuhl halb zu ihm um.

Er beugte sich vor, um mir ins Ohr zu flüstern. »*Die* zeichnen wir nicht!«

»Was zeichnen wir nicht?«

»*Die*!« Er deutete auf meine Illustration, als sei sie eine mit der Pest infizierte Ratte.

»Sie meinen die Stempel und Staubgefäße? Aber sie hat sie nun einmal. Es ist eine Anemone. Sie hat Stempel und Staubgefäße.«

Hinter mir hörte ich einen erstickten Schrei. Es gab ein Geraschel von Röcken und dann einen dumpfen Aufprall.

Miss Templeton drehte sich mit großen Augen um. »Du meine Güte! Mrs Shandlin ist in Ohnmacht gefallen.«

»Sehen Sie, was Sie getan haben!« Der Lehrer war ganz rot geworden.

»Was? Was habe ich denn getan? Ich habe eine Anemone mit Stempeln und Staubgefäßen gezeichnet.«

Miss Templeton beugte sich zu mir herüber.

»Das tut man nicht, Miss Withersby.«

»Was tut man nicht?«

»Sie dürfen die nicht zeichnen.«

»Aber jeder kann sehen, dass sie da sind. Warum soll ich sie dann nicht zeichnen? Wenn ich sie nicht zeichnen kann, kann ich ihre Ovarien nicht zeichnen und dann könnten sie genauso gut keine Pflanzen sein!«

Es gab ein weiteres Geraschel und einen weiteren dumpfen Aufprall.

»Du meine Güte. Das war Lady Harriwick.«

Der Lehrer nahm meine Illustration, packte mich am Arm und zog mich nach vorn. »Ich weiß nicht, was Sie hier vorhaben! Jeder weiß doch, dass man über diese Dinge nicht in Gesellschaft spricht!«

»Aber man kann sie doch nicht einfach ignorieren!«

»Wir müssen sie erwähnen, aber wir nennen sie den *Mann und seine Frauen*.«

Und das war weniger skandalös? »Na gut, dann hat jeder Mann hier eine ganze Menge Frauen, in dieser Blume sogar einen richtigen Harem.«

»Für Ihre Zwecke existieren sie überhaupt nicht.«

»Dann könnte ich auch die Kelchblätter und Blätter nicht zeichnen.«

»Das wäre vielleicht auch besser.« Er nahm ein Blatt von seinem eigenen Papier, gab es mir und deutete streng auf meinen Platz.

Ich nahm es ihm aus der Hand, setzte mich wieder hin und versuchte, eine neue Blüte zu zeichnen, doch irgendwie war meine Begeisterung geschwunden.

Schließlich bat der Lehrer um unsere Aufmerksamkeit und zog ein Buch aus seinem Rucksack. »So. Es ist immer hilfreich, die eigene Arbeit mit der eines echten Könners zu vergleichen, deshalb habe ich ein Buch mitgebracht, das ich häufig verwende.« Er präsentierte uns das Buch. »Mr Withersbys *Ranunculaceae in England*.«

Miss Templeton stieß mir den Ellbogen in die Rippen und lächelte mich an.

»Hier drin ist eine sehr hübsche Abbildung einer Anemone wie die, die wir gerade zu zeichnen versuchen.« Er blätterte kurz, dann zeigte er der Gesellschaft *meine* Illustration. Er ging langsam damit durch die Reihen, sodass die Mitglieder ihre Zeichnung mit meiner vergleichen konnten. Ich hielt den Atem an, während ich darauf wartete, dass die Frauen beim Anblick der Stempel und Staubgefäße nach Luft schnappten und in Ohnmacht fielen, doch sie beugten sich nur vor, um das Bild genauer zu betrachten.

Als er zu mir kam, blieb er stehen. »Ich will zugeben, dass Ihre Arbeit recht vielversprechend ist. Wenn Sie sich an die korrekte Vorgehensweise halten und bereit sind, ein wenig zu üben, können Sie eines Tages bestimmt ein ganz hübsches Bildchen zustande bringen.«

15

Am Sonntag in der Kirche war es recht angenehm. Ich nickte mehreren Leuten zu, denen ich in der Woche davor begegnet war, und als der Gottesdienst zu Ende war, sprach ich sogar kurz mit ihnen, bevor Mr Trimble uns zurück nach Hause scheuchte.

Am Montagabend, bei einer Lesung, die ich mit dem Admiral besuchte, traf ich Miss Templeton. Sie trat entschlossen auf mich zu, nahm meinen Arm und zog mich in eine Ecke. »Ich gestehe, dass ich vor dem gestrigen Treffen der Aquarell-Gesellschaft nicht wusste, dass ein Unterschied zwischen einem Bild und einer Illustration besteht. Aber ich habe nachgedacht und gebe zu, dass Sie recht hatten und die Aquarell-Gesellschaft nicht der richtige Ort für Ihre Arbeit ist.« Während sie sprach, beobachtete sie mich genau.

»Das fand ich auch, aber ich wollte nicht pedantisch sein, wo Sie doch anscheinend so großen Wert auf meine Anwesenheit legten.«

Sie lächelte. »Lassen Sie uns versuchen, Sie ein wenig schneller wieder zu Ihrer Arbeit zurückzubringen. Also …« Sie ließ den Blick durch den Raum schweifen. »Mr Stansbury ist hier; ich glaube, es ist der ideale Zeitpunkt, dass Sie mit ihm reden. Soll ich mitkommen?«

Ich seufzte. »Jedes Mal, wenn ich ihn sehe, muss ich an diesen entsetzlichen Totholzgarten denken. Ich kann einfach nicht so tun, als hätte ich Interesse an einem Mann, der einen so abwegigen Geschmack hat.«

»Denken Sie stattdessen an den schrecklichen Mr Trimble und dass er Ihnen Ihre Arbeit weggenommen hat.«

»Ich versuche es. Ich versuche es wirklich.«

»Dann müssen Sie sich ein bisschen mehr anstrengen, denn Mr Stansbury ist ein Exzentriker. Man weiß nie, was er tun wird. Es ist unfassbar, wie viele seltsame Sachen er schon angestellt hat, seit er hierhergezogen ist, und wenn es uns gelingt, den Admiral zu überzeugen, dass er sich ernsthaft für Sie interessiert, kann Ihr Vater es sich nicht leisten, noch länger zu zögern.«

»Ich verstehe ja, aber wenn Sie bedenken würden, dass ich zuhören muss, wie er über den schrecklichen Totholzgarten spricht – und ihn wahrscheinlich sogar besichtigen muss, würden Sie mich nicht bitten, freundlich zu ihm zu sein.«

»Dann gehe ich für Sie zu ihm und erzähle ihm, dass ich ganz wild darauf bin, ihn zu sehen, und ich wette, er wird uns zu einer Besichtigung einladen. Und wenn ich danach herumerzähle, dass Sie schon zwei Mal nach Overwich eingeladen wurden – stellen Sie sich nur vor, was die Leute denken werden!«

»Ich hoffe, sie glauben nicht, dass ich seinen Totholzgarten bewundere.«

»Sie werden denken, dass er eine Vorliebe für Sie gefasst hat.«

»Wirklich?«

»Ja. Und außerdem werde ich den Garten dann auch sehen können! Ich bin nämlich wirklich ganz wild darauf! Er ist tatsächlich ein sehr außergewöhnlicher Mensch. Vielleicht führt er uns sogar durch sein Haus. Das hat er letztes Mal nicht getan und ich habe gehört, dass er ein ganzes Zimmer voller Schwerter und Säbel und ein anderes voller Uhren hat. Ich bin beinahe geneigt, ihm zu sagen, dass er, wenn er ein wirklich respektables Anwesen haben will, eine Menagerie braucht, nur um zu sehen, was er dann tut. Ich wollte schon immer gern eines dieser Wie-heißen-sie-noch-mal-Geschöpfe sehen, die mit den langen Hälsen.« Sie seufzte. »Schade, dass Sie ihn nicht heiraten wollen. Ich glaube, ich fände es amüsant, mit einem Mann wie ihm verheiratet zu sein.«

»Vielleicht sollten Sie ihn dann nehmen.«

Sie runzelte die Stirn. »Das würde mein Vater nie erlauben. Allerdings pflegt er mindestens die Hälfte all dessen, was ich sage oder tue, nicht zu erlauben; das dürfte also eigentlich kein Hinderungsgrund sein.« Sie öffnete ihren Fächer und warf Mr Stansbury dahinter einen langen Blick zu. »Das Problem ist, dass er sich wohl in nichts anderes als sein Gewächshaus und diesen Totholzgarten verlieben kann. Und ich möchte doch auf jeden Fall jemanden heiraten, der mir völlig verfallen ist, erinnern Sie sich? Nein, ich bleibe bei meinem ursprünglichen Entschluss: Das Beste ist, ich überlasse ihn Ihnen.«

In der Pause nahm Miss Templeton meine Hand und wir schlenderten durch den Raum und unterhielten uns dabei über Frisuren und Kleider. Als sie stehen blieb, ihren Fächer öffnete und sich umschaute, sah ich überrascht, dass sie direkt vor Mr Stansbury stand.

Er verbeugte sich.

Wir knicksten.

Sie drückte meine Hand. »Miss Withersby hat mir so viel erzählt von Ihrem … Ihrem …« Sie zog die Brauen zusammen.

Ich formte mit den Lippen das Wort Stumpfwald.

»Sumpfwald.«

»Von meinem Totholzgarten?«

»Genau! Wissen Sie, es ist eine so fantastische Idee – ich kann mir gar nicht vorstellen, wie so etwas aussieht!«

»Es ist eine Art Garten mit Baumstümpfen, die kopfüber aufgestellt sind, sodass das Wurzelwerk sichtbar ist. Können Sie es sich jetzt besser vorstellen?«

»Nicht wirklich.«

»Es sind dreiundzwanzig Baumstümpfe. Ich habe erst letztes Frühjahr mit der Kultivierung angefangen, deshalb …«

Mir reichte es. »Ich frage mich, wie man einen Baumstumpf *kultiviert*.«

Es widersprach doch wohl der Definition des Wortes *kultivieren*, wenn das Ding, das kultiviert werden sollte, tot war! »Vielleicht wäre Bebauung das bessere Wort, finden Sie nicht?«

Miss Templeton lächelte noch immer, wirkte jedoch leicht verärgert. »Ich habe wirklich so wenig Vorstellungskraft, Mr Stansbury. Ich fürchte, das ist einer meiner ärgerlichsten Fehler.«

Er lächelte sie an, als hielte er ihren Fehler für eine Tugend. »Ich war schon immer mehr fürs Praktische als für Fantasie, Miss Templeton. Sie haben keinen Grund, sich zu entschuldigen.«

»Wie freundlich von Ihnen. Wirklich. Ist es nicht freundlich von ihm, Miss Withersby?«

Ich spürte, wie ich die Stirn runzelte, als sie mich ansah.

Sie zog fragend die Brauen hoch. »Sie sind so freundlich, Mr Stansbury, dass ich zu fragen wage, ob Sie mir einen Gefallen tun könnten.«

»Für Sie würde ich in die Salzminen hinuntersteigen, Miss Templeton; ja, ich würde mich mitten in die dampfenden, stinkenden Salzgruben begeben.«

Sie errötete. »Ich bin so furchtbar neugierig. Mein Vater sagt das schon immer. Ich denke, es liegt daran, dass ich ohne Mutter aufgewachsen bin …«

Mr Stansbury wurde sofort ernst. »Das tut mir sehr leid. Ich hatte keine Ahnung, dass Ihre Mutter …«

»Es braucht Ihnen nicht leidzutun, aber ich würde so gern Ihren Totholzgarten sehen.«

Er suchte einen Moment ihren Blick, bevor er antwortete. Als er sprach, lächelte er schon wieder. »Es wäre mir eine Ehre. Warum kommen Sie nicht morgen? Dann zeige ich ihn Ihnen selbst.«

Sie schob ihren Arm durch meinen. »Sie sind wirklich zu großzügig! So rücksichtsvoll! Wir kommen furchtbar gern! Nicht wahr, Miss Withersby?«

»Morgen? Ich weiß nicht, ob …«

Sie rammte mir ihren Ellbogen in die Rippen.

»Ja. Das passt gut.«

»Stimmt etwas nicht, Miss Withersby?«, fragte Mr Trimble am nächsten Tag, als wir uns mittags beim Essen gegenübersaßen.

»Nein, was sollte nicht stimmen? Wie kommen Sie darauf?«

»Weil Sie das unschuldige Kalbfleisch so heftig attackieren.«

Ich blickte nach unten auf meinen Teller und sah, dass ich das Fleisch mit dem Messer praktisch atomisiert hatte. »Es ist nur …«

Vater sah zu mir herüber und schob seine Brille wieder höher auf die Nase.

»Es ist nur … ich denke nur an Mr Stansbury und wie schrecklich schwer es mir fallen würde, hier auszuziehen und bei ihm zu leben.«

»Schrecklich? Das klingt, als liege Ihnen nicht viel an dem Mann.«

»Habe ich das gesagt? Nein, habe ich nicht. Ich bin im Gegenteil … im Gegenteil … mir liegt daran, seinen Geschmack zu verbessern.«

Mr Trimble sah mich stirnrunzelnd an. »Ich finde, man sollte doch eher eine Person heiraten, deren Geschmack einen bereits beeindruckt.«

Ich lächelte. »Es heißt, Liebe macht blind. Ich glaube, das stimmt.«

Er sah mich an, als fände er meine Antwort fragwürdig. »Vielleicht. Wie auch immer. Gestern kam eine Mahnung vom Metzger wegen der Rechnung für letzten Monat. Er sagt, er hätte sie geschickt, und ich weiß auch, dass ich sie gesehen habe, aber sie ist nirgends zu finden.«

Vater seufzte. »Ich habe die halbe Nacht danach gesucht.« Er unterdrückte ein Gähnen. »Ich kann mir nicht vorstellen, was damit passiert ist. Mr Trimble hat ein so sorgfältiges System, wie du weißt, um … alles im Griff zu behalten.«

Er war die halbe Nacht aufgeblieben und hatte nach einer fehlenden Rechnung gesucht? Schuldgefühle überfielen mich.

»Sind Sie vielleicht zufällig darauf gestoßen, Miss Withersby?« Mr Trimble schien tief in meine Seele zu blicken.

Er hatte das Opfer meiner Niedertracht sein sollen, nicht mein Vater.

Mein Vater sagte: »Sie muss irgendwo sein, wo ich … wo ich noch nicht nachgeguckt habe. Vielleicht fange ich noch einmal ganz von vorn an und suche alles durch.«

»Nein!« Lieber Himmel, solche Schwindeleien lagen mir nicht. »Lass mich nachsehen. Vielleicht finde ich sie.« Und auch die Briefe aus Ceylon und von der Universität Edinburgh.

Während die Männer sich nach dem Essen in ihr Gespräch vertieften, machte ich meine List rasch rückgängig, und als der Admiral mit der Kutsche kam, konnte ich das Haus gar nicht schnell genug verlassen. Wir holten Miss Templeton ab, die den ganzen Weg über heiter plauderte.

In Overwich Hall stiegen wir in Mr Stansburys offenen Landauer um und er kutschierte uns in unerträglich langsamer Geschwindigkeit durch seinen Totholzgarten. Ich hatte das Gefühl, dass es Stunden dauerte, bis wir die Mitte erreichten, und dort – in einer Pagode auf einer kleinen Anhöhe, von der aus wir den Garten in seiner ganzen Pracht bewundern konnten – erwarteten uns Tee und ein Tablett mit Keksen und winzigen Sandwiches. Der Admiral nahm sich gleich mehrere.

»Und wie finden Sie meinen Totholzgarten, Miss Templeton?«

»Wenn ich ehrlich sein soll, beängstigend!«

Ich war kurz vor einem Erstickungsanfall.

Mr Stansbury blinzelte, dann bekam er rote Ohren. »Sie … wirklich? Ich hielt ihn für hochmodern.«

»Ich hoffe, er ist noch nicht fertig.«

»Nun … nein. Nein, das ist er noch nicht. Ich dachte, ich …«

»Es fehlen noch ein paar Farne und Weinranken.« Miss Templeton hatte uns am Tisch stehen lassen, schritt um die Pagode herum und betrachtete die Aussicht.

Mr Stansbury hatte sich halb von seinem Stuhl erhoben, um sie im Blick zu behalten.

»Und Sie werden doch hoffentlich noch ein paar Vögel aussetzen?«

»Nun, ich dachte nicht, dass …«

»Ich finde Vögel absolut nötig für einen natürlichen Garten. In diesen Wurzeln hier könnten sie doch perfekt ihre Nester bauen.«

»Ich bin sicher, sie …«

»Und Sie setzen doch bestimmt ein paar Kletterpflanzen, nicht wahr?« Sie kam zu uns zurück. »Miss Withersby weiß bestimmt, welche am besten hier wachsen würden, und Sie wollen sicher ein paar richtig wilde, die wie verrückt klettern!« Sie sah mich an, als erwartete sie, dass ich etwas sagte. »Sie kennen doch welche, nicht wahr, Miss Withersby?«

»Vielleicht Efeu. Oder wilder Flieder.«

»Wilder Flieder! Der würde blühen, nicht wahr?«

Ich nickte. »Er würde hier bestimmt prächtig gedeihen!«

Mr Stansbury stotterte. »Aber es soll doch nach Ruine aussehen!«

»Ja, aber Ruinen sind nur ein Mittel, mit dem man eine Atmosphäre erzielt. Als ich letztes Jahr Tintern Abbey besucht habe, habe ich mit Entzücken gesehen, dass dort alles völlig überwuchert ist. Es war so unglaublich malerisch! Sie mögen doch das Malerische, oder?«

»Ich habe noch nie darüber …«

»Doch. Ich glaube, das malerische Element fehlt hier.« Sie schwieg, wandte sich um und betrachtete wieder den Garten. »Miss Withersby könnte hier bestimmt in kürzester Zeit einen höchst malerischen Anblick schaffen. Sie ist Expertin in Botanik, wie Sie wissen.«

»Ich bin absolut …«

»Ein echtes Genie.« Sie trat zu mir, nahm meinen Arm und zog mich zu ihm hinüber. »Es wird wahrscheinlich ein Weilchen dauern, bis es völlig zugewachsen ist, also werden Miss Withersby und Sie eine Menge zu besprechen haben. Ich mache derweilen einen kleinen Spaziergang. Sie haben doch nichts dagegen, dass ich mich ein bisschen umsehe?«

»Natürlich nicht. Bitte fühlen Sie sich …«

Der Admiral hatte ihr bereits seinen Arm geboten. Die beiden stiegen die Stufen hinunter und schlenderten dann einen Kiesweg entlang zu einem besonders monströsen Exemplar eines umgedrehten Baumstumpfs.

Mr Stansbury blickte ihnen einen Moment nach, dann warf er mir einen kurzen Blick zu, bevor er wieder in Miss Templetons Richtung schaute. »Mir war bis jetzt gar nicht aufgefallen, wie nackt hier alles wirkt. Aber wenn sie meint, es müsse malerischer werden …«

»Meiner Erfahrung nach ist Miss Templeton sehr bewandert, wenn es um Mode geht. Wenn sie sagt, etwas sei elegant – oder eben nicht, dann können Sie sich darauf verlassen, dass es stimmt.«

»Sie ist eine imponierende Persönlichkeit, zumal angesichts ihrer Jugend.«

»Da stimme ich Ihnen völlig zu.«

Er warf den Kopf zurück und lachte. »Ich habe mich seit Ewigkeiten nicht mehr so prächtig amüsiert und genauso lange ist es her, dass ich so ausgescholten wurde.« Er wandte seine grünen Augen von Miss Templeton ab und sah mich an. »Also gut, Miss Withersby, ich gebe mich ganz in Ihre Hände. Was wäre die schnellste, modernste Möglichkeit, meinem Totholzgarten eine angemessen malerische Note zu verleihen?«

Wir sprachen eine ganze Weile über Efeu und Geißblatt, Hundsrosen und wilde Clematis. Grundsätzlich hielt ich eigentlich nichts von Neophyten, doch um des hehreren Ziels willen, Mr Stansburys Baumstümpfe zu verkleiden, stellte ich meine Vorurteile zurück.

Miss Templeton und der Admiral machten einen ziemlich langen Spaziergang, deshalb wandte sich mein Gespräch mit Mr Stansbury nach dem Totholzgarten seinen anderen Pflanzen zu. Ich fragte ihn, ob seine Orchidee schon geblüht habe. Daraufhin gerieten wir in ein lebhaftes Gespräch über die Gefahren, die darin lagen, unsere Arbeit Korrespondenten in den Kolonien anzuvertrauen. Irgendwann kehrten dann auch die beiden Spaziergänger zurück.

Auf der Rückfahrt nach Overwich Hall fiel mir auf, dass Miss Templeton sehnsüchtig das Haus betrachtete. Warum bat sie ihn nicht einfach, es besichtigen zu dürfen? Vielleicht konnte ich ihr helfen.

»Miss Templeton sagte, Sie leben noch nicht lange auf Overwich Hall. Haben Sie das Innere des Hauses sehr verändert?«

»Nein, kaum. Ich muss gestehen, dass ich mich zunächst fast ausschließlich dem Gewächshaus und dem Totholzgarten gewidmet habe.« Er lächelte und damit war das Gespräch beendet.

Wenn ich Miss Templeton gewesen wäre, hätte er meine Anspielung bestimmt verstanden. Bei ihr wirkte es so einfach, um etwas zu bitten, was man haben wollte, doch in Wirklichkeit war es sehr schwierig. Wahrscheinlich blieb mir nur übrig, ihn ganz direkt zu fragen. »Dürfen wir es sehen?«

Er wirkte verwirrt. »Das … das haben Sie doch gerade.«

»Ich meinte das Haus.«

»Oh! Natürlich!« Wir waren gerade vorgefahren. »Bitte.« Er wies auf den Eingang. »Bitte kommen Sie doch herein.«

Er führte uns durchs Erdgeschoss und zeigte uns seine Schwerter- und Säbelsammlung und dann seine Uhren; in diesem Zusammenhang erklärte er uns die Funktionsweise eines Uhrwerks, die ihn vollkommen zu faszinieren schien. Er nahm eine dicke goldene Uhr von einem Bord und hielt sie Miss Templeton hin. »Was halten Sie von dieser? Gefällt sie Ihnen?«

Sie schüttelte bereits den Kopf; ihre Locken flogen. »Das kann ich nicht sagen.« Sie deutete auf eine andere Uhr daneben. »Die ist schöner.«

»Aber sie glänzt nur halb so schön.«

»Ja, aber wahrscheinlich hat sie drei Mal so viel gekostet, oder?«

Er nickte.

»Nicht der Glanz zählt, sondern die Qualität.«

Er verbeugte sich. »Das werde ich mir merken.«

Der Admiral war gefesselt von einer Uhr, die laut Mr Stansbury aus Goldbronze gefertigt war. Ich blieb bei ihm, während Miss Templeton und Mr Stansbury zurück in die Eingangshalle gingen. Irgendwann folgten wir ihnen. Mr Stansbury zeigte uns noch die drei anderen Stockwerke und schließlich führte er uns wieder hinaus auf die Einfahrt.

Miss Templeton winkte ihm bei der Abfahrt fröhlich zu, dann ließ sie sich gegen die Rückenlehne sinken, ein zufriedenes Lächeln auf den Lippen. »Wie war ich?«

»Was meinen Sie?«

»Wie habe ich mich Ihres Problems angenommen?«

Der Admiral sah sie alarmiert an. »Was für ein Problem?«

»Der Totholzgarten!«

»Hmpf«, machte er. Dann lehnte er sich zurück, faltete die Hände über dem Bauch und schloss die Augen.

Sie fuhr fort. »Mr Stansbury ist ein sehr eigensinniger Mann, aber wenigstens hat er sich bereit erklärt, ihn von Kletterpflanzen überwachsen zu lassen. Alles in allem fand ich das Ergebnis recht befriedigend. Ach ja – ich habe ihn überredet, die Aquarell-Gesellschaft am nächsten Freitag in sein Gewächshaus einzuladen. Ist das nicht nett von ihm? Er überlegt, ob er unsere Zeichnungen in einen Führer aufnimmt. Er möchte Führungen durch das Gewächshaus anbieten, sobald seine Sammlungen vervollständigt sind.«

»Sie meinen, er will ein Buch herausgeben? Dann wird er doch die Illustrationen, die er auswählt, bezahlen, oder?« In diesem Fall würde ich meine Ansicht über die Aquarell-Gesellschaft nochmal überdenken.

»Bezahlen? Für eine Zeichnung?« Sie brach in lautes Lachen aus, das gar nicht mehr enden zu wollen schien. Schließlich schlug sie die behandschuhte Hand vor den Mund, kicherte aber immer weiter. »Das glaube ich kaum! Es ist eine Ehre, eingeladen zu werden, und die Bezahlung besteht einzig und allein in der Freude, dass die eigenen Zeichnungen ausgesucht werden.«

»Aber ich bin es gewohnt, für eine solche Arbeit vom Herausgeber bezahlt zu werden.«

»Der Führer soll ja nicht veröffentlicht werden.«

»Er wird also nicht gedruckt? Oder gebunden?«

»Höchstwahrscheinlich nicht.« Doch sie klang etwas verunsichert.

»Wird er denn nicht verkauft?«

»Nur an Besucher. Als limitierte Ausgabe vielleicht. Oder vielleicht auf Subskriptionsbasis.«

»In diesem Fall bekomme ich gewöhnlich einen Vorschuss.«

»Seien Sie doch nicht so hart, Miss Withersby. Wichtig ist doch der Spaß, den wir alle dabei haben. Und obwohl wir übereingekommen sind, dass Sie nicht mehr an den Treffen der Aquarell-Gesellschaft teilnehmen, sollten Sie diesmal vielleicht trotzdem kommen.« Wir hatten Dodsley Manor erreicht. Als sie ausstieg, griff sie nach meiner Hand und wollte sie gar nicht mehr loslassen. Sie beugte sich zu mir herüber und flüsterte mir ins Ohr: »Dann wird Ihr Vater endgültig denken, dass Sie verliebt sind. Versprechen Sie, dass Sie kommen.«

»Ich komme.«

»Sie werden so froh darüber sein!«

16

Nach einer ganzen Woche voller Bridgepartys, Teegesellschaften, Kirchenvorstandssitzungen und anderen Ereignissen, zu denen Miss Templeton mich unermüdlich mitschleppte, ganz zu schweigen von den Abendeinladungen, die ich auf Geheiß des Admirals besuchen musste, sehnte ich mich nach dem einsamen Vergnügen, in Ruhe eine bis dahin der Wissenschaft unbekannte Spezies betrachten zu können. Stattdessen packte ich am Freitag meinen Zeichenblock, Federn und Pinsel zusammen, außerdem meine Taschenlupe und Farben für die Zeichenparty im Haus von Mr Stansbury. Ich entschied mich, das Mikroskop ebenfalls mitzunehmen. So würde ich sehen können, was ich zeichnete.

»Was machen Sie da?« Mr Trimble beobachtete mich mit gerunzelten Brauen. Offenbar missbilligte er wieder einmal mein Tun.

»Ich packe mein Werkzeug für die Zeichenexpedition ein.«

»Expedition? Was für eine Expedition?«

»Die in Mr Stansburys Gewächshaus.«

»Sie können das Mikroskop nicht mitnehmen.«

»Ich wüsste nicht, warum nicht. Es ist nicht schwer.«

»Es geht nicht ums Gewicht; es ist eine Frage der Schicklichkeit.«

»Wenn ich zeichnen soll, muss ich verstehen, was ich sehe.«

»Die meisten Frauen schauen eine Blume einfach an, um sie zu zeichnen. Sie fühlen sich nicht genötigt, sie zu sezieren.«

»Was der Grund dafür sein könnte, dass die meisten Zeichnungen, die mir vorgelegt wurden, einen bedauerlichen Mangel an Genauigkeit aufweisen. Wussten Sie, dass Miss Templeton ein Kleid besitzt, das mit Erdbeerblüten bestickt ist, die nicht die vollständige Anzahl Blütenblätter aufweisen?« Oder vielleicht auch zu viele Blütenblätter hatten – das war schwer zu sagen, da ich nicht wusste, welche Erdbeervariante sie darstellen sollten.

»Ich nehme an, das haben Sie ihr gesagt.«

»Aber sicher. Wer möchte schon ein Kleid mit fehlerhaften Blumen tragen?«

»Wirklich, Sie sind die … die …« Er gab auf und schüttelte einfach den Kopf.

Ich drückte das Mikroskop an meine Brust und verließ das Haus, bevor er noch etwas sagen konnte.

Da das Unternehmen von der Aquarell-Gesellschaft ausging, hatte der Admiral gebeten, nicht mitkommen zu müssen, bot mir jedoch an, seine Kutsche zu benutzen. Als ich eintraf, war Miss Templeton bereits dabei, eine Palme zu skizzieren. Ich wollte sie nicht stören und wandte mich ein paar Orangenblüten zu. Meine erste Zeichnung war fast fertig, da tauchte Mr Stansbury auf. Er deutete mit dem Kinn zu Miss Templeton hinüber, die beim Zeichnen an ihrer Unterlippe knabberte.

»Ist sie nicht ein wunderbares Geschöpf?«

»Charmant?« Das war eines der Wörter, die Mr Trimble so gern gebrauchte.

»Ja. Absolut charmant!« Dann erging er sich mehrere Minuten in Lobreden über die Tugenden von Miss Templeton, von denen ich jedoch kaum ein Wort mitbekam, weil ich mich auf das Verhältnis zwischen dem Kelch und der Korolla der Orangenblüte konzentrieren musste.

Die Zeichnungen der übrigen Mitglieder der Gesellschaft ließen erkennen, dass die meisten gar nicht bemerkten, dass dieses Verhältnis bei jeder Spezies ein anderes war; manche wiesen eine geradezu lächerliche Anzahl von Zähnen an der Korolla auf.

Allmählich hatte ich erkannt, dass die goldene Regel des Admirals nicht allzu wörtlich genommen werden brauchte. Nach meinem Streit mit dem Zeichenlehrer über das Vorhandensein beziehungsweise Fehlen von Stempeln und Staubgefäßen war ich zu dem Schluss gekommen, dass meine Informationen über Zähne und Korolla vielleicht nicht ganz so willkommen waren, wie ich dachte.

Mr Stansbury ging zu Miss Templeton hinüber und ich konnte eine Zeit lang in Ruhe weiterarbeiten, bis er sie verließ und sich seinen anderen Gästen widmete. Ich sah, wie sie mir winkte, legte meinen Pinsel hin und ging zu ihr.

»Sie haben ihn entkommen lassen!«

»Was habe ich?«

»Mr Stansbury. Sie haben ihn entkommen lassen! Wie soll sich herumsprechen, dass er mit Ihnen flirtet, wenn Sie nicht mit ihm flirten?«

»Mit ihm flirten? Wir wurden eingeladen, um zu zeichnen, und das tue ich. Das heißt, ich habe gezeichnet; jetzt werde ich mit dem Kolorieren anfangen. Ich wollte gerade die Farben mischen, als …«

Sie streckte die Hand aus, nahm meinen Arm und zog mich ganz nah zu sich heran. »Wir wurden hierher eingeladen unter dem *Vorwand* zu zeichnen! In Wirklichkeit geht es darum, dass die Leute sehen, wie er mit Ihnen flirtet. Also wirklich, Miss Withersby, ich kann Ihnen nicht helfen, wenn Sie nicht wenigstens versuchen, ein bisschen dazu beizutragen.« Die letzten Worte zischte sie förmlich.

Ich blickte den Mittelgang hinunter, wo ich ihn mit Mrs Bickwith sprechen sah, die einen seiner Farne zeichnete. »Ich wüsste nicht, was ich jetzt tun soll … es sei denn, Sie wollen, dass ich die Zeichnung zu Hause aus dem Gedächtnis koloriere.« Das konnte ich wohl, aber es wäre bestimmt nicht halb so befriedigend. Die Blütenblätter waren zwar weiß, doch sie hatten einen Glanz, der schwer wiederzugeben war.

Miss Templeton seufzte tief auf. »Es bringt nichts, so zu tun, als wollten Sie heiraten, wenn Sie nicht mit dem Herzen dabei sind. Keiner – nicht Ihr Vater und ganz bestimmt nicht Mr Trimble – wird alarmiert sein, wenn es nicht im Entferntesten so aussieht, als würde jemals jemand um Ihre Hand anhalten.« Sie brachte es auf den Punkt.

»Es ist nur so lange her, dass ich überhaupt etwas gezeichnet habe, ausgenommen die Anemone bei dem letzten Treffen der Gesellschaft, und …«

»Miss Withersby, ich habe allmählich ernste Zweifel an der Wirksamkeit unseres Plans.«

Sie hatte recht. Ich nickte. »Ich werde … ich gehe zu ihm und … was soll ich zu ihm sagen?«

Sie sah mich lang und streng an und ich fühlte mich, als wäre ich wieder acht Jahre alt. »Schon gut. Ich gehe und bringe ihn Ihnen zurück. Bleiben Sie einfach nur hier; ich werde Sie schon finden.« Sie straffte die Schultern und legte sich ihr Täschchen ums Handgelenk. »Oh – da fällt mir etwas ein!« Sie griff in das Täschchen und zog ein Buch heraus, das sie mir gab. »Vielleicht könnten Sie gelegentlich ein wenig darin lesen.«

Ich nahm es und las den Titel. »Etikette?«

»Das soll natürlich nicht heißen, dass Sie nicht schon längst alles wissen, was darin steht, aber ich lese das Büchlein selbst jedes Jahr vor der Jagdsaison noch einmal durch. Oder … habe es jedenfalls bisher getan.« Sie berührte den Einband. »Behalten Sie es, so lange Sie wollen! So, und jetzt überfalle ich Mr Stansbury.«

Besser sie als ich. Ich griff nach dem Zeichenstift und vervollständigte ihre Zeichnung einer Palme.

Miss Templeton kam nicht mit Mr Stansbury zurück, doch die beiden schienen sich höchst angeregt zu unterhalten. Ich hatte Zeit genug, ihre Zeichnung zu vollenden, und machte mich dann wieder an meine eigene.

Wieder zu Hause las ich ein bisschen in dem Handbuch, das Miss Templeton mir gegeben hatte. Es begann ganz nett mit ein paar Ausführungen zu höflicher Konversation; so ging es zum Beispiel darum, wie man ein anregendes Gespräch führt, ohne auf die Politik oder den Beruf eines Mannes oder irgendwelche tiefgründigen Themen eingehen zu müssen. Da ich mein Leben lang danach gestrebt hatte, immer tiefgründiger zu werden, hörte ich bald wieder auf zu lesen. Doch dann dachte ich, dass Miss Templeton wahrscheinlich fragen würde, wie ich das Buch fand, und beschloss, es doch lieber ganz zu lesen.

Schon bald wagte ich mich an die Anforderungen, die ein Gespräch über Kunst und Poesie mit sich brachte. Ich merkte jedoch rasch, dass ich dieser Aufgabe absolut nicht gewachsen war, als ich las, dass Heiterkeit und Jovialität fast jede Bildungslücke übertünchen konnten. Da man mir nie besondere Fröhlichkeit nachgesagt hatte, las ich mit wachsender Besorgnis.

Dann wurde ich über die gesellschaftliche Falle des Lachens informiert und über die Vorzüge eines wahrhaft gütigen Lächelns, das nach Ansicht des Verfassers offenbar eine äußerst seltene Kunst war. Es ging weiter mit der Erörterung, ob es unhöflich sei, jemandem zu widersprechen. Kurz, in einem Gespräch schien nichts wirklich erlaubt und doch alles irgendwie zulässig zu sein.

Ich versprach mir nichts davon, mir weiter diese Mehrdeutigkeiten zu Gemüte zu führen, und wandte mich dem Kapitel über Abendeinladungen und Bälle zu. Als Erstes wurde dem Leser ans Herz gelegt, alle Gedanken daran, was er tun und was er nicht tun sollte, aus seinem Kopf zu verbannen. Das brachte mich auf die Frage, warum der Verfasser sein Buch dann überhaupt geschrieben hatte. Es war wirklich eine sehr unbefriedigende Anweisung, falls es denn überhaupt eine war.

Weiter unten entdeckte ich die Information, nach der ich gesucht hatte: Regeln, die unbedingt befolgt werden müssen. Erbsen mit der Gabel essen. Curry und Desserts müssen mit einem Dessertlöffel gegessen werden. Wenn eine Soße gereicht wird, muss sie seitlich auf den Teller gegossen werden. Fisch nicht mit dem Messer auf die Gabel schieben, sondern mit einem Stück Brot. In Fingerschalen dürfen nur die Finger getaucht werden. Am Tisch niemals gurgeln.

Gott sei Dank war mir dieser Gedanke nie gekommen.

Bei privaten Konzerten sitzen die Damen vorn, die Gentlemen hinter ihnen. Kritik ist inakzeptabel – das schien der vorigen Diskussion über Widerspruch zu widersprechen. Bieten Sie einer Person nie den Stuhl an, von dem Sie gerade aufgestanden sind. Trommeln Sie nicht mit den Fingern auf den Tisch.

Ha! Ich hatte doch gewusst, dass Mr Trimble nicht der Gentleman war, für den er so unbedingt gehalten werden wollte!

Am nächsten Abend besuchte ich eine musikalische Darbietung und achtete peinlichst darauf, nichts von dem zu tun, was in dem Handbuch verboten wurde. Als Miss Templeton mir von der anderen Seite des Raums aus mit dem Fächer zuwinkte, wollte ich spontan zu ihr gehen … doch dann fiel mir ein, dass kein höflicher Mensch einen Fächer auf diese Weise benutzen würde. Ich blieb stehen … doch dann dachte ich, dass denen, die sich für gebildet halten, Großzügigkeit und Vergebung gut zu Gesicht stehen. Schwankend zwischen Stehenbleiben und Hingehen stand ich ein paar Augenblicke einfach regungslos da, bis Miss Templeton mich erlöste, indem sie selbst quer durch den Raum zu mir kam.

»Wie fanden Sie die Musik?«

»Recht hübsch.«

Sie lächelte. »Ich auch! Wirklich sehr hübsch. Und ich habe gesehen, dass Mr Stansbury sich ganz in Ihre Nähe gesetzt hat.«

Das hatte er tatsächlich. Aber er hätte es nicht tun dürfen. Wenn er ein echter Gentleman wäre, hätte er die erste Reihe den Damen überlassen. Aber schließlich konnte er ja auch nicht als Gentleman gelten, nicht wahr? Er hatte sein Vermögen selbst gemacht; er hatte es nicht geerbt. Und dann … hatte diese Regel für ihn wohl keine Gültigkeit, oder doch?

Miss Templeton sah mich an, als erwartete sie eine Antwort. »Ja. Ja, er saß neben mir.« Fiel diese Konversation womöglich unter die Dinge, die zu trivial waren, als dass man sie erwähnen durfte?

»Und was machen Sie morgen nach der Kirche, wenn ich fragen darf?«

Ich seufzte. »Wahrscheinlich nichts, das der Erwähnung wert ist, obwohl ich die ganze Zeit an all die Dinge denke, die Mr Trimble tut und die stattdessen viel lieber ich tun würde.«

»Das reicht nicht! Wenn Ihr Vater sieht, dass Sie immer zu Hause sitzen, wird ihm nie der Gedanke kommen, dass Sie irgendwann einmal nicht mehr da sind. An den Sonntagnachmittagen trifft sich immer der *King's Head Field Club.* Eine Person mit einem so großen Interesse an Pflanzen, wie Sie es sind, sollte unbedingt zu diesen Zusammenkünften gehen. Ich gehe hin. Wir sollten zusammen gehen. Ich glaube, das ist sehr viel aussichtsreicher als die Aquarell-Gesellschaft. Es passt viel besser zu Ihren Talenten.«

»Ganz allgemein fand ich immer, dass die Mitglieder solcher Naturvereine Menschen sind, die keine Ahnung von der Natur haben, die sie zu lieben behaupten.« Ich schlug mir die Hand vor den Mund. Das hätte ich nicht sagen dürfen. Es war wirklich schwer, höflich zu sein.

»Nun, dann müssen Sie auf jeden Fall hingehen – und ich muss darum bitten, als Ausnahme gelten zu dürfen, denn ich betrachte mich als überdurchschnittliches Mitglied eines Naturvereins. Außerdem – müsste Ihrem Vater nicht angst und bange werden, wenn Sie nicht mehr für ihn arbeiten und stattdessen anfangen, die Gesellschaft von Leuten zu suchen, die Sie früher verabscheut haben?«

Ich konnte ihrer Logik nicht ganz folgen, doch sie war die Expertin in diesen Dingen, deshalb stimmte ich ihr zu.

»Also treffen wir uns im *King's Head*, ja?«

»Im *King's Head*? Ist das nicht ein Pub?«

»Ja. Dort trifft sich der Club. Im Pub. Daher der Name: The *King's Head Field Club*. Das Treffen beginnt um dreizehn Uhr. Kommen Sie nicht zu spät!«

Als ich an diesem Abend nach Hause kam, saß Mr Trimble an seinem Schreibtisch, einen Brief in der Hand, und starrte an mir vorbei auf … ich drehte mich um und wollte sehen, wo er hinblickte, doch hinter mir war nichts. »Mr Trimble?«

Er blinzelte. »Miss Withersby.« Er erhob sich so rasch, dass sein Stuhl beinahe nach hinten umkippte.

»Kann ich Ihnen helfen?« Ich fragte das nur sehr ungern. Eigentlich hatte ich ihm nie, unter keinen Umständen, meine Hilfe anbieten wollen, doch sein Verhalten war höchst seltsam. Er sah richtig krank aus.

Während ich sprach, schob er den Brief in seine Jackentasche. Dann sah er mich schuldbewusst an. »Nein. Danke. Nur ein Brief, der mich beschäftigt hat. Macht Ihre Jagd nach einem Ehemann Fortschritte, Miss Withersby?«

»Ja. Es läuft ganz gut, danke.«

Er nickte geistesabwesend. »Sie finden die Gesellschaft also nicht zu anstrengend?«

»Ich finde sie rätselhaft.«

Er blinzelte. »Bitte?«

»Ich verstehe die Regeln nicht. Miss Templeton gab mir ein Buch über Etikette und ich hoffte sehr, dass es mich aufklären würde über die Dinge, die ich nicht verstehe, aber es hat mich nur noch mehr verwirrt. Wenn ich glauben soll, was ich gelesen habe, dürfte ich kaum etwas sagen. Miss Templeton redet aber immerzu und das Gleiche habe ich bei fast allen Frauen in der Stadt festgestellt. Es muss eine Methode dahinterstecken, aber ganz ehrlich, ich habe sie noch nicht gefunden.«

»Das ist ganz einfach. Sie müssen aufhören, Konversation als Prüfung zu betrachten, und sie stattdessen als Spiel sehen. Es geht darum, nicht derjenige zu sein, bei dem sie ins Stocken kommt. Es ist wie Tellerdrehen.«

»Was ist Tellerdrehen?«

»Ach, kommen Sie! Sie müssen in Ihrer Jugend doch auch Tellerdrehen gespielt haben!«

»Nein. Nie.«

Er sagte nichts.

Ich sagte nichts.

Ein großes, vertrautes Schweigen erfüllte das Zimmer. »Sehen Sie, so geht es mir immer.«

»Konversation, meine liebe Miss Withersby, ist ein zerbrechliches Geschöpf. Sie müssen es hegen und pflegen, wenn es gedeihen soll. Seine Lieblingsnahrung ist die Frage. Als ich das Tellerdrehen erwähnte, was sagten Sie da?«

»Ich sagte, ich hätte es nie gespielt.«

»Und ich sagte?«

Was hatte er gesagt? »Sie sagten, ich müsse es doch in meiner Jugend gespielt haben.«

»Und was haben Sie geantwortet?«

»Dass ich das nicht habe.«

»Und dann?«

»Dann stockte das Gespräch.«

»Sie haben eine Aussage gemacht. Fällt Ihnen eine Frage ein, die Sie stattdessen hätten stellen können?«

»Worüber?«

»Als Antwort darauf, dass ich sagte, Sie hätten es doch in Ihrer Jugend spielen müssen.«

»Gab es denn da eine Frage? Wenn ja, hat sie sich mir nicht gestellt.«

»Miss Withersby! Sie treiben einen wirklich zur Verzweiflung!« Er holte tief Luft. »Verzeihen Sie. Sie sind eine der intelligentesten Frauen, die ich kenne. Aber Sie haben Ihre Wissenschaft nicht gelernt, indem Sie Aussagen machen, nicht wahr? Ist nicht jeder Fortschritt in der Botanik darauf zurückzuführen, dass man Fragen stellt?«

»Natürlich.«

»Und warum?«

»Weil es so viel zu entdecken gibt. Wenn man keine Fragen stellt, wie soll man dann etwas lernen?«

»Genau. Sie gehen einfach falsch an eine Konversation heran. Es geht darum, etwas zu lernen.«

»Worüber?«

»Über alles! Über den Menschen, mit dem Sie reden. Über das Thema, um das es geht. Ihnen entgehen faszinierende Informationen, weil Sie keine Fragen stellen. Sie warten einfach, dass man Ihnen Fragen stellt. Sie warten ab, bis Sie Antworten geben können.«

Vielleicht hatte er recht.

»Sollen wir es noch mal versuchen?«

Ich versuchte, mir etwas anderes zu überlegen, das ich sagen könnte, aber was sollte ich über ein Spiel sagen, das ich nie gespielt hatte? »Ich … ich habe das Spiel noch nie gespielt, aber … vielleicht würde es mir gefallen.« Ich schwieg und dachte nach. »Das stimmt aber eigentlich nicht, Mr Trimble. Im Allgemeinen spiele ich nicht gern Spiele, aber …«

Er lachte.

»Ich sehe nichts Amüsantes in …«

»Es tut mir so leid, Miss Withersby, aber Sie haben nie etwas Wahreres gesagt. Das Problem ist, dass Sie nicht gern Spiele spielen. Ich kann

Ihnen gar nicht sagen, wie sehr ich das bewundere, aber ich will Ihnen ein Geheimnis verraten. Die meisten Menschen sagen die ganze Zeit Dinge, die sie überhaupt nicht meinen.«

Ich spürte, dass mir vor Überraschung der Mund offen stehen blieb. »Sie meinen, sie lügen? Absichtlich?«

»Ich würde es nicht direkt lügen nennen. Also Sie sagten, Sie hätten noch nie Tellerdrehen gespielt …?«

»Vielleicht … vielleicht könnten Sie mir erklären, wie das Spiel geht, da ich es noch nie gespielt habe?«

Er klatschte in die Hände. »Bravo, Miss Withersby! Gut gemacht! Und weil Sie eine Frage gestellt haben, können wir jetzt eine Konversation führen.« Er erklärte mir das Spiel. Es ging darum, einen Teller oder etwas Ähnliches zu drehen, und jemand musste ihn auffangen, bevor er fiel. Als er fertig war, sah er mich an, als erwartete er irgendetwas von mir.

»Jetzt soll ich wohl noch eine Frage stellen.«

»Das wäre sehr liebenswürdig.«

Ich machte mir nichts aus sich drehenden Tellern, konnte aber sehen, dass er in dieser Sache sehr eigensinnig war, deshalb versuchte ich, mir etwas anderes zu überlegen, das ich nicht kannte, worüber ich aber gern mehr erfahren hätte.

Und plötzlich erkannte ich, wie ich das Ganze zu meinem Vorteil nutzen konnte. Um ihn wieder loszuwerden, konnte es nützlich sein zu erfahren, woher er kam. »Woher stammen Sie eigentlich, Mr Trimble? Ich glaube, Sie haben noch nie darüber gesprochen.«

»Aus dem Osten.«

»Also aus … Kent? Oder Indien?«

»Ich wünschte, ich könnte sagen, dass ich vom Subkontinent komme. Jedenfalls hoffe ich, eines Tages dorthin zu reisen.«

»Ich auch. Ich träume davon, eine Lotosblüte in ihrer natürlichen Umgebung zu sehen. Liegt Ihr Interesse dort ebenfalls in der Botanik?«

»Zum Teil. Ich habe aber auch gehört, dass man in dieser Kolonie ganz gut vom Teegeschäft leben kann.«

»Sie überraschen mich: ein Schaffarmer mit Interesse an Blumen und einer Leidenschaft für Tee.«

»Ich finde Sie auch recht überraschend, Miss Withersby, mit Ihrer nervtötenden Mischung aus glänzendem Intellekt und unverdorbener Schönheit. Ihre Wirkung ist die gleiche wie die einer schottischen Heide.«

»Ich … ich kann mir die beiden Dinge gar nicht zusammen vorstellen.«

Er war ein wenig rot geworden. »Verzeihen Sie. Es sollte poetisch sein.«

Er sah eine schottische Heide in mir? Was sollte ich darauf antworten? Das Etikette-Buch sagte nichts darüber, wie man sich gegenüber poetischen Männern verhielt.

Vor der nächsten Begegnung mit Miss Templeton, beim Treffen des Naturvereins, hatte ich mir Mr Trimbles Tipps für eine gelungene Konversation noch einmal ganz frisch ins Gedächtnis gerufen. Er hatte gesagt, dass auf eine beantwortete Frage zum Abschluss eine neue Frage folgen musste, deshalb erzählte ich ihr, als sie mich fragte, ob ich wohlauf sei, dass ich mir irgendwo einen äußerst schmerzhaften steifen Hals geholt hatte, und fragte sie dann meinerseits: »Aber macht denn Ihr Skandal Fortschritte?«

Wir knicksten vor Mr Shandlin, doch bevor er sich uns zuwenden konnte, zog sie mich an ihm vorbei zu einem etwas abseits stehenden Paar Stühle in einer Ecke des Raums. Während wir an den essenden und trinkenden Leuten vorbeigingen, überlegte ich, ob wir im Rahmen des Treffens vielleicht ebenfalls eine Erfrischung zu uns nehmen würden. Ich hoffte es.

»Wie nett von Ihnen, nach meinem Skandal zu fragen! Ich habe hin und wieder mein Mädchen ins Vertrauen gezogen, Kleinigkeiten betreffend, zum Beispiel, ob sie nicht auch findet, dass mir Rosa sehr viel besser steht als Grün. Bald werde ich sie offen fragen können, wie man so etwas in Angriff nimmt. Papa ist sehr daran gelegen, dass ich heirate, deshalb läuft mir die Zeit davon. Und Sie? Hat Ihr Plan schon Erfolg?«

Ich dachte einen Moment nach, bevor ich antwortete. »Im Großen und Ganzen, ja. Mr Trimble jedenfalls gibt sich große Mühe, mich zu bessern, aber finden Sie nicht, dass …«

»Sie bessern? Was für ein Scheusal! Ich mag Sie genau so, wie Sie sind. Wenn es ihm gelingt, Sie zu verändern, wird er sich dafür verantworten müssen. Außerdem – wie soll ein Mann aus einer Familie wie der seinen Sie bessern können?«

»In vieler Hinsicht.«

Sie lachte. »Ich kann ihn mir richtig vorstellen, wie er … wie hat er es angefangen?«

»Er … er hat mir von einem Spiel erzählt. Und er hat mich davor bewahrt, mit einer Pelerine, die ich mir um den Hals geknotet hatte, auszugehen und …«

»Aber warum haben Sie sich eine Pelerine um den Hals geknotet?«

»Ich dachte, es sei … ich wusste nicht so recht, was das Ding darstellen sollte. Auf jeden Fall hat er mir sehr geholfen.«

»Aber Sie dürfen ihm auf keinen Fall vertrauen! Er versucht nur, Ihre Sympathie zu gewinnen, und das werde ich nicht dulden! Sie müssen stark sein, Miss Withersby. Vergessen Sie nicht: Ziel unseres Plans ist, dass er dorthin zurückkehrt, wo er herkam.«

»Neuseeland. Und davor aus dem Osten.«

»Wie?«

»Er kam aus Neuseeland hierher. Er ist Schaffarmer.«

Sie schnaubte. »Vielleicht riecht er deshalb nach Schafen.«

»Das tut er aber nicht.«

»Was tut er nicht?«

»Nach Schafen riechen. Genau genommen riecht er sogar ganz wunderbar. Ich habe versucht, den Geruch einzuordnen … fast nach einer Art Zimt. Oder Nelken.«

»Es ist nicht zu ertragen!«

»Was?«

»Sie dürfen nicht rumgehen und an ihm schnüffeln. Vergessen Sie nicht, dass er alt und grob und … gemein ist!«

»Er ist eigentlich gar nicht so alt und grob ist er auch nicht. Jedenfalls nicht die ganze Zeit.«

Sie starrte mich an.

»Aber ich weiß schon, was Sie meinen, und werde mir Mühe geben, in Zukunft vorsichtiger zu sein.«

»Das ist sehr klug von Ihnen.«

Ein Mann ging nach vorn und fing an zu reden, sodass es still wurde im Raum. Er stellte sich als Präsident des Vereins vor und sprach ein paar Willkommensworte. Dann stand jemand auf und verlas das Protokoll der vorigen Sitzung. Eine Frau setzte sich neben Miss Templeton. Während der Mann sprach, wurde es allmählich recht schwül im Raum, und ich fragte mich, wann der Naturverein sich wohl hinaus in die Natur begeben würde. Doch als ich mich umsah, fiel mir auf, dass ich die Einzige war, die eine Botanisiertrommel mitgebracht hatte.

Ein anderer Mann nahm die Stelle des Mannes ein, der das Protokoll verlesen hatte, und sprach über das Programm für das nächste Jahr, über die Feier, die im Dezember stattfinden sollte, und über ein paar andere Dinge, die in meinen Augen recht unwichtig waren. Dann folgte eine allgemeine Diskussion über eine Frühjahrsexkursion mit dem Zug nach Chester.

Als er sich wieder setzte, folgte kein weiterer Redner, sondern alle schienen entschlossen, gleichzeitig ihre Getränke zu bestellen und …

»War das alles?«

Miss Templeton beugte sich zu mir: »Was meinen Sie mit ›das‹?«

»Gehen wir nicht hinaus ins Freie?«

»Nicht diese Woche. Nächste vielleicht. Das hängt von den Jagden ab.«

»Aber was ist der Sinn eines Naturvereins, wenn man nicht in die Natur geht?«

»Wir gehen ja … manchmal. Vielleicht nächste Woche, aber meistens im Frühjahr und Sommer, wenn das Wetter besser ist. Einmal haben wir einen Ausflug nach Ravenhead gemacht. Es war wunderbar!«

Die Frau neben Miss Templeton begann, von dem Ausflug nach Ravenhead zu schwärmen, doch sie beschrieb vor allem, wie ganz anders als erwartet das Dorf war und wie bequem der Zug gewesen sei, der sie dorthin gebracht hatte.

Ich musste sie einfach unterbrechen. »Und die Blumen?«

»Was für Blumen?« Sie sah mich an, als sei ich verrückt.

»Haben Sie denn gar nichts von Bedeutung entdeckt?«

»Eigentlich nicht.« Sie kicherte wie Miss Templeton. »Es sei denn, Sie zählen Mr Leighton mit.«

»Mr Leighton? Ist das eine Umgangsbezeichnung für eine Blume? Ich habe noch nie von ihr gehört.«

Miss Templeton lachte laut auf. »Das ist der Name ihres Mannes. Sie haben sich kurz nach unserem Ausflug nach Ravenhead verlobt.«

Ein Lichtschein fiel auf unseren Tisch; wir drehten uns um und sahen, dass jemand die Tür geöffnet hatte.

»Oh, es ist Mr Stansbury!« Miss Templeton stand auf und winkte ihm zu. Mrs Leighton verließ uns.

Er kam zu uns und verbeugte sich.

»Holen Sie sich doch einen Stuhl und setzen sich zu uns.« Sie rückte mit ihrem Stuhl ein wenig von mir ab. »Sie können hier sitzen, zwischen uns.«

Er kam gleich darauf mit einem Stuhl zurück.

»Sie haben das Treffen versäumt!«, schalt Miss Templeton, doch sie lächelte dabei.

»Das tut mir sehr leid.«

»Wir wollen einen Ausflug nach Comber Mere machen, falls das Wetter es zulässt. Wenn Sie an dem Tag auch zu spät kommen, verpassen Sie den Ausflug.«

»Ich werde versuchen, pünktlich zu sein.« Er wandte sich an mich. »Werden Sie mich ebenfalls ausschelten, Miss Withersby?«

»Ich weiß nicht. Haben Sie denn etwas getan, das ich lieber nicht wissen sollte?«

Er lachte. »Ich habe vieles getan, das Sie lieber nicht wissen sollten, aber in letzter Zeit nichts Skandalöses.«

»Dann könnten Sie Miss Templeton vielleicht einen Rat geben. Sie versucht, selbst einen Skandal heraufzubeschwören.«

Miss Templeton blieb der Mund offen stehen, dann schloss sie ihn ruckartig und wurde rot. »Miss Withersby! Ich … ich …«

17

Zum ersten Mal, seit ich sie kannte, wusste Miss Templeton nicht, was sie sagen sollte.

Mr Stansbury sah sie enttäuscht an. »Ich bin schockiert, Miss Templeton. Wenn ich Ihnen einen Rat geben darf: Mit Skandalen spielt man nicht. Sie sind nie so amüsant wie man erwartet, vor allem nicht für diejenigen, die betroffen sind.«

Jetzt hatte sie Tränen in den Augen und blinzelte rasch. »Ich versichere Ihnen, Mr Stansbury, dass ich mich – bei näherer Überlegung – für völlig unfähig halte, etwas zu tun, das Sie nicht billigen würden. Und Miss Withersby ebenfalls.«

Er sah mich nachdenklich an. »Ich glaube Ihnen, was Sie betrifft, würde aber Miss Withersby gern selbst fragen. Was sagen Sie, Miss Withersby? Könnten Sie einen Skandal verursachen?«

»Das hängt wahrscheinlich davon ab, um was für einen Skandal es sich handelt. Also … was genau meinen Sie?«

Miss Templeton schnappte nach Luft.

»Wenn Sie nämlich davon reden, wie die großen Geister der Botanik in den Schriften der Botanischen Gesellschaft regelmäßig ihrem Unmut Luft machen, muss ich gestehen, dass ich hin und wieder selbst in Versuchung geraten bin.«

»Aber würden Sie es tun?« Einer seiner Mundwinkel hatte sich bereits zu einem Lächeln gehoben.

»Ich glaube schon. Eigentlich hoffe ich es sogar. Manche Dinge sollten ausgesprochen werden, finden Sie nicht?«

»Gut gesagt. Das sollten sie in der Tat.«

Ich kehrte recht unbefriedigt von dem Treffen des Naturvereins zurück. Miss Templeton schien ein wenig verschnupft zu sein, doch ich hatte keine Ahnung, warum. Zuerst schien sie sich so gefreut zu haben, mich zu sehen. Sie hatte mich eigens von den anderen fortgezogen, um mit mir zu reden, doch als ich ging, beachtete sie mich kaum. Ich wusste nicht, was ich davon halten sollte.

Mir fiel ihr Ratschlag ein, dass ich so wenig wie möglich mit Mr Trimble sprechen sollte, allerdings ich hatte niemand anderen, mit dem ich darüber reden konnte, deshalb fragte ich ihn einfach.

Er ließ sich Zeit für die Antwort. »Sie … Sie haben also den Eindruck, dass sie verärgert über Sie ist?«

»Ich glaube schon. Aber ich weiß nicht, warum.«

»Wegen etwas, das Sie gesagt haben?«

Ich dachte über unser Gespräch nach, konnte seine Vermutung aber eigentlich nicht bestätigen. »Nein … nein, ich glaube nicht.«

»Worüber haben Sie denn gesprochen?«

»Über Ausflüge des Naturvereins und Mrs Leighton. Und dann habe ich zu Mr Stansbury gesagt, dass er Miss Templeton vielleicht helfen könnte, weil sie einen Skandal plant, und …«

»Moment. Da haben wir's. Was haben Sie da über Skandale gesagt?«

»Nun, es war ein …« Was genau war denn eigentlich passiert? »Mr Stansbury sagte irgendetwas, dass er Dinge getan hat, über die man besser nicht spricht, dass er jedoch in letzter Zeit nichts Skandalöses getan hätte, deshalb meinte ich, da er sich offenbar mit Skandalen auskennt, könnte er Miss Templeton einen Rat geben, denn sie plant selbst einen.«

»Ich glaube, jetzt weiß ich, wo die Sache aus dem Ruder gelaufen ist.« Seine Augen funkelten angeregt und er presste ziemlich fest die Lippen zusammen.

»Wirklich? Ich nicht. Immer noch nicht. Ich habe doch nur Konversation gemacht. Ich habe Fragen gestellt, wie Sie mir geraten haben, und …«

»Das Entscheidende bei Skandalen, Miss Withersby, ist, dass es ein Skandal ist, darüber zu reden, weshalb höfliche Menschen das nicht tun.« Er sprach betont langsam und deutlich.

»Nie?«

»Nie.«

Ich dachte eine ganze Weile darüber nach. »Aber wenn man nicht über Skandale sprechen darf, dann wüsste doch keiner, dass etwas Skandalöses passiert ist.« Irgendwie ergab das Ganze keinen Sinn. »Irgendjemand muss doch irgendwo über Skandale reden, sonst gäbe es keine.«

»Vielleicht sollte ich präziser sagen, dass man zwar über Skandale reden darf, aber nicht in der Öffentlichkeit.«

»Ich war nicht in der Öffentlichkeit. Ich war nur mit Miss Templeton und Mr Stansbury zusammen.«

»Sie dürfen über Skandale reden, aber nicht in gemischter Gesellschaft.«

»Also … wenn ich mit Miss Templeton allein gewesen wäre und eine andere Frau hätte sich zu uns gesetzt oder Mrs Leighton wäre bei uns geblieben, hätte ich sie bitten dürfen, Miss Templeton bei ihrem Skandal zu helfen?«

»An diesem Punkt Ihrer Lernfortschritte in der Kunst der Konversation, Miss Withersby, würde ich Ihnen empfehlen, überhaupt nicht über Skandale zu reden, in keiner Form. In keiner Gesellschaft.«

»Ich wollte doch nur helfen.«

»Ich glaube, Sie haben Ihre Freundin damit nur in größte Verlegenheit gebracht.«

»Oh. Oh! Aber das wollte ich nicht! Was soll ich jetzt tun? Soll ich Mr Stansbury sagen, dass seine Hilfe nicht nötig ist?«

»Ich glaube, Sie sollten sich bei Miss Templeton entschuldigen, dass Sie über ihren erhofften Skandal gesprochen haben, und ihn Mr Stansbury gegenüber niemals mehr erwähnen.«

»Ich fühle mich so schlecht. Ich wollte sie nicht demütigen.«

»Sie kennt Sie inzwischen ganz gut, deshalb glaube ich, dass Sie sie schon verstehen wird.«

Ich hoffte es, hatte aber Angst, dass sie es nicht tat. Das Buch über Etikette, das sie mir geliehen hatte, musste doch einen Abschnitt über Skandale enthalten. Aber wenn, hatte ich es geschafft, ihn zu übersehen.

Ich wandte mich zur Halle, entschlossen, sofort zu Miss Templeton zu gehen und mich für meinen *Fauxpas* zu entschuldigen, als Mr Trimble beiläufig sagte: »Ach übrigens … was ist das denn für ein Skandal, den Miss Templeton anzetteln möchte?«

»Es ist …« Ich unterbrach mich. »Sie sind sehr schlau, Mr Trimble. Sie versuchen, mich auf die Probe zu stellen, nicht wahr? Seien Sie versichert, dass ich meine Lektion gelernt habe. Sie sind gemischte Gesellschaft und ich mache nicht zwei Mal denselben Fehler.«

»Darum geht es nicht. Ich bin nur neugierig, was ein Mädchen wie Miss Templeton …«

»Meine Lippen sind, wie Sie zu sagen pflegen, versiegelt.«

»Könnten Sie nicht …?«

Ich schüttelte den Kopf und ging in mein Zimmer, wo ich, als ich das Buch über Etikette durchblätterte, zu meiner großen Enttäuschung feststellen musste, dass es keinen Abschnitt über Skandale enthielt.

Am nächsten Abend beschloss ich, in der Eingangshalle auf den Admiral zu warten. Die Zahl der Unterröcke, die zu tragen von mir erwartet wurde, machte das Sitzen zu einer Mühsal statt zu einer Annehmlichkeit, und Miss Templeton spottete immer über meine verknitterten Röcke. Mr Trimble kam zu mir. Er betrachtete mich einen Moment und sah sich dann mein Kleid genauer an. »Gehen Sie heute Abend denn nicht auf eine Tanzveranstaltung?«

»Ja. Zu den Lewes'.«

»Dann sollten Sie vielleicht ein Kleid anziehen, das eher dem Anlass entspricht.«

Mein Kleid, aus weinrotem Brokat, war eine Nachlieferung von der Schneiderin, das letzte, das ich bestellt hatte. Ich mochte es ganz gern, bis auf die Ärmel, die vom Ellbogen bis zum Handgelenk ziemlich eng waren. Sie wurden mit mindestens zwei Dutzend Knöpfen geschlossen, wozu ich fast eine halbe Stunde gebraucht hatte. Ich wusste nicht, wie die nach der Mode gekleideten Frauen jemals irgendeine Arbeit erledigen konnten. »Wenn ich mich jetzt noch umziehe, begehe ich die Todsünde, in Gesellschaft zwei Mal dasselbe zu tragen – ein Fehler, sagt Miss Templeton, den nur ein echter Tölpel begeht.«

»Ich garantiere Ihnen, dass sie nicht in Kaschmir tanzen würde!« Er lehnte sich gegen den Türrahmen und verschränkte die Arme vor der Brust. »Verzeihen Sie meine Frage, aber können Sie tanzen?«

»Ich kenne ein paar Kontratänze, die ich sehr belebend finde. Meine Mutter und ich haben immer mal wieder eine kleine Pause bei der Arbeit gemacht und getanzt. Sie meinte, Bewegung sei gut für die Seele.«

»Kennen Sie die Polka?«

Ich raffte meine Röcke zusammen und versuchte mich an den Schritten, die ich noch kannte, drehte mich rechts- und linksherum und hob die Füße hoch. »Ich kenne diese hier, aber ich weiß nicht, wie sie heißt.«

Er lächelte, doch sein Lächeln wirkte ein wenig angestrengt.

Ich sprang und wirbelte weiter durch die Halle.

Als ich an ihm vorbeikam, legte er mir die Hand auf den Arm. »Die Polka ist zwar ein recht lebhafter Tanz, doch die gute Gesellschaft billigt es nicht, sie ganz so lebhaft zu tanzen. Sie bevorzugt vornehme Tänze wie die Varsovienne und den Walzer.«

»Die kenne ich beide nicht.«

»Und jetzt haben Sie auch nicht mehr die Zeit, sie zu lernen. Hat der Admiral nicht gesagt, dass es sich um eine Tanzveranstaltung handelt?«

»Er hat natürlich gesagt, dass es ein Tanz sei, aber ich wusste nicht, dass man erwartet, dass ich tanze.«

»Aber das tut man normalerweise, wenn man zum Tanz geht, Miss Withersby. Man … tanzt.«

»Dann muss ich die Tänze wohl aussitzen. Diese Tanzerei kann doch nicht lange dauern, oder?«

»Wenn Sie sie aussitzen wollen, werden Sie die ganze Nacht sitzen.«

»Die ganze Nacht?« In all diesen Unterröcken? Ich hörte mich seufzen. »Na ja, wenn ich in der Nähe der Erfrischungen sitzen kann, wird es wohl nicht so schlimm werden. Das letzte Mal, als ich bei den Lewes' war, zu einem Konzert, gab es einen wirklich köstlichen Punsch.«

»Sitzen genügt nicht. Ich zeige Ihnen noch schnell das Nötigste, bevor der Admiral kommt.« Er streckte die Hand aus. »Kommen Sie.«

Ich legte meine Hand in seine.

»Ich zeige Ihnen zunächst einen älteren Tanz zu einem Stück, das sie ganz bestimmt spielen werden. Das Wichtigste ist, dass Sie die anderen beobachten und einfach nachmachen, was sie tun.«

Ich nickte.

Er verbeugte sich und begann, die Melodie zu summen.

Ich verbeugte mich.

»Nein, nein, nein! Ich verbeuge mich! Sie knicksen.«

»Aber Sie haben gesagt, ich soll alles nachmachen. Es ist unfair, mich auszuschimpfen, nur weil ich tue, was Sie sagen.«

»Ich habe nicht …« Er holte tief Luft. Dann sagte er, diesmal leiser: »Ich habe Sie nicht ausgeschimpft. So … ich verbeuge mich.« Er verbeugte sich. »Und Sie …?«

Ich knickste. »Ich weiß wirklich nicht, warum ich knicksen soll, wenn ich schon beim Hereinkommen vor dem halben Raum geknickst habe. Es kommt mir höchst überflüssig vor.«

»Was Sie überflüssig nennen, bezeichnet die übrige Gesellschaft als einen Tanzschritt.«

Er fing wieder an zu summen, nahm meine Hand und tat so, als wollte er mit mir eine Besichtigung durch die Halle machen; es schien mir ein seltsamer Tanz zu sein, deshalb folgte ich ihm nur langsam.

»Miss Withersby, es ist besser, wenn Sie sich entspannen und führen lassen.«

Ich ging in die Knie und versuchte, sie zu lockern.

»Ich sagte, Sie sollen sich entspannen, nicht, dass Sie wie eine Großmutter daherkommen sollen.«

»Aber das ist alles sehr verwirrend. Erst sagen Sie mir, ich soll mich entspannen, und dann soll ich mich wieder steif machen.«

»Sie sollen tanzen. Nicht reden, nicht widersprechen, einfach tanzen.«

»Das würde ich ja gern, aber Sie unterbrechen mich doch laufend. Bitte fahren Sie fort.«

Ich hatte den Eindruck, dass er mit den Zähnen knirschte, doch dann nahm er wieder meine Hand und zog mich zur Eingangstür. »Jetzt folgt eine Reihe von Chassés, und wenn wir am Ende der Halle sind, machen wir kehrt.«

»Was haben Sachets mit Tanzen zu tun?«

»Ein Chassé. Ein …« Er ließ meine Hand los und machte eine Art schlurfenden Schritt.

»Sie meinen, ich soll über den Boden schlurfen? Dann hätten Sie das sagen sollen. Der Admiral wird jeden Moment hier sein und ich will noch so viel lernen, wie ich kann.«

Er maß mich mit einem langen Blick. »Vielleicht sollten wir uns lieber auf den Walzer konzentrieren. Der ist wirklich ganz einfach.« Wieder streckte er seine Hand aus. Doch als ich diesmal meine hineinlegte, zog er mich dicht an sich.

»Ich … ist … ist das wirklich nötig, Mr Trimble?« Ich stand so dicht bei ihm, dass ich gegen seinen Hals sprach. Seine Krawatte hatte sich gelockert und von seinem Kragen stieg ein wundervoll würziger Duft auf.

»Der Walzer ist sehr modern, Miss Withersby, und Sie werden ganz sicher um mindestens einen gebeten werden.« Er verstärkte den Griff, mit dem er mich festhielt, und legte seine andere Hand in meinen Rücken. Jetzt verstand ich, warum Kaschmir unpassend für einen Tanz war. Ich spürte, wie ich rot wurde und Atemschwierigkeiten bekam.

»Der Walzer ist ein Tanz im Dreivierteltakt.«

»Könnten Sie sich bitte ein bisschen beeilen? Mir wird allmählich ziemlich heiß.«

»Ich trete einen Schritt vor mit meinem rechten Fuß, also müssen Sie mit dem linken zurücktreten.«

Ich trat zurück und riss eine Kluft zwischen uns auf.

»Gleichzeitig. Wir müssen es beide gleichzeitig tun.«

»Na ja, ich kann wohl kaum Ihre Gedanken lesen, oder?«

»Eins-zwei-drei. Eins-zwei-drei.« Er schob mich mit sanftem Druck nach hinten.

Ich tat ein paar rasche Schritte, damit er nicht gegen mich prallte.

»Nur einen Schritt, Miss Withersby. Ich mache einen Schritt und Sie machen einen Schritt.«

Wir versuchten es abermals, mit demselben Ergebnis.

»Würde es Ihnen helfen, wenn Sie auf meine Füße herunterschauen? Nur jetzt, beim Lernen.«

»Ja, ich glaube, das könnte helfen.« Ich blickte gleichzeitig mit ihm auf seine Füße hinunter und wir stießen mit den Köpfen zusammen. »Es tut mir so leid!«

»Macht nichts«, sagte er abwehrend, doch ich hatte gesehen, wie er zusammengezuckt war. »Versuchen wir es noch einmal?«

Ich blickte wieder nach unten, aber diesmal nicht so abrupt, und so konnte ich die Schritte gleichzeitig mit ihm machen.

»Mr Trimble …?«

»Ja bitte?«

»Fänden Sie es sehr schlimm, wenn wir die Seiten wechselten? Weil ich immer gern sehe, wo ich hingehe.«

»Beim Walzer bewegt sich die Frau gewöhnlich rückwärts.«

»Was ja schon ein Widerspruch in sich ist, denn wie kann man sich mit dem Rücken voran vernünftig bewegen? Aber Sie stehen am Steuer, und wenn Sie wissen, wohin Sie gehen wollen, finde ich es gemein, mir das nicht zu sagen.«

»Hier geht es nicht um Gemeinheit – es geht um Vertrauen. Sie müssen darauf vertrauen, dass ich Sie führe.«

»Das tue ich. Im Prinzip jedenfalls. Aber die Halle ist nicht gerade groß und ich denke die ganze Zeit, ich laufe gleich gegen das Treppengeländer, und ich sehe nicht ein … ehrlich gesagt sehe ich überhaupt nichts.«

Er blieb plötzlich stehen, ließ meine Hand los, verbeugte sich und trat zurück. »Ich glaube, ich habe für Sie getan, was ich konnte, Miss Withersby.«

»Aber … aber das kann doch nicht sein! Ich habe nicht das Gefühl, schon etwas gelernt zu haben.«

Er nickte zur Tür hinüber.

Ich drehte mich um. Dort stand der Admiral und betrachtete uns stirnrunzelnd.

»Sie kann nicht tanzen«, sagte Mr Trimble in einem Ton, der mich wünschen ließ, ich könnte die Behauptung abstreiten.

Die Brauen meines Onkels flogen fast bis zum Haaransatz hinauf. »Sie kann nicht tanzen? Warum nicht?« Er starrte mich an, als sei es mein Fehler.

»Mutter hat mich ein paar Kontratänze gelehrt, aber sonst kann ich nichts.« Plötzlich hatte ich eine Idee. »Aber du tanzt doch auch kaum, oder, Onkel? Also mache ich einfach, was du machst, wenn die Musik anfängt zu spielen.«

»Normalerweise rauche ich meine Pfeife und versuche, ein Kartenspiel zu organisieren.«

Das passte schlecht. »Vielleicht kann ich ein bisschen in den Garten gehen.«

Beide Männer zogen die Brauen hoch. »Im Dunkeln? Bei diesem Wetter? Ohne Begleitung?«

»Oder vielleicht auch nicht. Vielleicht sollte ich lieber gar nicht erst hingehen.«

Mr Trimble reichte mir meine Handtasche und schob mich sanft in Richtung Tür.

Der Ballsaal wirkte wie eine Grotte mit seinen kerzenbestückten Wandleuchtern und Tannenzweigen auf den Fensterbrettern. Das Orchester spielte eine lebhafte Melodie, sodass es mich in den Füßen juckte loszutanzen, doch als die Paare sich gefunden hatten und der Tanz begann, sah ich schnell, dass ich keine Ahnung gehabt hätte, was ich tun musste.

Miss Templeton stand in einer Ecke und sprach mit ihrem Vater. Ich entschuldigte mich beim Admiral und ging zu ihr.

Ich bat sie um Verzeihung, weil ich von ihrem geplanten Skandal erzählt hatte, und sie war so freundlich, mir zu vergeben. Während wir noch redeten, war das Stück zu Ende, doch nach einer kurzen Pause setzte das Orchester erneut ein. Ein Mann kam und bat Miss Templeton zum Tanz. Sie wirbelte mit ihm auf die Tanzfläche. Nach diesem Stück kam noch eins, dann machten die Musiker eine Pause.

Miss Templeton kam zu mir, mit erröteten Wangen und leuchtenden Augen. »Das macht solchen Spaß, Miss Withersby! Ich verstehe nicht, wie es Ihnen reichen kann, hier zu stehen, ohne zu tanzen. Wir müssen Ihnen einen Partner suchen!«

»Ich kann nicht tanzen.«

»Aber Sie wollen doch nicht sagen …?« Ihr Mund blieb offen stehen, ihre Augen wurden ganz groß und rund. »Ich habe noch nie etwas so Tragisches gehört! Sie können nicht tanzen?«

Ich schüttelte den Kopf.

»Gar nicht?«

»Nicht solche Tänze.«

»Oh! Ich wünschte, ich könnte diesem schrecklichen Mr Trimble die Schuld daran geben, aber das kann ich wohl nicht … oder?«

Sie sah so hoffnungsvoll aus, dass ich gern gesagt hätte, was sie hören wollte. »Nein.« Ich hätte ihm auch gern die Schuld gegeben. Wie kam es, dass ich erst jetzt merkte, wie wichtig es war, tanzen zu können?

Sie begab sich mit ihrem Tanzpartner zu dem Tisch mit den Erfrischungen; ich blieb beim Admiral stehen. Er stand stocksteif da, die Hände hinter dem Rücken zusammengelegt, und sah sehr streng aus. Plötzlich dachte ich, dass es vielleicht gar nicht an mir lag, dass ich keine Verehrer hatte, sondern an ihm.

»Du könntest tanzen, Onkel, wenn du willst. Oder geh eine Pfeife rauchen. Bitte fühle dich nicht verpflichtet, hier bei mir zu bleiben.«

»Ich kann doch ein hübsches Mädchen wie dich nicht allein lassen.«

Die Tänze waren höchst wundersam anzusehen. Ich hätte sie gerne gelernt. Aber es waren so furchtbar viele; es musste sehr schwierig sein, sie alle auseinanderzuhalten.

Während eines Tanzes trat Mr Stansbury zu mir. Er verbeugte sich und winkelte den Arm an. »Möchten Sie gern tanzen, Miss Withersby?«

»Ich glaube nicht. Nein.«

Er blinzelte.

18

»Du liebe Güte. Ich habe schon wieder etwas Falsches gesagt, nicht wahr?«

»Nicht, wenn Sie nicht mit mir tanzen wollen. Eine junge Dame sollte in dieser Sache durchaus mitreden dürfen.« Doch es klang ziemlich steif.

»Es ist ja gar nicht so, dass ich nicht mit Ihnen tanzen möchte. Ich möchte eigentlich sehr gern. Oder vielmehr nicht. Es ist wirklich schwer zu sagen, weil ich nicht tanzen kann und alles sehr kompliziert wirkt.«

Seine Schultern entspannten sich, er stellte sich neben mich und legte die Hände auf den Rücken. »Ehrlich gesagt, es ist wirklich sehr kompliziert. Ich konnte auch nicht tanzen, bis ich einen Tanzlehrer einstellte, der es mich im hohen Alter von dreißig Jahren lehrte.«

»Mr Trimble meinte, ich solle es lieber gar nicht erst versuchen. Er schien zu denken, ich würde mich nur zum Narren machen damit.«

»Hören Sie in allem auf diesen Mr Trimble? Er scheint eine ziemlich schlechte Meinung von Ihren Fähigkeiten zu haben.«

»Ich habe sonst niemanden, auf den ich hören könnte, und außerdem ist er der Einzige, der sich in diesen Dingen einigermaßen auskennt.« Ich warf dem Admiral einen Seitenblick zu und beugte mich etwas weiter zu Mr Stansbury hinüber. »Außer meinem Onkel. Er gibt sich wirklich die größte Mühe mit mir, aber es gelingt ihm irgendwie nicht so richtig, mir die praktischen Dinge, die ich brauche, um in der Gesellschaft zurechtzukommen, beizubringen.«

Mr Stansbury lächelte. »Ich würde aber sagen, dass Sie ganz gut zurechtkommen.«

»Ich glaube nicht, dass das stimmt, aber ich weiß Ihre Freundlichkeit zu schätzen.«

»Dann sollten Sie vielleicht Ihre Antwort überdenken.«

»Das glaube ich nicht. Mr Trimble war ziemlich entschieden in seiner Aussage.«

»Miss Withersby, wenn Sie, was höchst unwahrscheinlich ist, tatsächlich einen Fehler auf dem Tanzboden machen würden, dann wäre das einzig und allein der Fehler Ihres Partners. Jeder Mann, der die Bezeichnung wert ist, sollte für die Fehler seiner Partnerin geradestehen.«

»Wirklich?«

»Ja. Und außerdem glaube ich, dass Ihr Mr Trimble nicht ganz der Mann ist, der er gern wäre.« Mr Stansbury strich seine Handschuhe glatt und streckte mir die Hand hin.

Ich legte meine hinein. »Wenn Sie ganz sicher sind …«

»Das bin ich.« Er zog mich an sich und legte den Arm um meine Taille. »Und ich weiß zufällig, dass der nächste Tanz ein Walzer ist.«

Du meine Güte! Was hatte Mr Trimble noch mal gesagt? Ich sollte ganz locker lassen.

Ich versuchte es, aber das bewirkte nur, dass meine Knie zitterten.

Mr Stansbury sah mich erschrocken an. »Geht es Ihnen nicht gut?«

»Doch. Ich glaube schon. Aber ich werde mich sehr viel besser fühlen, wenn dieser Tanz vorbei ist.«

»Erlauben Sie mir einfach, Sie zu führen, und alles wird gut.«

Ich versuchte es. Ich versuchte es wirklich. Er schwang mich durch den Saal und ich fing an zu begreifen, was mit Dreivierteltakt gemeint war. Doch einmal trat ich ihm fest auf den Fuß. »Es tut mir so leid.«

»Erwähnen Sie es nicht, ich tue es auch nicht. Ich glaube übrigens nicht, dass es überhaupt jemand gesehen hat. Sehen Sie denn nicht? Alle sind ganz mit sich selbst beschäftigt.«

Er hatte recht, das waren sie.

Mr Stansbury war sehr ermutigend, viel mehr, als Mr Trimble es gewesen war.

Wir waren vielleicht nicht so anmutig wie Miss Templeton und ihr Tanzpartner, doch als der Tanz endete, hatte ich tatsächlich Freude daran gefunden.

Er verbeugte sich. »Entschuldigen Sie sich nie dafür, dass Sie mutig sind, Miss Withersby.«

Dann tanzte Miss Templeton mit Mr Stansbury. Es war ein Tanz, den ich gern beherrscht hätte, weil er sehr lebhaft war. Offenbar gab es ein paar Dinge, die Mr Trimble eben doch nicht wusste!

»Miss Withersby, möchten Sie vielleicht tanzen?«

Der Pfarrer riss mich aus meinen Gedanken. Da ich ihn sehr nett fand, lehnte ich höchst ungern ab, aber mir blieb nichts anderes übrig. »Ich möchte Sie nicht anlügen, Mr Hopkins-Whyte, aber ich habe kaum den Walzer mit Mr Stansbury überlebt. Oder eigentlich müsste man sagen, dass er kaum den Tanz mit mir überlebt hat. Es ist mir unmöglich, mein Schicksal heute Abend ein zweites Mal herauszufordern. Und außerdem kenne ich die anderen Tänze überhaupt nicht.«

»Schade. Ich fand immer, dass das Tanzen ein sehr gesundes Vergnügen ist.«

»Vielleicht werde ich es eines Tages lernen.«

Er lächelte mich an.

Ich lächelte ihn an.

Schweigen … bis auf die Musiker natürlich. Und das Geräusch, das die Füße der Tanzenden machte. Es musste doch irgendetwas geben, das ich zu ihm sagen konnte. Mr Trimbles Rat fiel mir ein. Ich musste eine Frage stellen, auf irgendeine Entdeckung ausgehen. Was ich wirklich gern gewusst hätte, war, wie seine Frau gestorben war, doch es war bestimmt nicht höflich, danach zu fragen. »Geht es … geht es Ihren Kindern gut?«

»Ja. Sehr gut. Danke.«

So viel zu den Kindern.

»Und das Pfarrhaus? Finden Sie es angenehm, dort zu wohnen?«

»Durchaus.«

So ein Unsinn! Das hatte mich auch nicht weitergebracht. »Weil … der alte Pfarrer fand es ziemlich zugig. Er trug die ganze Zeit einen Schal um den Hals. Aber Sie finden das nicht?«

»Nein.«

»Nun … schön. Das ist gut.«

Es musste doch irgendetwas an dem Mann geben, das der Entdeckung wert war. Etwas, das ich ihn fragen konnte. Aber keine Fragen nach Blumen, denn dann würde er über seine Sammlungen reden und das konnte ich heute Abend nicht ertragen. Was gab es noch? Seine Predigten? »Haben Sie die Predigt für diese Woche schon verfasst?«

»Ich habe meine Predigt schon vor Wochen geschrieben. Ich schreibe sie gern alle auf einmal, wissen Sie. Das mache ich immer so, wenn ich mich für ein Thema entschieden habe. Oder für ein Buch. Die Bücher sind einfach.« Er wurde richtig lebhaft. »Vielleicht nicht gerade Levitikus; ich weiß nicht, ob ich schon jemals eine Predigt über Levitikus gehört habe, aber Jakobus zum Beispiel ist einfach. Oder einfacher, hätte ich wohl sagen sollen, denn Jakobus ist selbstverständlich überhaupt nicht einfach. Es gibt kein anspruchsvolleres Buch in der Bibel, finden Sie nicht auch?«

»Ich?«

»Gibt es ein Buch, das Sie anspruchsvoller finden?«

»Als Jakobus?«

Er sah mich an, als wollte er meine Antwort wirklich hören.

»Ich glaube … ich fand Hiob immer recht schwer zu verstehen. Gott spricht im Sturm und Hiobs Freunde sagen so schreckliche Sachen und er ist in solchen Schwierigkeiten und … alles in allem … weiß ich nicht so recht, was ich davon halten soll.«

»Hiob ist eins meiner Lieblingsbücher. Ich schmeichle mir, mit den schwierigen Büchern besonders gut zurechtzukommen. Und mit den Möglichkeiten. Ich glaube nicht, dass es etwas Schöneres gibt, als zu versuchen, Gott zu verstehen.«

»Ich dachte immer, er hätte gesagt, er sei jenseits unseres Begreifens.«

»Das ist er natürlich, aber das heißt schließlich nicht, dass wir uns nicht bemühen sollten. Oder wenigstens versuchen, das Muster darin zu erkennen.«

»Muster. Ich befasse mich selbst mit Mustern.« Jedenfalls hatte ich mich damit befasst. Bis Mr Trimble gekommen war. Jetzt befasste er sich mit meinen Mustern.

»Dann verstehen Sie ja, was ich meine. Nehmen wir zum Beispiel die andere Seite von Gottes Gnade und Barmherzigkeit.«

»Seinen Zorn und seine Liebe?«

»Ja. Genau! Gnade und Barmherzigkeit. Zorn und Liebe. Es ist manchmal schwer, sie als Teile desselben Musters zu sehen.«

»Ja. Das ist es wohl. So wie Bienen und Eichen.«

Er blinzelte. »Bienen und Eichen?« Er schwieg einen Moment. Kniff die Augen zusammen. Dann riss er sie überrascht auf. »Bienen und Eichen! Ja, ich verstehe! Bienen können lästig sein, vor allem, wenn sie ein Nest in einem Baum bauen, und doch sind sie nützlich, nicht wahr? Wo kämen wir ohne Bienen hin?«

»Und woher würden wir weitere Eichen nehmen, wenn die Bienen nicht …« Ich brach ab, weil mir einfiel, was das letzte Mal passiert war, als ich von den Reproduktionsorganen der Blumen gesprochen hatte. »Das heißt …«

Er klopfte sich auf die Taschen und zog einen Bleistiftstummel und ein kleines Notizbuch heraus. »Hätten Sie etwas dagegen, wenn ich mir das aufschreibe? Ich könnte es vielleicht eines Tages brauchen.«

»Aber nein, gar nicht.«

»Sie hätten auch nichts dagegen, wenn ich das Bild irgendwann auf der Kanzel verwenden würde?« Er wartete auf meine Antwort, der Stift schwebte über dem Papier.

»Absolut nicht.«

»Wunderbar!«

»Sie sollten dem *King's Head Field Club* beitreten. Die äußern dort die ganze Zeit solche Plattheiten über Blumen.«

»Wirklich?«

Er sah aus, als würde er die Einladung wirklich gern annehmen, sagte dann aber: »Ach nein, ich glaube eher nicht. Ich habe so schon genügend Probleme mit meinen Sammlungen und kann eigentlich nicht noch mehr Exemplare brauchen. Obwohl … die Leute dort rechnen eigentlich mit mir, oder?«

»Ich habe gehört, der alte Pfarrer hat regelmäßig an den Treffen teilgenommen.«

»Das hat er wohl.« Es klang ziemlich elend. »Wo treffen sie sich?«

»An den Sonntagnachmittagen im King's Head Pub. Letzte Woche haben sie keine Exkursion gemacht, aber Miss Templeton hielt es für möglich, dass nächste Woche eine unternommen würde.«

»Ich wollte Sie noch etwas fragen, Miss Withersby … Sie sagten irgendwann, dass Sie sich auch auf Korrespondenz spezialisiert hätten?«

»Man könnte sagen, dass das Schreiben von Briefen mein Leben lang einen beträchtlichen Teil meiner Arbeit ausgemacht hat.«

»Ob ich Sie wohl bitten dürfte, mir bei meiner Korrespondenz ein wenig behilflich zu sein?«

»Ich bin sicher, sie kann nicht schwieriger sein als die, mit der ich es bis jetzt zu tun hatte.«

Miss Templeton kam mit Mr Stansbury im Schlepptau zu uns. »Was für ein herrlicher Tanz das war! Und jetzt soll es etwas zu essen geben, habe ich gehört!« Sie ließ Mr Stansburys Arm los und nahm meine Hand. »Gehen wir! Ich möchte gern den Speisesaal sehen, wenn die Türen geöffnet werden.«

Sie zog mich seitlich neben den Eingang, sodass wir, wenn die Türen aufgingen, einen großartigen Blick hatten.

»Oh!«, hauchte sie. »Es sieht aus wie ein Traum.«

Das tat es wirklich. Es gab Palmenlauben, Töpfe mit üppigen Farnen und auf den Tischen strahlten silberne Kerzenleuchter.

Ich sah wieder zwischen Mr Stansbury und dem Pfarrer hin und her. Als wir anfingen zu essen, bemerkte ich einen Fehler bei Mr Stansbury, doch eingedenk dessen, was in Miss Templetons Buch stand, versuchte ich, höflich zu sein. Früher hätte ich ihn auf den Fehler aufmerksam gemacht, doch das Buch über Etikette empfahl in diesen Fällen zu schweigen. Allerdings – wenn man niemanden auf schlechte Manieren aufmerksam machte, konnte auch keiner je etwas dazulernen.

Vielleicht galt es, durch Beobachtung zu lernen. Das schien mir einleuchtend, denn so hatte ich mich auch in der Botanik weitergebildet. Doch dann dachte ich, dass jemand wie ich, der nichts über Etikette wusste, genau das Falsche lernte, wenn er jemanden wie Mr Stansbury beobachtete. Damit saß ich wieder in der Klemme. Außerdem war das Essen jetzt, wo ich wusste, wie man sich dabei zu benehmen hatte, ziemlich anstrengend. Insgesamt gesehen, dachte ich, wäre ich lieber allein zu Hause.

Mr Stansbury warf mir einen Blick zu. »Stimmt etwas nicht, Miss Withersby? Sie wirken so ganz anders als sonst.«

»Ich versuche nur, das Richtige zu tun.«

»Das ist sehr bewundernswert.«

»Ich hoffe, dass es mir auch gelingt.«

»Da hoffen wir alle.«

»Fürchten Sie nie, Mr Stansbury, dass Sie sich nicht an alles erinnern können, was Sie bei Anlässen wie diesem zu tun haben?«

»Früher ja, doch dann dachte ich, entweder, ich mache mir die ganze Zeit Gedanken darüber, wie ich in den Augen derer das Richtige tue, die nur darauf warten, dass ich das Falsche tue, oder ich genieße ganz einfach mein Leben.«

Ich sah ihn an. »Danke. Das werde ich mir merken.«

Am nächsten Morgen traf ich mich mit Miss Templeton; wir wollten einen Spaziergang zum Pfarrhaus machen. Von dort aus würden wir dann gemeinsam mit dem Pfarrer einen Streifzug zu *The Hollies* unternehmen.

Unterwegs war ich ein wenig betrübt, weil es in der Nacht ziemlich strengen Frost gegeben hatte. Das war Mitte Oktober natürlich zu erwarten gewesen, doch jetzt war das Gras, so weit das Auge reichte, platt und braun. Da mich nur Miss Templeton begleitete, glaubte ich, frei sprechen zu können. »Gibt es etwas Neues über Ihren Skandal?«

Sie wurde rot wie eine Rose. »Nein. Eigentlich nicht, nein. Mein Mädchen sagte mir, was alles dazugehört, und daraufhin beschloss ich, mir einen anderen Plan auszudenken.«

»Haben Sie schon einen?«

»Leider nein, Miss Withersby. Ich bin völlig ratlos und muss gestehen, dass ich allen Mut verloren habe. Ich habe das Gefühl, an der Schwelle des Todes zu stehen. Nicht einmal der Gedanke an eine Abendeinladung kann mich aufheitern.«

»Dann sollte ich Sie wohl nicht damit belästigen, ob Sie sich eine neue Frisur für mich überlegen könnten?«

»Oh! Doch, bitte, tun Sie das! Es ist vielleicht das Einzige, das mir neuen Lebensmut gibt.«

Sie erzählte von dem Kleid, das sie zur nächsten Gesellschaft tragen wollte, dann sprachen wir von meinem Kleid und dann kam auch schon das Pfarrhaus in Sicht.

»Und jetzt sollten Sie anfangen, Ihrer Begeisterung Ausdruck zu verleihen, dass all das eines Tages Ihnen gehört.« Sie deutete auf das Haus.

All das? All die Kinder und all die armen, schlecht konservierten Pflanzen? Ich konnte den Gedanken kaum ertragen.

Sie winkte mit einem Taschentuch. »Ich glaube, das muss der Pfarrer sein!« Sie winkte noch einmal. »Können Sie Ihre Botanisiertrommel nicht kurz weglegen? Sie sollten auch winken.«

Wir winkten, während wir auf das Haus zugingen, und der Pfarrer kam uns über den Hof entgegen. Wenigstens trug er seine Botanisiertrommel heute richtig herum über der Schulter.

»Es ist ziemlich kalt für ein solches Unterfangen, nicht wahr?« Er trug einen Schal um den Kopf und Fäustlinge an den Händen. Mit einem Blick zum Pfarrhaus hinüber sagte er: »Die Nanny passt auf die Kinder auf und heute Nachmittag kommt jemand von der Gemeinde, also wollen wir gehen?«

Ich deutete auf den Weg zu *The Hollies* hinaus.

»Was suchen wir dort eigentlich?« Miss Templeton war mitten auf dem Weg stehen geblieben. »Es ist doch alles tot, Miss Withersby. Vielleicht sollten wir zurück ins Pfarrhaus gehen und eine schöne Tasse Tee trinken.«

»Nicht alles ist tot, glauben Sie mir.«

Wir kamen an ein paar Veilchen vorbei, dann führte ich sie in ein Tal, wobei ich vorsichtig um ein paar Goldastern herumging, die noch blühten.

Als ich mich nach den beiden umdrehte, erschrak ich. »Halt!«, rief ich so laut, dass es von den Hügeln widerhallte.

Der Pfarrer warf die Arme hoch, um das Gleichgewicht zu wahren, und Miss Templeton quietschte auf. »Was? Was ist denn?«

»Astern!« Ich deutete auf einen zerbrechlichen Stiel. »Sie wären beinahe daraufgetreten!«

»Das habe ich gar nicht gesehen.« Der Pfarrer bückte sich neben mir. »Hübsch, nicht wahr?«

Ich blickte auf und sah ihn an. »Ja. Und sehr ungewöhnlich in dieser Jahreszeit.«

Miss Templeton sagte über uns, die Hand an den Busen gepresst: »Noch in der schrecklichsten, dunkelsten Kälte kann man Schönheit finden.«

Der Pfarrer blickte auf, fast erschrocken. »Oh. Oh! Du meine Güte! Das ist sehr gut. Kälte und klirrender Frost können eine Blume nicht vom Blühen abhalten. Das passt zu Hiob, Miss Withersby. Es passt zu vielen Dingen. Haben Sie etwas dagegen, wenn ich mir das aufschreibe, Miss Templeton?«

»Natürlich nicht. Ich habe es vom Präsidenten des Naturvereins. Er kennt eine Menge solcher Phrasen. Sie sollten wirklich einmal zu einem unserer Treffen kommen, Herr Pfarrer. Es würde Sie sehr inspirieren.«

»Es geht mir nicht um Inspiration, ich brauche Illustration.«

»Dann sollten Sie auf keinen Fall zu einem Treffen der Aquarell-Gesellschaft kommen. Dabei geht es ums Malen, nicht ums Illustrieren, wie Miss Withersby mir freundlicherweise erklärt hat. Aber der Naturverein könnte genau das Richtige für Sie sein.«

»Aber ich würde meine Sammlung mitbringen müssen, oder?«

»Nein. O nein! Und meistens brauchen Sie nicht einmal Ihre Botanisiertrommel.«

Der erfrischende Streifzug hatte meine Sorgen vertrieben und ich kehrte mit neu gewonnener Entschlossenheit, größtes Interesse an einer Heirat vorzutäuschen, nach Hause zurück.

Mr Trimble erhob sich, als ich ins Wohnzimmer kam.

Ich setzte mich, zog die Schuhe aus und streckte meine Füße zum Feuer hin.

Wenn er meine Knöchel nicht sehen wollte, sollte er die Augen zumachen.

»Miss Withersby? Wir sind auf ein Papier gestoßen, zu dem ich gern Ihre Meinung hören würde.«

»Wenn Sie mich um Hilfe bitten, dann …«

»Ich weiß, dass Sie mir nicht assistieren können, aber vielleicht könnten Sie einfach zuhören. Und einfach nicken, wenn Sie mit meiner Zusammenfassung einig sind.« Er sah mich an, als wollte er sagen: Wage es, mir zu widersprechen!

Ich sagte nichts.

Er setzte sich an den Tisch, der einmal meiner gewesen war, nahm das Papier, an dem er gearbeitet hatte, und fing an zu lesen. Es ging um die Verbreitung von *Ranunculaceae* auf den subantarktischen Inseln. Als er fertig war, sah er mich an. »Stimmen Sie mir zu?«

Ich nickte. Was hätte ich sonst tun sollen? Anscheinend hatte er meine Notizen gefunden, denn er hatte meine eigenen Gedanken zu dem Thema recht gut zusammengefasst. Vielleicht sogar etwas prägnanter, als ich es getan hätte. »Werden Sie es einreichen?«

»Natürlich. Bei der *British Association for the Advancement of Science.*« Wahrscheinlich unter seinem Namen. Und zweifellos würde es angenommen und veröffentlicht werden. »Da es so kurz ist, kommt es nicht für einen Vortrag infrage. Es wird vielleicht nur als ein Brief an den Herausgeber gedruckt.«

Aber es würde auf jeden Fall gedruckt werden.

Ich zuckte die Achseln. Von mir war noch nie in irgendeiner Form etwas veröffentlicht worden, also war es mir egal, ob seine Vorlage als Brief oder als Kolumne in einer Zeitschrift erschien.

Er faltete seine Hände über dem Papier. »Sie sind also einverstanden?«

»Natürlich bin ich einverstanden. Das müssten Sie doch wissen!« Ich drehte mich, um ihn anzusehen. »Das sind größtenteils meine eigenen Worte! Und ich zweifle nicht daran, dass Sie einen Weg finden werden, sie zu veröffentlichen. Mir ist es nicht gelungen, aber nicht, weil ich es nicht versucht habe. Ich bin zu der Überzeugung gelangt, dass nichts, was ich schreibe, jemals veröffentlicht werden wird, und dass mein Onkel recht hat: Mädchen taugen nur zur Ehe und zum Kinderkriegen.«

»Ich bewundere Ihre Offenheit. Man weiß immer, woran man mit Ihnen ist.«

Das sagte er nun schon zum zweiten Mal. »Und warum auch nicht, bitteschön? Ich bin überrascht, dass Sie sich bisher offenbar vor allem mit Menschen abgegeben haben, die Sie ständig anlügen, Ausflüchte machen und einfach nicht so ehrlich sind, wie man es in einer Freundschaft erwarten darf. Muss ich Ihnen wirklich sagen, dass ich solche Leute nicht als Freunde bezeichnen würde, Mr Trimble?«

»Das würde ich auch nicht.«

»Warum pflegen Sie dann solche Freundschaften? Ich scheine Sie zu überraschen, dabei wäre es vielleicht angebrachter, wenn Sie über die anderen überrascht wären.«

Er lachte. »Das wäre es vielleicht. Ich will Ihnen etwas sagen, Miss Withersby. Nichts zeigt Ihnen so genau, wer wirklich Ihr Freund ist, wie eine Reise um die halbe Welt.«

»Haben Ihnen diese Freunde nie geschrieben?«

»Nein. Es gab nur einen einzigen Menschen, mit dem ich regelmäßig korrespondiert habe.«

»Dann würde ich sagen, dass diesem Menschen die Ehre gebührt, Ihr Freund genannt zu werden.« Damit wandte ich mich wieder dem Feuer zu.

»Diese Person, Miss Withersby, waren Sie.«

19

Ich drehte mich wieder zu ihm um. »Ich! Wie kommen Sie darauf, dass …«

»Na, na! Ich bin schließlich nicht blind. Ich hatte die Aufgabe, die Papiere Ihres Vaters zu ordnen. Da alles so durcheinander lag, war es nur eine Frage der Zeit, bis ich auf Ihre Briefe stieß und die Handschrift erkannte. Ich hatte mich ohnehin schon gewundert, weil Ihr Vater so gar nicht dem Bild entsprach, das ich mir von ihm gemacht hatte.«

»Aber … mich als Freundin zu sehen? Das bin ich wohl kaum. Es war schließlich eine geschäftliche Korrespondenz, oder nicht?«

»So hat es vielleicht begonnen, aber wem habe ich sonst von meinen Reisen geschrieben? Und von meinen Schafen?«

Mein Geheimnis war keines mehr. Ich drehte mich abermals um, stützte die Ellbogen auf die Lehnen und zog die Füße unter meine Röcke. »Sie haben mir nie gesagt, wie es Emilia beim Lammen erging. Wie viele Lämmer hatte sie?«

»Zwei. Und wer außer Ihnen weiß, wie viele Schafe ich in dem Schneesturm letztes …«

»Neunundvierzig.«

»… Jahr verloren habe?«

»Dann gebe ich es eben zu: Ich habe die Briefe für meinen Vater geschrieben. Wenn ich es nicht getan hätte, wäre es niemals geschehen.«

»Er hat sich eigentlich ganz wacker geschlagen in den letzten Wochen. Ich habe ihm eine Liste der Dinge gegeben, um die er sich kümmern sollte, einschließlich der Briefe, die zu schreiben waren, und er hat es getan.«

»Er schreibt seine Briefe selbst?«

»Jedenfalls diktiert er sie.«

Das war nicht fair. Wie viele Stunden hatte ich damit zugebracht zu formulieren, worum es ihm ging, seine Sache zu vertreten – und jetzt stellte sich heraus, dass er es selbst hätte tun können?

»Er ist kein kleiner Junge, der es nötig hat, dass Sie alles für ihn tun.«

»Er hat diese Dinge selbst getan, als meine Mutter noch lebte. Aber als sie gestorben war, hat er einfach … einfach … aufgehört.« Er hatte mit allem aufgehört. Er hatte nichts mehr getan. Nichts, außer im Bett zu liegen und an die Decke zu starren. »Es war beängstigend und … schrecklich.«

Mr Trimble kam um den Tisch herum, kauerte sich neben mich und legte die Arme um die Rückenlehne meines Sessels.

»Ich wusste nicht, was ich tun sollte, deshalb habe ich einfach getan, was getan werden musste.« Ich wagte nicht, ihn anzusehen. »Ich habe die Briefe geschrieben, die geschrieben werden mussten, und die Rechnungen bezahlt, die bezahlt werden mussten, und alles am Laufen gehalten und … gehofft …«

Er legte die Hand an meinen Ellbogen. »Charlotte …«

Als ich aufsah, wandte er den Blick ab.

Er räusperte sich. »Miss Withersby … er ist ein erwachsener Mann. Sie tragen nicht die Verantwortung für seine Arbeit.«

Ich hatte nicht die Verantwortung? Plötzlich hatte ich das Gefühl, als ob etwas tief in meinem Herzen zerbrach. Als ob die Stücke, die ich zusammengehalten hatte, als Mutter starb, unaufhaltsam auseinanderfielen. Was sollte ich tun, wenn ich nicht für meinen Vater sorgte? Ich entzog Mr Trimble meinen Ellbogen, drehte mich im Sessel um und stellte die Füße auf den Boden.

»Nein. Es ist nicht mehr meine Pflicht. Es ist jetzt Ihre. Vielleicht betrachten Sie mich als Ihre Freundin, aber ich hoffe, Sie verstehen, dass ich Sie niemals als meinen Freund sehen kann.« Ich stand auf und ging nach oben.

Miss Templeton hatte mich überredet, am nächsten Tag mit ihr zusammen eine Gemeindeveranstaltung zugunsten des Armenhauses zu besuchen. Als sie mit mir sprach, hatte ich mich eher widerwillig bereit erklärt, doch jetzt, da ich wusste, dass Mr Trimble mein Geheimnis entdeckt hatte, war ich froh über die Gelegenheit, aus dem Haus zu kommen. Oben in meinem Zimmer, wo ich die meiste Zeit herumsaß, hatte ich mich allmählich wie eine Gefangene gefühlt.

Dem Gefängnis entsprungen, suchte ich mir – es war nicht möglich, die Stadt zu meiden – meinen Weg durch Salzlaugenrinnsale, wich den Salzkarren aus, blieb aber auch einmal stehen, um ein paar Frauen zu begrüßen, die ich in den letzten Wochen kennengelernt hatte, und ließ mich sogar – ohne wirklich eine Meinung in der Sache zu äußern – auf ein Gespräch über die Frage ein, ob der Farbton Blue de France je an Blue de Roi heranreichen konnte.

Ich hatte unseren Versammlungsort kaum erreicht, da eilte Miss Templeton auch schon auf mich zu. »Ich habe einen Weg gefunden, Ihren Plan ein bisschen voranzutreiben.«

»Ich fürchte, ich werde überhaupt keinen Erfolg damit haben, es sei denn, ich heirate tatsächlich, und dann ist es zu spät.«

»Kommen Sie, Miss Withersby, diese Niedergeschlagenheit sieht Ihnen gar nicht ähnlich und außerdem macht sie Ihr hübsches Gesicht hässlich.«

Ich versuchte, meinem hübschen Gesicht einen etwas annehmbareren Ausdruck zu verleihen. »Ich fürchte, Mr Trimble wird nicht weichen.«

»Ich wollte Ihnen eigentlich vorschlagen, einfach jedes Mal, wenn Sie mit Ihrem Vater reden, entweder Mr Stansbury oder den Pfarrer zu erwähnen, doch jetzt glaube ich, dass es Zeit wird, dass ich selbst mit ihm rede.« Sie sprach mit einer Entschlossenheit, die mich glauben ließ, dass sie es ernst meinte.

»Mit meinem Vater?«

»Nein. Mit Mr Trimble!«

»Aber Sie werden ihm doch nichts tun, oder?«

»Nicht unbedingt. Also, wie gehen wir vor? Meinen Sie, Sie können ihn dazu bringen, dass er Sie auf einen Tanz oder eine Einladung begleitet?«

»Ich wüsste nicht, wie. Diese Pflicht hat der Admiral übernommen.

Außerdem möchte ich ungern mehr Zeit als unbedingt nötig mit ihm verbringen.«

Sie seufzte. »Dann … oh! Ich hab's! Der Vortrag von diesem Hypnotiseur!«

»Was ist damit?«

»Ich besuche Sie morgen Vormittag und überrede ihn mitzukommen.«

»Und wie?«

»Das überlassen Sie getrost mir.«

Am nächsten Morgen, während ich auf Miss Templeton wartete, arbeiteten Mr Trimble und mein Vater an einem Brief an den Herausgeber irgendeiner Zeitschrift. Ich konnte mich kaum beherrschen, aufzuspringen und zu ihnen zu gehen. Ein oder zwei Mal dachte ich daran, Mr Trimble zu warnen – so wie man jemanden vor einem heraufziehenden Sturm warnt, doch dann dachte ich wieder, dass die Begegnung mit Miss Templeton ihm vielleicht guttun würde. Pünktlich um elf Uhr hörte ich eine Kutsche die Auffahrt hinaufrumpeln.

Ein paar Minuten später knickste Miss Hansford und hinter ihr trat Miss Templeton ins Zimmer. »Miss Templeton für Miss Withersby.«

Miss Templeton kam lächelnd und mit ausgestreckten Händen auf mich zu; an ihrem Handgelenk baumelte ein Täschchen. »Meine liebe Miss Withersby! Wie hübsch Sie es hier haben! So unglaublich gemütlich! Jetzt ist mir klar, warum ich jedes Mal solche Mühe habe, Sie zum Ausgehen zu überreden.« Sie stand mitten im Raum, mit strahlendem Lächeln und hochgezogenen Brauen.

»Wie … wie schön, Sie zu sehen. Was führt Sie zu uns?«

Sie blickte mehrmals zu meinem Vater und Mr Trimble hinüber, dann kam sie zu mir, ergriff meine Hände, beugte sich vor und küsste mich auf die Wange. »Stellen Sie mich vor«, flüsterte sie dabei.

»Was?«

»Stellen Sie mich Mr Trimble vor!«, zischte sie.

Ich drehte mich zu den beiden um. »Miss Templeton, darf ich Ihnen meinen Vater und seinen Assistenten, Mr Trimble, vorstellen?« Ich machte eine weit ausholende Handbewegung, doch die beiden sprachen einfach weiter über den Brief.

Sie runzelte die Stirn. Dann nahm sie meinen Arm, zog mich zum Schreibtisch, wies mit ihrem Fächer auf mich und schaute wieder die beiden Männer an.

»Miss Templeton, darf ich Sie meinem Vater vorstellen?«, wiederholte ich. »Und dem Assistenten meines Vaters?«

Diesmal hatte Mr Trimble sich erhoben. Jetzt verbeugte er sich.

Miss Templeton lächelte. »Ich glaube nicht, dass wir uns schon gesehen haben, Mr Trimble. Sie scheinen sich vor uns allen zu verstecken.«

»Ich arbeite für Mr Withersby.«

»Das muss eine höchst faszinierende Arbeit sein, aber wir haben am Montag einen Vortrag von einem Hypnotiseur und ich habe beschlossen, dass Sie uns begleiten.«

Einer seiner Mundwinkel kräuselte sich. »Und was ist mit meiner Arbeit?«

»Ich muss Sie warnen, ich bin ziemlich rücksichtslos, was meine Wünsche betrifft, und akzeptiere keine Absage. Sie können ebenso gut gleich zustimmen.«

Er sah meinen Vater an; der zuckte mit den Achseln.

Mr Trimble schien es tatsächlich in Erwägung zu ziehen! »Es ist wirklich nur ein Vortrag? Von einem dieser albernen Hypnotiseure?«

Miss Templetons Lächeln gefror. »Ich würde sie nicht als albern bezeichnen. Sie sind höchst unterhaltsam! Aber ja, es ist nur ein Vortrag.«

Mr Trimble verbeugte sich. »Dann komme ich.«

Sie klatschte in die Hände. »Also, abgemacht!«

Sie hakte sich bei mir ein und zog mich hinaus in die Halle. »Sind Sie ganz sicher, dass das Mr Trimble war? Er ist nämlich überhaupt nicht so, wie Sie ihn beschrieben haben. Er ist nicht übellaunig und auch nicht alt. Und außerdem sieht er blendend aus! Wenn er nicht aus einer so ärmlichen Familie käme und nicht als Assistent Ihres Vaters arbeiten würde, könnte ich sagen, dass er ein echter Fang ist. Im Moment weiß ich gar nicht, was ich von ihm halten soll.« Sie verzog das Gesicht. »Wirklich, er ist überhaupt nicht schrecklich! Er ist im Gegenteil ziemlich außergewöhnlich – zwar etwas anders, als ich erwartet habe, aber mein endgültiges Urteil behalte ich mir vor bis nach dem Vortrag.«

»Ich würde nicht so weit gehen zu sagen, dass er außergewöhnlich ist.«

»Und Sie sagen, er ist ein Schaffarmer?«

»Aus Neuseeland.«

»Das ist wirklich schade, weil ich mir gut vorstellen kann, mich bis über beide Ohren in ihn zu verlieben!«

Aus irgendeinem Grund ärgerte mich das. Ich hatte gedacht, dass sie auf meiner Seite war. Würde sie mich jetzt seinetwegen im Stich lassen, so wie mein Vater? »Nun, ich kann mir nicht vorstellen, dass er sich jemals verliebt. Und das war schließlich Ihr Ziel – jemanden zu heiraten, der Ihnen mit Haut und Haaren verfallen ist.«

»Das stimmt. Richtig. Aber jetzt frage ich mich, ob ich mich vielleicht verkalkuliert habe.«

»Er ist keine Berechnung wert, glauben Sie mir.«

»Wissen Sie irgendetwas über seine Familie?«

»Sie stammen von irgendwo aus dem Osten und führen ein lasterhaftes Leben.«

»Was für ein Pech! Dabei hätte er mich wirklich interessieren können. Jetzt verstehe ich, warum Sie immer zu Hause bleiben wollen und so schwer zum Ausgehen zu überreden sind.«

»Er hat nichts damit zu tun. Er war vielmehr der Grund, dass ich aus dem Haus gejagt wurde. Wenn Sie sich erinnern wollen – mein Ziel ist, ihn loszuwerden.«

»Sind Sie ganz sicher?«

»Wessen sicher?«

»Dass Sie das tun wollen?«

»Warum nicht?«

Sie deutete mit dem Fächer zum Wohnzimmer. »Haben Sie ihn denn nicht angesehen?«

»Natürlich habe ich ihn angesehen. Ich muss ihn jeden Tag ansehen. Jeden Morgen und jeden Abend.«

»Ich habe eine Idee, wie wir ihn zu Ihrem Vorteil nutzbar machen können.«

»Zu meinem Vorteil? Der einzige Vorteil, den er mir bieten könnte, wäre zu verschwinden.«

»Er sieht ziemlich gut aus. Und er wirkt, als sei er von Familie … wenn jemand ihn nicht näher kennt, könnte er, wenn er Sie mit ihm zusammen sieht, denken, dass er Ihnen ebenfalls den Hof macht. Die Leute denken, was sie wollen, das tun sie immer. Aber sehr viel besser, als was die Leute vielleicht denken, ist, was Mr Stansbury und der Pfarrer vielleicht tun.«

»Was tun sie denn vielleicht?«

»Vielleicht bringen sie ihre Ergebenheit für Sie etwas ernster und prononcierter zum Ausdruck.«

»Wirklich?«

»Vertrauen Sie mir.« Sie tätschelte mir die Hand. »Als Nächstes müssen wir uns überlegen, wie wir Mr Trimble dazu bringen, häufiger in Gesellschaft zu gehen.«

»Sie haben ihn doch schon dazu gebracht, zu dem Vortrag zu kommen.«

»Wir müssen es schaffen, dass er laufend in Gesellschaft geht. Er muss sehen und gesehen werden.«

Es genügte also nicht, dass ich mich zu Hause mit ihm abfinden musste? Jetzt musste ich ihn auch sonst noch die ganze Zeit ertragen?

»Gucken Sie nicht griesgrämig. Mit ein bisschen Nachdruck und Mr Trimbles Hilfe sind Sie nächste Woche wieder an Ihrer Arbeit. Und ist es nicht viel besser, wenn Mr Trimble sich quasi selbst entlassen hat?«

20

Am Nachmittag, ich inspizierte gerade den Garten, kam der Admiral vorbei. Ich nahm die purpurfarbenen Astern, die ich gepflückt hatte, begrüßte ihn und führte ihn ins Haus. Er legte ab und ging dann mit mir ins Wohnzimmer. Während er Mr Trimble begrüßte, machte ich mich auf die Suche nach einer Vase. Vater rief ihm aus seinem Studierzimmer eine Begrüßung zu, woraufhin der Admiral zu ihm ging und die Tür hinter sich schloss. Sie unterhielten sich ein Weilchen; währenddessen versuchte ich, Mr Trimble zu ignorieren. Doch nach Miss Templetons Begeisterung für ihn war das ziemlich schwierig. Ich blickte verstohlen zu ihm hinüber. Vielleicht sah er wirklich gar nicht so schlecht aus. Für einen Schaffarmer jedenfalls.

Er merkte, dass ich ihn ansah, und blickte auf. »Kann ich Ihnen helfen, Miss Withersby? Brauchen Sie irgendetwas?«

Warum hatte ich ihn bisher nie so gesehen? »Nein. Nein! Nein, danke.«

Die Tür zum Arbeitszimmer meines Vaters ging auf und er und der Admiral kamen heraus. Der Admiral winkte mir mit einem Umschlag. »Für dich, meine Liebe. Eine Einladung zu einer Ruderveranstaltung am nächsten Samstag am Fluss, aber …«

Mr Trimble unterbrach ihn unhöflich. »Eine Ruderveranstaltung? So spät in der Saison?«

Musste er denn alles so peinlich genau nehmen? »Für uns hier in Cheshire ist es gar nicht so spät. Das Wetter ist auf jeden Fall noch schön genug.«

Er warf mir einen zweifelnden Blick zu.

Ich dachte an Miss Templetons Plan und packte die Gelegenheit beim Schopf. Wie Miss Templeton gesagt hatte: Was wäre besser, als dabei zuzusehen, wie er sich selbst um seine Stellung brachte? Ich setzte mein schönstes Lächeln auf. »Warum begleiten Sie uns nicht einfach? So werden Sie sich selbst überzeugen können, dass wir hier ein sehr gemäßigtes Klima haben.« Zur Sicherheit lächelte ich noch einmal.

»Ihre Miss Templeton hat mich schon zu dem Vortrag am Montagabend überredet. Zählen Sie bei solchen Dingen lieber nicht auf mich. Wenn Sie es tun – ich warne Sie! –, werden Sie eine Enttäuschung erleben.«

Doch mein Onkel klopfte ihm auf den Rücken. »Aber ja doch! Eine glänzende Idee, meine Liebe. Ich muss nächste Woche nach London und war schon völlig verzweifelt bei der Vorstellung, dass dein Vater dich würde begleiten müssen.«

»Ich weiß wirklich nicht, warum du bei dieser Vorstellung verzweifeln musst.« Mein Vater sah ihn durch eine Brille an, die er sich selbst aus zwei Lupen gebastelt hatte, indem er sie in die Löcher eines alten Strumpfs gesteckt hatte.

Der Admiral trat vor, zog Vater die improvisierte Brille über den Kopf und legte sie auf den Tisch. »Wenn Sie sie begleiten, junger Mann, kann Charlotte trotzdem hingehen.«

Mr Trimble schüttelte den Kopf. »Ich halte das für keine gute Idee.«

Miss Templeton würde stolz auf mich sein, wenn es mir gelang, ihn zu überreden. »Und warum nicht? Sie erzählen mir doch immer, was ich tun und was ich lassen soll, also müssten Sie sich auf einem solchen Parkett doch bestens auskennen.«

»Ich bin nicht eingeladen.«

Der Admiral machte eine wegwerfende Handbewegung. »Das kostet mich nur eine kurze Nachricht. Also abgemacht. Sie begleiten sie.«

»Ich kann wirklich nicht. Ich habe viel zu viel Arbeit.«

Nicht so einfach das alles, nicht wahr? Vielleicht ging ihnen jetzt endlich ein Licht auf. Ich legte ihm vertraulich eine Hand auf den Arm. »Ich sage auch kein Wort über Ihren Hintergrund, Mr Trimble. Und so, wie Sie sich zu benehmen wissen, wird keiner darauf kommen, dass Sie aus einer solchen Familie stammen, wie Sie sagten.«

»Ich kann nicht. Es wäre nicht ratsam.«

»Aber wenn Sie mitkommen, können Sie meinen Geschmack und

meinen eklatanten Mangel an Manieren gleich korrigieren statt erst hinterher. Das wäre sehr viel effizienter und würde Ihnen auch Zeit sparen. Und vielleicht amüsieren Sie sich sogar ein bisschen.«

Am nächsten Morgen kam Mr Trimble zu mir ins Wohnzimmer. Ich benutzte gerade eine der Pflanzenpressen als eine Art Schreibunterlage. »Was machen Sie denn da?« Er sah misstrauisch auf meine Feder und das Blatt Papier.

»Ich erledige ein wenig Korrespondenz für den Pfarrer. Ein Brief an seine alte Gemeinde.«

»Kann er das denn auch nicht?«

»Auch nicht wie was?«

»Wie eine einfache Sammlung katalogisieren.«

Ich legte die Feder hin. »Ich weiß gar nicht, warum Sie ihn so schlechtmachen. Haben Sie etwas gegen ihn?«

»Nur, dass er Ihnen sämtliche Arbeiten aufbürdet, zu denen er keine Lust hat.«

»Wenn Sie sonntags einmal seiner Predigt zuhören würden, statt sich nur die ganze Zeit wie ein mondsüchtiger Irrer in der Kirche umzusehen, würden Sie ihn nie wieder so beleidigen.« Seine Vorwürfe, die Sammlung betreffend, waren zwar nicht ganz unberechtigt, aber trotzdem verdiente Mr Hopkins-Whyte Mr Trimbles Verachtung nicht. »Wenn er es nicht wäre, wäre es mein Vater, der Aufgaben an mich delegiert, oder?« Hatte ich … hatte ich das gerade wirklich gesagt?

»Oder dieser andere Kerl.«

Dieser andere Kerl? »Der Name dieses anderen Kerls ist Mr Stansbury.«

»Und Sie wissen unendlich viel mehr über das Thema Pflanzen, als er je hoffen kann zu lernen.«

»Er hat bestimmt sehr viel mehr exotische Pflanzen gesehen als ich. Die Sammlungen in seinem Gewächshaus sind bewundernswert.«

»Und ich habe mehr Neuseelandblumen in freier Natur gesehen als Sie und weiß trotzdem, dass ich im Vergleich zu Ihnen nichts weiß.«

»Er hat mich gebeten, ihm bei der Vervollständigung seiner Sammlungen zu helfen.«

»Weiß er, dass Sie *Ranunculaceae in Britain* geschrieben haben?«

»Ich würde nicht sagen, dass ich es geschrieben habe. Nicht so richtig.«

»Ich schon.« Er warf mir einen langen Blick zu. »Sie enttäuschen mich.«

»Ich enttäusche Sie? Ich verstehe nicht, wie Sie etwas dagegen haben können, dass ich tue, wozu Gott und die Natur mich offenbar bestimmt haben.«

»Und was soll das sein?«

»Ich bin eine Gehilfin. Ich glaube, so hat man Eva genannt.«

»Eine Gehilfin? Dafür halten Sie sich also? Gott bezeichnet sich selbst als unseren Helfer, wenn ich mich recht erinnere, doch niemand käme auf die Idee, ihm seine Korrespondenz zu übertragen oder von ihm zu verlangen, dass er Klassifizierungen vornimmt oder seinen Namen aus den Büchern, mit denen er sich abgeschuftet hat, herauslässt. Wir bitten ihn vielmehr, uns seine Stärke zu leihen. Ich glaube nicht, dass Sie eine Gehilfin sind, Miss Withersby, ich glaube, dass man Sie ausnutzt.«

»Und was kümmert es Sie, was ich mit meiner Zeit anfange? Sie sind hier hereingeschneit und haben meine Stellung an sich gerissen, warum also haben Sie etwas gegen das, womit ich mich jetzt beschäftige? Wie gesagt, was kümmert es Sie überhaupt?«

»Es kümmert mich, weil Sie Besseres verdient haben. Glauben Sie mir, Miss Withersby, ich kenne die Gesellschaft, und was dort allgemein als Pflicht gilt, ist meistens nur purer Unsinn.«

Einen Moment lang berührten mich seine Worte – als ich an die Familie dachte, aus der er stammte. Doch dann ärgerte ich mich und bemühte mich, ihn zu ignorieren.

Mein Gelübde, mich von Mr Trimble fernzuhalten, hielt bis Montagabend. In dem Augenblick, als er in den Salon trat, gekleidet für den Vortrag – da änderte ich meine Ansicht über Miss Templetons Pläne.

Ich war nicht ganz sicher, was genau anders war, doch in Abendkleidung machte er einen völlig anderen Eindruck, als wenn er in Hemdsärmeln an seinem Schreibtisch saß.

Bis jetzt hätte ich jederzeit geglaubt, dass er Schaffarmer war, doch in der plissierten Hemdbrust und mit Handschuhen sah er wie ein waschechter Engländer aus. Es war wirklich ärgerlich, als hätte ich eine Herbstzeitlose als Krokus klassifiziert.

Er verbeugte sich. »Miss Withersby.«

Ich knickste.

Ich war es gewohnt, ihn über ein Mikroskop gebeugt oder an meinem Schreibtisch sitzend zu sehen und hatte völlig vergessen, dass er so groß war. Und dass er einen so faszinierenden Duft ausströmte. Ich konnte immer noch nicht bestimmen, was für ein Duft das war. Vielleicht konnte ich Miss Templeton bitten, an ihm zu schnuppern; dann konnte sie mir helfen, es herauszufinden.

Wir fuhren in fast vollständigem Schweigen zu dem Vortrag. Beim Betreten des Saals sah er sich verstohlen um.

Ich legte eine Hand auf seinen Arm. »Keine Angst. Ich habe Ihnen doch gesagt, die Leute von Overwich sind sehr freundlich.« Bis auf die Familie Bickwith.

Miss Templeton stellte ihn vor. Vielleicht hätte ich das tun sollen, aber ich kam noch immer nicht ganz damit zurecht, wer wem vorgestellt wurde. Ob ich zum Beispiel sagen sollte, Mrs Soundso, das ist Mr Trimble, oder andersherum.

Auf dem Empfang nach dem Vortrag sah ich Lord Harriwicks Sohn an der gegenüberliegenden Wand lehnen. Er und seine Freunde pflegten normalerweise kaum Umgang mit der *Landbevölkerung*, wie Miss Templeton uns nannte, doch diesmal kam er herübergestolpert und hob sein Glas in unsere Richtung.

»Hallo, alter Junge! Lange nicht gesehen. Ich glaube, seit Eton nicht mehr.« Er klopfte Mr Trimble auf den Rücken und bot ihm etwas zu trinken an.

Mr Trimble trat zurück, ich trat vor. Da standen wir, Schulter an Schulter.

Miss Templeton lächelte und trat vor uns beide. »Sie können ihm nicht begegnet sein. Mr Trimble züchtet Schafe in Neuseeland. Er ist nur zu Besuch bei uns.«

Der Mann beugte sich um Miss Templeton herum und sah Mr Trimble mit zusammengekniffenen Augen an. »Komisch. Er kommt mir irgendwie bekannt vor, aber in der Kolonie bin ich noch nie gewesen.« Er hob erneut sein Glas und unterdrückte mit einer angestrengten Grimasse ein Rülpsen. »Aber ich muss Ihnen wohl glauben.«

Ein etwas starres Lächeln trat auf Mr Trimbles Lippen. »Das müssen Sie wohl.«

Als er fort war, fuhr Mr Trimble sich mit zitternder Hand durchs Haar.

Der Ärmste. Wenn er mich nicht meiner Stellung beraubt hätte, hätte er mir leidgetan.

»Sie sehen wirklich wie ein Gentleman aus, auch wenn Sie für Ihren Lebensunterhalt arbeiten müssen.«

Er wandte sich mit einer leichten Verbeugung zu mir um. »Dasselbe könnte ich von Ihnen sagen.«

Dasselbe von mir? Dass ich wie ein …? »War das ein Kompliment?« Mir gefiel das himbeerfarbene Kleid, das ich trug. Es war mit blauen Fäden durchwoben und wechselte bei jeder Bewegung die Farbe. Miss Hansford hatte mir geholfen und mein Haar in Locken gedreht und ich fand, dass ich eigentlich ganz hervorragend in das Milieu passte.

»Ich glaube schon, ja.« Sein Blick schien ein Friedensangebot zu sein. Ich akzeptierte es nickend.

In diesem Moment kam Mr Stansbury und begrüßte mich mit einer Verbeugung.

Ich knickste.

»Sie sind heute Abend die allerschönste Blume, Miss Withersby.«

Mr Trimble hob eine Braue und sah mich vielsagend an.

Ich konzentrierte mich ganz auf Mr Stansbury. »Vielen Dank, Mr Stansbury.«

»Apropos – meine Orchidee hat geblüht.«

»Und?«

»Und Sie hatten recht.« Er sagte es mit einem Augenzwinkern. »Ich hätte die Klassifizierung niemals bezweifelt und bin froh, dass es Ihnen aufgefallen ist. Ich hoffe, Sie können bei Gelegenheit einmal vorbeikommen und einen Blick darauf werfen und mir sagen, ob …«

»Das wird sie sehr gern tun«, mischte Miss Templeton sich lächelnd in unsere Unterhaltung ein.

»Am Mittwoch vielleicht?«

»Es wäre uns ein Vergnügen.«

Mr Stansbury erwiderte ihr Lächeln. Dann lächelte er Mr Trimble an. Dann mich.

Er war wirklich ein interessanter Mann. Die meisten anderen Männer im Raum wirkten wie in den gleichen blassgrauen und braunen Farbtönen gemalt, doch er trug immer irgendwo einen überraschenden Farbtupfer. Miss Templeton versicherte mir, dass das eigentlich nicht *en vogue* sei, doch ich fand, dass es seine rötlichen Wangen betonte und den Glanz seines präzise gescheitelten Haars verstärkte.

Verglichen mit Mr Trimble war er absolut umwerfend und doch war etwas Vornehmes, etwas Gediegenes an Mr Trimble, das dem Industriellen fehlte. Ich musste an Miss Templetons Worte über die glänzendsten Uhren denken.

Miss Templeton stupste mich mit dem Ellbogen und nickte mit hochgezogenen Brauen zu Mr Trimble hinüber.

Ich zog ebenfalls die Brauen hoch. Was meinte sie?

Sie lächelte Mr Stansbury strahlend an. »Dürfen wir Sie dem Assistenten von Miss Withersbys Vater vorstellen?«

Das hatte ich also vergessen! Die Vorstellung. Was war es doch für eine Freude, mit Blumen zu arbeiten. Sie baten nie um eine Vorstellung von irgendjemandem, und wenn man sie falsch klassifizierte, wie Mr Stansford es getan hatte, waren sie nicht beleidigt und man konnte trotzdem ihre Schönheit bewundern.

Mr Trimble neigte den Kopf. »Ich wäre entzückt, eine neue Bekanntschaft zu machen.«

Ich wusste immer noch nicht, wer wem vorgestellt wurde, stürzte mich aber trotzdem in die Aufgabe.

Die beiden Männer nickten einander zu.

Mr Stansbury sah mich an. »Ist Admiral Williams nicht anwesend?«

»Er war …«

Miss Templeton legte eine Hand auf meinen Arm. »Er hat Mr Trimble gebeten, Miss Withersby heute Abend zu begleiten.«

Daraufhin musterte Mr Stansbury ihn erneut, diesmal mit einem längeren Blick.

Mr Trimble lächelte.

Mr Stansbury erwiderte das Lächeln nicht, sondern sah ihn nur kühl an und wandte sich wieder an mich. »Heute habe ich von einem Korrespondenten eine italienische Orchidee erhalten. Erinnern Sie mich, dass ich sie Ihnen zeige, wenn Sie mich am Mittwoch besuchen.«

»Ich würde sie wirklich gern sehen.«

Er bot mir den Arm und ich schob meinen Arm durch seinen, wie ich es bei anderen Damen gesehen hatte.

Er führte uns nach hinten in den Saal, obwohl es dort gar nichts Sehenswertes gab. »Ich habe solche Freude an Ihrem Interesse, Miss Withersby. Die meisten Menschen würden meine Leidenschaft für eine Zeitverschwendung halten.«

»Wenn es so wäre, hätte ich mein ganzes Leben verschwendet. Ich würde Ihre neue Orchidee furchtbar gern zeichnen, wenn Sie erlauben.«

»Warum wollen Sie sich die Mühe machen? Ich kann eine Zeichnung für Sie anfertigen lassen, wenn Sie sie als kleines Geschenk annehmen.«

»Es wäre mir keine Mühe.« Ich konnte ihm keinen Vorwurf wegen seiner Großzügigkeit machen, musste aber zugeben, dass es mich in den Fingern juckte, endlich einmal wieder Stift und Pinsel in die Hand zu nehmen und zu versuchen, die subtilen Farben der Blüte zu treffen und ihr Wesen einzufangen, das Wesen einer Pflanze, die ich noch nie gesehen hatte.

Als ich mich umdrehte, sah ich, dass Mr Trimble mich fixierte, als ob … ich musste irgendetwas falsch gemacht haben. Oder ich hatte etwas getan, für das ich mich entschuldigen musste. Aber ich wusste beim besten Willen nicht, welch schreckliche Sünde ich begangen hatte. »Verzeihen Sie. Vielen Dank.« Ich hoffte, meinen Fehler damit wiedergutgemacht zu haben.

»Aber ich möchte es Ihnen wirklich gern schenken. Eine Frau wie Sie sollte nicht selbst zeichnen.«

Vielleicht nicht. Aber wenn sie es gern wollte?

Schließlich brachte Mr Stansbury mich zu Mr Trimble zurück. Sobald der Industrielle uns verlassen hatte, wandte Miss Templeton sich an ihn: »Was halten Sie von unserem Mr Stansbury?«

»Ein Selfmademan, würde ich sagen.«

»Sie sagen das, als sei es ein Makel!«

»Wirklich? Dann muss ich mich für meinen Ton entschuldigen, denn es gibt in Neuseeland etliche Leute, die mir dasselbe vorwerfen.«

Ein Lächeln belebte Miss Templetons Züge. »Er scheint eine besondere Vorliebe für Miss Withersby entwickelt zu haben.«

Er warf mir einen Blick zu. »Da muss ich Ihnen zustimmen.«

Ich wünschte, sie würden nicht über mich reden, als sei ich nicht anwesend. »Er ist sehr freundlich. Und ziemlich offen. Mehr als die meisten, würde ich sagen.«

Miss Templeton zog eine Braue hoch. »Ich denke, er würde sich ganz gut machen, finden Sie nicht auch, Mr Trimble?« Sie blinzelte mir hinter ihrem Fächer zu.

»Als was?«

»Als Ehemann natürlich.«

Mr Trimbles Augen flogen suchend durch den Raum. »Für manche mag er durchaus genügen, doch ich halte ihn kaum für den geeigneten Mann für Miss Withersby.«

Miss Templeton ließ ihren Fächer zuschnappen. »Aber warum denn nicht?«

»Wie gesagt, er mag genügen, aber ist er wirklich der Richtige? Das ist die eigentliche Frage!«

Woher nahm er das Recht, sich in meine Angelegenheiten einzumischen? Was auch immer Mr Trimble persönlich von Mr Stansbury halten mochte, er konnte nicht leugnen, dass der Mann Blumen liebte. Wenn er gelegentlich eine Pflanze falsch klassifizierte oder dem falschen Geschlecht zuordnete, war ihm das angesichts seiner echten Leidenschaft für Pflanzen leicht zu verzeihen. Und wenn die Sammlungen des Pfarrers eher zufällig zusammengetragen waren, war ihm das dann nicht ebenfalls nachzusehen angesichts der großen Freundlichkeit, mit der er jedermann behandelte, sogar die unerträgliche Mrs Bickwith?

Nicht, dass ich etwas auf Mr Trimbles Nörgeleien gab – ich war im

Gegenteil stolz darauf, diese Männer zu meinen Freunden zu rechnen. Oder … vielleicht nicht gerade zu meinen Freunden; das wäre vielleicht zu kühn. Vielleicht waren sie ja nur Bekannte. Andererseits schienen die Leute zu denken, dass die beiden mir den Hof machten, also durfte man vielleicht doch von Freundschaft reden. Sie waren meine Freunde. Und als solche verdienten sie es, dass ich sie verteidigte. »Ich wäre Ihnen dankbar, wenn Sie sich da heraushalten würden.«

»Aber deswegen bin ich doch hier, oder? Um Ihnen zu helfen, einen Mann zu finden.«

Und er mischte sich noch viel mehr in meine höchst private Angelegenheit ein, als mein Onkel es getan hatte. So gesehen war mir der Admiral doch sehr viel lieber. Meinem Onkel war es egal, mit wem ich sprach, solange ich überhaupt mit jemandem sprach. Und das war das Ziel, oder nicht? Das Interesse von irgendjemandem zu wecken. Wieso spielte es eine Rolle, wer dieser Jemand war? »Ich verstehe nicht, warum es Sie interessiert, wem ich meine Zeit widme.«

»Weil es mich schmerzt, Miss Withersby, Sie mir in ein paar Jahren als Hilfskraft eines Mannes vorzustellen, statt mir sagen zu können, dass Sie Ihren brillanten Verstand für Ihre eigenen Zwecke nutzen.«

Miss Templeton sah aus, als würde sie ihm am liebsten ihren Fächer über den Kopf hauen. »Ich glaube, Miss Withersby wird Erfolg haben, wo immer sie auch sein und was immer sie auch tun mag. Meiner Ansicht nach tun Sie ihr unrecht, Mr Trimble.«

»Ich glaube, sie tut sich selbst unrecht, Miss Templeton. Sie hat viel zu niedrig gesteckte Ziele.«

Miss Templetons Augen schienen sich für einen Moment zu verdunkeln, doch dann setzte sie ein Lächeln auf. »Kommen Sie.« Sie hakte sich bei uns beiden ein. »Lassen Sie uns Freunde sein, ja? Ich habe eine geistreiche Auseinandersetzung immer zu schätzen gewusst und hasse es, wenn sie durch ein griesgrämiges Gesicht wie das, das Sie gerade machen, Miss Withersby, verdorben wird.«

Sie zog uns zur Punschbowle, dann nickte sie irgendjemandem grüßend zu und ließ uns allein.

Ich verschränkte die Arme. Ich wusste nie, was ich mit meinen Armen anfangen sollte. Oder mit meinen Händen. Es fühlte sich einfach nicht normal für mich an, sie ganz natürlich hängen zu lassen, weil ich es gewohnt war, sie zu einem bestimmten Zweck einzusetzen. Bei genauerem Nachdenken waren allerdings wohl nicht meine Arme das Problem, sondern eher das untätige Herumstehen. Es war so völlig sinnlos. Ich blickte zu Mr Trimble hinüber. »Sie haben vorhin den Eindruck erweckt, als seien Sie nicht mit mir einverstanden.«

»Sie irren.«

»Vielleicht interessiert es Sie, dass ich mit Ihnen ebenfalls nicht einverstanden bin.«

Er schien wenig beeindruckt von meiner Abkanzelung. »Da sind Sie nicht die Erste.«

»Ich verstehe nicht, wie Sie herumlaufen und Leute missbilligen können, die Sie nicht einmal kennen.«

»Aber ich kenne Sie doch.«

»In fünf kurzen Wochen wollen Sie also das Recht erworben haben, sich in meine Angelegenheiten einzumischen? Das finde ich ziemlich dreist.«

»Sie vergessen … ich habe mir dieses Recht in drei langen Jahren erworben. Also muss ich mir die Frage stellen – die Sie selbst sich übrigens ebenfalls stellen sollten –, warum in Gottes Namen Sie Ihr Leben als Sekretärin von irgendjemandem verbringen wollen, wenn Sie einen eigenen Kopf zwischen Ihren hübschen Ohren haben?«

Es wirkte beinahe, als betrachtete er meine Suche nach einem Ehemann als persönlichen Affront. »Weil ganz offensichtlich alle Forschungsarbeit, die ich geleistet, und alles, was ich geschrieben habe, völlig wertlos ist. Warum sollte mein Vater mich sonst der Menschheit als Opferlamm anbieten?«

»Vielleicht, weil er es für seine Pflicht hält. Vielleicht, weil er Sie glücklich sehen möchte. Sind Sie glücklich, Miss Withersby?«

Glücklich? Wie konnte er es wagen, mich das zu fragen! »Nur ein Mann, der sich gewaltsam in meine Familie gedrängt und mir meine Stellung weggenommen hat, kann mich so etwas fragen!«

»Denn wenn Sie es nicht sind …«

»Sie sehen das völlig falsch, Mr Trimble. Meine Hauptverantwortung gilt der Arbeit meines Vaters.«

»Und was ist mit Ihrer eigenen Arbeit?«

»Meiner Arbeit? Das habe ich Ihnen doch gesagt. Keiner der Verantwortlichen scheint der Ansicht zu sein, dass meine Arbeit irgendeinen Wert hat.«

»Ich glaube schon, dass sie einen Wert hat.«

»Und wer sind Sie? Sitzen Sie im Vorstand der BAAS? Sind Sie in der Position zu entscheiden, welche Beiträge veröffentlicht werden?«

Er sagte nichts.

»Ich danke Ihnen für Ihre positive Einschätzung, doch ich selbst komme immer mehr zu der Überzeugung, dass sie wertlos ist.« Je mehr ich vorgab, heiraten zu wollen, desto stärker fing ich mich in meiner eigenen Falle. Ich dachte nicht mehr an Vorträge oder Bücher, sondern an Gesellschaften und Bälle. »Vielleicht wäre die Ehe mit einem ganz normalen Mann ohne wissenschaftliche Ambitionen wirklich das Beste für mich. Immerhin scheint sie sich ja für die meisten Frauen zu bewähren. Und wie der Admiral sagt: Es ist meine Bestimmung als Frau.«

Doch wenn dem so war, warum würde ich beim Gedanken daran am liebsten in Tränen ausbrechen?

21

Man hätte eigentlich annehmen können, dass ich mir eine mehrtägige Atempause von meinen gesellschaftlichen Verpflichtungen verdient hatte, doch Mr Stansburys Orchideen warteten bereits auf mich.

Auf den Besuch bei ihm folgte ein herrlicher Tag, an dem es nichts Besonderes zu tun gab. Dann standen weitere Besuche an sowie eine ganze Reihe von Bridgeabenden – und dann dämmerte der Morgen der Ruderveranstaltung. Wenigstens begann sie schon frühmorgens; das bedeutete hoffentlich, dass ich einen gemütlichen Abend zu Hause verbringen konnte.

Unten am Fluss lagen Ruderboote, für die Kinder standen Ponywagen bereit. Am Ufer hatte man Teppiche ausgelegt und Sofas und Stühle daraufgestellt. Mr Trimble erwies sich als fähiger und aufmerksamer Begleiter. Vielleicht sogar ein wenig zu aufmerksam.

»Stimmt etwas nicht, Mr Trimble? Sie starren mich jetzt schon fast eine ganze Stunde lang an.«

»Verzeihen Sie. Ich versuche nur herauszufinden … es ist irgendetwas mit … irgendetwas mit der Art, wie Sie gehen.«

»Wie ich *gehe*?«

»Ja. Es ist völlig falsch.«

»Aber wie um Himmels willen soll ich denn sonst gehen?«

»Es ist nicht die Aktion, es ist die Motivation. Sie gehen, als wollten Sie irgendwo hingehen.«

»Normalerweise ist das auch der Fall. Wenn ich gehe, möchte ich von da, wo ich bin, dorthin gelangen, wo ich hingehe.«

»Aber müssen Sie es so entschlossen tun?«

»Muss ich es …? Wie soll ich es sonst tun? Meinen Sie, ich soll nirgendwo hingehen?«

»Ich meine, dass Sie vielleicht nicht so deutlich zum Ausdruck bringen sollten, dass Sie woanders sein möchten.«

»Sie möchten, dass ich langsamer gehe?«

»Das könnte helfen.«

»Aber damit würde ich meine Zeit verschwenden. Und Ihre ebenfalls, da Sie ja darauf bestehen, mir überallhin zu folgen.«

»Es ist ja nur, weil Sie auf diese Weise den Eindruck erwecken, dass Sie lieber woanders wären.«

»Wir haben ja bereits herausgearbeitet, dass dem so ist.«

»Aber Sie sollten Ihren Begleitern das Gefühl geben, dass der einzige Ort, an dem Sie sein wollen, bei ihnen ist.«

»Warum müssen alle immer so viel verlangen? Ist es nicht schlimm genug, dass ich nicht sagen darf, was ich will? Darf ich jetzt nicht einmal mehr hingehen, wohin ich will?«

»Doch. Sie sollten es nur nicht so deutlich tun. Ich möchte Sie nicht kränken, Miss Withersby. Ich wollte Ihnen nur meine Beobachtungen mitteilen, damit Sie sie eventuell berücksichtigen können.« Er nahm meinen Arm. »Schauen Sie sich Miss Templeton an. Was glauben Sie, wohin sie geht?«

Ich sah ihr ein Weilchen zu, wie sie mit Mr Stansbury herumschlenderte. Anfangs war ich sicher, dass sie zum Ufer hinunter wollten, doch dann blieb sie stehen, um ihm zuzuhören. Sie spielte ein bisschen mit ihrem Fächer, dann nahm sie seinen Arm, den er ihr bot, und ging mit ihm in die entgegengesetzte Richtung. Aber eigentlich konnte ich nicht genau sagen, wo sie hingingen. »Ich habe keine Ahnung.«

»Was glauben Sie, veranlasst sie zu gehen?«

»Es sieht aus, als ob sie … ich muss gestehen, ich weiß es nicht.«

»Es sieht aus, als ob sie einfach das Gespräch mit ihrem Begleiter genießt, nicht wahr? Wie war noch mal sein Name?«

»Mr Stansbury. Das ist der Mann, den Sie offenbar für meiner nicht würdig halten.« Im Moment sah es so aus, als hätte er großes Interesse an Miss Templeton. »Ja, so sieht es aus.« Aber als ich weiter zusah … »Gute Güte, jetzt haben sie schon wieder die Richtung gewechselt!«

»Und was ist so schlimm daran? Wir haben gerade dasselbe getan, oder?«

Zu meinem großen Erstaunen hatten wir das tatsächlich.

Mr Trimble brach in lautes Lachen aus. »Starren Sie mich nicht so wütend an! Es ist schließlich nicht mein Fehler, wenn wir uns so angeregt unterhalten, dass Sie nicht darauf geachtet haben.«

»Haben Sie das gemeint? Dass ich nicht darauf achten soll, wo ich hingehe? Ich kann Ihnen versichern, dass ich mir auf den Straßen und Wegen in Cheshire sehr schnell den Knöchel verstauchen würde, wenn ich nicht darauf achte, wo ich hingehe.«

»Vielleicht könnten Sie sich einfach vorstellen, auf einem Streifzug durch die Natur zu sein. Sie machen einen Spaziergang und wissen nicht, was Sie finden oder was für Beobachtungen Sie machen werden. Sie … Sie genießen es einfach.«

»Genießen?«

»Genießen. So wie ich es genieße, bei Ihnen zu sein.«

»Sie … tun Sie das denn?«

Seine Mundwinkel hoben sich. »So seltsam es klingen mag, ich tue es.«

Mrs Bickwith kam uns entgegen. Sie blieb stehen und lächelte Mr Trimble affektiert an. »Ich erinnere mich nicht, jemals einen so schönen Herbst erlebt zu haben.«

Ich schon. »Ich aber. Im Oktober vor zwei Jahren.«

»Aber da war es doch furchtbar nass!«

»Wunderbar nass, fand ich. Dadurch haben die Blumen viel länger geblüht und die Früchte haben sich herrlich entwickelt.«

»Das entschädigt wohl kaum für die Umstände, die man hatte, wenn man mal ein bisschen ins Freie wollte.«

»Wenn Sie feste Schuhe tragen und Ihre Röcke ein wenig hochbinden, werden sie nicht so feucht und es bleibt auch kein Matsch daran hängen.«

Mrs Bickwith bekam den Mund nicht mehr zu. Sie starrte mich eine ganze Weile an, dann sagte sie ein paar Mal »hm« und entfernte sich.

Ich spürte, wie Mr Trimbles Arm zitterte, und als ich aufblickte, sah ich, wie er krampfhaft versuchte, nicht zu lachen.

»Anscheinend habe ich schon wieder etwas gesagt, was ich nicht hätte sagen sollen.«

»Die meisten Frauen, ja die meisten Menschen überhaupt, reden über Regen und Matsch nicht mit derselben Leidenschaft wie Sie.«

»Ich habe nicht von Regen oder Matsch gesprochen, sondern mich wohlüberlegt über Kleidung geäußert – genau das, was ich, wie Sie selbst mir sagten, tun sollte. Haben Sie denn nicht zugehört?«

Jetzt lachte er richtig. »Haben Sie das wirklich?«

»Ich verstehe nicht, warum Sie lachen. Miss Templeton redet die ganze Zeit von Kleidern oder Hüten oder … anderen Dingen.«

Er drehte mich in die entgegengesetzte Richtung. »Gehen wir ein Weilchen hier entlang.«

Miss Templeton und Mr Stansbury schlossen sich uns an. Sie und ich setzten uns auf eine Bank, die Männer blieben neben uns stehen.

Mr Trimble zog ein kleines Notizbuch und einen Stift aus seiner Tasche und begann zu zeichnen. Ich wollte einen Blick darauf werfen, doch er entzog das Büchlein meinem Blick und drückte es an seine Brust. »Ts, ts. Erst, wenn ich fertig bin.«

Er arbeitete noch ein Weilchen weiter, der Stift flog förmlich über das Papier, dann riss er die Seite heraus und präsentierte sie Miss Templeton mit schwungvoller Geste.

»Oh!« Sie schlug die Hand vor den Mund und seufzte vor Vergnügen auf. »Wie charmant! Und so pfiffig. Wie raffiniert von Ihnen, Mr Trimble! Und welch eine Kunstfertigkeit!«

Mr Stansbury wirkte nicht halb so beeindruckt wie sie.

»Sehen Sie nur, Miss Withersby!« Sie streckte mir das Blatt hin. Mr Trimble hatte sie als eine lachende Kapuzinerkresse gezeichnet. Das Bild war nicht farbig, aber ich konnte sie mir sofort vorstellen, in einem sonnigen Goldton. Es war wirklich fantasievoll und gleichzeitig sehr bezaubernd. Ihre Schreie des Entzückens hatten ein paar andere Damen angelockt, die um die gleiche Gunst baten.

So zeichnete er Mrs Shandlin als Fingerhut, die Blüte geschickt in eine Haube verwandelt; eine Frau aus der Londoner Gesellschaft stellte er als Dahlie mit einem weiten, dicht mit Rüschen besetzten Rock dar und Mrs Bickwith als bombastische Nelke, was die gute Frau allerdings nicht übel zu nehmen schien; sie wirkte im Gegenteil sehr geschmeichelt.

Miss Templeton klatschte hingerissen in die Hände. »Und jetzt Miss Withersby.«

»Nein.« Ich war zwar fasziniert von seiner Fähigkeit, Personen in Blumen zu verwandeln, doch ich konnte mir nicht vorstellen, was er aus mir machen würde. Komisch war allerdings, dass ich es auch gar nicht wissen wollte.

Sie legte ihren Fächer an meine Lippen, damit ich nicht weiterreden konnte, und bat ihn: »Doch. Bitte, Mr Trimble. Sie müssen! Schon aus Höflichkeit. Sie haben alle anderen gezeichnet, jetzt müssen Sie sie auch zeichnen.«

Er sah mich aufmerksam an, als überlegte er, welche Blume am besten für mich passte.

Ich beschloss, festzubleiben. »Bitte nicht. Ich habe mein Leben inmitten von Blumen verbracht, ich muss nicht noch als eine gezeichnet werden.«

Er strich mit der Hand über sein Büchlein. »Ein Grund mehr, Sie zu zeichnen.« Er zog seinen Stift heraus und setzte bereits an zu zeichnen, da legte ich meine Hand über seine. »Wie … was ist das für ein Stift?«

Er hielt ihn hoch. »Das? Das ist ein wirklich erstaunlicher Mechanismus. Er braucht keine Tinte. Er hat eine Patrone hier drin.« Er deutete mit dem Finger auf den Schaft.

»Eine Patrone? Da drin?« So etwas hatte ich noch nie gesehen. »Woher haben Sie den?« Wenn ich kein Tintenfass mehr mitnehmen musste, konnte ich praktisch überall zeichnen.

»Ich habe ihn mir aus New York schicken lassen.«

»New York. Aus … aus Amerika?«

Er nickte. Inzwischen hatte er angefangen zu zeichnen.

New York? Das klang … nun … offen gesagt hörte sich das aus dem Mund eines Schaffarmers äußerst seltsam an. Es klang eher nach den Worten von Mr Stansbury. Oder Miss Templeton. Ich überlegte, wie diese Tatsache zu den Informationen passte, die ich über seine Familie hatte, und fand keine Erklärung.

Er zeichnete ein paar Minuten; auch jetzt flog seine Hand wieder über das Papier. Dann hob er den Kopf und sah mich an.

»Sie brauchen gar nicht weiterzumachen mit diesem Unsinn!«

»Unsinn? Verunglimpfen Sie meine Talente, Miss Withersby?«

Ich spürte, wie ich rot wurde. »Nein, ich meinte doch nur …«

»Keine Sorge. Ich weiß, was Sie meinten.«

Er achtete sorgfältig darauf, dass ich die Zeichnung nicht sah, ehe sie fertig war, doch Miss Templeton stellte sich neben ihn und seufzte hin und wieder über das, was sie sah. Dann tat er einen letzten, kühnen Strich und reichte mir das Bild.

Er hatte Miss Templeton mit der fröhlichen Ausgelassenheit gezeichnet, die sie umgab wie ein Parfum. Mrs Shandlin war ein Fingerhut, genauso groß und schlank wie diese Pflanze. Mich hatte er als ganz gewöhnliche Glockenblume dargestellt. Die Blütenblätter bildeten einen unmodernen, schmalen Rock, eines der spitzen Deckblätter eine Haube. Das Ganze wirkte schlicht und doch irgendwie elegant. Kräftig und doch zart. Es hatte überhaupt nichts mit mir zu tun und doch wünschte ich mir, so zu sein.

Miss Templeton riss es mir aus der Hand. »Oh, Sie haben sie wirklich ganz genau getroffen, Mr Trimble.« Sie sah ihn wissend an. »Aber unsere Miss Withersby ist ziemlich eigensinnig und Glockenblumen fallen doch bei der leisesten Berührung in sich zusammen.« Es klang wie eine Rüge.

»Nur, wenn sie aus ihrem Heimatboden gerissen werden. Wenn man sie in Ruhe lässt, sind sie die zäheste Wildpflanze in unserem Land.«

»Ja, aber wenn wir sie nicht pflücken dürfen, wie sollen wir sie dann bewundern?« Sie ließ den stirnrunzelnden Mr Trimble stehen, nahm Mr Stansburys Arm und ging, um den anderen Frauen meine Zeichnung zu zeigen.

Ich durfte ihm die verdiente Anerkennung nicht vorenthalten. »Sie haben wirklich Talent.«

»Für ein paar Taschenspielertricks vielleicht.«

Die anderen hatten uns allein gelassen.

Er betrachtete einen Moment mein Gesicht, dann blickte er auf seinen leeren Notizblock. »Meine Wahl hat Ihnen nicht gefallen?«

»Darf ich Sie an die Glockenblume erinnern, Mr Trimble? Es ist eine ganz gewöhnliche Blume, vielleicht sogar die gewöhnlichste überhaupt.«

»Der Ansicht war ich nie. Für mich war sie immer Englands schönste Blume. Und was wäre unser Leben ohne sie – wie würden wir die tristen Winter überstehen ohne die Hoffnung auf die Glockenblumenwiesen im nächsten Frühling?«

»Aber Glockenblumen brechen unter dem Gewicht ihrer eigenen Blüte, ihrer eigenen Erwartungen zusammen. Sie sind zu zart für die Realitäten des Lebens.«

»Sie neigen sich, Miss Withersby. Sie brechen nicht, sie neigen sich. Sie bewahren ihre Kraft für die Erfordernisse des Augenblicks.«

Ich wünschte, es wäre so. »Es ist ihr Schicksal, im Schatten der anderen zu leben; sie wurzeln gleichsam in Pflanzen, die längst tot sind. Wenn sie sich überhaupt ausbreiten, dann unter der Ägide von Blumen, die es längst nicht mehr gibt.«

»Was für ein trauriges Zeugnis.«

»Es ist eine traurige Existenz. Und … denken Sie jetzt nicht, dass ich Ihr Talent schmälern will, aber ich … ich möchte keine Glockenblume sein.« Er fand, ich sei eine Glockenblume? Wirklich? Ich blinzelte die Tränen fort, die mir in die Augen gestiegen waren.

»Wie können Sie etwas anderes sein als das, was Sie sind? Und warum sollten Sie überhaupt etwas anderes sein wollen? Sie wissen doch sicher, dass Glockenblumen nicht nur in den Wäldern wachsen. Sie gedeihen fast überall. Und manche sagen sogar, dass sie in der Sonne noch viel besser wachsen als im Schatten.« Er legte sanft die Hand an mein Kinn und wischte mit seinem Daumen eine Träne fort.

»Wollen Sie damit sagen … dass Glockenblumen zwar nicht gepflückt werden sollten, dass man sie aber … verpflanzen kann?«

»Ich wollte sagen, dass Ihnen keine Grenzen gesetzt wären, Miss Withersby, wenn Sie aufhören würden, eine Kapuzinerkresse sein zu wollen!«

Ich wusste, dass ich nicht wieder hätte anfangen sollen, mit ihm zu reden! »Ich kann sein, was ich will.«

»Können Sie das wirklich?«

Am folgenden Nachmittag, nach dem Kirchgang, versuchte ich mich an Mr Trimbles Methode, Menschen in Blumen zu verwandeln. Wenn ich Blumen zeichnen konnte, musste ich dann nicht auch Blumen als Menschen zeichnen können, so wie Mr Trimble? Ich musterte meine Zeichnung von Lady Harriwick, die ein Stiefmütterchen hätte werden sollen, und seufzte.

Mr Trimble zog sich einen Stuhl heran und setzte sich neben mich. Er nahm mein Blatt und betrachtete es. »Sie dürfen den Stift nicht so krampfhaft umklammern. Es geht darum, einen flüchtigen Eindruck wiederzugeben. Man braucht sich in diesem Fall nicht so peinlich genau an die tatsächlichen Umrisse der Blume zu halten.« Er nahm ein leeres Blatt und warf mit wenigen Strichen eine Karikatur hin.

»Wie machen Sie das?«

Er legte den Kopf schräg und betrachtete, was er gerade gezeichnet hatte. »Ich weiß es selbst nicht so genau.«

»Die Proportionen sind ganz falsch und trotzdem …«

»Aber Sie erkennen das Stiefmütterchen, oder?«

»Ja.« So unglaublich es klang, es war zu erkennen.

»Und Sie wissen, dass es Lady Harriwick ist.«

»Ja.« Die Ähnlichkeit war unverkennbar. Ich nahm meine eigene Zeichnung und knüllte sie zusammen.

Er legte seine Hand über meine.

Ich protestierte. »Es ist sinnlos. Ich kriege es nie so hin wie Sie.«

»Schauen Sie.« Er nahm mir das Blatt weg, legte es auf den Tisch, strich es glatt und ergänzte meine Zeichnung um ein paar Striche, glättete die Kanten meiner Kelchblätter und rundete die Blütenblätter etwas ab. Das Ganze wirkte, als hätte er Bewegung hinzugefügt – wenn so etwas möglich war. »So. Sehen Sie?«

Ich sah. Ich sah, dass sogar ein Schaffarmer in meiner ureigenen Arbeit besser war als ich, dass Mr Trimble ein talentierterer Illustrator war. In fünf Minuten hatte er eine Zeichnung fertig, vielleicht nicht genauer, aber auf jeden Fall atmosphärisch treffender als eine, die mich Stunden kostete. »Sie machen das wirklich sehr gut.«

»Wie ich schon sagte, es ist gar nichts. Nur ein Taschenspielertrick, um die Damenwelt zu erfreuen.«

Auch das war ihm gelungen. Sogar Miss Templeton, die ohnehin immer charmant und fröhlich war, hatte in seiner Gegenwart etwas regelrecht Strahlendes bekommen.

Ich überlegte, wie es sich wohl anfühlte, wie Miss Templeton zu sein, der ihre Umgebung jeden Wunsch von den Augen ablas. Wahrscheinlich sehr angenehm.

Sie hatte etwas an sich, das bewirkte, dass man sie auf keinen Fall enttäuschen wollte. Ob man ein solches Wesen wohl züchten konnte? Konnte ich mich in eine Miss Templeton verwandeln?

Nein.

Oder doch, ich konnte schon. Genau das versuchte ich ja die ganze Zeit. Aber dabei hatte ich das Gefühl, mir selbst und den anderen lediglich etwas vorzuspielen.

»Bitte sehen Sie das nicht als Verunglimpfung des guten Namens Ihrer Freundin, aber unser Schlagabtausch war einfach nur ein Amüsement, ein Zeitvertreib.«

»Ein Zeitvertreib?«

»Der mühelosesten Sorte. Ich sagte, was man von mir erwartete, sie sagte, was man von ihr erwartete – wir hielten uns einfach an die Regeln. Es war, als hätte man mir das Textbuch zu einem Stück in die Hand gedrückt, das ich bereits kannte. Ich hatte ganz vergessen, wie einfach es ist zu reden, ohne zuerst nachzudenken.«

Ich sah ihm direkt in seine tiefblauen Augen. »Ich finde es besorgniserregend, dass Sie das nicht immer tun.«

»Wenn ich mit Ihnen rede, ist es ganz anders. Ich muss überlegen, was ich meine, und meinen, was ich sage, und das ist beglückend und zugleich unvorstellbar mühsam.«

Ich schaute hinunter auf die Zeichnung. »Wenn es Ihnen nicht gefällt, brauchen Sie überhaupt nicht mehr mit mir zu reden.« Damit nahm ich ihm das Blatt aus der Hand. »Ich hätte bestimmt nichts dagegen.« Es würde mir jedenfalls viel Ärger ersparen.

»Aber genau darum geht es doch. Ich glaube, dass es Ihnen genauso gefällt wie mir, Miss Withersby.«

»Was gefällt?«

»Das Reden.«

Darüber musste ich kurz nachdenken. In den meisten meiner Beziehungen war ich diejenige, die zuhörte. Ich war immer die, die schrieb, die Notizen machte. Bei meinem Vater. Bei dem Pfarrer. Bei Miss Templeton.

Für sie machte ich zwar keine Notizen, doch während ich sie beobachtete, registrierte ich meine Beobachtungen. »Ich glaube, Sie haben recht, Mr Trimble. Bei genauerem Nachdenken musste ich gerade feststellen, dass ich die meiste Zeit nur zuhöre.«

»Das, meine liebe Miss Withersby, ist eine echte Schande, denn ich habe festgestellt, dass stille Menschen – meistens – sehr interessant sind.«

»Wirklich?« Seine Worte gaben mir das Gefühl, als hätte irgendetwas ganz tief in meinem Innern Flügel bekommen.

»Ich glaube schon. Wenn ich mich amüsieren wollte, würde ich zu Miss Templeton gehen, aber wenn ich eine wohlüberlegte Einschätzung bräuchte, würde ich zu Ihnen kommen. Oder wenn es um eine Beobachtung ginge.«

Ich fühlte mich geradezu lächerlich geschmeichelt von seinem Kompliment.

Er hatte sich zu mir herabgebeugt, doch jetzt richtete er sich so abrupt auf, dass man beinahe hätte sagen können, er riss sich hoch. »Wie steht es mit Ihrem Ehefeldzug?«, fragte er. »Rechnen Sie bereits mit irgendwelchen Anträgen?«

Ich blinzelte. »Anträgen? Ich … ich glaube nicht.« Anträgen? Anträgen! »Ich meine, ja! Ja, doch, ich glaube schon. Bald.« Und dann konnte Mr Trimble weggehen. So war der Plan. Er sollte weggehen.

Er lächelte eines dieser leeren, flüchtigen Lächeln, die, wie ich gelernt hatte, bar jeder Bedeutung waren. »Der Glückliche.«

»Warum?«

Er erstarrte. »Warum was?«

»Warum ›der Glückliche‹?«

Er blinzelte. »Äh … das ist nur so eine Redensart. Nur … etwas … was man halt so dahinsagt.«

»Sie meinen reden, ohne zu denken? Aber Sie haben doch gerade gesagt, wenn Sie mit mir reden, denken Sie zuerst nach, bevor Sie reden.«

Er sah mich mit seltsam hochgezogenen Brauen an, als sei ich ein Unkraut, das seine geliebten Pflanzen erstickte. »Ich sollte jetzt wirklich mit den Notizen Ihres Vaters weitermachen.«

»Aber ich verstehe nicht … was … Sie …«

»Manche Dinge braucht man nicht zu verstehen, Miss Withersby.« Jetzt war er wieder der alte Pedant. »Wenn man in Gesellschaft ein Kompliment bekommt, nimmt man es in der Regel hin, ohne es zuvor peinlich genau abzuklopfen.«

Ich folgte ihm zum Schreibtisch. »Sie meinen, Sie haben einfach nur etwas gesagt, weil … warum? Ich habe Sie nicht um ein Kompliment gebeten.«

»Nein.«

»Ich habe keins erwartet.«

»Das dachte ich auch nicht.«

»Also warum wollten Sie mir dann eins machen? Und noch dazu ein so Unüberlegtes? Warum haben Sie nicht gesagt, was Sie meinten?«

»Ich habe es so gemeint.«

»Aber …« Plötzlich tat mein Herz weh. »Aber was haben Sie damit gemeint?«

»Ich … ich habe nicht das Recht, das zu sagen.«

»Aber ich dachte … ich meine, wir …« Ich hatte gedacht, dass wir einander besser kannten.

»Wenn Sie jetzt bitte …« Er deutete auf die andere Seite des Schreibtisches. »Sie stehen mir im Licht.«

Ich stand ihm im Licht? Ich stand wohl eher seinem Verstand im Weg. In diesem Moment beschloss ich ein für alle Mal, dass ich die vornehme Gesellschaft nicht mochte. Sie war irgendwie käuflich und auf jeden Fall fehlte ihr etwas. Ich hob Mr Trimbles Hand an, weil ich die Papiere darunter hervorziehen wollte. »Ich glaube, Sie hätten es leichter, wenn Sie …«

Er entriss mir seine Hand. »Ich hätte es leichter, wenn Sie gingen.«

22

Am nächsten Tag traf ich mich mit Miss Templeton zu einer Veranstaltung der Kirchengemeinde und beschloss, ihr von meiner Verwirrung zu erzählen. »Warum macht einem jemand ein Kompliment, das er gar nicht so meint?«

»Weil er höflich sein will.«

»Aber Mr Trimble und ich sind seit unserer ersten Begegnung äußerst unhöflich zueinander.« Ich verstand einfach nicht, was er mit der Bemerkung gestern Nachmittag gemeint hatte.

»Mr Trimble? Er hat Ihnen ein Kompliment gemacht?«

»Ja. Glaube ich wenigstens. Und eigentlich glaube ich, dass er es auch so gemeint hat, aber nicht wollte, dass ich weiß, was er damit gemeint hat.«

»Vielleicht sollten Sie mir lieber sagen, was er gesagt hat.« Sie straffte die Schultern, als erwartete sie etwas Unangenehmes.

»Er sagte … nun … wir sprachen über Anträge und ob ich erwartete, einen zu erhalten, und ich sagte …«

»Sie sagten natürlich, dass Sie schon sehr bald mit einem rechnen.«

»Ja, das habe ich gesagt, und dann sagte er ›der Glückliche‹.«

»Und …?«

»Und das war's.«

»Nun …« Sie zögerte, als hätte sie einen Verdacht, dann runzelte sie die Stirn. »Das war wirklich sehr freundlich von ihm. Ich hoffe, Sie haben ihm gedankt.«

»Ich … na ja … nein. Ich habe ihn gefragt, warum.«

»Warum was?«

»Warum er ›der Glückliche‹ gesagt hat.«

»Und er sagte …?«

»Und er sagte, er hätte nicht das Recht, mir das zu sagen.«

»Er hätte nicht das Recht …?« Sie schürzte die Lippen, während sie über Mr Trimbles Worte nachdachte. »Vielleicht …« Sie keuchte auf. »Oh! Vielleicht ist er verheiratet!«

»Aber warum hätte er dann nach Neuseeland gehen sollen?«

Sie dachte nach. »Nun … vielleicht hat er sich verlobt.«

»In Neuseeland? Und warum ist er dann zurückgekommen?«

Sie seufzte. »Das ergibt auch keinen Sinn. Was wissen Sie überhaupt über ihn?«

Fast alles. Jedenfalls fast alles über sein Leben in Neuseeland. »Er ist ein Schaffarmer, der …«

»Das weiß ich. Was sonst noch?«

»Sonst gibt es nichts zu wissen. Er hat eine schreckliche Familie. Mehr weiß ich nicht.«

»Na also. Er hat nicht das Recht, es Ihnen zu sagen, wegen seiner schrecklichen Familie.«

»Warum sollte das eine Rolle spielen?«

»Seine Angehörigen müssen eine Rolle spielen, sonst … warum wäre er sonst nach Neuseeland gegangen?«

»Weil er Schafe mag?«

»Miss Withersby!« Sie schüttelte den Kopf. »Er ist selbstverständlich ins Ausland gegangen, weil er vor etwas davongelaufen ist!«

»Ach …?« Ich verstand nicht ganz.

»Die einzig vernünftige Schlussfolgerung lautet, dass er vor seiner Familie fortgelaufen ist und versuchen wollte, sich ein neues Leben aufzubauen. Es ist immer besser, nicht in diesen Dingen herumzustochern.«

»Genau das hat er auch gesagt.«

»Es genügt zu wissen, dass er sehr hoch von Ihnen denkt, auch wenn er keinesfalls in einer Lage ist, die es zulässt, dass Sie ihn in Erwägung ziehen.«

»Als was in Erwägung ziehen?«

»Als Bewerber! Also wirklich, Miss Withersby, haben Sie mir denn nicht zugehört? Der arme Mann! Ich bin sicher, er könnte etwas aus sich machen, wenn er nicht diese schreckliche Familie wie einen Mühlstein am Hals hängen hätte. Je eher wir ihn aus dem Weg schaffen, desto besser – für alle Betroffenen.«

Ich wusste wirklich nicht, was ich aus Mr Trimbles Gefühlen und Miss Templetons Erklärungen machen sollte, deshalb beschloss ich, erst einmal einen Spaziergang über Gottes grüne Erde zu machen … auch wenn die Erde um diese Jahreszeit eher braun aussah. Ich nahm Haube, Jagdjacke und Botanisiertrommel, schlüpfte durch die Hintertür hinaus und marschierte stracks in Richtung Katzenschlucht. Beim Gehen überlegte ich, warum mein Vater mich wohl noch nicht gebeten hatte, die Suche nach einem Mann aufzugeben. Vielleicht, weil ich nicht genug über den Pfarrer und Mr Stansbury gesprochen hatte. Vielleicht fand er es aber auch nicht dringend, weil ich keinerlei Dringlichkeit hatte erkennen lassen.

Ich klatschte in die Hände, weil mir kalt war, und blieb stehen, um ein paar Distelsamen vor einem Zaun zu betrachten.

Die Distelsamen ließen durchaus Dringlichkeit erkennen, sehr große sogar; sie hatten sich angesichts des bevorstehenden Winters vom Wind auseinanderblasen und verteilen lassen. Ich stand da und blickte über die Wiese; vielleicht konnte ich ja doch noch ein paar Pflanzen entdecken. Doch dann rief ich mir ins Gedächtnis, dass ich nicht nach Blumen suchte; was ich wirklich brauchte, war die exklusive Aufmerksamkeit eines Verehrers.

In der Ferne hörte ich Jagdhörner.

Es war schwer, zu dieser Jahreszeit Blumen zu entdecken, weil ihre Samen sich im toten Gras verbargen. Und jetzt war ich zusätzlich durch die Jagdhörner und das Hundegebell abgelenkt.

Ein Fuchs schoss unter dem Zaun hindurch, direkt an mir vorbei. Ich sah oft Füchse auf meinen Streifzügen, aber gewöhnlich waren sie sehr scheu. Dieser hier schien allerdings so verängstigt zu sein, dass er mich offenbar gar nicht wahrnahm. Einen Augenblick später wurde der Zaun beinahe von einem Rudel Hunde niedergerissen, die unaufhörlich mit ihren tiefen Stimmen bellten und wie die Wilden gruben, um die Lücke zwischen Boden und Zaun zu erweitern. Als ob es noch nicht reichte, dass die Wiesen ständig von Amateurbotanikern und Jägern zertrampelt wurden, wurden sie jetzt auch noch von Hunden umgegraben!

Plötzlich hörte ich Hufgetrappel. Ein Jäger. Er bog vom Weg ab, hielt mit dem Pferd direkt auf den Zaun zu, an dem ich stand, und brüllte: »Aus dem Weg, dummes Weib!«

»Ich bin nicht dumm!« Wahrscheinlich war ich um etliches klüger als er.

Hinter ihm ertönten noch mehr donnernde Hufe und dann sprangen die Pferde in einer endlosen Prozession über den Zaun.

Ich ließ mich zu Boden fallen und schlug die Arme über den Kopf, während sie vorbeirasten. »Ich muss protestieren!« Doch meine Beschwerde verpuffte im Nichts, denn die Reiter waren bereits vorüber und hinterließen lediglich ein Chaos aus ausgerissenem, in den Schlamm getretenem Gras.

Ich sah ein paar Herbst-Wendelähren, die ebenfalls von den Pferdehufen – oder vielleicht auch von den Pfoten eines der Jagdhunde – in den Schlamm getreten waren. Als ich mich über sie beugte und um sie trauerte, hörte ich ein weiteres Pferd herangaloppieren und wandte mich dem Geräusch zu.

»Weg da!« Der Reiter gestikulierte wild, dass ich Platz machen sollte.

Schrie er etwa mich an? Ich richtete mich auf und stemmte die Hand in die Hüfte, während ich mich umdrehte. Tatsächlich, er schrie mich an. Weit und breit war nichts als Gras und offenes Gelände; der Rest der Pferde war längst vorbeigedonnert. Ich verstand nicht, warum ich Platz machen sollte, wo er doch ganz einfach an mir vorbeireiten konnte. Als ich mich ganz umdrehte, um ihm das zu sagen, sah ich überrascht, dass er sich bereits unmittelbar vor mir befand.

»Aus dem Weg, habe ich gesagt!«

Mein letzter bewusster Gedanke war, dass Pferde doch ziemlich groß waren, wenn sie so dicht vor einem standen.

Das Erste, was ich wahrnahm, als ich aufwachte, war das Pochen in meinem Kopf – und die Stimme von Mr Trimble. Ich legte eine Hand an die Stirn und schnappte nach Luft, als die Bewegung das Hämmern urplötzlich heftig verstärkte. »Seien Sie still. Mein Kopf tut entsetzlich weh.« Ich machte vorsichtig ein Auge auf.

Mein Blick fiel auf Miss Templeton. Sie hatte ein Taschentuch an die Nase gepresst; ihr Gesicht war tränenüberströmt. »Wir wussten nicht, ob Sie wieder aufwachen würden«, keuchte sie.

Neben ihr erschien Mr Trimble. »Natürlich wussten wir, dass Sie aufwachen würden.« Es klang irgendwie missbilligend. »Die Frage war nur, wann.«

»Aber der Arzt sagte, dass sie vielleicht nicht …«

Mr Trimble kniete neben mir nieder, legte die Fingerspitzen an meine Wangen und sah mich an. »Er sagte, Sie hätten einen tüchtigen Schlag gegen den Kopf und auch gegen die Rippen abbekommen und das Beste, was Sie tun können, ist, sich auszuruhen.« Er strich mir das Haar aus dem Gesicht.

Ausruhen. Eine gute Idee. Wenn ich schlief, spürte ich vielleicht die Kopfschmerzen nicht, und wenn er mich weiter streichelte, fiel mir vielleicht auch das Atmen leichter.

Als ich wieder aufwachte, war es dunkel im Zimmer, bis auf ein Feuer im Kamin. Ich roch das Feuer und sah die Glut, doch es war irgendwie nicht an der richtigen Stelle. Wo war ich?

Ich stützte einen Ellbogen auf … worauf lag ich überhaupt? Ich versuchte, mich umzusehen, doch davon wurde mir schwindelig, deshalb beschloss ich, das Umsehen auf später zu verschieben. Aber … war das Mr Trimble? Warum war er … wo immer es war, wo wir uns gerade befanden? Und warum war er in seinem Sessel eingeschlafen?

Ich schloss die Augen und ruhte mich einen Moment aus. Als ich sie wieder öffnete, sahen mich fünf Leute an.

Mein Vater, Mr Trimble, Miss Templeton, der Pfarrer und Mr Stansbury.

Ich versuchte zu lächeln, doch der Versuch ließ mich aufstöhnen.

Mr Trimble hob eine Hand. »Bewegen Sie sich nicht.«

Das hatte ich auch nicht vorgehabt.

Miss Templeton riss die Augen auf. »Sie werden … Sie werden doch nicht wieder einschlafen, oder?«

Hatte ich geschlafen?

Mein Vater trat zu mir, kniete sich hin und nahm meine Hand. »Du bist auf deinem Spaziergang über den Haufen geritten worden, von einem dieser … dieser …« Er schien vor Wut zu zittern.

»Dieser idiotischen, egoistischen, erbärmlichen Sprösslinge der besten Familien unseres Landes«, soufflierte Mr Trimble.

»Aber machen Sie sich keine Sorgen.« Miss Templeton lächelte, als könnte sie mich allein dadurch wieder gesund machen; mich interessierte allerdings eher die Frage, wie sie darauf kam, dass ich mir Sorgen machte. Warum sollte ich …? »Der Arzt hat gesagt, Sie würden wieder gesund werden.«

Der Pfarrer reichte ihr ein Taschentuch, weil sie wieder in Tränen ausbrach. »Wir haben alle für Sie gebetet.«

Das hatten sie getan? Ich schloss die Augen und überlegte, ob schon jemals jemand für mich gebetet hatte.

»Ist sie …?«

Miss Templetons durchdringendes Flüstern ließ mich die Augen wieder aufreißen. »Ist wer was?«

»Oh! Ich dachte, Sie würden schon wieder einschlafen.«

»Schlafen Sie, wenn Sie möchten.« Mr Trimbles Worte klangen eher wie ein Befehl als wie ein Vorschlag.

Mr Stansbury hielt eine … »Ist das eine italienische Orchidee?«

Er blickte auf seine Hände hinunter, als sei er selbst überrascht. »Ja. Ist es. Ich wollte nur …« Er streckte die Hand mit der Blume aus und sah sich im Raum um.

Ich suchte den Blick meines Vaters. »Warum bin ich im Salon?«

Ich spürte seinen Schnurrbart, als er mich auf die Stirn küsste. »Weil du mit diesem schrecklichen Mann – Lord Harriwicks Sohn – zusammengestoßen bist. Weißt du, was er getan hat?«

»Er ist mit mir zusammengestoßen?«

Miss Templeton übernahm den Bericht. »Er hat Sie einfach dort draußen liegen lassen bis nach der Jagd. Sie kamen so lange nicht von Ihrem Spaziergang zurück und …«

Jetzt übernahm mein Vater wieder. »Und ich wusste doch, dass du nicht gern draußen bist, wenn die Fledermäuse unterwegs sind.«

Mr Trimble räusperte sich und berichtete weiter: »Wir machten uns Sorgen um Sie, hatten aber keine Ahnung, wo wir suchen sollten, bis Lord Harriwicks Sohn endlich daran dachte, jemanden vorbeizuschicken, der sich entschuldigte, weil er Sie umgeritten hatte.«

Miss Templeton schrie zitternd auf: »Und dann ist Mr Trimble zum Anwesen der Harriwicks geritten und …«

»Und ich habe verlangt, zu der Stelle gebracht zu werden, wo er Sie über den Haufen geritten hat.«

Miss Templeton tätschelte Mr Trimble den Arm. »Und er hat Sie hierher getragen und dann hat er den Arzt geholt und …« Sie warf sich in Mr Stansburys Arme und fing an zu schluchzen, was gar nicht so schlecht war, weil mir ganz schwindelig war von dem Versuch, der Konversation zu folgen.

Mr Trimble kniete sich neben mich und steckte die Decke um mich herum fest. »Der Arzt sagte, Sie sollten nicht bewegt werden, deshalb haben wir Sie hier unten gelassen. Und jetzt müssen Sie sich ein Weilchen ausruhen.«

Ein Weilchen. »Wie lange genau?«

»Drei Wochen, vielleicht auch einen Monat.«

»Kein Tanzen?«

»Kein Tanzen. Keine Streifzüge. Überhaupt sehr wenig Bewegung.«

»Aber was ist mit …« Was war mit all den Dingen, die ich tun sollte?

Der Pfarrer tätschelte mir die Hand. »Ich rühre meine Sammlungen nicht an, bis es Ihnen besser geht.«

Mr Stansbury stieß mit dem Stiefel gegen die Dielen. »Und ich warte immer noch auf Antwort von meinem Korrespondenten, wegen der Pflanze, die Ihrer Ansicht nach falsch klassifiziert wurde, also machen Sie sich auch darüber keine Sorgen.«

Miss Templeton hatte aufgehört zu weinen und versuchte zu lächeln. »Es wird wieder gut. Alles wird wieder gut.«

Mr Trimbles Hand glitt von meiner Stirn hinunter zu meiner Wange. »Machen Sie sich keine Sorgen. Ich habe alles im Griff.« So sehr ich auch versucht hatte, Mr Trimble loszuwerden, irgendwie trösteten mich seine Worte jetzt doch. Ich ließ den Kopf aufs Kissen sinken und schlief wieder ein.

Mr Stansbury und Miss Templeton kamen am nächsten Tag wieder. Während mein Vater im Zimmer herumlungerte, zog sie sich einen Stuhl an meine Liegestätte und setzte sich neben mich. Mr Stansbury legte einen Arm um die Rückenlehne des Stuhls und hockte sich quasi neben sie. Er lächelte mich an und ich stellte entzückt fest, dass ich zurücklächeln konnte, ohne dass es allzu sehr wehtat.

»Ich habe mit Lord Harriwick gesprochen. Er wird die Arztrechnung bezahlen und auch eine schöne Rinderhälfte schicken, damit Sie eine gute Fleischbrühe trinken können.«

Miss Templeton wandte sich um und sah ihn an. »Wie wundervoll Sie sind, Mr Stansbury! Finden Sie nicht auch, Miss Withersby?«

»Eine ganze Rinderhälfte? Wo sollen wir die aufbewahren?«

»Wenn Sie ihm schon Schuldgefühle gemacht haben, könnten Sie ihn doch auch gleich noch dazu bringen, das neue Buch von Mr Withersby zu bestellen, oder?« Das kam von Mr Trimble, der offenbar irgendwo hinter mir saß. »Ihn und sein faules Pack von Freunden gleich mit.«

Mr Stansbury zog eine Braue hoch. »Ich werde sehen, was ich tun kann.«

»Drohen Sie ihnen damit, dass Sie ihnen das Jagdrecht auf Ihrem Land entziehen, dann hören sie Ihnen zu.«

Miss Templeton berührte meine Hand. »Mr Stansbury hat Lord Harriwick überzeugt, dass er Sie zu seinem Weihnachtsball einladen muss.«

Bedeutete das, dass ich hingehen musste? Mein Kopf pochte schon wieder. Wenn ich nicht gewusst hätte, dass meine Besucher mich nur aufheitern wollten, hätte ich Mr Trimble gebeten, mich hinauf und ins Bett zu bringen. Leider blieben sie, bis er sie um halb vier hinauswarf.

Als Vater mir eine Tasse Tee brachte, tauchte er hinter ihm auf. »Haben die denn nicht gesehen, dass Sie völlig erschöpft sind?« Er hob sanft meinen Kopf an, nahm mein Kissen, schlug es leicht gegen seine Hüfte und schob es mir wieder unter den Kopf. »Vielleicht … möchten Sie in Ihr Bett?«

»Lassen Sie mich einfach hier liegen. Mein Kopf tut zu sehr weh, wenn ich mich bewege.«

»Und ich dachte, Sie genießen meine Gesellschaft.«

»Wenn das einer Ihrer Scherze sein soll – im Moment ist mir nicht nach lächeln.«

»Es muss Ihnen wirklich schlecht gehen. Sie haben mich den ganzen Tag noch nicht kritisiert.«

»Ärgern Sie mich nicht. Ich fühle mich zu elend; man darf mich nicht noch elender machen. Lassen Sie mich in Ruhe mein Elend pflegen.«

Meine Ruhe war von kurzer Dauer. Um vier kam der Pfarrer, die Bibel in der Hand.

Mr Trimble und mein Vater erhoben sich, als Miss Hansford ihn ankündigte. Mein Vater entschuldigte sich und ging in sein Arbeitszimmer; so blieb nur Mr Trimble als mein selbst ernannter Wachhund. »Ich weiß nicht, ob Miss Withersby schon …«

»Lassen Sie ihn.« Ich fühlte mich zwar immer noch sehr schlecht, aber mir war langweilig.

Der Pfarrer setzte sich auf den Stuhl, den Miss Templeton erst vor Kurzem verlassen hatte, und las mir aus der Bibel vor – eine Stelle über Sinnlosigkeit und Schinderei.

»Ist das aus dem Prediger?«

»Ja.«

»Können Sie nicht etwas Erhebenderes finden?«

Mr Trimble auf der anderen Seite des Zimmers hustete. »Vielleicht aus dem Hohelied?«

Der Pfarrer wurde tiefrot.

Ich streckte ihm die Hand hin. »Ich dachte eher an die Psalmen.«

»Natürlich, Sie haben recht. Ich neige von Natur aus zur Melancholie und muss hin und wieder daran erinnert werden, dass nicht alle meinen Geschmack teilen.« Er blätterte durch die Psalmen. Der Text, den er dann las, war so eloquent und sein Vortrag war so emphatisch, dass ich von der Vision himmlischer Regionen wunderbar erbaut und nach kurzer Zeit in einen traumlosen Schlaf getragen wurde.

Auf diese Weise verging der Großteil der Woche. Mr Trimble war immer da, jedoch selten sichtbar; jedenfalls für mich. Am Montag hatte ich mich so weit erholt, dass ich wieder sitzen konnte. Als Mr Stansbury mich an diesem Tag besuchte, erklärte er, dass ich schon viel besser aussähe. »Es muss doch langweilig sein, hier die ganze Zeit mit dem Assistenten Ihres Vaters eingeschlossen zu sein. Möchten Sie vielleicht eine Ausfahrt mit mir machen?« Er warf Mr Trimble einen Blick zu. »Ich würde Ihnen gern etwas zeigen.«

»Ich sehe vielleicht erholt aus, aber die meiste Zeit tut mein Kopf mir noch sehr weh.«

»Wenn Sie erlauben, würde ich Sie gern zur Kutsche tragen, und wenn Sie erst einmal sitzen, brauchen Sie sich nicht mehr zu bewegen.«

Ich hörte das Scharren eines Stuhls über den Boden, dann tauchte Mr Trimble in meinem Blickfeld auf. »Ich weiß nicht, ob das ratsam ist. Ich habe gehört, dass Kopfverletzungen sehr lange brauchen, um auszuheilen, und …«

»Ich würde sehr gern mitkommen.« Ich hatte es satt, von Mr Trimble tyrannisiert zu werden, und lächelte Mr Stansbury an.

Er hob mich hoch.

»Ich glaube wirklich nicht, dass sie …«

Mr Stansbury ging einfach an ihm vorbei. »Hat sie einen Umhang? Und eine Haube?«

Mr Trimble eilte an uns vorbei, um das Gewünschte aus der Halle zu holen, und zog mich an. »Warum lassen Sie mich nicht …?«

Mr Stansbury hielt mich fest. »Es macht überhaupt keine Mühe. Ich bringe sie Ihnen in einer Stunde zurück.«

Mr Trimble eilte vor uns her und sprang in die Kutsche. »Ich begleite Sie.«

»Das ist wirklich nicht nötig.«

»Ich bestehe darauf.«

Als wir losfuhren und die Kutsche gleich erst einmal in ein Schlagloch geriet, dachte ich, dass Mr Trimble vielleicht doch recht gehabt hatte. Mein Kopf war noch nicht wieder gesund und die Sonne schien – für November – heute besonders heiß. Doch es war zu spät, meine Entscheidung zurückzunehmen, und Mr Trimble und Mr Stansbury starrten sich sowieso schon wütend an.

Ich spürte jede Bodenwelle. Als wir Overwich Hall erreichten, ließ Mr Stansbury die Kutsche am Haus vorbei in den … nein, nicht in den Totholzgarten! Ich wollte nicht in den Totholzgarten!

Mein Elend verwandelte sich in Verzweiflung.

»Gestern habe ich den letzten Baumstumpf aufstellen lassen.« Er ließ die Kutsche halten und bückte sich, um den Schlag zu öffnen. »Wie finden Sie es?«

Es war die Mühe, die die Fahrt mich gekostet hatte, wirklich nicht wert. Ich war müde und völlig überanstrengt. »Ich … ich finde keine Worte.«

»Ich wusste, dass der Anblick Sie aufheitern würde!«

Wieder zu Hause hatte ich das Gefühl, mir ein Band um den Kopf binden zu müssen, damit er nicht auseinanderbrach. Doch ich wollte nicht zugeben, dass Mr Trimble recht gehabt hatte, und bat ihn einfach, mir eine Tasse Tee zu holen. Er ging in die Küche und als er zurückkam, setzte er sich in den Sessel neben mich, während Vater mit der Arbeit fortfuhr, die er an Mr Trimbles Schreibtisch verrichtete.

»Wirklich, Miss Withersby, man kann sich ja kaum denken hören bei den vielen Verehrern, die Sie umschwirren.«

»Stört es Sie?«

Er sah mich an. »Nur insofern, als es mich von der Arbeit abhält.«

»Ich nehme an, einer von beiden wird mir bald einen Antrag machen und Sie von dieser Unbill erlösen.« Wenn ich sonst schon nichts tun konnte, konnte ich doch wenigstens meinen Plan vorantreiben. Ich wandte mich an meinen Vater: »Du hast den Pfarrer und Mr Stansbury ja jetzt ein bisschen kennengelernt; was meinst du zu der Sache?«

Er blickte von seinem Mikroskop auf und blinzelte mich an. »Welche Sache?«

»Die Sache, einen Ehemann für mich zu finden. Ich bin sicher, einer der beiden Männer wird bald um meine Hand bitten. Ziehst du einen bestimmten vor?«

Wenn ich gehofft hatte, dass ihn das erschreckte, hatte ich mich geirrt. Er wirkte eher resigniert. »Es ist bestimmt das Richtige. Du wirst sehr viel glücklicher sein, wenn du verheiratet bist.«

»Aber du hast keine Meinung dazu?«

»Dein Onkel wird mir bestimmt sagen, was er von dem Paar hält. Er sagt doch immer seine Meinung.«

Mein Kopfweh war so schlimm geworden, dass meine Antwort etwas scharf ausfiel. »Sie sind kein Paar. Sie sind sehr verschieden. Wenn ich den Pfarrer heirate, habe ich keine Zeit mehr, um dir zu helfen, wegen der vielen Kinder und der ganzen anderen Arbeit, die zu tun ist. Und wenn ich Mr Stansbury heirate – wer weiß, ob er Cheshire nicht ganz plötzlich satthat und beschließt, in London zu leben. Oder vielleicht sogar irgendwo auf dem Kontinent!«

Vater sah mich scharf an. »Mir ist gar nicht aufgefallen, dass er so launenhaft ist.«

Hatte ich das Falsche gesagt? »Aber auch wenn er hier in Overwich bleibt, werde ich kaum noch Gelegenheit haben, dich zu besuchen, weil ich ihm mit dem Gewächshaus helfen muss. Er möchte es erweitern.«

»Das war zu erwarten. Solche Projekte finden nie ein Ende.«

»Was ich sagen will, ist, dass ich dir nicht mehr werde helfen können.«

»Mr Trimble scheint recht fähig zu sein. Seine Hilfe reicht völlig aus.«

Ich wandte mich an Mr Trimble. »Müssen Sie denn nicht irgendwann Ihre Familie besuchen?«

»Ich versichere Ihnen, je weniger ich sie sehe, desto besser.«

»Aber Ihre Schafe brauchen Sie doch bestimmt.«

»Ich habe meine Herde in fähigen Händen gelassen und stehe Ihrem Vater voll und ganz zur Verfügung.«

»Aber Vater, du brauchst doch jemanden, der deine Notizen entziffert, und das wird Mr Trimble bestimmt nicht …«

»Das mache ich in letzter Zeit selbst. Ich habe festgestellt, dass es mich zwingt, meine Vorstellungen sehr viel disziplinierter und präziser zu formulieren.«

»Aber … aber … Mr Trimble kann nicht auch noch deine Korrespondenz führen!«

»Aber das tut er. Ich habe erst kürzlich ein paar Briefe unterzeichnet und ein paar andere habe ich selbst geschrieben. Glaube ich jedenfalls.«

War das Angst, was ich da in Mr Trimbles Augen las? »Wenn Sie meine Akten durchsehen, Miss Withersby, werden Sie feststellen, dass ich mit der Arbeit vollkommen auf dem Laufenden bin.«

»Aber … die Rechnungen! Der Mietvertrag!« Es musste einfach etwas geben, das Mr Trimble nicht erledigt hatte. Irgendetwas, wofür mein Vater mich brauchte.

Miss Hansford kam mit einem Teetablett herein, das sie auf einen Tisch zwischen Mr Trimble und mich stellte.

Er reichte mir eine Tasse. »Die Miete ist bereits bezahlt. Im Voraus.«

»Im Voraus? Aber woher …«

»Ich habe Ihren Vater überzeugt, dass er eine Mietsenkung heraushandeln muss.«

Ich hatte nicht einmal gewusst, dass diese Möglichkeit bestand. »Sie müssen … es muss …« Vater musste mich doch vermissen, oder? Irgendwann musste er Mr Trimble satthaben und würde mich bitten zurückzukommen.

Nach unserem Gespräch fiel ich in einen sorgenvollen, unruhigen Schlaf. Als ich aufwachte, lag ich eine ganze Weile nur da und versuchte, die Kraft zum Aufsitzen aufzubringen. Dann hörte ich jemanden die Treppe herunterkommen und stützte mich auf den Ellbogen. Mr Trimble kam leise ins Zimmer, beladen mit … »Sind das nicht meine Papiere?«

»Diese?« Er blickte auf die Papiere hinunter, als sei er erstaunt, sie dort zu sehen.

23

Ich schwang meine Beine über den Rand des Sofas und setzte mich auf. »Das sind meine! Was wollen Sie damit?«

»Ich brauche sie für einen ...«

»Sie dürfen die nicht benutzen. Es sind meine!«

»... und ich konnte sie nirgends finden. Der einzige Ort, an dem ich noch nicht nachgeschaut hatte, war Ihr Zimmer und ...« Er blickte erneut auf den Stapel hinunter und zuckte die Achseln.

»Aber Sie können doch nicht ...«

Er verschwand im Arbeitszimmer meines Vaters und ließ mich vor Wut kochend auf dem Sofa zurück. So viele Vorträge und Abhandlungen ich auch im Namen meines Vaters geschrieben hatte, sooft ich auch ein Schriftstück für ihn unterschrieben hatte, ich hatte nicht mit dieser blinden Wut gerechnet, die mich packte, als mir klar wurde, dass Mr Trimble meine Arbeit als seine eigene ausgeben wollte.

Ich erhob mich mühsam, legte eine Hand an den Kopf und tat vorsichtig einen Schritt. Dann noch einen. Ich würde noch lange nicht tanzen – glücklicherweise nicht! –, aber ich hatte keinen Zweifel daran, dass ich es bis ins Arbeitszimmer schaffen würde.

Wenn ich nicht zu schnell ging.

Ich setzte mich auf einen Stuhl und ruhte ein Weilchen aus, während ich wartete, dass mein Kopf aufhörte zu pochen.

Es dauerte mehrere Minuten, bis ich es ins Arbeitszimmer geschafft hatte, doch als ich dort war, wurde ich mit einem Entsetzen empfangen, mit dem man vielleicht einen Geist begrüßen würde.

Es war wirklich höchst befriedigend.

Ich ging zum Schreibtisch, wo Vater und Mr Trimble miteinander beratschlagten ... über meine Papiere, wenn ich es richtig sah. »Ich muss darauf bestehen, dass ich die Papiere zurückbekomme, die aus meinem Zimmer entwendet wurden.«

Vater runzelte die Stirn. »Du meinst deine Notizen über die subantarktischen Inseln?«

»Ja. Meine Notizen. Der Zeitpunkt, ein Buch aus ihnen zu machen, ist nahezu perfekt ...« Ich wankte zu Mr Trimble und war fast bei ihm, da raffte er die Papiere mit einer schnellen Bewegung zusammen und nahm sie an sich. »Er ist perfekt, weil ich jetzt die Zeit habe, daran zu arbeiten.«

Mein Vater tat meine Worte mit einer Handbewegung ab. »Nein, nein. Das sollst du nicht. Deshalb habe ich ja Mr Trimble – damit du dich darauf konzentrieren kannst, dir einen Ehemann zu suchen. Und im Augenblick ist es sogar noch wichtiger, dich nicht mit deiner Arbeit zu belasten, weil du dich zusätzlich von deinem Unfall erholen musst.«

»Ich bin erholt. Ich stehe doch vor euch, oder etwa nicht?«

Mr Trimble sah mich an, als wollte er sagen: Wage es, das zu wiederholen! »Dann sollten wir vielleicht den Admiral benachrichtigen, dass Sie ihn heute Abend auf das Konzert begleiten können.«

»Das wird nicht nötig sein. Ich bin noch ein bisschen müde und ...«

»Dann sollten Sie sich vielleicht auf Ihr Zimmer zurückziehen?«

Der Raum begann sich um mich zu drehen und ich griff nach der Schreibtischkante, um mich festzuhalten. »Ich möchte mich aber nicht zurückziehen.«

»Es wird Ihnen guttun.«

»Aber ich möchte mich nicht zurückziehen. Absolut nicht. Auf keinen Fall.«

Mein Vater sah mich besorgt an. »Du bist erschöpft, Charlotte. Und du ...«

»Und ich will nicht heiraten und ich will nicht zu etwas gedrängt ...«

Vater war um den Tisch herumgekommen und nahm meine Hand. »Deine Verletzungen machen dir zu schaffen. Wenn du einfach in den Salon zurückgehst und dich ausruhst ...«

Aber ich konnte nicht. Ich wollte nicht. Die Worte strömten unter Schluchzern direkt aus meiner Seele. »Man drängt mich in etwas, das ich nicht will, und ich will doch nur gewollt sein!« Eine dicke Träne zerplatzte auf Vaters Schreibtisch. »Ich will doch nur, dass alles so bleibt, wie es ist. So wie vorher. Aber anders.«

Mr Trimble nahm mich in die Arme, hob mich hoch und trug mich aus dem Zimmer, die Treppe hinauf. Ich legte die Arme um seinen Hals und verbarg mein Gesicht an seiner Schulter. »Ich möchte, dass meine Arbeit zählt. Und ich möchte, dass es meine eigene ist.« Warum schien auf einmal alles schiefzulaufen? Warum hatte ich das Gefühl, als steckte ich in einer Pflanzenpresse? Als ob alle Kraft und alles Leben aus mir herausgequetscht würden?

»Wenn es nach mir ginge, hätten Sie alles, was Sie sich wünschen.«

»Aber das ist es ja. Ich möchte nicht, dass jemand für mich sorgt, und ich möchte mich nicht um die Sammlungen von jemand anderem kümmern. Ich möchte nur … ich möchte nicht … ich weiß nicht, warum keiner je wissen will, was *ich* will. Sie wollen immer nur, dass ich tue, was sie wollen.«

Am nächsten Morgen wachte ich auf, weil jemand leise an meine Tür klopfte.

Ich zog mir die Bettdecke über den Kopf, denn ich wollte nie wieder mit meinem Vater oder mit Mr Trimble von Angesicht zu Angesicht sprechen. »Wer ist da?«

Ich hörte, wie die Tür sich quietschend öffnete. »Miss Withersby?«

War das Miss Templeton? Ich hob eine Ecke der Decke an, um nachzusehen. Sie war es tatsächlich. Ich warf die Decke zurück und setzte mich auf.

»Geht es … geht es Ihnen wieder schlechter?«

»Nein. Das heißt, ja.«

»Was nun?« Sie stand in der Tür und rang die Hände.

»Ich gehe nicht nach unten. Nie mehr.«

»Warum nicht? Was ist passiert?« Sie trat an mein Fenster und zog die Vorhänge auf.

Ich zuckte in dem hellen Licht zusammen. »Es ist alles so demütigend.«

Sie nahm ihre Haube ab und sah sich nach einem Platz um, wo sie sie hinlegen konnte. Da sie nicht fündig wurde, behielt sie sie einfach im Schoß und setzte sich zu mir auf die Bettkante.

»Ich bin gestern Abend völlig hysterisch geworden und habe geweint. Es war furchtbar.«

»Ich frage mich allmählich … warum verlangen Sie nicht einfach Ihre Stellung zurück, wenn Sie Ihnen so viel bedeutet?«

»Nachdem Mr Trimble bessere Arbeit geleistet hat als ich, soll ich bettelnd angekrochen kommen? Damit riskiere ich doch nur zu hören, dass man mich nicht mehr braucht.«

»Da haben Sie recht. Das geht nicht. Also brauchen Sie Ihre Verehrer noch.«

»Ich glaube schon. Aber damit ist das Problem Mr Trimble noch nicht gelöst. Es geht nicht mehr nur darum, dass man mich bittet, meine Arbeit wieder zu übernehmen, und Mr Trimble entlässt. Wenn ich meinen Platz je zurückhaben will, muss er zuerst gehen. Und ich weiß noch nicht einmal sicher, ob mein Vater mir meine Stellung überhaupt wiedergeben würde. Nicht, nachdem ich gestern Abend heulend weggelaufen bin!«

»Also wollen Sie ihn einfach hierbleiben lassen?«

Ich legte den Kopf zurück aufs Kissen. »Ihm scheint nichts an seiner Familie zu liegen und seine Schafe hat er jemand anderem überlassen. *Fähigen Händen*, hat er gesagt. Wahrscheinlich wird er hier arbeiten und sterben und auch noch in Cheshire begraben werden, und das habe ich ganz allein mir selbst zu verdanken.«

»Das haben Sie dem Admiral zu verdanken, oder etwa nicht? War es nicht seine Idee, dass Sie sich einen Mann suchen sollen?«

»Ja, das war es!«

»Jedenfalls müssen wir als Erstes Mr Trimble dazu bringen, dass er freiwillig geht. Aber Sie sagen, seine Schafe brauchen ihn nicht.«

»Nein.«

»Und seine Familie?«

»Es sind abscheuliche, degenerierte Menschen, erinnern Sie sich nicht?«

»Aber das ist doch perfekt!«

»Inwiefern?«

»Es klingt, als ob sie einfach grässlich seien. Und grässliche Leute brauchen Hilfe. Oder Geld. Ich muss einfach einen Weg finden, sodass Mr Trimble sich verpflichtet fühlt, sie zu unterstützen.«

Ich fasste neuen Mut. »Sie sind wirklich der kühnste Geist, dem ich je begegnet bin. Glauben Sie, dass Sie das schaffen?«

»Ich kann es versuchen. Also! Wissen Sie irgendetwas darüber, wer seine Familie ist oder woher sie stammt?«

Ich dachte einen Moment nach. »Nun … er hat einen Brief aus einem Ort namens Eastleigh bekommen.«

Miss Templetons Naturverein traf sich nächste Woche zu einer Exkursion und ich ließ mich überreden teilzunehmen – vor allem, weil Mr Trimble dagegen war. Doch inzwischen dröhnte mein Kopf nicht mehr wie eine Trommel und überhaupt konnte ich es kaum erwarten, aus dem Haus zu kommen und etwas zu tun.

Der Admiral holte uns mit seiner Kutsche zur Kirche ab und brachte mich danach zum Bahnhof. Dort wartete ich auf die Gruppe, Schirm und Botanisiertrommel in der Hand. Miss Templeton und ich bekamen schon bald Gesellschaft von Mr Stansbury und dem Pfarrer. Nach der Fahrt in eine Nachbarstadt beriet der Naturverein auf dem Bahnhof, wohin der Streifzug gehen sollte. Unter den weiblichen Mitgliedern des Clubs kam es zu einer angeregten Diskussion darüber, wo man am ehesten Mistelzweige finden konnte, und unter den männlichen Mitgliedern, wo in der Gegend man am ehesten dem Bluthänfling begegnete.

Ich fand es bedauerlich, dass die Exkursion nicht besser geplant worden war. »Wir können die einen oder den anderen finden, vielleicht auch die einen auf dem Weg zu dem anderen, aber auf keinen Fall werden wir beide beisammen antreffen«, murmelte ich Miss Templeton zu, denn alles, was ich mit etwas mehr Nachdruck sagte, ließ meinen Kopf wieder anfangen zu pochen.

»Vielleicht kann Miss Withersby uns zu den Mistelzweigen führen«, sagte Miss Templeton laut und rammte mir den Ellbogen in die Rippen. »Sie ist ein botanisches Genie.«

Der Präsident blinzelte wie eine indignierte Eule. »Aber ich hatte auf ein paar Distel- oder Ampfersamen gehofft.«

Mein Kopf begann zu pochen. »In dem Fall hätten Sie als Ausflugsziel den nächstgelegenen Teich festlegen sollen, nicht wahr? Einen Ort, in dessen Umgebung diese Pflanzen bekanntlich wachsen.«

Schließlich einigte man sich auf den Teich als unser Ziel. Doch als wir dort anlangten, war die ganze Gegend überlaufen von Mitgliedern des *Irondale Gießerei Naturvereins* aus Shropshire, die hier förmlich eingefallen waren. Sie sahen in ihren Kitteln und Mützen tatsächlich wie Gießereiarbeiter aus.

Unser Präsident geriet außer sich. »Du lieber Himmel! Die haben bestimmt schon alle Samen gesammelt!«

Genau deshalb sollten Amateure meiner Meinung nach nicht an wissenschaftlichen Aktivitäten teilnehmen dürfen.

Er wandte sich an den Präsidenten des Konkurrenzvereins. »Vielleicht ist es Ihnen nicht aufgefallen, aber dieses ist ein Cheshire-Teich.«

Der andere Präsident streckte das Kinn vor. »Aber er gehört Ihnen nicht!«

»Wir verlassen uns aber darauf, dass er uns zur Verfügung steht, da er in unsere Zuständigkeit fällt.«

»Die Natur kennt keine solche Zuständigkeit«, schnaubte der andere.

Unser Präsident trat einen Schritt zurück. »Wollen wir das Problem nicht vernünftig lösen?«

Doch die Männer des anderen Vereins streiften ihre Botanisiertrommeln von den Schultern und ließen sie zu Boden fallen.

Unser Präsident trat noch einen Schritt zurück. »Schauen Sie, wir haben den Plan schon im Juli gefasst.«

Der Präsident des rivalisierenden Vereins trat für jeden Schritt, den unser Präsident zurücktrat, einen Schritt vor. »Vielleicht haben wir unseren Plan ja schon im April gefasst.«

»Dann werden Sie uns also nächsten Monat in Shropshire willkommen heißen?«

Der andere schnaubte: »Höchst unwahrscheinlich!«

Je länger ich dastand und über den ausgeweideten Fundort blickte, desto entsetzter war ich. Ich trat zwischen die beiden Männer und wandte mich an den Präsidenten der Besuchergruppe. »Sehen Sie nur, was Sie angerichtet haben: Sie haben die ganze Gegend praktisch verwüstet! Sie sollten sich schämen!«

Der Präsident der ungebetenen Besucher unterbrach sich. »Das ist nicht Ihre Wiese.«

Ich stach mit meinem Schirm nach ihm. »Und Ihre auch nicht! Dank Ihnen wird hier jetzt überhaupt niemand mehr eine Wiese haben. Hier wird im nächsten Frühjahr gar nichts mehr wachsen. Finden Sie nicht, dass Sie wenigstens eine einzige Pflanze hätten stehen lassen können?«

»Wir haben nicht …«

Ich wandte mich an die Mitglieder seines Vereins, die hinter ihn getreten waren. »Und wie viele von Ihnen konservieren Ihre Proben? Oder etikettieren sie wenigstens richtig?«

Er blickte über die Schulter zu seinen Leuten. »Wir haben nicht …«

»Was machen Sie mit all den Samen und Kätzchen? Sie mit nach Hause nehmen … und zwischen die Blätter eines … eines großen Buches stecken und dort verrotten lassen? Oder sie als Staubfänger in eine Vase stellen?«

»Wir haben nicht …«

»Sie sind es nicht wert, auch nur Amateurbotaniker genannt zu werden, und wenn Sie nur einen Hauch von Anstand besäßen, würden Sie diese Botanisiertrommeln zu dem Verkäufer zurückbringen, von dem Sie sie gekauft haben.«

»Wir wollten nicht …«

»Ich halte es für das Beste, wenn Sie alle jetzt gehen. Sofort.«

»Halt!« Das kam aus der Gruppe der Besucher. »Warum sollten wir auf ein junges Ding hören? Wir haben genauso das Recht, hier zu sein, wie sie.«

Mr Stansbury trat neben mich. Da es ziemlich kalt war, war ich überrascht, dass er seinen Mantel ausgezogen und die Ärmel hochgerollt hatte. »Die Dame hat recht.«

»Dame!«, höhnte der Mann. »Das ist keine Dame!«

Ich hätte nicht sagen können, von wem der erste Schlag kam, doch schon bald waren die männlichen Mitglieder unserer Gruppe in ein wildes Handgemenge verwickelt. Miss Templeton und ich klammerten uns aneinander, während die Männer sich prügelten.

Schließlich war der rivalisierende Club zurückgeschlagen; wir hatten das Feld erobert. Ein zweifelhafter Sieg angesichts der jetzt endgültig zertrampelten Pflanzen.

Einer der Männer stieß einen Jubelschrei aus. »Wir brauchen einen neuen Präsidenten!«

Zustimmendes Gemurmel unter den Clubmitgliedern.

Miss Templeton wedelte mit dem Taschentuch. »Alle, die für Miss Withersby sind, sagen ›Ja‹!«

»Aber ich will nicht …« Meine Worte gingen in einem lauten Chor der Zustimmung unter.

Miss Templeton zog mich am Ärmel. »Ich glaube, Ihre erste Amtshandlung sollte in dem Vorschlag bestehen, dass wir uns in eins der Pubs am Bahnhof begeben.«

»Aber wir haben doch noch gar nichts gesammelt!«

»Das werden wir auch nicht mehr; dafür ist es schon viel zu spät. Außerdem will jetzt niemand mehr etwas sammeln.«

»Aber das ist doch der Zweck eines Naturvereins!«

»Schlagen Sie es vor! Vertrauen Sie mir.«

Die Beifallsrufe waren verklungen, alle sahen mich an. Miss Templeton rammte mir ihren Ellbogen in die Rippen und ich hörte mich sagen: »Ich dachte, angesichts dessen, was gerade geschehen ist, sollten wir einen Pub am Bahnhof aufsuchen und dort unsere nächste Exkursion planen.«

Wieder brandete Jubel auf, und während wir zum Bahnhof marschierten, stimmte jemand ein Lied an. Mein Kopf hatte begonnen, ziemlich schmerzhaft gegen meine Bewegungen zu protestieren, doch ich dachte trotzdem über die Möglichkeit zu einer richtigen Exkursion nach, vielleicht nach Tiverton oder sogar nach Bidston.

Miss Templeton nahm meinen Arm. »Mr Stansbury und ich halten es für eine gute Idee, wenn er den Naturverein auf eine Tour durch sein Gewächshaus einlüde, mit einem kleinen Empfang im Anschluss.«

»Das wäre doch keine richtige Exkursion!«

»Aber es wäre ein geselliger, fröhlicher Ausflug! Und um diese Jahreszeit ist es sowieso zu kalt, um draußen herumzulaufen.«

»Aber in den Wäldern findet man noch alle möglichen Beeren.«

»Ich glaube wirklich, unsere Tour ist die bessere Idee. Stellen Sie sich nur vor: Wir schlendern durch das Gewächshaus, begleitet von Musik und mit der Aussicht auf Tee und heiße Schokolade! Klingt das nicht göttlich?«

Es klang nicht im Entferntesten nach einer naturkundlichen Wanderung, wie ich sie zu unternehmen pflegte.

Im Pub sicherte Mr Stansbury uns einen Tisch. Miss Templeton, der Pfarrer und ich setzten uns zu ihm. Im Laufe unseres Gesprächs wurde aus dem Ausflug in sein Gewächshaus eine öffentliche, vom Naturverein gesponserte Wohltätigkeitsveranstaltung zugunsten des Altarraums der Kirche. Geplant war unter anderem eine Tombola; der Preis musste noch festgesetzt werden – vielleicht ein Abonnement des *Curtis' Botanical Magazine*. Oder eine von Mr Stansburys preisgekrönten Orchideen.

Die Augen des Pfarrers wurden bei jedem neuen Detail größer. »Das ist wirklich sehr großzügig von Ihnen, Miss Templeton.«

»Danken Sie nicht mir; es war Miss Withersby, die als Erste den bedauerlichen Zustand des Altarraums bemerkt hat.«

Ich? »Wirklich?«

Sie strahlte mich an. »Sie wissen doch sicher noch, wie Sie zu mir sagten, dass die Kirche ein wenig Aufmerksamkeit benötige.«

Hatte ich das?

»Als neue Präsidentin des Naturvereins wird sie die Einzelheiten noch mit Ihnen beiden besprechen müssen.« Sie sah abwechselnd Mr Stansbury und den Pfarrer an.

»Muss ich das?«

Sie nickte heftig. »Um sicherzustellen, dass das Ereignis gut geplant wird und der Pfarrer das Geld gleich danach erhält. Das Ganze wird sicher mehrere Tage in Anspruch nehmen.«

Ich spürte, wie mich der Mut verließ.

Auf dem Weg zum Zug flüsterte Miss Templeton mir ins Ohr: »Sie werden mehrere Tête-à-Têtes mit beiden haben, das wird die Gerüchteküche in Gang bringen! Sie können mir später danken.«

Beim Abendessen erzählte ich Vater und Mr Trimble von dem Ausflug. »Jemand hat sogar die Nase des Pfarrers blutig geschlagen.«

Sie starrten mich entsetzt an. »Das war … hast du nicht gesagt, ihr wolltet einfach eine Exkursion machen?« Vaters Stimme klang überrascht.

»Ja.«

Mr Trimble schüttelte den Kopf. »Und ich dachte, ich hatte in Neuseeland ein abenteuerliches Leben!«

»Der andere Club hatte wirklich nicht das Recht, unser Sammelgebiet so zu verwüsten!«

Mr Trimble betrachtete mich mit ernstlicher Missbilligung. »Ich hätte wirklich nicht gedacht, dass Sie ein Raufbold sind, Miss Withersby. Und dann haben Sie auch noch Mr Stansbury und den Pfarrer in Ihre Rauferei verwickelt?«

»Es war nicht meine Rauferei.«

»Sie haben wirklich einen schlechten Einfluss.«

»Was hätte ich denn tun sollen? Sie nach Lust und Laune alle Pflanzen ausreißen lassen und alles leer und öde zurücklassen?«

»Natürlich nicht.«

Etwas besänftigt aß ich weiter. Wenigstens war mein Appetit wiederhergestellt. »Ach, und dann haben sie mich zur Präsidentin des Vereins gewählt.«

Auf Mr Trimbles Gesicht zeigte sich ein ganz leichtes Lächeln. »Sie haben also einen Staatsstreich durchgeführt.«

»Und Miss Templeton hat Mr Stansbury zu einer Wohltätigkeitsveranstaltung für die Reparatur des Altarraums überredet … im Rahmen einer Besichtigung des Gewächshauses von Overwich Hall.« Mir war noch immer nicht ganz klar, wie sie das alles bewerkstelligt hatte. »Und ich werde bei der Planung helfen, deshalb werden wir uns von jetzt an öfter zu« – wie hatte sie es genannt? – »einem Tête-à-Tête treffen. Was wohl einiges über meine Aussichten aussagt.«

Mr Trimbles Brauen waren zu einem skeptischen Bogen hochgezogen. »Vielleicht. Aber wünschen Sie diesen Erfolg überhaupt?«

Mein Vater hatte anscheinend mit großem Interesse zugehört. »Wir haben alle gehofft, dass du einen Gatten findest, Charlotte, und jetzt sieht es ja so aus, als ob deine Bemühungen zum Ziel führen.«

Mr Trimble hatte weitergesprochen. »Natürlich müssen Sie einspringen. Wenn Sie das wollen. Aber … wollen Sie es wirklich?«

»Ob ich es wirklich will? Ob ich was wirklich will?« Jetzt war ich wirklich verwirrt.

»Wünschen Sie wirklich eine nähere Beziehung zu diesem Mann? Es würde ihn in seinen Hoffnungen bestärken. Das verstehen Sie doch, oder?«

»Natürlich verstehe ich es. Ich bin nicht dumm, Mr Trimble.«

»Das habe ich auch nicht angenommen.«

Mein Vater runzelte die Stirn und rupfte an seinem Schnurrbart. »Also unterstützen wir den Industriellen? Richtig?«

»Ich glaube schon.« Mr Trimble wirkte nicht glücklich, als er das sagte – was wiederum mich extrem glücklich machte. Jetzt brauchte ich nur noch auf die Folgen hinzuweisen, mit denen sie rechnen mussten, wenn sie mich zwecks Heirat in die Gesellschaft hinausstießen. »Wenn ich ihn heirate, werde ich wohl in Overwich Hall leben müssen.«

Vater nickte. »So läuft das normalerweise. Die Braut zieht zum Bräutigam.«

»Und ich wäre nicht mehr hier.«

»Nein. Nicht mehr. Aber du hättest sein hübsches Gewächshaus. Und das Projekt, von dem er immer spricht. Das mit den Bäumen. Es waren doch Bäume, oder?«

»Sein Totholzgarten.« Du liebe Güte, den hatte ich ganz vergessen.

Vater lächelte und tätschelte mir die Hand. »Mach dir keine Sorgen um mich, Charlotte. Mr Trimble hat dafür gesorgt, dass ich bestens organisiert bin. Ich nehme an, dass du sehr glücklich mit diesem Mann werden wirst.«

Es ging aber nicht darum, ob ich glücklich wurde oder nicht. Es ging darum, dass er einsah, wie schlecht es ihm gehen würde, wenn ich heiratete. Und jetzt hatte Mr Trimble auch diese Hoffnung ruiniert. Jetzt brauchte Vater sich keine Sorgen mehr um Briefe oder Rechnungen oder Artikel zu machen. Er hatte zwar nur einen Sekretär und keine Partnerin mehr für seine Forschungen, doch er schien mich überhaupt nicht zu vermissen.

Mr Trimble hatte mich aufmerksam beobachtet. »Sind Sie es also?«

»Bin ich was?«

»Glücklich mit dem Industriellen?«

»Warum sollte ich nicht?«

»Haben Sie sich das gewünscht?«

»Das habe ich doch gesagt, oder?« Zur Bekräftigung spießte ich ein Stückchen Braten auf und kaute es so intensiv, dass er sich nicht trauen würde, mir weitere Fragen zu stellen.

24

Die Exkursion hatte mich stärker ermüdet, als ich zugeben wollte, und ich hatte mir eigentlich vorgenommen, am nächsten Morgen auszuschlafen, doch das war mir nicht vergönnt. Schon heute begannen die Planungen für die Wohltätigkeitsveranstaltung. Der Admiral kam in seiner Kutsche und schaffte mich in Höchstgeschwindigkeit nach Overwich Hall. Dann gab er mir noch den guten Rat, jegliche Aufregung zu meiden.

Unter normalen Umständen hielt ich mich für ziemlich immun gegen Aufregung, doch Miss Templeton verbreitete sie, wo immer sie auch hinging, deshalb hatte ich wenig Hoffnung, seinen Rat befolgen zu können. Schließlich war das Ganze ihre Idee gewesen.

Mr Stansbury hieß mich wieder einmal in seinem Gewächshaus willkommen. »Ich glaube fast, das wird zur Gewohnheit, Miss Withersby.«

»Da scheinen Sie recht zu haben.«

»Mehr noch, ich glaube, wir werden ein gutes Team sein. Wir sollten das auf jeden Fall beibehalten.«

»Das tun wir. Ja, das sollten wir.« Sein Gewächshaus war ein durchaus angenehmer Ort.

Seine Wangen wurden noch röter als sonst und er bot mir den Arm. Ein Sekretär begleitete uns auf unserem Rundgang und schrieb alles auf, was wir sagten.

»Sie glauben also, es wäre gut, das Orchester gleich hier zu platzieren?«

Er deutete auf eine Lücke zwischen den Regalen mit den Orchideen und den kleineren Topfpalmen.

»Ich glaube, es wäre ein guter Platz, ja.«

Wir gingen ein paar Schritte, dann blieben wir wieder stehen. »Sollen wir die Erfrischungen hier servieren? Ich könnte das Regal unter der *Dieffenbachia* freiräumen.«

»Von ihren Blättern tropft Gift, wie Sie sicher wissen.«

»Nein, das wusste ich nicht. Dann ist der Platz vielleicht doch nicht so gut.«

»Wie wäre es mit dort drüben?« Ich deutete auf die andere Seite des Mittelgangs.

»Am Springbrunnen? Wird der Wasserdunst nicht die Speisen ruinieren?«

»Doch, stimmt.« Ich seufzte. »Ich bin nicht sehr gut in so was.«

»Ich finde, Sie machen das großartig.«

»Und ich finde, Sie sind zu freundlich. Sie befolgen Ihre Vorschläge, nicht meine.«

»Wie ungalant von mir!«

»Nein, nur vernünftig. Es wäre etwas anderes, wenn es darum ginge, Pflanzen aufzustellen. Ich könnte Ihnen durchaus sagen, was sie brauchen, um glücklich zu sein.«

Er blickte überrascht auf. »Sie könnten glücklicher sein als jetzt?«

»Und wie! Ihre Palmen haben nicht genug Licht und Ihre Orchideen zu viel Schatten.«

»Wenn es nach Miss Templeton ginge, würden wir alle Pflanzen zum Wasserfall bringen und in einem anmutigen Halbkreis darum herum aufstellen.«

»Sie meint es nur gut.«

Ein leichtes Lächeln verlieh seinem Gesicht eine ungeahnte Weichheit. »Sie ist ein außergewöhnliches Geschöpf, nicht wahr?«

Ich stimmte ihm von ganzem Herzen zu. Insgesamt gesehen sprachen wir sehr viel mehr über Miss Templeton als über die Veranstaltung.

Schließlich nickte er zu den Fenstern hinüber. Sie gingen auf einen Garten hinaus, der zum Fluss herunter abfiel. »Da ist der Admiral.« Mein Onkel ging draußen auf und ab, die Hände auf dem Rücken. Hin und wieder blieb er stehen und blickte auf den Fluss, der in der Ferne glitzerte.

Er bot ein solches Bild von Einsamkeit und Verlorenheit, dass ich beinahe erschrak. »Er scheint immer irgendwie hinaus auf den Horizont zu blicken.«

»Das liegt wohl daran, dass er sein ganzes Leben auf See verbracht hat. Ich bin beinahe versucht, ihm ein Fernglas anzubieten.«

»Haben Sie denn eines?«

»Ich habe sogar zwei. Eines aus Elfenbein und sein Gegenstück, aus Ebenholz.«

»Sie sollten sie ihm zeigen.«

»Ich lasse sie ihm vom Butler hinausbringen.« Er sagte etwas zu seinem Sekretär, der sofort ins Haus eilte.

Wir unterhielten uns weiter über Essen und Musik und andere Dinge, über die ich keine festen Ansichten hatte, und schon bald sah ich, wie der Butler dem Admiral die Ferngläser von Mr Stansbury brachte. Er nahm sie begeistert in Empfang und probierte sie gleich aus.

»Dann ist also alles beschlossen?«

»Wie bitte?« Ich war mit meinen Gedanken noch bei meinem Onkel. Er tat mir oft ein wenig leid. Er wirkte immer ein bisschen, als hätte er hier in Cheshire Schiffbruch erlitten – nicht direkt unglücklich, aber ich hätte auch nicht guten Gewissens sagen können, dass er wirklich glücklich war.

Als wir alles besprochen hatten, entschuldigte ich mich bei Mr Stansbury, nahm meinen Umhang und ging hinaus zu dem einsam schreitenden Admiral. »Ist es schwer für dich, nicht mehr auf See zu sein?«

»Hmpf?«

»Wärst du lieber wieder auf einem Schiff?«

»Hmpf.«

»Von hier aus kannst du nicht einmal das Meer sehen.«

»Nein. Aber es ist wahrscheinlich besser so, denn dann wollte ich nur draußen sein. Außerdem vergisst du all das Schreckliche daran. Die Schlachten. Den Gestank. Den Tod. Und doch – an Deck eines Schiffes zu stehen und nichts als das Meer zu sehen, ist etwas ganz Besonderes. Natürlich vermisse ich es. Aber es kommt immer eine Zeit, in der selbst das, was du liebst, dich verrät.« Er warf mir einen Blick zu. »Eine botanische Gesellschaft lehnt einen perfekten Artikel ab. Eine Königin befiehlt dir, für die Versklavung eines ganzen Volkes zu kämpfen.« Er zuckte die Achseln. »Man muss wissen, wann es Zeit ist aufzuhören. Das heißt natürlich nicht, dass du es dann weniger liebst, sondern einfach nur, dass es Zeit ist, weiterzugehen. Wenn du mit den Entscheidungen, die dich binden, nicht einverstanden bist, musst du deine Talente anderswo einsetzen.«

»Was genau ist passiert? Im Krieg?«

Er schwieg so lange, dass ich schon dachte, er würde mir gar nicht antworten.

»Es ist kompliziert, meine Liebe, wie alle Kriege. Ich erhielt den Befehl, für die Öffnung der Häfen in China zu kämpfen. Die Folge war die Entwürdigung des ganzen chinesischen Volkes. Es ist schwer, auf so etwas stolz zu sein. Der Opiumkrieg war das Beste und zugleich das Schlimmste, was mir je passiert ist.«

Er blickte einen Moment durch das Fernglas, dann legte er es zurück auf das Tablett, das der Diener ihm hinhielt.

»Auf jeden Fall sollst du nicht durchmachen, was ich durchmachen musste. Ich hatte nie das Gefühl, zur Familie zu gehören, wollte sie aber auch nie wirklich verlassen. Ich möchte, dass du ein Zuhause hast. Dass du akzeptiert wirst.« Er sah mich von der Seite an. »Geliebt.«

»Ich wusste nicht, dass du …«

»Meine Schwester, deine Mutter, war eine brillante Botanikerin. Und du bist wie sie.«

»Aber das bringt mir nichts ein. Es ist mir nie gelungen, etwas zu veröffentlichen.«

»Deine Mutter hat einen Weg gefunden … sie hat Kinderbücher geschrieben. Entzückend.«

Ich wollte nicht *entzückend* sein, ich wollte präzise und provokant sein. Ich wollte bewundert werden. Ich wollte, dass meine Arbeit zu etwas anderem diente als dazu, die Bücherregale in einem Kinderzimmer zu füllen.

»Es ist schwer, als Wissenschaftler ein Auskommen zu finden. Ich brachte ihr einen Arzt. Dann brachte ich ihr einen Leutnant, ja sogar einen oder zwei Kapitäne. Aber sie wollte keinen dieser Männer. Sie hätte im Luxus leben können … oder doch in sehr viel weniger ärmlichen Verhältnissen, aber sie wollte deinen Vater.«

Bei ihm klang es, als sei es eine Fehlentscheidung gewesen.

»Ich weiß, wie es ist, wenn man nicht hineinpasst, meine Liebe. Wie es ist, wenn alle um dich herum mit ihren Hunden auf die Jagd gehen, während du dir nichts sehnlicher wünscht, als auf dem Wasser zu sein. Aber wenn du ausgestoßen wirst, bleibt dir nichts übrig, als fortzugehen. Und wenn du fortgehst, bist du ganz auf dich allein gestellt. Ich habe jetzt die Möglichkeit, dir zu helfen. Warum ergreifst du nicht die Gelegenheit, solange du es kannst?«

In diesem Moment trat Mr Stansbury zu uns, um uns zu sagen, dass er gleich eine Zusammenkunft mit dem Bürgermeister habe, und wir verabschiedeten uns.

Miss Templeton hatte gemeint, dass der Pfarrer auch ein Wörtchen mitzureden hätte, was die Spendensammlung für seine Kirche betraf, und so hatte sie ein Treffen mit ihm für diesen Nachmittag ausgemacht. Der Admiral warf nur einen Blick auf die Kinder, die vor dem Pfarrhaus herumtobten, und begleitete mich bereitwillig ins Haus.

Wir sprachen ein Weilchen über die Exkursion und die Tombola, doch dann sah der Pfarrer mich an.

»Ich habe mir überlegt … ist der Chorraum wirklich in so schlechtem Zustand? Denn wenn schon Geld für einen guten Zweck gesammelt wird, hätte ich eher an die Witwe Greenley gedacht, die ein neues Dach, oder auch an den alten Mr Gadstow, der dringend einen neuen Kamin braucht. Ich möchte Sie nicht kränken, aber wenn Sie den Anblick vielleicht noch für ein weiteres Jahr ertragen könnten, könnten wir eine wirklich gute Tat vollbringen und das Geld für den Wohltätigkeitsfonds verwenden.«

»Das ist eine großartige Idee.« Ich wusste aus Erfahrung, wie wichtig es war, ein gutes Dach über dem Kopf zu haben.

»Wirklich? Und glauben Sie, Miss Templeton wird ebenfalls einverstanden sein?«

»Warum sollte sie etwas dagegen haben, dass unsere Arbeit Menschen zugutekommt, die wirklich in Not sind?«

»Ich bin so froh, dass Sie einverstanden sind. Diese Dinge können sehr schwierig sein, wenn der Pfarrer anderer Ansicht ist als seine Gemeindemitglieder.«

»Sie sind der Pfarrer; meiner Ansicht nach haben Sie das Recht zu entscheiden, wofür das Geld verwendet wird.«

»Ja, so sollte es eigentlich sein.«

Aus dem Sessel am Kamin hörte man ein Schnaufen.

Wir drehten uns um und sahen, dass der Admiral eingeschlafen war.

Der Pfarrer und ich lächelten einander zu, dann deutete er mit dem Kinn auf den Kohleeimer. »Was meine Sammlungen betrifft …«

Ich stellte fest, dass die Großzügigkeit, die ich in letzter Zeit entwickelt hatte, sich nicht auf seine botanischen Fundstücke erstreckte.

»Ich habe über meinen Ehrenpreis nachgedacht und überlegt, ob es irgendwie bedeutsam sein könnte, dass ich sowohl in einem Tal als auch in einem Sumpf welche gefunden habe.«

»Das könnte sein; es hängt wohl von der Sorte ab. Ich war schon immer sehr viel stärker an der Klassifizierung als an der einzelnen Spezies interessiert und es ist wirklich sehr seltsam, dass sie an zwei so völlig unterschiedlichen Stellen gedeihen. Zu schade, dass Sie keine Vergleichsexemplare von beiden haben; dann hätte ich etwas aus ihnen lernen können.«

»Ich habe immer gedacht, dass Gott sie einfach wachsen lässt, wo er will.«

»Das möchte ich ja gar nicht bestreiten, aber ist es denn eine Sünde, wenn man sich fragt, warum? Und wie?«

»Wie? Manche Leute würden sagen, das grenzt an Blasphemie, Miss Withersby. Oder doch zumindest an Unverfrorenheit.« Er zwinkerte mir zu.

»Das weiß ich, aber ich verstehe nicht, warum. Es muss doch Vernunft in der Natur herrschen, oder? Es muss einen Grund dafür geben, warum eine Blume da wächst, wo sie wächst. Und diese Frage steht doch eigentlich gar nicht im Widerspruch zum Glauben, wenn Ihr einziges Argument lautet, dass Gott sie eben dorthin gesetzt hat, wo sie zu finden ist. Warum sollte die Frage nach dem Wie diesem Argument entgegenstehen?«

Er sah mich an, als dächte er über die Frage nach. »Meinen Sie, dass Gott vielleicht den Zufall für seine Zwecke einsetzt?«

»Vielleicht, ja.«

»Eine interessante Frage. Wirklich sehr interessant. Und durchaus weiterer Überlegung wert. Haben Sie etwas dagegen, wenn ich es mir aufschr…?«

»Aber nein, bitte, schreiben Sie es sich ruhig auf.« Wenn ich schon keine wissenschaftlichen Zeitschriftenbeiträge verfassen konnte, so trug ich doch immerhin zu den Predigten des Pfarrers bei.

»Ich finde … ich hoffe, Sie halten mich nicht für zu dreist, Miss Withersby, aber es ist ein solches Vergnügen, mit einer verwandten Seele zu plaudern.«

Er schien irgendwie eine Antwort zu erwarten. »Mir macht es auch Vergnügen.«

Er errötete. »Das ist sehr … ermutigend. Vielen Dank.«

Der nächste Samstag, der Tag der Wohltätigkeitsveranstaltung, war gekommen und ich überlegte, ob ich vielleicht ein wenig voreilig gewesen war, als ich erklärte, dass ich mich völlig von meinem Unfall erholt hätte. Die Schwüle im Gewächshaus und der unerbittliche Lärm der Musik und der Gespräche verursachten mir schon bald heftige Kopfschmerzen. Die meiste Zeit versteckte ich mich hinter ein paar hohen Farnen. Sie waren pyramidenförmig in einer dunklen Ecke aufgestellt und blieben so verschont von der Neugier der Gäste, wie sie unter anderem einer Brennpalme entgegengebracht wurde, die alle unbedingt besichtigen wollten.

Mr Stansbury winkte mir von Weitem zu; danach musste er jemanden aus seiner Dienerschaft angewiesen haben, mich mit Erfrischungen zu versorgen, denn der Strom von Tee und Keksen, die man mir brachte, riss nicht ab.

Der Admiral schritt wie immer vor den Fenstern auf und ab; eine kühle Brise hob hin und wieder den Saum seines Mantels an.

Mein Vater und Mr Trimble standen neben einem Orangenbäumchen und waren in ein Gespräch vertieft. Mr Trimble blickte in regelmäßigen Abständen zu mir herüber und ich verdoppelte meine Anstrengungen, so zu wirken, als bemerke ich seine Blicke nicht und sei bei bester Gesundheit. Ich konnte nur raten, worüber sie sprachen; höchstwahrscheinlich über etwas sehr viel Wichtigeres als über den Farn, den Miss Templeton gerade lautstark bewunderte.

Ich war überrascht, als sie mir zu der Veranstaltung gratulierte. »Gut gemacht, Miss Withersby.«

»Ich kann nur sagen, dass die Sache trotz meiner Beteiligung einen bewundernswerten Verlauf nimmt.«

»Und ich muss zugeben, dass ich zwar ein paar Zweifel hatte, aber trotzdem dem Drang widerstand, Ihnen Ratschläge zu erteilen; ich hatte beschlossen, dass Sie aus Erfahrung lernen sollten. Wenn Sie heiraten wollen, müssen Sie beweisen, dass Sie eine erfolgreiche Gastgeberin sein können, und jetzt kann jeder das sehen. Ich wage sogar zu prophezeien, dass Sie von jetzt an die Aufmerksamkeit weiterer Männer wecken werden.«

»Sie meinen, das wären meine Aufgaben, wenn ich heiraten würde?«

Sie nickte.

»Als Daseinszweck? Wirklich?« Mein Magen krampfte sich vor Entsetzen zusammen.

»Was glauben Sie denn, was Sie sonst zu tun hätten?«

»Gott sei Dank will ich gar nicht heiraten. Ich kann nicht heiraten. Ich kann niemals heiraten. Es ist viel zu anstrengend!«

»Kommen Sie, Sie werden doch nicht den Mut verlieren!«

»Ich würde meine richtige Arbeit nie mehr aufnehmen können, wenn ich lernen müsste, wie man Bälle gibt und Gästelisten schreibt und Ideen für Wohltätigkeitsveranstaltungen und Lotterien hat.«

»Aber das werden Sie doch gar nicht müssen. Nach dieser Veranstaltung wird Ihr Vater erkennen, welche Gefahren es birgt, wenn er darauf besteht, dass Sie heiraten. Sie haben immerhin das schönste Fest der ganzen Saison ausgerichtet.«

»Aber Sie waren es doch, die all die guten Ideen hatte, und Sie haben mir ganz genau gesagt, was ich tun muss.«

»Das weiß er doch nicht. Vielleicht kann ich dafür sorgen, dass in der Zeitung ein Artikel erscheint. Ihr Vater liest doch die Zeitung, nicht wahr?«

»Ich glaube nicht, dass er …«

»Wenn er es schwarz auf weiß sieht, wird er noch sehr viel deutlicher erkennen, in welcher Gefahr er schwebt.«

»Ja, das sollte er wohl …« Das musste er einfach!

»Es ist nur eine Frage der Zeit. Wenn Sie nach Hause kommen, könnten Sie eigentlich gleich schon mal Mr Trimbles Sachen packen. Der Mann wird bald nur noch eine schöne Erinnerung sein!«

»Schön?«

»Sein Haarschnitt und die Form seines Kinns gefallen mir ausnehmend gut. Wenn er nur aus einer besseren Familie käme! Wenn er nur ein Gentleman wäre!«

»Ich glaube, Sie verstehen nicht …«

»Ich verstehe Sie sehr gut! Ich bin nur etwas anderer Ansicht. Wenn seine Familie nicht so schrecklich wäre, würde er sich eigentlich ganz gut in der Gesellschaft machen.«

Genau da lag ja das Problem. Wenn sie nicht so schrecklich wären, würde er zu ihnen zurückgehen. »Hatten Sie schon Erfolg bei den Nachforschungen über seine Familie?«

»Ich warte auf Antwort von einer Bekannten in Essex. Doch wie auch immer, ich versichere Ihnen, Ihre Probleme werden bald gelöst sein!«

Allmählich wurde ich wieder kräftiger, und obwohl ich mich noch immer nicht zu einem richtigen Streifzug aufraffen konnte, führten meine Spaziergänge mich doch zunehmend weiter vom Haus fort. Dabei begegnete ich häufig dem Pfarrer, der Besuche bei seinen Schäfchen machte.

Solange wir nicht über Pflanzen oder seine Sammlungen sprachen, empfand ich ihn als angenehme Begleitung, und obwohl er mit keinerlei Wissen über Botanik aufwarten konnte, hatte er doch eine Neigung zu philosophischen Themen, was ich sehr genoss. Wir sprachen über Vögel und Sterne und die Schwächen der Lokalzeitung, über das Parlament und über Lady Harriwicks unerklärliche Vorliebe für obskure Kirchenlieder.

»Und wie denken Sie über Kinder?«, fragte er eines Tages Anfang Dezember, als wir wieder ein Stück zusammen gingen.

Meine Nase war ganz kalt geworden, deshalb steckte ich sie tief in meinen Schal, doch als ich antwortete, schob ich ihn mit meiner behandschuhten Hand nach unten. »Kinder? Gar nicht. Denken, meine ich.«

»Sind Sie ein Einzelkind?«

»Ja.«

»Aber Sie mögen Kinder?«

»Es ist nicht so, dass ich sie *nicht* mag.«

Sein Lächeln wirkte etwas zögerlich, doch dann strahlte er auf. »Sie sind wirklich etwas ganz Besonderes.«

Ich lachte; ein weißer Hauch stieg von meinem Mund auf. »Eine ganz eigene Spezies. Das sagt Mr Trimble immer.«

»Ich bin sicher, er meint es freundlich.«

»Ich nicht.«

»Aber – Kinder machen das Leben doch schöner, finden Sie denn nicht?«

Ich überlegte, warum er wohl unbedingt über Kinder sprechen wollte.

Wir hatten dieses Thema bisher noch nie ernstlich erörtert. Doch dann dachte ich, dass ihm als Vater von acht Kindern dieses Thema wohl am Herzen lag. »Da muss ich Ihnen zustimmen. Ohne Kinder würde unsere Spezies aussterben.«

Er blinzelte. »Das ist richtig … aber ich sprach nicht von Kindern im Allgemeinen … nicht als Gruppe, meine ich, sondern im Besonderen.«

»Im Besonderen?«

»Von meinen Kindern zum Beispiel. Ich finde sie sehr … liebenswert.«

Ich persönlich fand sie ziemlich laut, war aber sicher, dass es unhöflich wäre, das auszusprechen.

Als ich nichts sagte, fuhr er fort: »Manche Leute finden ihre Anzahl ein wenig beängstigend, aber sie sind nicht so schwierig, wie Sie vielleicht denken.«

»Mit genügend Wasser und Licht wächst alles, denke ich.«

»Das ist eine … eine sehr philosophische Sichtweise. Aber … was ich eigentlich sagen wollte … ich finde, wir sind ein gutes Team, Miss Withersby.«

Das waren wir. Doch hinter ihm herzuräumen und das Chaos, das er mit seinen Sammlungen und Klassifizierungen veranstaltete, zu beseitigen, erforderte weitaus mehr Arbeit, als ich gewohnt war.

»Ich hatte gehofft, dass Sie mir die Ehre erweisen, mir noch viele Jahre lang zu helfen.«

Jahre! Das hoffte ich nicht. Dabei würde ich mir die Finger wund arbeiten. Doch eine liebenswürdige Einladung erforderte eine höfliche Antwort, so stand es zumindest in Miss Templetons Etikette-Buch. Und außerdem sah er mich an, als hinge alles von meiner Antwort ab. Freundlich. Mir war bis jetzt noch gar nicht aufgefallen, was für freundliche Augen er hatte.

»Ich wäre hocherfreut darüber, Mr Hopkins-Whyte. Wirklich.« Ich wäre es nicht. Gar nicht, aber er war ein so netter Mann. »Vielleicht könnte ich morgen kommen und Ihnen bei Ihren Sammlungen helfen.« Ich gab es auf, mich in den Schal zu vergraben, und meine Nase tauchte aus seinen Falten auf.

Er packte seine Bibel fester. »Großartig! Einfach … einfach großartig, Miss Withersby!«

Nachdem der Pfarrer mich verlassen hatte, schaute ich auf dem Heimweg in Overwich Hall vorbei. Ich hatte großes Interesse an einer neuen Orchidee, die Mr Stansbury erworben hatte. Mir war bewusst, dass ich eigentlich eine Begleitung hätte mitnehmen müssen – den Admiral oder Miss Templeton –, doch da ich auf dem Heimweg war, hielt ich es für keine übermäßig schwere Verfehlung, ihn ohne Anstandsdame aufzusuchen.

Mr Stansbury tauchte denn auch gleich auf und schien sich zu freuen, mich zu sehen. Wir sprachen eine Weile über seine wachsende Anzahl Pflanzen, dann zeigte er mir seine Neuerwerbung. Er hatte meinen Rat beherzigt und einen der Korrespondenten meines Vaters um Hilfe gebeten, und ich war froh, ihm bestätigen zu können, dass er tatsächlich erhalten hatte, wofür er bezahlt hatte.

Als ich gehen wollte, hielt er mich auf. »Ich wollte Ihnen nur noch sagen, Miss Withersby, dass ich sehr gern mit Ihnen zusammen bin. Ich hoffe, Ihnen geht es genauso.«

»Aber ja, Mr Stansbury.« Vor allem, wenn ich nicht seinen Totholzgarten zu bewundern brauchte.

»Sie haben hier viel Gutes bewirkt.«

Ich hatte ihn nicht von seinen Baumstümpfen abbringen können, doch abgesehen davon hatte ich sein Gewächshaus tatsächlich auf Vordermann gebracht. »Das hoffe ich, Mr Stansbury.«

»Ich fände es schön, wenn das, was wir hier begonnen haben, sich als Langzeitprojekt erweisen würde, und es ist mein größter Wunsch, dass Sie mir die Ehre erweisen, mit mir zusammen fortzuführen, was wir begonnen haben.«

»Das würde mich sehr freuen.« Dann konnte ich seinen Totholzgarten vielleicht in eine dieser Grotten verwandeln, von denen Miss Templeton immer sprach. Oder in einen Garten. Bestimmt würde er sich dazu überreden lassen.

»Bevor Sie sich so bereitwillig einverstanden erklären, Miss Withersby, muss ich Ihnen allerdings sagen, dass ich aufgrund einer Krankheit in meiner Kindheit …« Seine Ohrläppchen waren rot geworden. »Also, mein Arzt hat mir ganz klar gesagt, dass ich niemals …« Er hielt inne und räusperte sich. »Dass ich niemals Vater sein werde.«

Mir war nicht ganz klar, was sein besonderes Schicksal mit seinem Interesse an der Botanik zu tun hatte, doch es schien ihn ganz eindeutig zu beunruhigen. Ich legte ihm eine Hand auf den Arm. »Wenn das so ist, Mr Stansbury, dann denken Sie einfach daran, dass Ihr Totholzgarten niemals durch die Launen Ihrer Erben in Gefahr sein wird.«

»Unser Totholzgarten, Miss Withersby.« Er tätschelte meine Hand. »Ich muss sagen, Sie sind eine ganz wunderbar verständnisvolle Frau.«

25

Nachdem ich Overwich Hall verlassen hatte, schaute ich noch auf Dodsley Manor vorbei, doch Miss Templeton war nicht zu Hause, deshalb beschloss ich, einen längeren Heimweg durch die Felder zu wählen. Es war lange her, seit ich das Vergnügen hatte, einen so langen Spaziergang zu machen, und ich genoss es, draußen zu sein. Zugleich war ich traurig, dass es im Moment kaum Pflanzen gab, die man betrachten konnte.

Alles in allem war ich recht zufrieden mit mir. Ich hatte es geschafft, dass der Pfarrer immerhin erst einmal einen Überblick über seine Pflanzen hatte, und plante gleichzeitig die Aufstockung und Erweiterung von Mr Stansburys Gewächshaus. Schon bald vergaß ich den Zustand meines Kopfes und kletterte über Felsen und in eine Schlucht hinunter, um nachzusehen, ob es dort vielleicht noch etwas zu entdecken gab.

Wenn ich daran gedacht hätte, meine Handschuhe auszuziehen, wäre alles in Ordnung gewesen, doch als ich tatsächlich ein bisschen Efeu und ein paar Stechpalmen entdeckte, dachte ich nur noch an das bevorstehende Weihnachtsfest.

Schon bald waren meine Handschuhe ruiniert und meine Stiefel völlig verdreckt. Doch was machte das schon? Schließlich musste ich niemanden beeindrucken.

Ich stolperte über einen Stein und fiel auf die Knie.

Was für eine völlig unbrauchbare Botanikerin ich in den letzten Monaten doch geworden war! Mit mir war wirklich nichts mehr anzufangen! Aber auch Anträge hatte ich keine erhalten, also war ich in der Gesellschaft eine ebenso große Versagerin wie in der Wissenschaft der Botanik. Ich mochte zwar nach der neuesten Mode gekleidet sein, doch was nützte das?

Ich lief noch ein paar Stunden herum, dann ging ich zurück nach Hause. Und dabei fasste ich den Beschluss, meine Suche nach einem Mann endgültig aufzugeben.

Bei meiner Rückkehr rief Vater mich zu sich ins Arbeitszimmer. »Ich muss sagen, Charlotte, du hast dich ausnehmend gut geschlagen«, empfing er mich.

»Das finde ich auch. Die Sammlung des Pfarrers ist fast geordnet und Mr Stansburys Pflanzen gedeihen ausnehmend gut. Er hat vor Kurzem eine neue Orchidee erworben.« Ich zog meine Handschuhe aus, entfernte einen Stapel Papiere von einem Stuhl und setzte mich.

Mein Vater kaute auf seinem Schnurrbart. »Nur … ich weiß nicht genau, was ich nun sagen soll …«

»Wozu?« Ich zog meine nassen Schuhe aus und stellte sie neben den Stuhl.

»Zu den Anträgen.«

»Welchen Anträgen?«

»Den Heiratsanträgen.«

»Wessen Heiratsanträge?«

»Deine.«

»Meine!« Meine? »Da bin ich aber erstaunt. Wer will mich heiraten?«

»Nun – der Pfarrer und Mr Stansbury.«

»Dann musst du beide ablehnen.«

»Aber du hast ihre Anträge doch bereits angenommen.«

»Wie bitte?« Was hatte ich? »Wessen Anträge?«

»Die Anträge beider Männer.«

»Beider? Warum sollte ich beide annehmen, wenn ich an keinem von ihnen interessiert bin? Wie auch immer, ich habe ganz sicher nicht zugestimmt, sie zu heiraten – ich habe sie doch heute erst gesehen und keiner von beiden hat etwas dergleichen erwähnt.«

Mr Trimble hatte hinter seinem Schreibtisch im Salon gearbeitet, doch jetzt ließ er seine Arbeit im Stich, kam herein und stellte sich neben meinen Vater. »Sie haben also mit ihnen gesprochen …?«

»Natürlich. Ich habe mit beiden gesprochen, und zwar so, wie Sie es mir beigebracht haben.«

»Worüber haben Sie gesprochen?«

»Mr Stansbury sprach über Pflanzen und seinen lächerlichen Totholzgarten und sagte, er fände, ich hätte viel Gutes bewirkt, und dann fragte er, ob ich nicht gern hier sei, und meinte, dass es ihm eine Ehre wäre weiterzuführen, was wir begonnen haben.«

»Das reicht.«

»Reicht wofür?«

»Sie müssen lernen, auf das zu hören, was die Leute sagen, Miss Withersby!«

»Und wie soll ich das tun, wenn sie es nicht sagen? Wirklich, Mr Trimble, es kann wohl kaum mein Fehler sein, dass ich nicht verstehe, was die Leute nicht klar und deutlich ausdrücken!«

»Und worüber haben Sie und Mr Hopkins-Whyte gesprochen?«

Mein Vater hob einen Finger. »Ich … ich kann nicht … wie können Sie darin einen Antrag erkennen, junger Mann?«

»Er hat es absolut deutlich gemacht, indem er sagte, dass er sich freue, dass Miss Withersby in seinem Gewächshaus glücklich sei, und dass es ihm eine Ehre sei fortzuführen, was sie begonnen hatten.« Er wandte sich an mich. »Er hat doch eine Antwort erwartet, oder nicht?«

Hatte er das?

»Haben Sie ihm geantwortet?«

»Ja, aber …«

»Positiv?«

»Ich sagte, ich würde sehr gern fortführen …«

»Und als sie zustimmte, hat sie seinen Antrag angenommen.«

»Aber ich habe nichts dergleichen zugestimmt! Wie konnte ich, wo ich doch dachte, er spräche nur von dem, worüber er sprach?«

Mr Trimble seufzte tief auf, so tief, wie ich am liebsten selbst aufgeseufzt hätte. »Und was haben Sie zum Pfarrer gesagt?«

»Es geht nicht darum, was ich gesagt habe, da bin ich ganz sicher. Es war das, was er sagte.«

»Und was hat er gesagt?« Er fragte mit offenbar grenzenloser Geduld, als spräche er mit einem der Kinder des Pfarrers.

»Ich … nun ja … ich habe ihm bei seiner Sammlung geholfen und ihm gezeigt, wo die Lücken sind.«

»Ja, aber was hat er gesagt?«

Was hatte er eigentlich gesagt? »Nun, er … er hat eine Weile über Kinder gesprochen und dann gefragt, ob ich sie mag und was ich von seinen Kindern insbesondere halte, und dann sagte er, dass wir ein gutes Team seien und dass …« Wie hatte er es formuliert? »Dass er hoffte, wir könnten noch viele Jahre zusammenarbeiten.«

»Und Sie sagten …?«

»Ich sagte genau, was ich meinte, nämlich, dass ich sehr erfreut sei.«

»Damit haben Sie angenommen.«

»Was angenommen? Er hat nicht mal eine Frage gestellt. Er hat eine Aussage gemacht. Er hat eine Hoffnung ausgedrückt, nicht einen Antrag gemacht!«

»Doch! Er hat seiner Hoffnung auf eine Vereinigung Ausdruck gegeben.«

»Vereinigung? Es war die Hoffnung, dass ich sein Chaos in Ordnung bringe und seine Sammlung vervollständige.«

»Er hat Sie gebeten, ihn zu heiraten, und Sie haben seinen Antrag angenommen.«

»Da muss ich widersprechen! Wie könnte ich für eine Antwort verantwortlich sein, wenn er nicht einmal eine Frage gestellt hat?«

»Sie müssen sich in Acht nehmen, was Sie in unbewachten Momenten sagen, Miss Withersby. Ich weiß aus unglückseliger Erfahrung, dass selbst der einfachste Satz missverstanden werden kann.«

»Ich weiß wirklich nicht, wie sich überhaupt irgendjemand getrauen kann, etwas zu sagen, wenn man nicht sagen darf, was man denkt, und nicht meinen darf, was man sagt. Die vornehme Gesellschaft hat wirklich raue Sitten!«

»Worüber regen Sie sich eigentlich auf? Ihr Frauen braucht doch einfach nur Ja zu sagen. Der Mann muss seinen Mut zusammennehmen, muss sich überlegen, wie er den Antrag formuliert, und einen Zeitpunkt wählen, an dem er aktiv wird. Kein Wunder, dass die beiden Männer Schwierigkeiten hatten, auf den Punkt zu kommen!«

»Auf den Punkt zu kommen? Der Punkt ist, wenn ein Mann es nicht fertigbringt, mich zu fragen, ob ich ihn heirate – und zwar ganz eindeutig, ohne jede verschwommene Formulierung, wie kommt er dann auf die Idee, mich verdient zu haben? Bin ich es nicht wert, dass man offen und ehrlich mit mir spricht?«

Doch er ignorierte mich. Er hatte sich bereits an meinen Vater gewandt, der hektisch blinzelte und dabei irgendetwas vor sich hinmurmelte. »Und was haben Sie gesagt, Mr Withersby?«

Mein Vater schrak zusammen und starrte ihn an. »Gesagt? Worüber?«

»Was haben Sie zu den Anträgen gesagt?«

»Oh! Nun … ich habe ihm gratuliert. Ihnen gratuliert. Was hätte ich sonst tun sollen? Charlotte wollte doch unbedingt einen Mann und ich …«

Ich wollte unbedingt einen Mann? »Du hast mich doch gezwungen, in die Gesellschaft hinauszugehen, um einen Mann zu finden. Ich habe nur mitgemacht, weil ich sicher war, dass du deine Ansicht ändern würdest, wenn du siehst, wie wichtig meine Arbeit für dich ist. Aber er« – ich deutete mit zitterndem Finger auf Mr Trimble – »hat sich einfach hineingedrängt und mir meine Arbeit gestohlen. Und dann hat er alles so viel besser gemacht als ich und ich … ich habe mich so sehr bemüht, dir das zu sein, was du brauchtest. Aber jetzt habe ich eingesehen, dass ich nie die Tochter sein werde, die du haben willst.«

»Du warst immer die Tochter, die ich wollte. Mir ist doch nur klar geworden, dass du sehr viel mehr verdient hast als das.«

»Aber das ist genau das, was ich will.«

»Das kann nicht sein.«

»Und warum nicht? Es ist alles, was ich je hatte. Alles, was ich je gekannt habe. Es ist das Einzige, worin ich gut bin.«

»Das sollte es nicht sein.«

»Aber es ist so. Ich bin so. Allem zum Trotz, was die BAAS denkt, allem zum Trotz, was die anderen sagen, bin ich gut in Botanik.«

Er starrte mich unglücklich an. »Wie sind wir da nur hineingeraten?«

Ich wusste es. »Der Admiral ist schuld. Er ganz allein. Soll er es doch ausbaden!«

»Dann … was soll ich deinen künftigen Ehemännern jetzt sagen?«

»Sag ihnen, was du willst.«

»Aber welchen von beiden willst du heiraten?«

»Das ist mir völlig egal. Ich sollte mir einen Mann suchen und das habe ich getan. Habe ich damit nicht meine Christenpflicht erfüllt? Was spielt es für eine Rolle, wer es ist?«

Jetzt sah mein Vater mich mitleidig an. »Aber natürlich spielt es eine Rolle. Schließlich musst du den Rest deines Leben mit ihm verbringen.«

Ich spürte, wie wilde Panik in mir aufstieg, und sah Mr Trimble an. »Ich nehme an, es schickt sich nicht, seine Ansicht über einen Heiratsantrag zu ändern?«

Er schüttelte ernst den Kopf.

»Dann hoffen wir, dass ich nicht lange leben werde.« Ich hätte nie gedacht, dass ich Miss Templeton einmal um ihr Schicksal beneiden würde.

Vater runzelte die Stirn. »Ich weiß immer noch nicht … was sagtest du, welchen Antrag ich annehmen soll?«

Mr Trimble sah mich eindringlich an. »Ziehen Sie denn nicht vielleicht einen der beiden vor, Miss Withersby?«

»Nein.« Ich stand vor der Wahl, entweder mit dem Totholzgarten des einen zurechtzukommen oder die planlosen Sammlungen des anderen zu ordnen, während ich für seine mutterlosen Kinder sorgte. Immerhin hatte ich Erfahrung darin, mutterlos zu sein. »Den Pfarrer.«

Mr Trimble zog die Brauen hoch. »Den Pfarrer? Aber Mr Stansbury ist sehr vermögend. Er mag vielleicht kein Gentleman sein, doch er verdient es durchaus, in Erwägung gezogen zu werden.«

»Das zeigt nur, wie wenig Sie mich kennen.« Das Bild einer Glockenblume stieg vor meinen Augen auf, doch ich weigerte mich, mich von den ungezügelten Fantasien eines Schaffarmers aus Neuseeland vereinnahmen zu lassen. Ich nahm meine Stiefel und ging die Treppe hinauf.

Während ich Mr Stansburys neue Orchidee aus dem Gedächtnis zeichnete, war es mir beinahe gelungen zu vergessen, dass ich doppelt verlobt war, doch da klopfte es an meine Tür.

»Herein!«

Mein Vater trat ein und sah sich um, als hätte er mein Zimmer noch nie gesehen.

Ich folgte seinem Blick. Er betrachtete meine neuen Kleider, die wie gepresste Blumen an ihren Haken hingen, und den Stapel Hutschachteln neben meinem Waschtisch.

Schließlich fiel sein Blick auf meine Illustration. Er nahm sie und drehte sie um. »Ich glaube nicht … ich meine … irgendetwas an deiner Zeichnung ist anders, Charlotte.«

Schon wieder Mr Trimbles ungebetener Einfluss. »Ich habe ein wenig mit leichterem Druck auf die Feder und einer entspannteren Interpretation experimentiert, aber ich finde, es war früher besser.«

»Nein. Du musst unbedingt bei diesem Stil bleiben. Es ist eine hervorragende Arbeit. Nun … der tüchtige junge Mann unten hat mir klargemacht, dass ich, da ich einen deiner Verehrer abweisen muss, zu einer Entscheidung kommen muss – aber du musst mir helfen und sagen, welchen von beiden du wirklich heiraten möchtest. Er scheint nicht überzeugt zu sein, dass du meintest, was du gesagt hast, als du den Pfarrer gewählt hast.«

»Eigentlich will ich keinen von beiden heiraten. Aber wenn es nicht möglich ist, beide abzulehnen, würde ich die Wahl gern dir überlassen.«

»Aber du musst doch eine Meinung in der Sache haben!«

»Ich habe aber keine.«

»Aber dein Leben wird sehr unterschiedlich verlaufen, je nachdem, welchen von ihnen du wählst.«

»Das weiß ich.«

»Und du ziehst trotzdem keinen vor?«

»Bei keinem von beiden könnte ich meine Arbeit fortsetzen. Entweder kann ich Pflanzen klassifizieren oder Exoten aus den Kolonien bestellen oder ich kann Orchideen oder Kinder großziehen, aber in beiden Fällen kann ich keine Illustrationen mehr anfertigen und keine Abhandlungen mehr verfassen.«

»Du bräuchtest aber auch keine Bücher über das Verfertigen von Wachsblumen zu schreiben.«

»Das fand ich eigentlich gar nicht so schlimm. Wirklich nicht. Es wären wenigstens meine Bücher. Wie du weißt, habe ich sieben Bücher über mir ähnlich fernliegende Themen geschrieben.«

»Ich weiß. Und ich bin sehr stolz auf deine Arbeit … aber wir sprachen von deinen Verehrern. Wenn du ihnen von deiner Arbeit erzählen würdest, wären sie vielleicht einverstanden, dass du sie fortsetzt.«

»Wann denn? Zwischen der Organisation von Abendeinladungen oder meinen Aufgaben in der Gemeinde? Es ist mir egal, welchen Mann du auswählst; das Endergebnis ist dasselbe.«

»Und was ist das Endergebnis?«

»Verstehst du es denn nicht? Ich trete in jemandes Leben ein und gebe meines auf. Hast du je in Erwägung gezogen, dass der Admiral vielleicht der Normale und wir die Exzentriker waren? Dass wir im Unrecht waren, von ihm zu verlangen aufzugeben, was er liebte, um sich unseren Vorstellungen anzupassen?«

»Charlotte, ich wünschte, ich könnte …«

»Ich wollte einfach nur in Frieden meine Arbeit tun.«

»Das hast du. Das kannst du.«

»Warum hast du mir dann alles weggenommen?«

Eine knappe Stunde später kam Miss Hansford, um mich zu holen. »Der Admiral ist da, Miss.«

Vielleicht konnte er sich um das Chaos kümmern, das ich angerichtet hatte.

Ich ging mit hoch erhobenem Kopf in den Salon hinunter, wo die Männer vor einem Mikroskop standen, über irgendetwas sprachen und mich überhaupt nicht beachteten. Ich stampfte einmal mit dem Fuß auf.

Sie schraken zusammen, drehten sich um und starrten mich an.

»Nachdem du« – ich sah meinen Vater an – »und du« – ich drehte mich zum Admiral um – »und Sie!« – damit ging ich hinüber zu Mr Trimble – »mich in diese Sache hineingeritten habt, hoffe ich, dass einer von euch inzwischen einen Weg gefunden hat, mich auch wieder aus dieser unmöglichen Situation zu befreien.«

Mr Trimble hob eine Hand, während ich auf ihn zuging. »Ich hatte absolut nichts damit zu tun!«

»Und ob Sie etwas damit zu tun hatten! Sie haben mir doch – Sie haben mir ja überhaupt alles beigebracht. Wenn ich nicht so sehr darauf bedacht gewesen wäre, höflich zu sein und nicht zu sagen, was ich denke, und meine Gefühle zu verleugnen, dann bräuchte ich jetzt nicht zwei Anträge abzulehnen!«

»Einen Antrag.«

»Was?«

»Einen Antrag. Dann wären Sie jetzt nicht in der Zwangslage, einen Antrag ablehnen zu müssen, denn den anderen können Sie ja annehmen.«

Mein Vater begann zu stottern: »Ich verstehe nicht ganz … müssen wir uns jetzt mit zwei Ablehnungen befassen oder nur mit einer?«

»Mit einer.« Mr Trimble sah mich an, als wollte er sagen: Wagen Sie es nicht, zu widersprechen!

Ich beschloss, ihn zu ignorieren. »Zwei. Ich habe beschlossen, keinen von beiden anzunehmen.«

»Keinen?«

Mein Vater sah den Admiral an und dann Mr Trimble. »Aber hatten wir uns denn nicht für den Industriellen entschieden?« Er kratzte sich am Ohr.

Der Admiral schüttelte den Kopf. »Ich dachte, wir hätten den Pfarrer gewählt. Das hatte ich jedenfalls beschlossen, nachdem ich in den letzten Monaten seine Predigten gehört habe.«

»Es ist egal, was ihr beschlossen habt. Ich habe beschlossen, dass ich keinen heiraten werde. Also – wie lehnen wir ihre Anträge ab? Das möchte ich gern wissen.«

Für Männer, die mir anfangs so eifrig Ratschläge erteilt hatten, wie ich einen Mann ergattern konnte, schien ihnen jetzt guter Rat ziemlich teuer zu sein.

»Vater, da du die Anträge angenommen hast, finde ich, du solltest sie jetzt auch ablehnen.«

»Oh …« Er seufzte. »Ich weiß aber nicht, wie. Ich wusste ja nicht, dass du zwei Anträge angenommen hast, und sie wussten es auch nicht, weil ich nicht wusste, wie ich es ihnen erklären sollte. Wahrscheinlich ist es am besten, wenn du es selbst machst.«

Ich sah den Admiral und dann Mr Trimble an, doch beide wichen meinem Blick aus.

»Schön.« Ich ging zum Schreibtisch, der einmal meiner gewesen war, nahm ein Blatt Papier, adressierte es an Mr Stansbury und sprach laut, während ich schrieb. »Lieber Mr Stansbury, ich kann Sie leider doch nicht heiraten. Bitte entschuldigen Sie vielmals. Ihre Charlotte Withersby.« Ich löschte die Tinte, faltete den Brief, schob ihn in einen Umschlag, versiegelte ihn und streckte ihn Mr Trimble hin. »Mr Trimble, wären Sie so nett, ihn für mich zu besorgen?«

»Ich halte das für keine gute Idee. Ihr Brief enthält keine Erklärung.«

»Und was soll ich Ihrer Ansicht nach schreiben?«

Der Admiral und mein Vater sahen ihn an, als seien sie ebenfalls stark an seiner Antwort interessiert.

»Ich weiß es nicht. Ich finde nur, dass die Ehre, die ein Heiratsantrag bedeutet, einen gewissen Respekt erfordert.«

»Sie meinen ein Blabla, aus dem nicht deutlich wird, was ich meine, und das es ihnen beiden überlässt, etwas hineinzulesen?«

»Nun … nein. Ich halte es für das Beste, wenn … wenn Sie ihnen die Wahrheit sagen würden.«

»Die Wahrheit? Die Wahrheit ist, dass ich nie die Absicht hatte zu heiraten. Die Wahrheit ist, dass ich einfach nur meine Illustrationen für die Bücher meines Vaters fertigstellen und mein Buch veröffentlichen wollte, auch wenn es offenbar niemand haben will. Die Wahrheit ist, dass ich es satthabe, in dünnen Schühchen und hübschen Kleidchen herumzutrödeln, während ich darauf warte, dass mein Vater endlich zur Vernunft kommt und mich zur Arbeit zurückholt. Die Wahrheit ist, dass der Einzige, auf den ich gewartet habe, Sie sind, Mr Trimble.«

»Ich?«

»Ja! Ich warte darauf, dass Sie gehen, damit ich zurückkommen kann. Die Wahrheit ist, dass ich mein Bestes für die Wissenschaft gegeben habe, in die ich aufgrund meines Geschlechts leider nicht hineinpasse, und dass ich genauso mein Bestes getan habe, in die Gesellschaft zu passen, in die ich mich aufgrund meiner Leidenschaft für die Botanik ebenso wenig einfügen kann. Die Wahrheit ist, dass ich weder hier noch dort hineinpasse, und im Moment halte ich es für das Beste, wenn ich nach oben gehe. Entschuldigen Sie mich bitte.«

Die Männer traten auseinander und ließen mich gehen. Ich war noch nicht ganz oben an der Treppe, da begannen meine Tränen bereits zu fließen, und ich sah nicht ein, warum ich versuchen sollte, mit dem Weinen aufzuhören.

26

Am nächsten Morgen zog ich meine Schuhe an und ging über die Felder nach Dodsley Manor. Ich musste unbedingt mit Miss Templeton sprechen.

Es dauerte nur fünfzehn Minuten, bis sie auftauchte. Sie stürmte geradezu ins Wohnzimmer herein. »Was ist passiert? Es ist erst halb zehn und Sie wissen, dass ich normalerweise bis zehn Uhr schlafe, deshalb weiß ich, dass Sie nur so früh kommen, wenn es wirklich sehr, sehr dringend ist!«

»Ich brauche Ihre Hilfe. Ich habe zwei Anträge erhalten und ich weiß nicht, wie …«

»Zwei Anträge? Aber ich dachte, Sie wollten gar keinen!«

»Wollte ich auch nicht. Aber ich habe sie bekommen. Am gleichen Tag. Mit etwa einer Stunde Abstand.«

»Dann brauchen Sie sie doch nur abzulehnen.«

»Anscheinend habe ich sie bereits angenommen.«

»Beide?«

Ich nickte.

Sie schlug die Hände vor den Mund.

»Was soll ich jetzt sagen?«

»Na ja … Sie können sie nicht mehr ablehnen, nachdem Sie sie angenommen haben.«

»Ich muss aber mindestens einen ablehnen!«

»Aber wie konnte das passieren? Das ist alles die Schuld von Mr Trimble, nicht wahr? Wenn er Ihnen den Gefallen getan hätte und gegangen wäre, wäre das alles nicht passiert. Und ich habe gerade erst erfahren, wo er … oh! Ich möchte am liebsten …«

»Es ist Vaters Schuld. Er hat mich nicht gebeten zu bleiben.«

»Aber so leicht würde ich Mr Trimble nicht davonkommen lassen! Nicht nach dem, was ich Ihnen sagen muss …« Sie stampfte mit dem Fuß auf. »Oh! Ich habe ihm immer noch nicht vergeben, dass er so gut aussieht. Und das sollten Sie ebenfalls nicht!«

»Das werde ich auch nicht. Das Ganze wäre nicht passiert, wenn er mir nicht beigebracht hätte, Konversation zu machen und zu tanzen und …« Und alles andere.

Vielleicht war er ja wirklich an allem schuld. Ich wäre als Heiratskandidatin nicht halb so attraktiv gewesen, wenn er sich nicht zu meinem Tutor aufgeworfen hätte.

Miss Templeton sah mich an, als wartete sie auf etwas.

»Ich weiß wirklich nicht, was ich tun soll.«

»So etwas tut man einfach nicht, einen Antrag ablehnen, nachdem man ihn angenommen hat. Gut, es mag sein, dass es gelegentlich vorkommt, aufgrund widriger Umstände. Aber ich nehme an, Mr Stansbury ist nicht in Gefahr, sein Vermögen zu verlieren …?«

»Wahrscheinlich nicht.«

»Und der Pfarrer ist nicht bereits verheiratet …?«

»Nein.«

Sie seufzte. »Dann weiß ich auch nicht.«

»Ich bin eine Gefahr für die Gesellschaft.«

»So würde ich es nicht ausdrücken. Sie sagen eben einfach immer völlig unerwartete Dinge.«

»Ich nehme an, das Beste wäre …?« Ich sah sie hoffnungsvoll an.

Sie sah mich ebenfalls an.

»Was würden Sie denn tun?«

»Ich hätte nicht zwei Anträge angenommen.«

»Das ist im Moment nicht sehr hilfreich.«

»Nein.« Sie seufzte wieder. »Ich nehme an, Sie haben keine andere Wahl. Sie müssen beiden die Wahrheit sagen.«

»Das hat Mr Trimble auch gesagt.«

Sie kniff die Augen zusammen. »Dafür hasse ich ihn noch mehr.«

Ich drehte mich um und wollte gehen.

»Aber Miss Withersby, ich muss Ihnen doch noch sagen, was ich über …«

Ich marschierte ohne ein weiteres Wort zur Tür. Was immer es war, es konnte warten, bis ich entlobt war.

Die Wahrheit sagen.

Das war sehr viel leichter gesagt als getan, denn die Wahrheit war nicht sehr schmeichelhaft. Trotz allem, was ich meinem Vater und dem Admiral und Mr Trimble ins Gesicht geschleudert hatte, die Wahrheit war, dass ich mit Mr Stansbury und dem Pfarrer gespielt und ihre Zuneigung ausgenutzt hatte. Und genau das sagte ich Mr Stansbury auch, als ich am Nachmittag mit ihm sprach.

»Für meine eigenen Zwecke. Verstehen Sie?«

»Ja. Und ich begreife noch etwas. Ich begreife, dass ich dasselbe mit Ihnen gemacht habe. Ich habe versucht, Sie mit Orchideen und Totholzgärten zu locken, damit Sie mein einsames Leben etwas weniger einsam machen. Wir könnten sagen, dass ich Sie genauso benutzt habe wie Sie mich.«

»Ich wusste nicht, dass wir beide so egoistisch sind. Sie?«

Er lachte.

»Sind Sie sehr enttäuscht?«

Er sah mich lange an. »Ja. Aber vielleicht nicht so, wie ein sitzen gelassener Bräutigam es eigentlich sein sollte.«

Ich wusste nicht, ob ich gekränkt oder dankbar sein sollte.

»Ich weiß gar nicht, was ich ohne Sie machen soll.« Er blickte sich seufzend in seinem Gewächshaus um.

»Dass ich Sie nicht heiraten will, heißt ja nicht, dass ich Ihnen nicht helfen kann, oder?«

Sein Gesicht leuchtete auf. »Nein, vermutlich nicht.«

»Obwohl … ich kann Ihnen nicht jetzt gleich helfen. Ich muss erst noch Mr Hopkins-Whytes Antrag ablehnen.«

»Sie müssen zwei Anträge ablehnen? Am gleichen Tag? Das ist wahrscheinlich ein landesweiter Rekord.«

»Ich weiß.« Es klang so elend, wie ich mich fühlte.

Mr Stansburys Brauen hoben sich; er lächelte mich an. »Dann darf ich mir also schmeicheln, der ungekrönten Königin der Saison einen Antrag gemacht zu haben.«

Ich wanderte von Overwich Hall zum Pfarrhaus, doch so oft ich auch stehen blieb und Samenstände auf ihren Stängeln bewunderte, irgendwann stand ich vor der Tür. Ich klopfte und hörte die dumpfe Aufforderung einzutreten. Als ich die Tür aufstieß, schnappte ich überrascht nach Luft, denn der Pfarrer saß auf dem Boden, umgeben von Pflanzen.

»Miss Withersby! Ich hatte Sie erst später am Nachmittag erwartet.«

Er wollte aufstehen, doch ich setzte mich zu ihm auf den Boden. »Ich weiß. Es tut mir leid, aber …«

»Was nicht heißen soll, dass ich mich nicht freue, Sie zu sehen. Wie Sie sehen, habe ich Ihre Hilfe dringend nötig.«

»Das sehe ich, ja, und ich möchte Ihnen auch gerne helfen … aber ich weiß nicht, ob Sie wirklich eine Frau brauchen.«

»Ich versichere Ihnen, ich brauche eine. Mit acht Kindern und …«

»Ihre Kinder brauchen vielleicht eine Mutter und Sie brauchen Unterstützung bei Ihren botanischen Sammlungen, aber verzeihen Sie mir, wenn ich mich frage, ob Sie wirklich mich brauchen.«

»Aber ich bin so glücklich und … und geehrt, dass Sie zugestimmt haben …«

»Das ist es ja. Ich wusste gar nicht, dass ich gestern überhaupt einer Sache zugestimmt habe. Jedenfalls nicht einer Heirat.«

Er blinzelte überrascht. »Aber ich versichere Ihnen, dass ich …«

»Sie baten mich, Ihnen bei Ihren Sammlungen zu helfen. Dieser Bitte habe ich zugestimmt.«

»Aber ich meinte …«

»Ich frage mich, Mr Hopkins-Whyte, ob Sie wirklich etwas anderes gemeint haben.«

»Was wollen Sie mir eigentlich sagen, Miss Withersby?«

»Meiner Ansicht nach brauchen Sie einen botanischen Assistenten und eine Mutter für Ihre Kinder, aber Sie brauchen eigentlich keinen Botaniker. Und das bin ich nun einmal … und werde ich wahrscheinlich immer sein, ganz gleich, wie wenig es den Plänen Gottes und der Natur entspricht.«

»Sie wollen also sagen … was wollen Sie damit sagen?«

»Ich will sagen, dass ich es für das Beste halte, wenn wir nicht heiraten. Ich glaube, Sie sollten heiraten, wenn Sie die richtige Frau finden, aber diese Frau bin nicht ich.«

Er zog ein Taschentuch aus seiner Hosentasche und trocknete sich damit die Stirn. »Ich muss sagen, ich bin sehr erleichtert.«

»Erleichtert?« Das war nicht ganz die Gefühlsäußerung, die ich erwartet hatte.

»Oh! Ich wollte Sie nicht kränken. Ich bin nicht erleichtert, dass Sie mich nicht heiraten wollen, ich bin nur erleichtert, dass ich diese Sammlung nicht fortführen muss.«

»Fortführen …?«

»Nicht, dass ich nicht weitermache! Natürlich setze ich meine Streifzüge fort, aber ich muss nicht … ich meine, da Sie nicht erwarten, dass ich …«

»Wollen Sie damit sagen, dass Sie mich geheiratet hätten, um ein Interesse an etwas vorzutäuschen, an dem Sie gar kein Interesse haben?«

»Ich würde nicht sagen, dass ich kein Interesse daran habe. Ich bin Pfarrer. Und die Freude an Gottes Schöpfung gehört zu meinem Beruf, würde ich sagen.«

»Aber müssen wir denn alle eine Leidenschaft für Blumen haben? Warum kann es nicht auch Menschen geben, die Inspiration im Wort finden? Was uns anderen lang und breit erklärt werden muss, erschließt sich Ihnen ganz leicht. Ich finde, darauf können Sie stolz sein.«

Seine Augen leuchteten auf.

»Gereicht es Ihrem Schöpfer denn zur Schande, wenn Sie das tun, was Sie am besten können? Wäre es nicht vielmehr ein Affront, wenn Sie es nicht täten?«

»Wollen Sie damit sagen, dass ich dies hier nicht gut mache?« Er blickte auf das wilde Durcheinander an Pflanzen hinunter, das ihn umgab.

»Darf ich ehrlich sein? Ja.«

Er lächelte.

Ich lächelte.

Und dann fingen wir beide an zu lachen.

Etwas später, als wir uns die Tränen aus den Augen wischten, bot er mir die Hand und half mir aufzustehen. »Ein Pfarrer, der nicht hingerissen ist von der Botanik? Finden Sie das wirklich richtig?«

»Wenn er ein Pfarrer ist, der so wundervolle Predigten hält und acht Kinder hat, hat er genug zu tun. Nur ein Kleingeist würde Sie kritisieren, weil Sie sich nicht um Ihre Sammlung kümmern.«

Er blickte sich zwischen den Papieren und Pflanzen um, die auf dem Boden lagen. »Was für ein Chaos! Ich nehme an, nichts davon ist es wert, aufbewahrt zu werden …?«

»Ich glaube nicht. Nein.« Endlich durfte ich sagen, was ich dachte.

»Dann werde ich, was ich nicht wieder in diese Schubladen stecken kann, zum Feuermachen verwenden. Wahrscheinlich reicht es bis zum Frühjahr.«

»Ich muss sagen, das halte ich auch für das Beste.«

Er sah mich lange an. »Danke, Miss Withersby. Ich kann Ihnen gar nicht sagen, wie dankbar ich Ihnen für Ihre Ehrlichkeit bin. Ich hätte einfach immer weiter das getan, was ich für meine Pflicht hielt. Welch eine Befreiung, dass ich das jetzt nicht mehr brauche!«

Als ich nach Hause zurückging, hatte ich ein reines Gewissen. Doch obwohl ich diese Nacht gut schlief, wachte ich am nächsten Morgen um fünf auf und konnte nicht wieder einschlafen. Ich warf mich noch ein Weilchen im Bett herum, dann gab ich auf. Ich brauchte dringend einen tüchtigen Spaziergang.

Um diese frühe Morgenstunde tat ich alles automatisch, noch halb im Schlaf, und merkte erst, als ich bereits aus dem Haus und auf dem Weg zur Straße war und meine Jagdjacke zuknöpfen wollte, dass ich meine neue Jacke angezogen hatte.

»Miss Withersby!« Mr Trimble grüßte mich vom Grasstreifen am Straßenrand.

»Mr Trimble, ich wusste gar nicht, dass Sie so früh aufstehen.«

»Nach den Wochen, die ich nun mit Ihrem Vater zusammenarbeite, ist es geradezu zu einer schlechten Angewohnheit geworden.«

Wir gingen eine Weile schweigend nebeneinanderher; dabei merkte ich, dass er zu mir herübersah. Mehrfach. Aber warum auch nicht? Ich wusste inzwischen genug über Mode, um mir darüber klar zu sein, dass ich ziemlich eigenartig gekleidet war. »Die neue Jagdjacke ist abscheulich. Ich wusste nicht, dass sie so werden würde.« Sie war viel zu eng, um bequem zu sein. So etwas bekam man also, wenn man sich von einer Schneiderin eine neue Jacke nähen ließ.

»Sie ist … ehrlich gesagt … sie ist bezaubernd.«

»Wirklich?« Ich blickte an mir herunter. »Ich wünschte, sie hätte tiefere Taschen. Eigentlich brauche ich einen Mantel, in dessen Tasche ich eine Flasche und ein Fernglas stecken kann.« Ich hielt die beiden Sachen hoch, damit er sie sehen konnte.

»Darf ich sie vielleicht für Sie tragen?«

Ich wollte schon ablehnen, doch dann gab ich sie ihm. Das war er mir schuldig. Und dann beschloss ich, dass er mir noch ein wenig mehr schuldete, und fragte: »Woher wissen Sie so viel? Über die Führung von Dienerschaft, das Führen von Gesprächen und die Launen der Mode?«

»Ich bin unter Menschen aufgewachsen, für die all das sehr wichtig ist. Das war auch der Grund, warum ich sie verlassen habe. Einer der Gründe, warum ich Neuseeland so liebe, ist, dass ein Mann dort nach seinem Charakter und nicht nach seiner familiären Herkunft beurteilt wird.«

»Vielleicht werde ich eines Tages auch dorthin gehen. Es klingt, als ob ich mich dort wohlfühlen würde.«

Er warf mir einen Seitenblick zu. »Ich glaube, das würden Sie, Miss Withersby. Sie würden sich dort sehr wohlfühlen.«

Nach dem Frühstück überlegte ich, was ich jetzt mit mir anfangen sollte. Mein Versuch, meine Arbeit zurückzubekommen, war fehlgeschlagen; ich hatte also weder Bücher noch Briefe zu schreiben. Während ich noch darüber nachdachte, welche Stellung mir wohl in Zukunft in diesem Haushalt zufiel, rief mein Vater Mr Trimble und mich zu sich in sein Arbeitszimmer.

»Charlotte, ich muss dir sagen, dass ich es sehr vermisst habe, mit dir über unsere Arbeit zu reden. Ich wäre mit meinen Büchern bestimmt schon sehr viel weiter, wenn ich gewusst hätte, dass du weiterhin über Klassifizierungen und Orchideen reden willst.«

»Aber das wollte ich. Das hätte ich gern.«

»Vielleicht können wir einfach da weitermachen, wo wir aufgehört haben.«

Ich sah Mr Trimble an. Wenn wir da weitermachten, wo wir aufgehört hatten, würde er dann gehen? Offenbar wurde mir gerade mein größter Wunsch erfüllt. Doch wenn dem so war, warum war ich dann nicht glücklicher? »Das würde ich ja gern, aber … bitte sei ehrlich, hat Mr Trimble nicht sehr viel bessere Arbeit geleistet als ich?«

»Das hängt davon ab, von welcher Arbeit du sprichst.«

»Dürfte ich etwas dazu sagen?« Anscheinend war Mr Trimble noch nicht fertig mit seinen Belehrungen.

Mein Vater nickte.

»Mir ist es vielleicht gelungen, die Papiere Ihres Vaters in eine bessere Ordnung zu bringen und seine Korrespondenz zu erledigen, aber was die Botanik betrifft, so weiß ich davon nicht einen Bruchteil dessen, was Sie wissen. Sie sind eine sehr viel bessere Wissenschaftlerin, als ich je hoffen kann, es zu sein.«

Vater nickte. »Das stimmt. Ich hatte große Hoffnungen für Sie, junger Mann, aber …«

»Aber ein paar Monate intensiver Beschäftigung mit einem Thema kann nicht eine lebenslange Vertrautheit aufwiegen.«

Ich war verwirrt. »Du meinst also … Was meinst du eigentlich, Vater?«

Mr Trimble antwortete: »Ich glaube, er meint, dass wir alle tun sollten, was wir am besten können. Sie wollen doch wohl nicht ernsthaft behaupten, dass Sie das Erledigen der Metzgerrechnungen und der Korrespondenz Ihres Vaters vermissen?«

»Nein, aber …«

»Oder dass Sie sich wünschen, Sie hätten Mrs Harvey selbst entlassen. Oder dass Sie das Buch über Wachsblumen schreiben wollen.«

»Nein, aber …«

»Warum kann ich dann nicht diese Dinge tun, in denen ich recht gut bin, während Sie die Dinge tun, die Sie am besten können?«

»Aber ich …«

»Dass ich diese Dinge gut mache, dürfte Sie eigentlich nicht kränken. Wir können nicht alle brillante Botaniker sein, oder?«

»Nein, wir … ich meine …« Was meinte ich eigentlich? Und was wollte ich?

Er nahm ein paar Papiere vom Schreibtisch meines Vaters und ging damit zur Tür. Ich folgte ihm. »Heißt das, dass Sie hierbleiben?«

»Vorerst ja.«

Das Vorerst war mir nicht ganz klar. »Aber was ist mit Ihrer Familie? Haben Sie denn gar keine Verpflichtungen?«

»Meiner Familie gegenüber? Streng genommen nein.«

»Und was ist mit Ihren Schafen?«

»Für meine Farm habe ich einen Verwalter. Ich stehe Ihnen also voll und ganz zur Verfügung. Wenn Sie mich jetzt entschuldigen wollen, ich muss mich um ein paar Rechnungen kümmern.« Er schloss die Tür hinter sich.

Ich drehte mich zu meinem Vater um. »Wird er wirklich bleiben?«

»Ich glaube schon. Das sagte er doch, oder?«

Eine Entscheidung, die mich noch vor einem knappen Monat zutiefst erschreckt hätte, erfüllte meine Brust jetzt mit … was war es, dieses Aufwallen von … war es … es konnte doch wohl nicht Freude sein? Wenn ja, dann freute ich mich bestimmt nur, weil ich meine Arbeit wiederhatte. Und besser noch, ich hatte Zeit, mich voll und ganz um sie zu kümmern.

27

Ich verbrachte den Tag mit meinem Vater; wir gingen zusammen seine Notizen durch. Beim Mittagessen freuten wir uns an einer lebhaften Debatte mit Mr Trimble über die Klassifizierung des Bloodwood: War es nun ein Eukalyptus oder nicht? Mr Trimble stellte die kühne Behauptung auf, es sei keiner.

Bevor wir nach oben auf unsere Zimmer gingen, verabredeten wir uns zu einem Spaziergang am nächsten Morgen. Doch als wir aufwachten, blies ein starker Westwind, fast ein Sturm, und Mr Trimble überzeugte uns, dass es klüger wäre, zu Hause zu bleiben. Also arbeitete ich am Tisch im Salon an einer Illustration und Mr Trimble arbeitete an seinem Schreibtisch mit einem Mikroskop, und ehe ich mich versah, war der halbe Vormittag um und mein Tee war kalt geworden.

Gegen Mittag läutete die Türglocke und ich hörte Miss Hansfords Schritte in der Halle. Ein paar Minuten später kam sie ins Zimmer geeilt und flüsterte mir zu: »Da ist eine Gräfin Cardington; sie möchte zu Mr Edward Trimneltonbury. Ich sagte ihr, dass hier niemand dieses Namens wohne, doch sie bestand darauf, dass er hier sei. Aber das stimmt doch nicht … oder doch?«

»Nicht dass ich wüsste. Vielleicht verwechselt sie unseren Mr Trimble mit diesem Bury-Mann. Sind Sie ganz sicher, dass sie bei vollem Verstand ist?«

Sie beugte sich näher zu mir. »Nicht nur das, sie ist auch ganz sicher, dass er hier ist.«

»Können Sie ihr nicht sagen, dass er das nicht ist?«

»Sie sagt aber, er sei.«

Mr Trimble schaute konzentriert durch sein Mikroskop und bekam nichts von unserem Gespräch mit. Anscheinend stand die Frau vor unserer Tür und war entschlossen hereinzukommen. Es gab nichts Irritierenderes als eine Person, die auf der Richtigkeit von etwas Unmöglichem beharrte. »In einem solchen Fall, Miss Hansford, sollte man höflich, aber fest bleiben.«

Damit griff ich nach meinem Pinsel und versuchte, mich zu erinnern, wo ich aufgehört hatte.

Sie seufzte und hob das Kinn, als bereitete sie sich auf eine Schlacht vor. »Ich werde mein Bestes tun, Miss Withersby.« Sie straffte die Schultern mit einer Bewegung, die den Admiral mit Stolz erfüllt hätte, und ging in die Halle.

Kurz darauf entstand draußen ein großer Tumult.

»Was ist denn da los?«, fragte Mr Trimble hinter seinem Schreibtisch. »Ist Miss Templeton gekommen?«

»Für einen Mann, der Höflichkeit als die wichtigste Tugend eines Gentlemans bezeichnet, zeigen Sie einen bemerkenswerten Mangel an dieser speziellen Tugend.«

»Sie verwechseln Höflichkeit mit Langmut, Miss Withersby. Erstere sollte bei jeder Gelegenheit gezeigt werden, wohingegen Letztere, wenn sie überstrapaziert wird, gelegentlich erschöpft sein kann, ohne dass der Person daraus ein Vorwurf gemacht werden kann.«

Die Stimmen in der Halle schwollen zu einem wahren Gezeter an.

Er kniff die Augen zusammen. »Das ist nicht Miss Templeton.«

»Es ist eine Frau – eine Gräfin Cardington, hat Miss Hansford gesagt, die nach einem Mr Sowieso-bury-Herrn fragt und darauf beharrt, dass er hier wohnt. Ich habe ihr versichert, dass wir … ist Ihnen nicht gut, Mr Trimble? Sie sehen so angeschlagen aus.«

»Die Gräfin Cardington?«

»Kennen Sie sie? Vielleicht können Sie sie zur Vernunft bringen.«

Bevor er aufstehen konnte, hörte man draußen Schritte, dann platzte eine Dame in pelzbesetztem Umhang, mit einem Muff in der Hand, ins Zimmer.

»Edward! Mein Liebling!« Da Mr Trimneltonbury nicht aufzutreiben war, schien Mr Trimble ein würdiger Ersatz zu sein, denn sie segelte schnurstracks zu seinem Schreibtisch und hielt ihm ihre Wange zum Kuss hin.

Und er tat es tatsächlich! Er stand auf und küsste sie!

Dann wandte er sich an mich. »Mutter, darf ich dir Miss Withersby vorstellen? Miss Withersby, Lady Cardington.«

Mutter …? Diese Frau war seine Mutter? Wenn sie Lady Cardington und eine Gräfin war, war er dann nicht ein … Sir? Mindestens? Die Frage war nun nicht mehr, wo Mr Trimneltonbury, sondern wer Mr Trimble war. »Mr Trimble, ich muss zugeben, dass ich nicht ganz …«

Draußen in der Halle kam es offenbar schon wieder zu einem Handgemenge; ich hörte Miss Hansford aufschreien. Dann stürzte eine jüngere Frau ins Zimmer und lief zu der Gräfin. Sie gehörte jener affektierten, eleganten Spielart der weiblichen Spezies an, deren Anblick ich von den Jagdgesellschaften Lord Harriwicks gewöhnt war.

Ich wandte mich an Mr Trimble. »Das muss … ist das Ihre Schwester?«

»Nein.« Die jüngere Frau bot ihm die Hand, er nahm sie und küsste sie. Dann wandte er sich an mich und sagte mit einem unglücklichen, resignierten Ausdruck: »Das ist meine Verlobte, Lady Caroline Dunsmere. Lady Caroline, darf ich Ihnen Miss Withersby vorstellen.«

Verlobte? »Aber …«

Die jüngere Frau war inzwischen in Tränen ausgebrochen. Mr Trimble machte beruhigende Geräusche, tätschelte tröstend ihren Arm und nickte dabei die ganze Zeit, während seine Mutter auf ihn einredete. Und dann … waren sie plötzlich fort. Alle – Mr Trimble, seine Mutter und seine Verlobte.

Als mein Vater kurz darauf aus seinem Arbeitszimmer kam, saß ich auf meinem Stuhl, umklammerte meinen Pinsel und versuchte zu begreifen, was gerade passiert war.

»Ich habe gerade einen ungemein interessanten Artikel über Orchideen in Südafrika gefunden.« Er sah sich suchend um. »Wo ist Mr Trimble?«

Ich schaute ihn an. »Weg. Und ich fürchte … dass … er wird wohl nicht zurückkommen.«

Am Nachmittag kam Miss Templeton zu Besuch, einen Brief in der Hand. »Ich habe völlig überraschende Neuigkeiten über Mr Trimble und Sie haben mich neulich gar nicht zu Wort kommen lassen – hier!« Damit streckte sie mir den Brief hin.

Ich drehte mich um und ging zum Kamin. Es war wirklich bedauerlich, wie zugig dieser Raum im Winter war. Ich schloss einen weiteren Knopf an der Jacke des Admirals. Da die neue Jacke so eng saß, hatte ich die alte behalten und trug sie weiterhin. »Jetzt werden Sie mir erzählen, dass er Lord Soundso oder Sir Irgendwer ist.«

Sie öffnete erstaunt den Mund. »Aber ich habe es gerade erst erfahren. Woher wissen Sie es?«

»Sie haben ihn abgeholt. Seine Familie. Und jetzt sind sie weg.«

»Weg? Wohin weg?«

»Nach Hause. Zurück nach wo immer er herkommt.«

»Eastleigh.«

»Das liegt im Osten, vermute ich?«

Sie nickte. »In Essex.« Sie setzte sich auf einen Stuhl und kaute an ihrer Unterlippe. »Er hat Ihnen nichts über seine Familie erzählt?«

»Nein.«

»Nicht mal eine Andeutung?«

»Nein.«

»Und wir dachten, er stamme aus irgendwelchen schäbigen Verhältnissen! Ich habe ihn natürlich immer verabscheut, doch nachdem ich ihn kennengelernt hatte, hat er mir beinahe leidgetan. Ich dachte wirklich, dass er ein Ehrenmann sei, der versucht, den Namen seiner Familie reinzuwaschen. Und dann kam das hier!« Sie schwenkte den Brief. »Jetzt sitzt er wahrscheinlich an der Tafel der Königin und lacht über uns alle.«

»Lacht?« Ob er das wirklich tat?

»Sie hätten gemeiner zu ihm sein sollen, Miss Withersby. Wir alle hätten grausamer sein sollen. Ich wusste einfach, dass mit ihm etwas nicht stimmt!«

»Ich auch.«

»Sie auch? Ich dachte immer …« Ihre Worte verklangen, als sie mich ansah. Dann stand sie auf und gab mir ein Taschentuch.

Ich winkte ab. Es würde mir nichts nützen. Ich wischte an den Tränen herum, die mir über die Wangen liefen.

»Ich habe ihn wirklich immer gehasst«, wiederholte sie.

»Er wollte bleiben. Er hat es uns selbst gesagt, erst gestern. Er wollte die Rechnungen und die Korrespondenz übernehmen und mir bei den Illustrationen helfen und ich hätte Zeit gehabt, Vater bei seiner Forschung zu helfen. Er war ganz wundervoll, wirklich, mit den Papieren und den Leuten …«

»Leuten?«

»… und Dächern und …«

»Dächern?«

»… und der Dienerschaft und …«

»Was hat er mit der Dienerschaft gemacht?«

»Er hat alles gemacht … alles, was ich nie gekonnt habe. Und dann … und jetzt ist er weg.«

Sie nahm mich in die Arme und ließ mich weinen.

Ich hatte einen einzigen vollkommenen Tag erlebt, an dem ich dachte, dass es Hoffnung gab. Einen Tag lang hatte ich träumen können, dass das Schicksal mehr für mich bereithielt. Doch jetzt war diese Hoffnung zerplatzt. Ich war zurückgeworfen auf die Rechnungen, die Korrespondenz, die Wachsblumen.

Die Worte des Pfarrers fielen mir ein. *»Ich hätte einfach immer weiter das getan, was ich für meine Pflicht hielt. Welch eine Befreiung, dass ich es jetzt nicht mehr brauche!«*

Was wäre gewesen, wenn ich auch nicht mehr hätte tun müssen, was ich für eine unvermeidliche Pflicht hielt? Wenn ich hätte wählen können? Warum sollte ich herausfinden müssen, wie man Wachsblumen herstellt? Oder Blumen strickt? Oder aus Krepppapier bastelt?

Weil man mit diesen Dingen Geld verdiente – deshalb. Und wenn wir essen wollten, brauchten wir Geld.

Mr Trimble war fort, ich hatte meine Arbeit zurück, doch jetzt war sie mir verleidet. Jetzt wollte ich mehr. Oder vielmehr weniger, um genau zu sein. Ich wollte weniger von dem, was nichts mit Botanik zu tun hatte, und mehr Wissenschaft. Ich wollte Anerkennung für meine Arbeit. Ich wollte veröffentlicht werden.

Kurz, ich hatte erreicht, was ich wollte. Mein Wunsch war erfüllt worden, ich war Mr Trimble los. Doch jetzt wollte ich nicht mehr, was ich hatte. Was war nur los mit mir?

Was immer es war, es war nicht mit Tinkturen oder Tee zu heilen. Und auch nicht durch Arbeit.

Ich stellte fest, dass ich die Pflanzen, die mir so viel Freude geschenkt hatten, plötzlich verabscheute. Ich marschierte über Stoppelfelder und Wiesen und hatte nicht die geringste Lust, auch nur eine einzige Blume zu pflücken.

Ich betrachtete die Notizen und Pflanzen und Illustrationen, die sich inzwischen wieder um mich herum stapelten. Was hatte meine viele Arbeit mir genützt? Was hatte sie irgendjemandem genützt? Gab es überhaupt irgendetwas darunter, das von Bedeutung war oder einen Wert hatte? Hatte ich die Welt durch meine Arbeit zu einem besseren Ort gemacht oder irgendjemandem ein klareres Bild von Gott verschafft?

Eines Tages, als ich wieder einmal vor meinem Schreibtisch saß und Pflanzen betrachtete, kam mein Vater zu mir. »Da bist du ja. Ich wollte fragen, ob du mir helfen kannst.«

War das alles, wozu ich taugte? Jemand anderem dabei zu helfen, etwas zu tun? »Ja, natürlich.«

War das alles, was ich vom Leben erwarten durfte? Sogar die beiden Männer, die mir einen Heiratsantrag gemacht hatten, hatten diese Ehre in die Aussicht gekleidet, dass ich ihnen helfen durfte. Wollten mich alle nur dessentwegen, was ich für sie tun konnte, und nicht, weil ich die war, die ich nun einmal war?

Warum erwarteten eigentlich alle, dass ich ihnen half, aber mir half niemand? Das war ungerecht. Natürlich verlangte die Christenpflicht Opfer von uns, doch wenn dem so war, dann sollte eigentlich jeder jedem irgendetwas opfern und so wäre für die Bedürfnisse aller gesorgt. Doch ich hatte das Gefühl, die Einzige zu sein, die ständig etwas gab, während alle anderen von meinen Bemühungen profitierten.

Alles in allem war es mir sehr viel besser gegangen, als mir nicht bewusst gewesen war, dass ich ausgenutzt wurde! Mein Versuch, so zu tun, als wollte ich heiraten, hatte mich für die Realität verdorben.

Eine Woche nach Mr Trimbles überstürzter Abreise erhielt mein Vater einen Brief. Er las ihn, dann gab er ihn mir, doch ich warf ihn einfach in den Papierkorb.

»Wirklich sehr außergewöhnlich. Sich vorzustellen, dass wir die ganze Zeit den Sohn eines Grafen unter unserem Dach hatten!«

Ja. Sehr außergewöhnlich, dass er seine Zeit damit vertat, Briefe zu schreiben und Köchinnen zu entlassen und Dächer zu reparieren. Und sehr außergewöhnlich, dass ich tatsächlich geglaubt hatte, dass er war, was zu sein er behauptete. Ein Schaffarmer. Jemand aus den Kolonien. Ein ehrenwerter Mann.

»Aber ich muss sagen, er war wirklich ein tüchtiger junger Mann.« Er sah mich an. »Er hat hier ziemlich gute Arbeit geleistet.«

Ich sagte nichts.

»Ich vermisse ihn. Du nicht?«

Ich schloss mein Buch, stand auf und strich meinen Rock glatt. »Ich werde einen Spaziergang machen.«

Am nächsten Tag traf ein Brief für mich ein. Ich war gerade dabei, Mr Trimbles Zeichnung der Spinnenorchidee fertigzustellen. Irgendwie wollte es mir nicht gelingen. Miss Hansford hatte meinem Vater die Post gebracht und er gab mir einen Brief. »Von Edward. Ich vermisse ihn sehr.«

»Was … was hast du gesagt?«

»Edward. Er ist von Edward und ich sagte, dass ich ihn vermisse.«

Es war das erste Mal, dass mein Vater sich an den Namen eines seiner tüchtigen jungen Männer erinnerte. Meine Hand zitterte plötzlich und mein Pinsel machte einen dicken roten Strich über das Papier, bevor ich es verhindern konnte. Jetzt würde ich ganz von vorn anfangen müssen. Ich löste das Blatt von der Staffelei, riss es mittendurch, knüllte die zwei Teile zusammen und warf sie ins Feuer.

»Willst du ihn denn nicht lesen?«

Wenn ich allein gewesen wäre, hätte ich es vielleicht nicht getan, doch meinem Vater zuliebe schlitzte ich den Brief auf und fing an zu lesen.

Liebe Miss Withersby,
ich weiß gar nicht, wo ich anfangen soll. Ich habe mich schrecklich benommen und doch, zu meiner Verteidigung kann ich sagen, dass ich mich Ihnen vorgestellt habe als der, der ich wirklich bin: ein Schaffarmer aus Neuseeland mit einer Leidenschaft für Botanik.

Alles, was ich Ihnen über mich erzählt habe, stimmt. Meine Familie ist lasterhaft und verschwenderisch. Unser Vermögen ist auf einen kläglichen Rest zusammengeschmolzen. Die Spielsucht meines Bruders führte zu einer Duellforderung, die er um seiner Ehre willen annehmen musste. Zur ewigen Schande meiner Familie versuchte ich, ihn davon abzubringen – woraufhin ich auf den Besitz der Familie in Neuseeland verbannt wurde. Als ich an Bord des Schiffes ging, begegnete ich Ihrem Vater.

Ich versuchte ihm zu sagen, dass ich ein Trimneltonbury bin, doch er nannte mich schon bei unserer ersten kurzen Begegnung Trimble. Da mir absolut nichts daran lag, mit meiner Familie in Verbindung gebracht zu werden, schien mir Trimble ein ebenso guter Name wie jeder andere zu sein.

Über meine Zeit in Neuseeland wissen Sie alles. Sie wissen, dass ich eine Vorliebe für Schafe fasste und wie ich mein Interesse für Botanik weiterentwickelte. Und auch wenn Sie vielleicht versuchen, sich etwas anderes einzureden: Ich habe außerdem eine Vorliebe für Sie entwickelt.

Ich habe Sie nicht belogen, aber ich habe Ihnen auch nicht die volle Wahrheit gesagt – und jetzt muss ich meine Schuld eingestehen. Meine Pflicht und meine Neigung gelten Lady Caroline; sie galten ihr bereits vor meiner Abreise. Ich würde Sie gern bitten, mir zu vergeben, doch ich habe mich unehrenhaft verhalten und erwarte nicht, dass Sie mir diese Gunst gewähren. Wenn Sie es dennoch täten, wäre dies eine so große Nachsicht, dass ich sie nicht anders denn als Liebenswürdigkeit bezeichnen könnte.

Und die verdiene ich nicht. Das Einzige, was ich an meinem Aufenthalt in Overwich bedaure, ist die Art, wie er endete.

Bitte tragen Sie mir meine Sünden nicht für immer nach. Ich werde alles tun, um mich Ihrer Freundlichkeit würdig zu erweisen.

Ich verbleibe für immer
aufrichtig der Ihre
Edward Trimneltonbury

»Was schreibt er denn?«

»Nichts.« Ich bückte mich zum Kamin und warf den Brief in die Flammen, wie ich es gleich hätte tun sollen.

Später suchte ich etwas in meiner Kommode. Dabei fand ich die Zeichnung, die er von mir als Glockenblume angefertigt hatte. Ich zog seine kühnen, anmutigen Striche mit dem Finger nach; dann presste ich das Blatt an meine Brust und weinte bittere Tränen.

Eine Glockenblume.

Ich betrachtete die Zeichnung einen Moment, dann heftete ich sie an die Wand. Ein solches Talent durfte nicht verschleudert werden.

28

Am Neujahrstag stand ich früh auf, um meinen Vater auf dem ersten Streifzug im neuen Jahr zu begleiten. Dieser Tag war immer der Lieblingstag meiner Mutter gewesen. Es gab zwar fast nichts zu sehen und auch nichts, das es wert gewesen wäre, es zu sammeln, doch sie hatte dabei immer voller Freude über das gesprochen, was nun bald kommen würde. Über die Blumen, die im Frühling blühen würden. Über die Pflanzen, die darauf warteten, entdeckt zu werden.

Sie hatte uns mit ihrer Begeisterung und ihrer Lebensfreude angesteckt und uns Kraft gegeben. Doch wie bei einer schlecht gepressten Pflanze hatte ich Schwierigkeiten, ihr Wesen nach all den Jahren zu erfassen. Sie hatte mit uns gelebt, sie hatte uns Freude geschenkt. Jetzt war sie fort. Es war schwer, etwas zu finden, auf das man sich in dem vor uns liegenden Jahr freuen konnte; es schien nicht vielversprechender als die Jahre, die hinter uns lagen.

Es war einer jener Tage, an denen es kaum hell zu werden scheint; die Morgennebel, die von den Wiesen aufstiegen, vermischten sich mit den grauen Wolken, die tief am Himmel hingen. Ich war so darauf konzentriert, eine Lenzrose zu finden, dass ich gar nicht merkte, dass mein Vater weit zurückgefallen war.

Ich lief zu ihm und hielt ein paar Äste für ihn zurück. »Es tut mir leid, ich war ganz in Gedanken. Verzeih mir.«

»Es gibt nichts zu verzeihen.«

Schließlich fanden wir tatsächlich eine Stelle mit Lenzrosen. Ich bückte mich, um ein paar zu pflücken, und mein Vater lehnte sich gegen einen Zaun.

»Meine liebe Charlotte, ich glaube, dass ich unrecht hatte, dich zu einer Heirat zu drängen. Nicht wegen meiner Arbeit – die bewältige ich ganz gut. Anfangs nicht … nach dem Tod deiner Mutter. Wenn du nicht gewesen wärst, weiß ich nicht, was aus uns … was aus mir … geworden wäre. Doch du hast die Last unserer Arbeit auf dich genommen« – er hielt kurz inne und räusperte sich – »die Last meiner Arbeit, und zwar viel zu lange. Ich kann nicht leugnen, dass ich deine Gesellschaft genossen habe und deine Hilfe zu schätzen wusste, doch letztlich bin ich ein erwachsener Mann, der selbst für sich sorgen können muss.«

»Ich habe es gern getan.«

»Das weiß ich.«

»Ich wollte es so.«

»Das weiß ich ebenfalls. Deine Mutter wäre sehr stolz auf dich gewesen. Doch es hätte nicht sein dürfen, dass du es tun musstest. Nicht ganz allein. Es tut mir sehr leid.«

Ich schob meinen Arm unter seinen und wir gingen zusammen weiter.

Der Admiral stattete uns am Freitag seinen wöchentlichen Besuch ab.

Er nickte meinem Vater zur Begrüßung zu, doch dann blieb sein Blick auf mir ruhen. »Ich bin gekommen, um dir zu gratulieren.«

Gratulieren? »Mir?« Hatte ich etwa schon wieder einen Antrag angenommen, ohne es zu wissen?

»Ja, dir.« Er lächelte beinahe, als er mir ein Exemplar der *Proceedings of the Botanical Society of London* vorlegte und es bei den Briefen an den Herausgeber aufschlug.

»Was ist das?« Mein Vater trat zu uns.

»Das ist ein Brief von Charlotte an den Herausgeber. Der erste von mehreren!«

Von mir? »Ich habe aber … ich habe nie einen abgeschickt.« Trotzdem – da war er! Der Brief, den, wie ich glaubte, Mr Trimble in seinem Namen eingesandt hatte, war mit meinem, nicht mit seinem Namen unterzeichnet. Miss Charlotte Withersby. »Ich bin veröffentlicht worden?«

Der Admiral schlug mir auf den Rücken. »Du wurdest veröffentlicht.«

Vater nahm ihm die Zeitschrift aus der Hand und las; dabei nickte er die ganze Zeit und murmelte ständig »ja, ja, ich verstehe« vor sich hin. »Eine sehr schöne Arbeit! Wenn ich nicht so viel Arbeit mit meinem neuen Buch hätte, hätte ich mich sicher überreden lassen, dir bei deiner Forschung über die Verbreitung der Pflanzen zu helfen.« Er nahm die Zeitschrift mit zum Sofa und fing an, sie durchzublättern.

Ich war veröffentlicht worden. Meine eigenen Worte, in meinem eigenen Namen. Mr Trimble hatte das Ganze zwar auf die Hälfte gekürzt, doch das Ergebnis war mehr, als ich je erhofft hatte. Wenn er doch nur da gewesen wäre, dass ich ihm hätte danken können!

»Man hat mich dazu überredet, eine Abendgesellschaft zu geben.«

»Wirklich? Wer?«

»Deine Miss Templeton. Sie sagte, das wäre genau das Richtige, um dich über Mr Trimbles Abreise hinwegzutrösten.«

»Ich brauche über nichts hinweggetröstet zu werden, da ich in gar nichts involviert war.«

Er zog eine Braue hoch, als sei er nicht ganz meiner Meinung.

»Trotzdem finde ich es sehr nett, dass sie an mich denkt.«

Er wippte ein paar Mal von den Fersen auf die Ballen und sah sich dabei im Zimmer um. »Und woran arbeitest du im Moment?«

»An etwas, das mir letzten Sommer aufgefallen ist. Doch bei den vielen Gesellschaften und Bällen, die ich besucht habe … und Mr Trimbles Anwesenheit … hatte ich keine Gelegenheit, es für Vater zu Papier zu bringen.«

»Warum schreibst du es nicht für dich selbst auf?«

»Ich finde, die Idee ist wichtiger als die Person, die sie zur Sprache bringt. Wenn Vaters Name daruntersteht, wird die Gesellschaft sie sofort veröffentlichen.«

»Ganz im Gegensatz zur Überzeugung meiner Familie hatte ich nie etwas gegen die Botanik, meine Liebe. Es war einfach nur so, dass das Segeln mir noch besser gefallen hat. Ich bin Mitglied der *Royal Society* und …«

»Wirklich?«

»Ja. Sei nicht so erstaunt. Ich habe immer gern Botaniker auf Fahrt mitgenommen, als ich noch in der Königlichen Marine diente. Und ich habe die Entwicklungen deiner Wissenschaft stets aufmerksam verfolgt.«

»Tatsächlich?«

Er fuhr fort: »Meiner Ansicht nach gibt es nicht Ärgerlicheres, als wenn eine wichtige Erkenntnis durch eine ungeschickte Darstellung verpfuscht wird. Vielleicht könnte ich deinen Vater bei seinen Büchern unterstützen. Wenn ich seinen Worten eine gewisse – nun, offen gesagt, eine gewisse Klarheit verleihen könnte, hätte ich das Gefühl, meine Pflicht gegenüber der Wissenschaft erfüllt zu haben.«

»Seinen Worten mangelt es an Klarheit?«

»Es scheint unbewusst immer zu einer leichten Unklarheit zu kommen, wenn der Verfasser eines Textes zu eng mit seinem Thema verbunden ist.«

»Aber … der Verfasser der meisten seiner Artikel war ich.«

Er sah mich freundlich an. »Ich weiß.«

»Willst du damit sagen, dass ich keine gute Autorin bin? Dass ich meinem Vater einen schlechten Dienst erwiesen habe?« In meiner Stimme lag ein Zittern, das ich nicht kontrollieren konnte.

»Nein, mein liebes Kind. Ich sage nur, dass die Gefahr besteht, dass man die Lösung, die direkt vor einem liegt, nicht sieht.« Er hustete. »Ich habe nur versucht, dir zu helfen, als ich dich in die Gesellschaft einführte, aber jetzt weiß ich, dass ich das Falsche getan habe. Trotz des Diktats der Gesellschaft, trotz der Konvention, ist dies deine Berufung, so wie die meine die See war. Und es hat uns beiden nicht gutgetan, so zu tun, als sei dem nicht so. Das heißt nicht, dass ich nicht Freude daran habe, hin und wieder ein wenig Botanik zu betreiben, oder dass du nicht die Gemeinschaft mit einem guten Mann genießen würdest – solange ich meine Schaluppe behalten und solange du deine Arbeit fortsetzen kannst. Zu deinen eigenen Bedingungen, nicht zu denen eines anderen.«

Ich erhob mich auf Zehenspitzen und küsste ihn auf die Wange. »Du bist ein guter Mann.«

Er machte »hmpf«, doch seine Wangen waren ganz rot geworden und er wühlte in seiner Tasche nach seiner Pfeife. »Ein guter Mann, der eine gute Pfeife braucht, würde ich sagen, deshalb gehe ich jetzt.«

»Nicht zu weit fort, bitte.«

Miss Templeton kam am nächsten Tag, einem Samstag, um die Gesellschaft des Admirals zu planen. Sie versuchte, mich mit Kommentaren zu den Ereignissen in der Stadt aufzuheitern, und ich versuchte meinerseits, sie mit Beweisen für mein Beherrschen der Etikette aufzumuntern.

Eine Woche später, es war der Abend der Gesellschaft, standen wir im Salon des Admirals. »Sie hätten eine gute Mrs Stansbury und auch eine gute Frau Pfarrer abgegeben, Miss Withersby. Ich muss sagen, dass Sie seit unserer ersten Begegnung große Fortschritte gemacht haben.«

Ich schob meinen Arm durch ihren. »Und ich muss sagen, dass ich wünschte, Sie müssten nicht eine Mrs Irgendwer werden.«

Sie seufzte und legte den Kopf an meine Schulter. »Ich weiß. Ich teile Ihren Wunsch, aber man muss tun, was man tun muss.«

»Also haben Sie beschlossen zu heiraten?«

»Es bleibt nur noch der Sohn des Freundes meines Vaters, also muss ich ihn dazu bringen, sich in mich zu verlieben.«

»Das dürfte nicht allzu schwierig sein.«

Sie tätschelte mir den Arm. »Sie sind sehr freundlich, Miss Withersby. Das habe ich schon immer gesagt.« Doch ihren Worten fehlte es an Überzeugungskraft und Begeisterung und ihr Blick wanderte in die andere Zimmerecke, wo ihr Vater mit Mr Stansbury sprach.

Nach all den Gesellschaften und Konzerten und anderen Ereignissen, die ich besucht hatte, war mir ein Bild im Gedächtnis geblieben: das von Miss Templeton und Mr Stansbury, wenn sie zusammen waren. Sein Kopf, der zu ihr heruntergebeugt war. Sie, den Kopf zu ihm erhoben, lachend.

Und plötzlich hatte ich eine Idee. Sie hatte sich solche Mühe gegeben, mir bei meinem Plan zu helfen. Warum sollte ich nicht dasselbe für sie tun?

Am Montag bat ich den Admiral, mich nach Overwich Hall zu fahren. Er entschuldigte sich, weil er einen Spaziergang am Fluss machen wollte; ich fragte nach Mr Stansbury und wurde ins Gewächshaus geführt. Als ich angekündigt wurde, blickte Mr Stansbury von einem Notizbuch auf, in das er etwas geschrieben hatte, und lächelte.

»Ich hoffe, ich störe nicht.«

»Überhaupt nicht. Was kann ich für Sie tun?«

Ich hatte zwar auswendig gelernt, was ich sagen wollte, doch plötzlich wusste ich nicht mehr, wie ich anfangen sollte, und stotterte herum. »Wie machen sich die Orchideen?«

Er drehte sich um und sah sie an. »Gut. Sie hatten recht. Wenn man Ihnen gibt, was sie brauchen, gedeihen sie. Ich bin Ihnen zu großem Dank verpflichtet.«

Ich wollte jetzt nichts von seiner Dankbarkeit hören, und wenn ich an das Thema unseres letzten Gesprächs dachte, wollte ich auch nicht bei den Dingen verweilen, die er mir verdankte, deshalb probierte ich es mit dem Lieblingstrick des Admirals. »Es hat keinen Sinn, wenn ich versuche, zartfühlend zu sein, deshalb sage ich es einfach.«

»Aber unbedingt. Ich hoffe, dass wir nach der langen Zeit Freunde sind, die sich Offenheit erlauben können.«

»Ich habe gehofft, dass Sie das sagen würden, oder etwas Ähnliches.«

Er zog eine Braue hoch.

»Sie haben mir gegenüber einmal Ihr … Ihr unglückliches … Ihr –« Wie sprach man über solche Dinge?

Doch er verstand mich sofort. »Ah. Sie sprechen von meinem Zustand.«

»Ja. Von Ihrem Zustand. Ich wüsste gern, wie sicher Sie sich dieser Diagnose sind. Ich muss wissen … nun ja … manchmal, wissen Sie, hält man eine Pflanze für unfruchtbar und ganz plötzlich, eines Frühlings, aus völlig unbekannten Gründen, verschwindet der Schnee und man sieht ganze Beete dieser Pflanze. Verstehen Sie, was ich meine?«

»Ja. Aber nein. Das trifft bei mir nicht zu. Ich werde nie Kinder haben können.«

»Aber woher wissen Sie das?«

»Ich habe die Meinung mehrerer Ärzte zu dieser Sache eingeholt und sie waren sich alle absolut sicher.«

»Mein Vater ist Wissenschaftler, Mr Stansbury, und ich hoffe, Sie halten mich nicht für unverschämt, aber gelegentlich irrt er sich in Sachen, in denen er nicht so viel Erfahrung hat.«

»Ich weiß Ihre Sorge zu schätzen, doch abgesehen von der Diagnose der Ärzte habe ich ihre Hypothese auf die Probe gestellt.«

»Sie meinen … Sie haben sie bewiesen?«

»Sozusagen.« Er räusperte sich. »Sie sind eine höchst ungewöhnliche Frau, Miss Withersby. Sie wissen sicher, dass dieses Gespräch nicht in die Kategorie höflicher Konversation fällt.«

»Das weiß ich, Mr Stansbury. Ich muss mich entschuldigen und hoffe, Sie fühlen sich nicht verpflichtet, mein Zartgefühl schützen zu müssen; ich habe nämlich in den letzten Monaten entdeckt, dass ich gar keins habe.«

Er lachte. »Ich wäre wirklich gern mit Ihnen verheiratet gewesen! Wir hätten so manchen Skandal verursacht, indem wir dauernd sagen, was wir nicht sagen dürfen.«

»Ja, es ist wirklich schade. Ich fand immer, dass wir einander ebenbürtig sind.«

»Danke. Das ist das Freundlichste, was ich je gehört habe. Bitte glauben Sie mir, wenn ich mir meines Zustands nicht ganz sicher wäre, hätte ich Ihnen nie davon erzählt.«

»Ich bin sehr froh, das zu hören. Ich kann Ihnen gar nicht sagen, wie erleichtert ich bin.«

»Erleichtert, dass ich nie …?«

»Ja. Ich bin … ich bin einfach überglücklich!«

»Ich wünschte, ich könnte dasselbe sagen.«

Ich konnte es kaum erwarten, Miss Templeton zu erzählen, was ich wusste, und eilte nach Dodsley Manor, um zu fragen, ob sie mich empfangen konnte. Kaum hatte man mich in ihr Zimmer geführt, platzte ich auch schon damit heraus. »Ich habe den perfekten Mann für Sie gefunden.«

»Sie haben den perfekten Mann für mich gefunden? *Sie* haben den perfekten Mann für *mich* gefunden? Wo?«

»Hier.«

»Hier? Hier in Cheshire?«

»Sogar hier in Overwich.«

»Ist es jemand, der neu in die Stadt gezogen ist?«

»Nein.«

»Kenne ich ihn?«

»Sehr gut sogar.«

»Ich muss protestieren. Ich kenne keinen Mann, von dem ich das sagen würde!«

»Es ist jemand, der absolut perfekt für …«

»Aber ich habe Ihnen doch schon gesagt, ich heirate nur jemanden, der mich anbetet – jemand, der mir für den Rest meines kurzen Lebens völlig verfallen ist!«

»Und was, wenn ich Ihnen sagte, dass Sie heiraten können und so lange leben, wie es Gott gefällt, ohne Angst, dass Sie bei einer Geburt sterben?«

»Necken Sie mich nicht, Miss Withersby, das ist nicht nett.«

»Ich necke Sie nicht.«

»Sie verstehen sicher, dass ich keine Lust habe, Mr Carew zu heiraten.«

»Mr Carew?« Der Mann war neunzig!

»Und ich habe auch keine Lust, Mr Robinson zu heiraten, weil ich ganz sicher bin, dass er die Schwindsucht hat, auch wenn er es nicht zugibt. Ich will nicht, dass es heißt, ich hätte nur geheiratet in dem Wissen, dass mein Mann bald stirbt. Das wäre doch irgendwie Betrug, finden Sie nicht?«

»Dieser Gedanke ist mir nie gekommen.«

»Ich will nicht weniger haben, nur weil ich nicht lange genug lebe, um es zu genießen. Daran habe ich doch keinen Zweifel gelassen, oder? Ich möchte meinen wunderschönen Prinzen heiraten.«

»Daran haben Sie keinen Zweifel gelassen, das stimmt.«

»Dann muss ich gestehen, dass ich keine Ahnung habe, wen Sie für mich gefunden haben.«

»Mr Stansbury.«

»Mr … *Stansbury*?« Sie blinzelte. »Aber er ist nicht … er … er hat doch Ihnen einen Antrag gemacht. Er will mich nicht. Und meine Bedingung ist, dass …«

»Ja, ich weiß. Ihre Bedingung lautet, dass der Bräutigam verrückt vor Liebe ist.«

»Genau. Ich weiß, dass Sie ziemlich klug sind, sehr viel klüger als ich, deshalb hoffe ich, Sie sind nicht gekränkt, wenn ich Sie darauf hinweise, dass Mr Stansbury diese Bedingung nicht erfüllt.«

»Er liebt nicht mich, er liebt Sie.«

»Und trotzdem hat er Ihnen einen Antrag gemacht?«

»Nur, weil er keine Kinder haben kann, und er dachte, bei mir spielte das keine Rolle, weil ich schon eine ziemlich alte Debütantin bin.«

»Er kann keine …? Was meinen Sie damit, dass er keine Kinder haben kann?«

»Er ist unfähig.«

»Unfähig …?« Sie runzelte die Stirn, dann schnappte sie nach Luft. »Oh. Oh! Er ist *unfähig*. Wollen Sie das damit sagen?«

»Ja.«

»Oh. Ich verstehe. Und er dachte, es macht Ihnen nichts aus, weil Sie so alt sind, aber … was hat das mit mir zu tun?«

»Es hat insofern mit Ihnen zu tun, als er nie in Erwägung gezogen hat, dass Sie ihn noch haben wollen, wenn Sie es erfahren.«

»Aber das ist lächerlich! Natürlich, als er frisch hierhergezogen war, hielt ich ihn für ungehobelt, wie alle, aber jetzt kenne ich ihn.«

»Und sein Zustand macht ihn zum perfekten Ehemann für Sie. Das versuche ich die ganze Zeit zu sagen.«

»Es gibt nur ein Problem.«

»Es kann keins geben. Er ist einfach perfekt.«

»Doch, ich glaube, es gibt eins.«

»Was denn?«

»Ich glaube, dass ich vielleicht … ich habe mich ganz furchtbar in ihn verliebt! Du meine Güte! Was soll ich jetzt bloß tun? Es ist alles ganz wundervoll, aber einen Mann wiederzulieben? Ich kann nicht … ich habe nicht … das ist eine ganz schön schwierige Aufgabe!« Ihr Kinn fing an zu zittern.

»Wollen Sie … nicht weinen!« Ich hatte kein Taschentuch, das ich ihr hätte anbieten können. »Bitte nicht. Ich wollte Sie glücklich machen, nicht traurig.«

»Aber er würde mich lieben wollen, oder? Er ist so. Oh, jetzt verstehe ich es! Wie schrecklich!«

Schrecklich?

»Was haben Sie getan!«

»Ich wollte doch nur helfen!«

»Jetzt kann ich nicht mutig und edel sein und abgeklärt über dem Leben stehen, das mir vorenthalten wurde. Verstehen Sie denn nicht? Ich müsste … ich müsste ihn einfach wiederlieben!«

»Aber ich glaube wirklich, dass er Sie liebt.«

»Und ich liebe ihn! Oh, es ist einfach zu schrecklich!«

»Ich verstehe nicht ganz …«

»Sie brauchen mir nicht zu sagen, dass ich überglücklich sein müsste. Das weiß ich, aber ich habe im Moment einfach nicht die Kraft dazu. Ich hoffe, Sie sind mir nicht böse, wenn ich Sie jetzt bitte zu gehen.«

»Natürlich nicht. Sie wissen doch, dass ich niemals …«

»Dann gehen Sie bitte.«

Ich wanderte völlig benommen nach Hause. Ich verstand einfach nicht, was passiert war. Hatte Miss Templeton denn nicht Angst gehabt, bei einer Geburt zu sterben? Und hatte ich ihr nicht gerade eine Möglichkeit geboten, das zu vermeiden – und dann auch noch, indem sie den Mann heiratete, den sie liebte?

Warum war sie dann nicht glücklich?

29

Den ganzen Abend grübelte ich über Miss Templeton nach und am nächsten Morgen immer noch, doch ich fand keine Erklärung für ihr Verhalten. Doch dann, am Nachmittag, tauchte sie auf. Sie trug ihr Lieblingskleid; es war aus blass-orangefarbener Seide, Mieder und Ärmel waren mit Spitze besetzt. Sie wollte fragen, ob ich sie nach Overwich Hall begleiten konnte.

»Ich habe Mr Stansbury eine Nachricht geschickt und gefragt, ob wir seine neuesten Erwerbungen besichtigen dürften, und er hat uns zum Tee eingeladen.«

»Aber … aber … ich dachte, nach gestern wollten Sie mich nie mehr wiedersehen.«

»Seien Sie doch nicht töricht! Natürlich möchte ich Sie wiedersehen. Ich entschuldige mich für meine Hysterie. Ich war einfach nur zu Tode erschrocken. Wissen Sie, ich habe mein ganzes Leben auf den Tod, nicht auf das Leben hingeplant. Und dann bot sich mir plötzlich diese Gelegenheit und noch dazu mit einem Mann, den ich …« Plötzlich wurde sie tiefrot. »Sie verstehen sicher, dass das äußerst beunruhigend war. Und ich musste natürlich vieles völlig neu überdenken. Ich werde meinen Vater überzeugen müssen und …«

»Ich hatte wirklich nicht gedacht …«

Sie tätschelte mir die Hand. »Natürlich nicht. Weil Sie meine beste Freundin sind. Sie haben mir ein Geschenk gemacht, das ich mir in meinen kühnsten Träumen nicht hätte ausmalen können, und ich habe Ihnen nicht einmal dafür gedankt. Ich danke Ihnen jetzt! Und machen Sie sich keine Sorgen wegen Papa. Ich kann ihn zu allem überreden.« Sie beugte sich vor und küsste mich auf die Wange. »So. Können wir jetzt gehen? Haben Sie Ihre Handschuhe?«

Wir waren schon fast in Overwich Hall, als mir einfiel, dass ich Miss Templeton zwar alles über Mr Stansbury erzählt hatte, aber nicht umgekehrt ihm alles über sie. Ich keuchte vor Schreck auf. »Er weiß es nicht!«

»Wer? Wer weiß was nicht?«

»Mr Stansbury. Er weiß nichts von Ihnen. Sie wissen alles über … über ihn … und dass er Sie liebt, aber er weiß nicht … ich habe ihm nichts von Ihnen erzählt. Es tut mir so leid. Ich habe wieder einmal alles verdorben.«

»Nein, machen Sie sich keine Sorgen.« Sie nahm meine Hand. »Sie haben alles perfekt gemacht, absolut perfekt. Es würde schließlich keinen Spaß machen, wenn für mich selbst gar nichts mehr zu tun bliebe.«

Die Kutsche bog von der Straße ab und in die Einfahrt ein, und Miss Templeton holte tief Luft. »Sitzt mein Hut gerade? Bin ich zu blass?«

»Ob Sie …?«

»Sagen Sie nichts! Aber würden Sie mir den Gefallen tun und das Reden mit dem Butler übernehmen? Ich schaffe das im Moment einfach nicht. Ich habe mich so lange vor einer Verlobung gefürchtet, dass ich es jetzt fast nicht genießen kann. Aber ich kann es. Ich muss es.« Sie schloss die Augen. »Ich werde es.«

»Sie tun es.«

Sie blinzelte mich überrascht an, dann trat ein strahlendes Lächeln auf ihr Gesicht. »Ja, das tue ich!«

Der Butler führte uns durch die Eingangshalle ins Gewächshaus und kündigte uns an. Mr Stansbury trat hinter einem wahren Wäldchen aus Farnen hervor.

Miss Templeton wurde beinahe ohnmächtig. Er kam auf uns zu und sie griff Halt suchend nach meinem Arm. Dann flüsterte sie mir ein Wort zu. »Adah.«

»Adah?«

»Das ist er. Das ist mein Name.«

»Sie heißen Adah?«

Sie nickte, ohne die Augen von ihm abzuwenden. »Ich musste es jetzt sagen, nicht wahr, schließlich werde ich damit leben müssen.« Sie hob ihr Kinn, obwohl es zitterte.

»Adah ist ein sehr hübscher Name, Miss Templeton.«

»Das fand ich nie, aber … glauben Sie, er wird genügen?« Sie wandte den Blick von ihm und sah mich beschwörend an.

»Ich glaube, er wird mehr als genügen.«

Als Mr Stansbury bei uns war, ließ sie meinen Arm los und streckte ihm die Hand hin.

Er nahm sie, führte sie an seine Lippen und küsste sie. »Geht es Ihnen gut, Miss Templeton?«

»O ja. Ich bin so glücklich wie noch nie, Mr Stansbury.« Ihr Lächeln war etwas zittrig, in ihren Augen stand ein Staunen. »Vielen Dank, dass Sie gefragt haben.«

Keiner von beiden bewegte sich; er hielt noch immer ihre Hand.

Sie blickte zu ihm auf. »Und Sie?«

»Ich?«

Ihr Lächeln leuchtete auf wie die Sonne, dann schob sie ihren Arm durch seinen. »Ja, du – mein Lieber.«

Ich kam mir ziemlich überflüssig vor, als sie den Mittelgang hinuntergingen und es mir überließen, die neuen Palmen ganz allein zu betrachten.

Der Februar verstrich – eine öde Abfolge langer, trostloser Tage. Ich hatte einen Artikel an eine Zeitschrift geschickt und hoffte jeden Tag von Neuem auf Antwort.

Dem Herausgeber des Buches über die Herstellung von Wachsblumen hatte ich abgesagt. Sie schrieben zurück und fragten, ob ich stattdessen ein Buch über Strickblumen schreiben könnte. Da ich nicht stricken konnte und auch nicht vorhatte, es zu lernen, lehnte ich auch dieses Angebot ab.

Mr Trimbles Spinnenorchidee war endlich erblüht. Als ich mich vor dem kleinen tragbaren Gewächshaus hinkniete, sah ich, dass er recht gehabt hatte. Sie sah überhaupt nicht wie die Illustration ihres Gattungstypus aus; sie war zugleich mehr und weniger, als ich erwartet hatte. Wie er vorhergesagt hatte, befand die Blüte sich unter den Blättern und die Blütenblätter hingen tatsächlich herab. Ich bewunderte ein

Weilchen ihre Form, dann stellte ich sie ins helle Sonnenlicht, wo sie am glücklichsten sein würde, und begab mich an meine Arbeit.

Ich erhielt zwar weiterhin viele Einladungen zu Abendgesellschaften und Bällen, doch nach Mr Trimbles Abreise hatte die Arbeit mich schon bald wieder völlig in Beschlag genommen und ich ging immer seltener aus – was mich allerdings nicht im Geringsten störte.

Eines Morgens Mitte März, ich arbeitete gerade an einer Illustration, klingelte es an der Tür.

Miss Hansford war auf den Markt gegangen und ich war alles andere als glücklich, meine Arbeit unterbrechen und zur Tür gehen zu müssen. »Ja? Was ist denn?« Doch mein Ärger verflog rasch, als ich sah, dass es nicht die Morgenpost war. Es war Mr Trimble.

Er verbeugte sich. »Miss Withersby.«

Ich nickte.

Er sah sehr viel vornehmer aus als in der Zeit, als er bei uns gelebt hatte. Er trug einen grauen Zylinder, einen untadeligen Gehrock und eine breite Krawatte, die unter seinem Kinn zum Knoten gebunden war. »Darf ich hereinkommen?«

Ich trat beiseite, ließ ihn eintreten und wies auf die Tür zum Salon.

Er nickte und nahm den Hut ab. Als er das Zimmer betrat, schaute er sich um, als hätte er den engen, zugigen Raum tatsächlich vermisst. Die Papiere und Zeitschriften lagen bereits wieder stapelweise im ganzen Zimmer herum.

»Wie Sie sehen, sind wir in unsere alten Gewohnheiten zurückgefallen.«

Einer seiner Mundwinkel hob sich zu einem ganz leichten Lächeln.

Mir wurde bewusst, dass ich als Gastgeberin die Last der Konversation zu tragen hatte. »Geht es Ihnen gut, Mr Trimble?«

»Ja, vielen Dank.«

Das sah ihm ähnlich, mir einen Vortrag über die Bedeutung von Fragen in einem Gespräch zu halten und dann seinen eigenen Rat nicht zu befolgen. »Wir haben recht schönes Wetter für diese Jahreszeit, nicht wahr?«

»Ja. Obwohl ich gehört habe, dass die Botaniker Regen gutem Wetter vorziehen.«

»Im Sommer.«

Er blinzelte, wie erschrocken. »Bitte?«

»Im Sommer ist Regen besser. Im Winter ist er nur deprimierend.«

»Verzeihen Sie. Ich muss Sie missverstanden haben, als Sie …«

»Sie möchten sicher meinen Vater sprechen. Ich hole ihn.« Ich drehte mich zum Arbeitszimmer um, doch er griff nach meinem Ellbogen.

»Bitte, Miss Withersby, ich möchte wirklich gern über …«

»Wenn ich mich recht erinnere, haben Sie mir beigebracht, dass man niemals sagt, was man wirklich fühlt, und dass kein Mensch erwartet, dass man die Wahrheit sagt. Ich wüsste nicht, warum Sie sich entschuldigen sollten, weil Sie diese gesellschaftliche Konvention befolgt haben.«

»Es war erbärmlich von mir, einfach stillschweigend zu verschwinden … nun, ich kann kaum etwas zu meiner Rechtfertigung vorbringen, aber wenn ich gekonnt hätte … hätte ich etwas gesagt. Ich hätte Ihnen gesagt, wie unendlich leid es mir tat, dass ich gehen musste. Wie furchtbar ungern ich Sie verlassen habe.« Er hielt inne und schluckte. »Es hat mir so leidgetan.«

Ich blickte von seinem Gesicht auf seine Hand, die immer noch meinen Ärmel gepackt hielt.

Er ließ los. »Wollen Sie denn gar nichts sagen?«

Ich sah ihm in die Augen. Ich wollte diesen blauen Augen nicht erliegen. »Ich muss Sie abermals an Ihren eigenen Rat erinnern, dass ein Gespräch von Fragen lebt, die sich auf Themen beziehen, an denen die Gesprächsteilnehmer interessiert sind. Ich kann Ihnen jedoch aufrichtig versichern, dass es nichts gibt, was mich an Ihnen oder an irgendetwas, das Sie gesagt haben, interessiert. Nichtsdestoweniger gratuliere ich Ihnen zu Ihrer Verlobung, Mylord.«

Er zuckte zusammen. »Das ist nicht nötig. Ich fürchte, ich habe es vermasselt.«

»Was vermasselte Verlobungen betrifft, könnte ich Ihnen aufgrund eigener unglücklicher Erfahrungen vielleicht von Nutzen sein.«

»Ich glaube nicht, dass Sie mir helfen können, Miss Withersby. Ich habe keinen Zweifel daran gelassen, dass ich in die Kolonien zurückkehren werde, und Lady Caroline scheint der Ansicht zu sein, dass die Heirat mit einem Schaffarmer unter ihrer Würde ist.«

»Ich hielt es schon immer für einen etwas absonderlichen Beruf.«

»Vielleicht. Aber er sichert mir ein ganz passables Einkommen. Wenn ich mich recht erinnere, sagten Sie einmal, dass die vornehme Gesellschaft ziemlich rücksichtslos sei, und ich muss sagen, dass ich Ihnen darin voll und ganz zustimme.«

»Welch eine ungewöhnliche Aussage angesichts der Tatsache, dass Sie ebendieser Gesellschaft angehören, Mr Trimble.«

»Durch Geburt, Miss Withersby, nicht aufgrund von Neigung. In meiner Ahnenreihe findet sich der ausgeprägte Hang, mehr auszugeben, als unser Einkommen zulässt. Sie mögen mich ein wenig illoyal finden, aber ich möchte Ihnen sagen, dass der erste Earl von Cardington uns ein beneidenswertes Vermögen hinterließ, das die folgenden Generationen jedoch rasch dezimierten. Mein älterer Bruder ist wohl der Letzte, der davon leben kann, doch er zeigt leider keinen sehr guten Geschmack. Er spielt und hat vor einigen Jahren seine Schulden recht zögerlich zurückgezahlt. Als man ihn des Betrugs bezichtigte, forderte er den Betreffenden zu einem Duell. Ich fürchtete, dass das Ganze für keinen der beiden Kontrahenten gut ausgehen würde, und überredete ihn, die Verabredung nicht einzuhalten, da der Verlust des Lebens eines jungen Mannes oder auch seines eigenen ein schlechtes Licht auf unseren Namen werfen würde.«

»Das ist vielleicht eine Erklärung zu Ihrer unseligen Familie, aber es hat nichts mit Ihrer Verlobung zu tun.«

»Mit meiner ehemaligen Verlobung. Lady Caroline ist eine langjährige Freundin der Familie. Vor ein paar Jahren, sie war gerade mit ihrer Mutter auf dem Kontinent, starb ihr Vater. Ich holte sie zurück und damals gab ich ihr das voreilige Versprechen, dass sie sich wegen ihrer Zukunft nicht zu beunruhigen brauchte und ich persönlich dafür Sorge tragen wollte, dass sie immer versorgt ist.«

»Und?«

»Und was?«

»Und was haben Sie sonst noch gesagt?«

»Nur das. Weiter nichts.«

»Und daraus hat sie geschlossen, dass Sie beide heiraten würden?«

»Ja.«

»Und Sie konnten es nicht berichtigen? Konnten Sie nicht sagen, dass Sie es nicht so gemeint hatten?«

»Aber ich meinte es so. Ich habe für sie gesorgt. Ich habe dafür gesorgt, dass mit dem Anwesen ihres Vaters alles aufs Beste geregelt wurde.«

»Aber dann brauchten Sie sie doch nicht auch noch zu heiraten.«

»Nein, aber was soll ein Gentleman in einer solchen Situation tun? Zudem spielte es damals keine Rolle für mich, da ich annahm, dass ich eines Tages ohnehin heiraten müsste. Woher sollte ich wissen, dass ich mich verlieben würde?«

Ich konnte nicht verhindern, dass ich rot wurde.

»Jedenfalls wurde ich, nachdem ich verhindert hatte, dass mein Bruder sich duellierte, nach Neuseeland verschifft. Man sagte mir, dass ich endlich etwas aus mir machen sollte.«

»Was Ihnen offenbar auf bewundernswerte Weise gelungen ist.«

Wieder trat ein Lächeln auf sein Gesicht.

»Ich finde, man kann in der Kolonie ein durchaus ehrenwertes Leben führen.«

»Aber Lady Caroline ist nicht Ihrer Ansicht?«

»Nein. Und um der gesellschaftlichen Demütigung zu entfliehen, meine Familie um das nicht unbeträchtliche Vermögen meiner Ex-Verlobten gebracht zu haben, beschloss ich, dafür zu sorgen, dass man mich so schnell wie möglich erneut verbannt.«

Dass man ihn erneut verbannte? »Wie?«

Er betrachtete seufzend den Hut in seiner Hand. »Der beste und schnellste Weg ist meiner Ansicht nach, eine Beziehung mit einer unpassenden Frau aufzunehmen.« Er warf mir einen Seitenblick zu.

»Ich habe gehört, dass die Angehörigen Ihrer Gesellschaftsschicht das laufend tun, ohne dass es ihnen zur Schande gereicht.«

Er sah mich fest an. »Da haben Sie nicht unrecht. Aber ich dachte … wenn ich die betreffende Frau heiraten würde, würde man mich sicher bitten, weit, weit fortzugehen. Und das wäre dann meine Pflicht als ehrenhafter Mann.«

Er schien eine Antwort zu erwarten, doch ich hatte mich bereits sehr viel länger mit ihm unterhalten, als ich vorgehabt hatte.

In dem Moment, als ich beschloss, endlich meinen Vater zu holen, wurde mir bewusst, was er soeben gesagt hatte. »Haben Sie mich etwa gerade gebeten, Sie zu heiraten, Mr Trimble?«

»Vielleicht. Warum? Würden Sie denn einen so lächerlichen Vorschlag von einem absonderlichen Schaffarmer annehmen?«

»Vielleicht. Wenn er mir einen richtigen Antrag machen würde.«

»Guter Gott, Charlotte, ich mag diese Spielchen genauso wenig wie du! Heirate mich!«

»Ich muss zwar gestehen, dass ich deinen leidenschaftlichen Ausbruch zu schätzen weiß, doch das war eine Aufforderung, Edward, keine Frage. Wie kannst du mir die Ehre erweisen, um meine Hand anzuhalten, wenn du mich gleichzeitig beleidigst, indem du …«

Er legte mir die Hände auf die Schultern, zog mich an sich und küsste mich. Ziemlich intensiv. So intensiv, dass der Kuss kaum noch unter die Grenzen einer Zurschaustellung bloßer Zuneigung fiel. Glücklicherweise sah uns keiner. Schließlich, nach längerer Zeit, ließ er mich wieder los. Das heißt, er versuchte es, doch ich warf ihm die Arme um den Hals.

Er legte eine Hand an meine Wange. »Willst du?«

»Will ich was?«

»Um Himmels willen, willst du mich heiraten?«

»Um Himmels willen? Das glaube ich kaum.« Aber ich hätte ihn sehr gern noch einmal geküsst.

»Verdammt!« Er nahm meine Hände und kniete nieder. »Du bist die unerträglichste, irritierendste, anstrengendste Frau, der ich je begegnet bin. Lassen Sie mich das ganz klar sagen, Miss Withersby. Ich liebe Sie. Ich brauche Sie. Ich möchte Sie heiraten.«

»Das ist alles sehr schön für Sie, Mr Trimble, aber möchten Sie nicht meine Meinung in dieser Sache einholen?«

Er schloss die Augen, holte so tief Luft, dass seine Nasenflügel sich blähten, dann öffnete er die Augen wieder und sah mich durchdringend an. »Möchten Sie mich heiraten, Miss Withersby?«

»Ja.«

»Ja? Ist das alles?«

»Soll ich lieber Nein sagen?«

»Nein! Es ist nur … ich habe Ihnen gerade meine Liebe erklärt und … meine Hingabe und ich …«

»Wie eine Blume in voller Blüte habe ich festgestellt, dass es nicht gut ist, an einem idealisierten Typus festzuhalten, der keine Grundlage in der Realität hat. Ich kann nur sein, was ich bin, und kann nur die Blütenblätter anbieten, die ich habe, in der Hoffnung, dass jemand dahinter das Offensichtliche sieht.«

Er grinste. »Das war sehr fantasievoll.«

»Es sollte poetisch sein.«

Er nahm erneut meine Hände und drückte sie an seine Brust; dann beugte er sich darüber und küsste meine Fingerknöchel. »Ja?«

»Ja.«

»Du wirst die Frau eines Schaffarmers werden.«

»Man könnte auch sagen, dass du der Mann einer Botanikerin werden wirst.«

Er lächelte und beugte sich vor, um mich erneut zu küssen. »Vielleicht.«

Epilog

Die Templeton-Stansbury-Hochzeit war das Ereignis des Jahrhunderts. So hieß es zumindest in Cheshire. Die Trauung war im Mai, in unserer Kirche, durch unseren Pfarrer. Danach gab es einen Empfang im Totholzgarten, den die Braut zu dieser Gelegenheit mit einem atemberaubenden Arrangement von Farnen und Blumen geschmückt hatte. Anschließend brach das Paar zu einer einjährigen Hochzeitsreise auf dem Kontinent auf, von wo mich ein wahrer Orkan von Briefen erreichte. Mr Stansbury hatte eigentlich vorgehabt, in diesem Jahr seine Pflanzensammlung zu erweitern, doch Adah überredete ihn, mit ihr nach Paris, Berlin und Wien zu fahren. Soweit ich wusste, erwartete sie bei ihrer Rückkehr nach Overwich Hall eine ganze Schiffsladung voller Koffer mit Kleidern, Gewächshäusern mit exotischen Pflanzen und Kisten mit neuen Möbeln.

Mr Hopkins-Whyte verfütterte die Überreste seiner unglückseligen Pflanzensammlung im Februar und März ans Feuer und besuchte im April vierzehn Tage lang sein geliebtes Northumberland, während die Kinderfrau und die Köchin das Pfarrhaus in Ordnung brachten. Zu seiner eigenen Überraschung heiratete er während seines Aufenthalts dort eine Cousine dritten Grades. Sie hatte alle Voraussetzungen für eine ausgezeichnete Pfarrfrau.

Meinem Vater zuliebe heirateten Edward und ich erst, nachdem mein Vater zum Admiral gezogen war. Und aus Rücksicht auf die Konvention warteten wir, bis Lady Caroline einen passenden Bräutigam gefunden hatte, was bei den guten Beziehungen ihrer Familie nicht lange dauerte. Noch vor Ende Juni wurde ich Mrs Trimneltonbury. Und ich muss sagen, der Name gefällt mir.

Im Sommer unternahm ich eine Reise, wie ich sie mir nie vorgestellt hätte. Es dauerte zwei volle Monate, bis wir Neuseeland erreichten, und einen weiteren Monat, bis wir in Christchurch alles gekauft hatten, was wir brauchten. Nachdem wir endlich auf Edwards Schaffarm in Canterbury angelangt waren, erwarteten mich bereits ganze Pakete von Briefen von zu Hause.

Ich muss zugeben, dass ich nie so richtig in die Familie Trimneltonbury passen werde, doch Edward und ich haben beschlossen, unsere eigene Spezies zu kultivieren, an einem Ort, der uns beiden gefällt, und in einem Leben, für das wir beide schwärmen. Ich hatte bis dahin noch nicht das Vergnügen gehabt, mich mit Schafen zu befassen, doch sie sind auf jeden Fall nicht halb so schlimm, wie ich befürchtet hatte. Und Edward ist wundervoller, als ich je zu hoffen gewagt hatte. Eine Fülle von Blumen wartet darauf, entdeckt zu werden, und ich habe bereits mehrere Bücher im Kopf, die geschrieben und illustriert und der Welt vorgestellt werden müssen. Und alles in allem bin ich ziemlich … glücklich.

Anmerkung der Verfasserin

»Ich habe eine großartige Idee für ein Buch über Malen und Frauen und Botanik!«, verkündete ich meiner Agentin und meiner Herausgeberin – und erst, als ich an die Recherchen ging, machte ich mir weitere Gedanken darüber. Denn um eine Wissenschaft zu verstehen, muss man etwas darüber lesen. Und das tat ich.

Ich las Bücher über Botanik, über die Geschichte der Botanik und über die Botaniker, die in der Botanik Geschichte geschrieben haben. Ich begann mit meinen Recherchen im 18. Jahrhundert und verfolgte die Entwicklungen bis ins 20. Jahrhundert; hatte ich mir doch eine große Herausforderung für dieses Buch gesetzt: Es sollte um eine Hauptfigur gehen, die mit Leib und Seele Wissenschaftlerin war, und gleichzeitig wollte ich das Gebiet der Botanik auch für diejenigen interessant machen, die im Grunde kein Interesse an diesem Thema haben.

Das vorliegende Buch basiert auf der Geschichte der vielen Frauen, deren Beiträge zur Wissenschaft der Botanik weitgehend ignoriert wurden, Frauen wie Charlotte, die Bücher schrieben und Illustrationen anfertigten, die dann bei der Veröffentlichung Männern zugeschrieben wurden. Triebfeder für meine Arbeit war mein Zorn darüber, dass die Leistung dieser Frauen nie gewürdigt wurde.

Die Mitte des 19. Jahrhunderts markierte einen Wendepunkt in der Botanik. Bis dahin hatten sich in der Hauptsache Frauen und Geistliche damit befasst, die sich für die Klassifizierung von Pflanzen interessierten. Es war ein geschütztes Betätigungsfeld; die Beschäftigung mit der Pflanzenwelt diente dazu, Gott aus der Natur zu erkennen und den Glauben zu stärken. Doch allmählich wurde den Hobbybotanikern diese Aufgabe von Wissenschaftlern streitig gemacht, die stärker an der geografischen und klimatischen Zuordnung von Pflanzen als an religiösen Zusammenhängen interessiert waren.

Die Öffnung des Studiums der Botanik für das *Warum* statt für das einfache *Was* löste bei vielen gläubigen Christen jener Zeit Ängste aus. Sie glaubten, dass die Beschäftigung mit der Verbreitung von Pflanzenarten auf irgendeine diffuse Weise die Rolle Gottes in der Schöpfung diskriminieren könnte. Die akademischen Vertreter der Botanik stellten zwar einige durchaus fragwürdige Theorien auf, doch ihre rationalen Erklärungen hatten schon bald weit zweifelhaftere Entgegnungen der religiös geprägten Anhänger dieser Wissenschaft zur Folge. Im Zuge dieses Prozesses erlitt die Glaubwürdigkeit der Religion so großen Schaden, dass die Religion aus der wissenschaftlichen Debatte jener Zeit und leider auch aus den meisten der heutigen Wissenschaftsdebatten völlig verbannt wurde.

Zu jener Zeit hatten die Botaniker den Ruf, philosophische Denker von zäher Konstitution und charmantem Wesen zu sein. Unterwegs in der Wildnis der Kolonien, immer auf der Suche nach seltenen Spezies, galten sie in der Welt als eine Art Indiana Jones. Die Illustration ihrer Entdeckungen gehörte gleichsam zur Arbeitsplatzbeschreibung und viele von ihnen, wie Edward Trimble, warfen mit leichter Hand höchst launige Karikaturen von Blumen und Pflanzen aufs Papier. Aus der Welt der Botanik ging denn auch unter anderem das Genre des literarischen Nonsens hervor, höchst anschaulich vertreten in den Werken von Künstlern/Autoren wie Edward Lear und Charles Lutwidge Dodgson (Lewis Carroll), die wiederum Kontakt zu den führenden Philosophen und Amateurbotanikern ihrer Zeit, wie John Ruskin (dem berühmten Schirmherrn der Präraffaeliten), hatten.

Die Botanik brachte dabei eine Handvoll Dynastien hervor, die häufig untereinander heirateten. Die Angehörigen dieser Familien wuchsen, wie Charlotte, in teilweise höchst exzentrischen Umfeldern auf. Doch wenn man mit Botanikern aufwuchs, ausschließlich mit Botanikern Umgang hatte und einen Botaniker heiratete, woher sollte man dann wissen, was die Gesellschaft von einem erwartete?

Die Viktorianer waren bekannt für ihre Begeisterungsfähigkeit und ihre Sammelleidenschaft. Sie schufen Merkwürdigkeiten wie Totholzgärten und Farngärten und alle möglichen bombastischen Sammlungen lebender und toter Objekte. Und manchmal gerieten die Mitglieder ihrer Naturvereine tatsächlich in Streit über rechtliche Fragen! Es war nicht ungewöhnlich, dass ein Naturverein über ein Gebiet gleichsam herfiel wie ein Heuschreckenschwarm und eine Spur der Verwüstung zurückließ. Die viktorianischen Sammler waren nicht weitblickend genug, an die Bestandserhaltung der Objekte zu denken, die sie sammelten. Viele Spezies wurden nahezu ausgerottet, bevor im späteren 19. und frühen 20. Jahrhundert der Gedanke der Bewahrung der Umwelt in Mode kam. Doch das ist wieder eine andere Geschichte.

Die Familie der *Ranunculaceae*, mit der sich Charlotte im Besonderen befasst, beinhaltet über tausend Pflanzenspezies, darunter Ranunkeln, Clematis, Rittersporn und Nieswurz. Die Familie der *Orchidaceae* ist mit über zwanzigtausend Spezies die wohl größte Blumenfamilie. Manche von ihnen, wie die, die Charlotte sammelt, wachsen in England als Wildblumen und gelten als Unkraut – das Ärgernis eines Gärtners kann der Schatz eines Botanikers sein.

Miss Templetons Angst davor, ein Kind zu gebären, mag in unserer Ära der modernen Medizin seltsam wirken, doch im 19. Jahrhundert lag die Müttersterblichkeit bei der Geburt bei fünfzig von tausend Geburten. Da die Frauen des viktorianischen Zeitalters durchschnittlich fünf bis sechs Kinder hatten, lag die Gefahr, bei der Geburt zu sterben, für sie bei zwanzig bis fünfundzwanzig Prozent. Eine Frau achtete darauf, dass alle Dinge, die sie mit in die Ehe brachte, ihr Monogramm trugen, denn damit war sichergestellt, dass, wenn sie starb und ihr Mann erneut heiratete, ihr Besitz an ihre eigenen Kinder fiel und nicht an die ihrer Nachfolgerin. Das Monogramm – oft als Symbol von Reichtum und Status verstanden – hat in Wirklichkeit einen eher traurigen Ursprung.

Der erste Opiumkrieg, auf den sich Charlottes Onkel, der Admiral, bezieht, dauerte von 1839 bis 1842 und war eine Reaktion auf ein Ungleichgewicht des Welthandels. Die Beliebtheit chinesischen Tees, chinesischer Seide und chinesischen Porzellans hatte im 18. und 19. Jahrhundert sehr zugenommen, doch umgekehrt hatten die Chinesen kaum Interesse an Importen aus England. Dadurch waren die Engländer gezwungen, ihre Importe mit Silber zu bezahlen. Anfang des 19. Jahrhunderts wurden fast vierzig Prozent des Weltsilbervorkommens nach China abgeführt.

Um 1830 fanden die Engländer dann jedoch ein Produkt, für das die Chinesen bereitwillig bezahlten: Opium. Angesichts der relativ günstigen Kosten von Opium und seiner in höchstem Maße suchterzeugenden Wirkung verschob sich das Handelsungleichgewicht so stark, dass schon bald in großem Umfang chinesisches Silber nach England floss. Doch der Opiumhandel brachte massive Probleme und wurde schon bald so lukrativ, dass er nicht mehr offiziell kontrollierbar war. Von einem zentralen Umschlagplatz, dem Hafen Guangdong aus, wurde das Opium von korrupten Beamten, lokalen Händlern und Schmugglern ins ganze Land gebracht und so gleichsam zu einem Bestandteil des Alltagslebens. Sogar viele Missionare verließen sich auf die Opiumschmuggler, um ihre Briefe und Päckchen zu befördern. Der Kaiser selbst war opiumsüchtig, ebenso fast dreißig Prozent seiner Beamten.

Kaufleute und lokale Beamte unterstützten die Legalisierung des Opiums und die Besteuerung als Methode der Kontrolle. Die Gegner der Droge und diejenigen, die sich Sorgen über das Handelsungleichgewicht machten, waren jedoch für ein Verbot.

Der Kaiser entschloss sich schließlich, den Opiumhandel zu verbieten. Er ließ sämtliche Opiumvorräte in China und in den internationalen Gewässern beschlagnahmen und verbrennen. Die britischen Kaufleute, die dadurch schwere Verluste erlitten, appellierten an das Parlament und forderten Entschädigungszahlungen. Als der Konflikt sich schließlich zum Krieg ausweitete, ging es zwar offiziell darum, den Handel der autoritären Kontrolle des Kaisers zu entziehen, doch in Wirklichkeit kämpften die englischen Soldaten um das Recht, Millionen opiumsüchtiger Chinesen mit der Droge zu versorgen. Wie der Admiral sagte, war dieser Krieg zugleich das Beste und Schlimmste, was dem internationalen Handel widerfahren konnte.

Mindestens ein Drittel der Weltbevölkerung ist introvertiert. Introvertierte können zwar eine Zeit lang vorgeben, extrovertiert zu sein, doch das ist extrem anstrengend für sie. Ich hoffe, Charlotte verkörpert die Schwierigkeiten dieses Persönlichkeitszuges in anschaulicher Weise. Im Gegensatz zur vorherrschenden Meinung sind introvertierte Menschen nicht zwangsläufig schüchtern. Sie sind keine Misanthropen. Sie schöpfen Kraft aus dem Alleinsein und der Ruhe, aber sie wollen durchaus nicht immer allein sein. Sie sind ausgezeichnete Beobachter der Welt um sie herum, ziemlich selbstkritisch und ziehen tief gehende Gespräche dem Small Talk vor. Außerdem neigen sie zu der Überzeugung, dass mit ihnen etwas nicht stimmt. Oft hoffen sie verzweifelt, dass sie, wenn sie sich nur genügend Mühe geben, so sein können wie andere. Ich muss es wissen. Ich bin selbst introvertiert. Vielleicht geht es in meinen Romanen so oft um Fragen des Werts, weil ich immer wieder so starke Selbstzweifel habe.

Wie Mr Trimble zu Charlotte sagt, sollte Evas Bestimmung als Gehilfin die Frauen keinesfalls zum Schicksal ewiger Knechtschaft verurteilen. Der hebräische Begriff *ezer* wird in der ganzen Bibel nur einundzwanzig Mal verwendet; die beiden ersten Male bezieht er sich auf Eva, die anderen Male gebraucht Gott ihn für sich selbst. Vielleicht kennen Sie folgende Stelle: »Ich schaue hinauf zu den Bergen – woher wird meine Hilfe (*ezer*) kommen? Meine Hilfe (*ezer*) kommt vom Herrn, der Himmel und Erde gemacht hat« (Psalm 121,1-2). Es ist schade, dass die Lebendigkeit und Kraft dieses Begriffs in der Übersetzung verloren ging, verleiht doch der Gedanke, dass Gott diesen seinen Wesenszug, diese seine Kraft insbesondere der weiblichen Hälfte unserer Spezies verlieh, dem Begriff des Weiblichen eine völlig neue Dimension.

In der viktorianischen Ära, in der man entweder Mann und Berufswissenschaftler *oder* Frau-Ehefrau-Mutter sein konnte, war das »oder« ein Sicherheit gebendes, aber auch sehr einschränkendes Wort. Das ist es noch heute. Das Wörtchen *und* ist dagegen sehr viel gefährlicher, denn es umfasst größere Komplexität.

Gnade *und* Barmherzigkeit, Glaube *und* Werke, Liebe *und* Zorn.

Illustratorin *und* Frau. Botanikerin *und* Ehefrau.

Sie *und* alle Talente und Fähigkeiten, mit denen Sie geboren wurden.

Beim Schreiben des vorliegenden Buches bin ich zu der Überzeugung gelangt, dass Gott sehr viel größer ist, als wir ihm zutrauen, so wie die Menschen sehr viel mehr sind als ihr Geschlecht. In einer Welt voller Fragen sollten wir keine Angst haben, Fragen zu stellen.

Wenn wir nach Antworten suchen, werden wir meiner Ansicht nach niemals feststellen, dass Gott weniger ist, als wir dachten, wo er doch so unendlich viel mehr ist, als wir bisher entdeckt haben.

Dank

Meiner Agentin Natasha Kern, weil sie Charlotte genauso lieb gewonnen hat wie ich und weil sie sie sogar noch besser versteht als ich! Meinen Verlegern Dave Long und Karen Schurrer für ihren weisen Rat und ihre großzügige Ermutigung. Maureen Lang, die mir viel von meiner Unsicherheit bezüglich meiner schulischen Biologiekenntnisse nahm, als sie sagte, dass ihr die Geschichte gefiele.

Meinen Street-Team-Mitgliedern für ihre begeisterte Unterstützung dieses Buches: Jamie Lapeyrolerie, Denise Harmer, Jaquelyn Scroggie, Kathleen E. Belongia, Amy Putney, Brenda Veinotte, Kelsey Shade, Debbie Wilder, Beth Bulow, Lindsey Zimpel, Melissa Tharp, Julianna Rowe, Lorraine Hauger, Martha Artyomenko, Nancy McLeroy und Pattie Reitz lasen meine Probekapitel und gaben mir Feedback für das Titelbild. Ein paar von ihnen plagten sich sogar durch das ganze Manuskript. Ich danke euch, Ladys! Es war mir ein Vergnügen, das Buch mit euch zu erschaffen!

Und Tony. Danke, dass du mich siehst. Dass du hinter das siehst, was da zu sein scheint, und das siehst, was wirklich da ist. Ich liebe dich.

Julie Klassen

Das Herrenhaus von Pembrooke Park

Paperback, 14 x 21,5 cm, 512 Seiten
Nr. 395.643, ISBN 978-3-7751-5643-1

Die junge Abigail Foster zieht mit ihrer Familie in ein altes Herrenhaus. Während sie das Anwesen wieder bewohnbar macht, sorgt nicht nur der gutaussehende Sohn des Gutsverwalters für Aufregung, sie kommt auch einem lang gehüteten Geheimnis auf die Spur …

Nicola Vollkommer

Wie Möwen im Wind

Paperback, 14 x 21,5 cm, 288 Seiten
Nr. 395.583, ISBN 978-3-7751-5583-0

Lady Charlotte hat keine Wahl: Sie muss standesgemäß heiraten, damit die Macht der Familie erhalten bleibt. Doch dann öffnet sich die Tür eines alten Klosterturms und dunkle Geheimnisse reißen ihren Heimatort in den Abgrund.
Ein Cornwall-Roman von Nicola Vollkommer.